KB063358

아모르 파티 Amor Fati

－운명을 사랑하라

2014년 12월 20일 초판 1쇄 인쇄
2014년 12월 31일 초판 1쇄 발행

지은이 원주희
발행인 이종주

기획 편집 박지해

발행처 (주)로크미디어
출판등록 2003년 3월 24일
주소 서울시 용산구 원효로97길 46 5층
Tel (02)3273-5135 **Fax** (02)3273-5134
홈페이지 rokmedia.com · **E-mail** rokmedia@naver.com

ⓒ 원주희, 2014

값 10,000원

ISBN 979-11-255-8540-4 03810

아모르 파티

Amor Fati

─운명을 사랑하라

원주희 장편소설

ROCOCO

Contents

프롤로그

어깨를 흔드는 손길에 잠이 깼다. 며칠 밤을 새우며 작업하다가 겨우 잠들었는데 깨우다니. 짜증을 내려는 참인데 잔뜩 위축된 여자의 목소리가 들렸다.

"선배님."

눈을 뜨니 간이침대 옆에 안면만 익힌 후배 둘이 긴장한 얼굴로 서 있었다.

"문 앞에 깨우지 말라는 메모 못 봤어? 시답지 않은 일로 깨운 거면 화낸다."

내 말에 여자애들이 놀란 토끼 눈을 하고 보았다. 나는 피식 웃으며 몸을 일으켰다.

"농담이야. 무슨 일?"

"저기…… 친구한테 전화 왔는데요. 태오 선배님이 운수 좋은 날에서 싸운다고. 경찰차도 왔대요. 다쳤다는 거 같은데……."

그 말에 정신이 번쩍 났다.

개태오, 이 자식.

나는 욕이 나오려는 걸 삼키고 고개를 끄덕였다.

"그래, 알았다. 알려 줘서 고마워."

심각한 표정을 풀고 웃어 주니 아이들이 볼을 붉히며 인사를 꾸벅하고 나갔다.

"지금쯤이면 연남 파출소에 있겠네. 망할 자식들."

점퍼를 걸치고 핸드폰을 꺼내 운수 좋은 날 사장인 선배에게 전화를 걸었다.

"형, 태준이에요."

내 목소리를 듣자마자 상대방은 욕부터 내뱉었다. 선비 같다는 평을 듣는 사람이 흥분한 걸로 보아 어지간히 말썽을 부린 모양이다.

"형은 다친 데 없어요? 다행이네요. 미안해요. 물건 부순 거 내가 다 배상해 줄게요. 알죠. 내가 대신 혼내 줄게요. 아, 그랬어요? 저런……"

상대방의 하소연을 들으며 건물 밖 주차장으로 갔다.

"우선은 우리 쪽 애들이 잘못한 건 아니라는 얘기네요. 저쪽 애들은 어떤데요? 그 정도면 양호하네요. 어디 병원이래요? 알았어요. 그 옆이 사무실 빌딩 아니에요? 거긴 외부 CCTV 없어요? 아, 그래요? 지금 가면 당직 서는 분들 계시겠네. 거기 먼저 가 봐야겠어요. 네. 미안해요, 형. 내가 또 전화할게요."

이제 이런 일은 익숙하다. 태오 녀석이 어릴 때부터 징그럽게 사고를 쳐 왔기 때문이다. 빌딩 사무실에 가서 CCTV를 보고 병원에 들렀다가 파출소에 가니 새벽 5시가 훌쩍 넘어 있었다. 파출소 문을 열고 들어가니 구석 의자에 세 녀석이 쪼그리고 앉아 자고 있었다. 미키는 제법 멀쩡해 보이고 주영이는 광대에 멍이 들고 입술이 터져 있었다. 셋 중 가장 엉망인 건 태오였다. 옷은 넝마가 되었고 얼굴은 참고 봐 주기가 힘들었다.

"휴가 나온 놈이 잘하는 짓이다. 다들 일어나."

내 말에 미키와 주영이 동시에 눈을 떴다.

"어? 혀어엉……."

"형님."

미키와 주영이 난처한 얼굴로 있다가 벽에 기대 입을 벌리고 자는 태오를 흔들어 깨웠다.

"야, 일어나. 형님 오셨어."

태오가 그제야 입가에 흐르는 침을 닦으며 눈을 떴다. 아직도 눈이 풀려 있는 걸 보면 술이 덜 깬 모양이다.

"어라? 형이다. 형, 나 맞았어."

녀석이 하얀 이를 드러내며 웃는데 어이가 없어서 웃음이 나왔다.

"그래, 아주 시원하게 맞았더라. 어떻게 한 대를 못 때리고 맞기만 했냐?"

"나는 군인이잖아. 고도로 훈련된 살인 병기가 민간인을 상대로 싸울 순 없지."

"어디 부러진 덴 없어?"

"내가 또 맷집이 좋잖아? 흐흐흐."

"형, 걔들 괜찮대요?"

주영이가 멋쩍어하며 물었다. 딱 봐도 운동하는 애들로 보이는 사내 네 명을 응급실로 보낸 건 덩치가 곰처럼 큰 양주영 솜씨다. 그 녀석들이 먼저 술버릇이 고약한 미키를 끌고 나가고 뒤따라간 주영이가 손을 봐 줬다고 했다. 나중에 따라 나온 태오는 하는 거 없이 줄기차게 맞은 게 다였다.

"다행히 합의하기 편하게 때려 놨더라. 그렇게 패고 다니더니 기술이 늘었어. 근데 그 빡빡머리 자식 머리를 물은 건 누구야?"

주영이와 태오가 손가락으로 미키를 가리켰다. 미키가 고른 이를 드러내며 헤벌쭉 웃었다.

"나보고 꼬맹이라고 하잖아요. 우힛!"

"잘하는 짓이다. 나와. 해장하러 가야지."

녀석들이 눈이 휘둥그레져서 보았다.

"혀엉, 우리 감방 안 가요?"

"감방에 처넣고 싶지만 태오가 휴가잖아. 첫 휴가 나온 놈을 감방에서 썩게 할 순 없지."

"우와, 우리 형 최고!"

밖에 나오니 차츰 날이 밝아 오고 있었다. 녀석들이 술이 깨는지 춥다고 오두방정을 떨었다.

"꽤 춥지? 술도 깨고 운동도 할 겸 오리걸음으로 이모네 감자탕집까지 간다."

"형! 우리 맞아서 아프다고."

"팔 들고 오리걸음으로 간다."

"혀엉…… 너무해요……."

"쓰레기봉투 하나씩 들고 오리걸음으로 간다."

녀석들은 그제야 군말 없이 길에 있는 쓰레기봉투를 들고 낑낑거리며 오리걸음으로 걸어갔다.

태오 녀석 꼴을 보니 한숨이 절로 나온다. 한 번 싸우면 상대방을 곤죽이 되도록 때리는 놈이다. 그런 놈이 이번엔 손도 안 대고 맞기만 했다. 마음이 아픈 것보다 몸이 아픈 게 낫다는 의미인가. 취해서 실컷 맞다 보면 윤이지 생각이 나지 않아서 그랬을까. 녀석은 여자 친구와 헤어지더니 군대에 가겠다고 고집을 부렸다. 군대 가 있는 동안은 사고를 칠까 봐 조마조마했고, 휴가를 나왔을 땐 소문을 듣고 일을 벌일까 봐 걱정이 됐다. 그래서 미키와 주영이에게 잘 감시하라고 신신당부한 건데. 이 정도로 마무리된 게 다행이라는 생각이 들면서도 너덜너덜하게 맞은 녀석을 보니 마음이 아프다.

그래도 너는 좋겠다. 표현이라도 할 수 있어서.

형제지만 태오와 나는 많이 다르다. 태오는 분노를 밖으로 표출하며 살았고 나는 안으로 삭이면서 살았다. 어느덧 사고를 치는 건 태오 몫, 수습하는 건 내 몫이 되었다.

나도 한 번쯤은 무너지고 싶다.

하지만 막연한 바람일 뿐. 절망적인 상황일수록 나는 단단해진다. 내 주위를 겹겹의 벽으로 두르고 감정을 드러내지 않는다. 가끔은 이런 내가 전시된 마네킹 같다. 겉보기만 그럴싸한, 영혼이 없는 인간.

녀석들을 사우나에 들여보내 놓고 옷을 갈아입기 위해 부암동 집으로 돌아왔다.

"할머니, 저 왔어요."

집은 고요했다. 혹시나 해서 작업실로 쓰는 다락방으로 올라갔다.

"할머니, 여기 계세요?"

작업실에서도 할머니는 안 계셨다. 아침 산책 하러 가셨나. 도로 내려가려다가 벽에 비스듬히 세워진 커다란 캔버스가 눈에 들어왔다. 작은 작품만 주로 하시는 분이라 뜻밖이었다. 게다가 여자의 전신 누드. 그동안 할머니는 소품 위주로 여인의 동그란 얼굴을 그렸다. 시장에서 고등어를 파는 노인의 주름진 얼굴부터 갓 태어난 아기, 소설가, 가수, 정치인까지 다양한 나이와 계층의 사람을 그렸다. 그런 할머니가 젊은 여자의 누드라니, 낯설고 신선했다.

호기심에 발길을 돌려 그림 앞으로 다가갔다.

다락방 창으로 밝은 아침 햇살이 들어와 그림을 비추었다. 그림 속 여인은 붉은 벽에 기대서서 정면을 보고 있었다. 가까이 다가가 그녀의 얼굴을 본 순간 사각 얼음을 씹은 것처럼 찡한 통증을 느꼈다. 한 대 맞았을 때 밖에서 안으로 울리는 얼얼한 통증이 아니라 안에서 밖으로 실금이 가듯 가늘고 예리한 통증이었다. 통증이 관자놀이를 천천히 조여 왔지만 그런 것에

AmorFati

신경 쓸 겨를이 없었다. 내 의식은 온통 그림 속 여자에게 쏠렸다. 그동안 많은 그림을 봤지만 빨려 들어가는 듯한 느낌이 든 건 처음이었다.

그녀의 갈색 눈동자는 햇빛을 머금은 물결 같았고, 손안에서 바스락거리며 부서지는 낙엽 같았다. 새벽에 맡을 수 있는 풀냄새, 입안에 천천히 녹는 다크 초콜릿, 깊은 밤 묵직하게 울리는 피아노 선율이기도 했다. 눈동자에 반응한 뇌가 기억에서 감각을 퍼 올리는 동안 난 그림으로 들어갈 것처럼 가까이 섰다.

그녀의 눈빛은 어린 여자의 눈이 아니라 오래 산 노인의 눈에 가까웠다. 어떤 충격에도 부서지지 않을 것처럼 견고하면서 묵직한 상처를 이겨 낸 의연함이 있었다. 눈빛에서 간신히 벗어나니 지치고, 불안하고, 슬픈 표정이 눈에 들어왔다.

처음으로 그녀의 나이가 제대로 보이는 순간이었다.

난 그녀가 그림 속 사람인 것도 잊고 물었다.

"뭐가 그렇게 슬픈 거니? 너도 외로운 거야?"

관자놀이를 조이는 통증이 심장으로 내려왔다. 그녀의 슬픔에 나의 슬픔이 덧입혀졌다. 어쩌면 그녀도 나와 비슷한 행로를 걸어왔을지도 모른다는 생각이 든다. 사랑받고 싶었지만 내게 온 건 차가운 외면이었다. 맞는 것보다 버림받는 것이 더 싫었다. 누구도 채워 줄 수 없는 외로움. 이 세상에서 나를 지켜 주는 건 나뿐이라는, 서글픈 생각.

그때였다. 갑자기 그녀에게 말을 걸고 싶은 충동이 일었다.

"사실…… 난 괜찮지가 않아. 괴로워 미칠 것 같아."

약해 보이는 게 싫어 누구에게도 하지 못한 말. 막상 해 보니 약하거나 초라하게 느껴지지 않았다.

"아직도 악몽을 꿔. 그들을 증오해."

버림받은 것이 자존심 상해 말할 수 없었다. 겉으론 성실하고 다정한 놈이 자기를 버린 부모에게 복수하려고 벼르고 있다는 걸 차마 내색할 수 없었다.

난 늘 사람들의 시선에 갇혀 살았다.

"나란 놈이 어떤 놈인지 알면 다들 혐오하겠지?"

한 번 시작한 고백은 물이 위에서 아래로 흐르듯 자연스럽게 흘러나왔다.

내가 미쳤구나. 그림을 보고 무슨 얘기를 하는 거지? 어이가 없으면서도 자꾸만 말하고 싶었다. 사람이 아니고 그림이어서 그럴까?

타인에게 감정을 털어놓는 게 어떤 느낌인지 늘 궁금했다. 슬픔이 덜어진다는 게 어떤 건지, 속이 후련하다는 게 어떤 건지 궁금했다. 이제 알겠다. 공감하고 소통하는 게 어떤 건지, 위로받는 느낌이 어떤 건지.

나는 전부터 털어놓고 싶었던 말을 하나둘 꺼내 놓았다. 그런 나를 그녀가 조용히 지켜봐 주었다.

♥

살다 보면 1분 뒤, 10분 뒤, 1시간 뒤가 예측되지 않는 상황이 온다. 운명이라는 단어를 꺼내지 않고는 설명할 수 없는 그런 상황이 오면 나는 작아지고, 인생이 심술궂고 오묘하게 느껴진다. 과거에 한 번 그런 적이 있었다. 인생이 뒤집히는 순간은 한 번이면 충분하다고 생각했는데.

해가 지면서 하늘 저편에 노을이 걸리고 광화문에 조명이 켜졌다. 세종 문화 회관 앞 횡단보도에서 신호를 받고 멈춰 섰을 때였다. 약간 멍하고 쓸쓸한 상태로 정면에 움직이는 대상을 좇는데, 무언가가 마음에 탁 걸렸다.

관자놀이 부근에 찡한 통증이 인다. 무척이나 오랜만에 느껴 보는 통증. 눈을 크게 뜨고 정면을 노려본다.

한 소녀가, 아니, 소녀라고 하기엔 성숙하고 처녀이라고 하기엔 앳된 여자가 인도에 서 있다. 나는 크게 숨을 들이마셨다가 내뱉는 것을 잊은 채 그녀를 보았다.

플로라!

머릿속에 그녀의 이름이 떠오르자 온몸의 세포가 전율했다. 내가 혼란에 빠진 동안 플로라는 횡단보도로 걸음을 옮겼다. 순간 강렬한 기시감이 뇌신경을 통과한다.

오래전 꿈속에서 이 장면을 보았다. 내가 횡단보도 앞에 서 있고 플로라가 지나간다. 그녀는 8년 전 처음 봤을 때 그대로다. 까만 단발머리, 표정이 없는 말간 얼굴, 차분하고 신비로운 눈빛, 붉은 입술.

"플로라."

꿈속에서처럼 그녀의 이름을 되뇌어 본다. 플로라는 다른 사람보다 두 배쯤 느린 걸음으로 횡단보도를 건넜다. 작은 몸을 감싼 분홍 카디건, 고흐의 〈꽃핀 아몬드 나무〉가 연상되는 파란 원피스가 밝고 산뜻하다. 이제 11월인데 플로라는 막 봄을 통과해 온 것만 같다.

말 그대로 꽃의 여신, 플로라다.

아니야, 그럴 리가 없어. 플로라는 살아 있는 사람이 아니야. 할머니가 상상으로 그린 인물이라고.

지난 8년 동안 수천 번 보고 또 본 플로라잖아. 잘못 봤을 리 없어.

하지만 옛 모습 그대로잖아. 변한 게 아무것도 없잖아.

내 안에서 치열한 싸움이 인다. 플로라가 실제 인물이라면 이십 대 후반쯤 될 텐데 눈앞에 있는 사람은 아직 소녀티를 벗지 못한 스무 살로 보였다.

역시 아니야. 착각한 거야. 그림과 비슷하게 생겼을 뿐이라고.

부정해 보지만 심장이 걷잡을 수 없이 뛴다. 시선이 그녀의 뒷모습을 좇는 동안 신호가 바뀌었다.

아니라도 확인해 봐야 해. 안 그랬다간 평생 후회할 거야.

심장이 뼈를 부수고 튀어나올 기세로 뛴다. 빨리 가서 그녀를 불러 세우라고, 이대로 지체하면 영영 놓치고 말 거라고 마음이 외친다.

"돌아 버리겠네."

갈등하는 동안 뒤에 있는 운전자가 클랙슨을 울려 댔다. 안전띠를 풀고 차에서 뛰어내리니 뒤쪽에서 욕설 섞인 고함이 들렸다. 정신없이 달려 광화문역으로 들어가자 현기증이 날 만큼 많은 사람이 움직이고 있었다. 초조하게 플로라를 찾아 헤매지만 보이지 않는다. 정신없이 계단을 뛰어 내려가며 에스컬레이터에 탄 사람들을 본다.

놓칠 정도로 시간을 지체했나? 도대체 어디에 있는 거야? 얼굴을 확인하며 숨 가쁘게 내려가는데 사람들의 움직임이 빨라졌다. 역으로 열차가 들어오고 있었다. 사방을 두리번거리지만 파란 원피스는 어디에도 없다. 그사이 열차가 들어오고, 스크린 도어가 열리고, 사람들이 쏟아져 나오거나 빨려 들어갔다. 열차 다섯 대를 보내고도 나는 역내를 뛰어다니며 플로라를 찾았다. 2번 출구와 8번 출구까지 갔다 왔지만 그녀는 흔적을 남기지 않고 사라졌다.

정말 만난 줄 알았어. 너무도 생생했으니까. 진짜로 존재하는 사람 같았어.

벤치에 주저앉아 내가 본 것을 의심한다. 진짜 사람을 본 건지, 갈망이 만들어 낸 환상인지 확신이 서지 않는다. 현실과 꿈 사이에서 길을 잃은 것만 같다.

8년이라는 세월이 흐르는 동안 플로라를 만난다면 어떤 기분일지 상상하곤 했다. 반갑고 기쁠까? 설렐까? 실제로 겪어 보니 나의 상상력이 터무니없이 빈약하다는 걸 깨닫는다. 나는 내가 느낀 것보다 훨씬 더 절실했다.

너에게 달려가는 동안 속이 후련했어. 지긋지긋한 불행에서 탈출하는 느낌이었어.

어처구니없지? 나도 내가 이토록 너를 원하는지 몰랐어.

플로라는 사라져 버렸고 남은 건 낯선 사람처럼 느껴지는 내 자신과 상실감뿐이다. 머릿속이 백지장처럼 하얗다. 내가 어디로 가려고 했던 건지, 어떤 사람인지, 무얼 위해 살아가는지 기억이 나질 않는다.

살다 보면 1분 뒤, 10분 뒤, 1시간 뒤가 예측되지 않는 상황이 온다.

이제 나는 어떻게 하지?

인생이 나를 갖고 놀고 있다.

냉장고에서 생수병을 꺼내 뒤돌아선 순간 그녀가 내 앞에 있었다.

플로라. 너는 정말이지…….

생각이 하얗게 지워진다. 멍한 상태에서 눈으로 그녀의 움직임을 좇는다. 그녀는 소주를 고르고, 점원에게 지갑을 보이고 계산했다. 제자리에 서서 병뚜껑을 열고 빨대를 꽂아 마시는 뒷모습에서 쓸쓸함이 묻어난다. 나는 손에 든 생수병을 놓고 편의점을 나서는 그녀를 따라갔다.

거리는 몇 분 전 내가 보았던 그 거리가 아니었다. 술집에서 사내들이 몰려나와 큰 소리로 떠들고 지하 노래방에서 노랫소리가 올라오던, 함부로 버려진 쓰레기와 유흥업소 전단, 검은 비닐봉지가 뒹굴던 그곳이 아니었다. 마치 공연을 끝낸 연극 무대 같았다. 퇴락해 가는 가게, 긴 가지를 늘어뜨린 은행나무

와 가로등이 사라지고 텅 빈 공간에 그녀만이 홀로 있었다. 다른 건 눈에 들어오지 않았다.

이것도 곡두겠지? 정신을 차리면 너는 사라지고 없겠지?

플로라가 조명만을 밝힌 무대를 느리게 걸었다. 또각또각. 그녀의 구두 굽 소리가 내 옆에서 들리는 것만 같다. 나는 너무 가깝지도, 멀지도 않게 거리를 유지하며 유령처럼 조용히 따라갔다.

오랫동안 기다린 사람인데, 그토록 바라던 순간인데 가슴은 고요하기만 하다. 이토록 담담한 건 어쩌면 방어 기제일지도 모르겠다. 그녀가 사라지고 난 뒤 나를 보호하기 위한.

무대 한구석에 서서 그녀를 관찰한다. 이 연극의 장르는 비극인 걸까. 그녀는 지금 무척이나 슬프다. 어쩌면 우는지도 모르겠다.

무대 저편에서 술에 비틀거리는 중년 남자들이 등장한다. 사내들을 경계하며 그녀에게 가까이 다가간다. 다행히 그들은 플로라에게 말을 걸지 않았다. 내가 그러하듯 깊은 슬픔을 가만히 지켜보다가 어둠 저편으로 사라졌다. 플로라는 길을 따라 걷다가 막히면 돌아가고 빨강 신호등에 멈춰 섰다. 혹시나 차도로 내려가면 어쩌나, 신호를 못 보고 건너가면 어쩌나 마음을 졸였지만 걱정할 일은 일어나지 않았다.

플로라, 나를 어디로 데려가는 거니?

마주칠 때마다 플로라는 나를 다른 세계로 이끈다. 그녀가, 인생이 내게 뭔가를 말하려는 것 같지만 모르겠다. 지금은 혼란스러울 뿐이다.

우리는 어느덧 명동 성당 근처까지 왔다. 가로등 아래 그녀가 멈춰 섰다. 훌쩍이며 손으로 볼을 쓸어내리는 걸 보니 역시울었던 모양이다.

우두커니 서 있는 모습에 마음이 시리다.

슬퍼 보여. 하늘에서 비가 쏟아지고 너 혼자서 그 비를 다맞는 것 같아.

곡두다. 꿈이다. 손이 닿으면 사라질 거품이다.

그래서 생각이란 걸 하지 않고 그녀에게로 뚜벅뚜벅 걸어갔다. 우리의 거리가 좁혀질수록 심장 박동 수가 올라갔다. 손수건을 꺼내 내밀자 그녀가 돌아보았다. 말간 얼굴이 축축하게젖어 있고 눈동자가 불빛에 반짝였다. 그녀는 손수건을 받지않고 빤히 보았다. 놀랄 줄 알았는데 표정이 차분했다.

"필요 없어요. 나도 있어요."

플로라가 말을 한다. 오랜 세월 동안 하나의 표정만 짓던 그녀가 내게 말을 한다. 신기해서 내게 보이는 싸늘함마저 달콤하게 느껴진다.

그녀는 작은 핸드백에서 손수건을 꺼내 눈물을 닦았다. 내손은 그대로 멈춰 있다. 의식이 다음에는 어떻게 행동해야 할지 명령을 내리지 않는다. 그녀는 나를 본체만체하며 길가 쓰레기 더미에 빈 소주병을 내려놓았다. 그걸 다 마시고 얼굴빛하나 변하지 않는 게 신기하다. 그녀는 다섯 걸음 정도 걸어다가 뒤돌아서서 나를 보았다.

"아저씨, 거기서 뭐 해요?"

나는 그제야 손수건을 코트 주머니에 집어넣었다. 뇌가 반으로 줄어든 거 같다. 할 말이 떠오르지 않아 가만히 서 있는데 그녀가 무표정한 얼굴로 봤다.

"저기요, 여기가 어딘지 알아요?"

말이 없으니 그녀가 답답하다는 듯 미간을 찡그렸다.

"아저씨, 술 취했어요? 여기가 어디냐고요! 내 말 안 들려요?"

"명동 성당."

지금 나는 너무나도 무능한 연극배우다. 이것이 극이라면 여 주인공의 마음을 움직이는 말을 해야 하는데, 아니면 매력적인 모습으로 눈을 사로잡아야 하는데 잔뜩 얼어서 동상처럼 서 있을 뿐이다.

"아, 여기가 명동이구나. 지하철역으로 가려면 어디로 가야 해요?"

입안이 바싹 타들어 간다. 관자놀이 부근에 맥박이 빠르게 뛰는 게 느껴진다. 무능한 배우는 속으로 떨며 간신히 내뱉는다.

"나도 모르겠어."

지금 아무 생각이 안 나. 너랑 있는 게 꿈 같아서, 이 몽롱함에서 깰까 봐 두려워.

"에이, 도대체 어디까지 온 거야?"

그녀가 투덜대며 돌아섰다. 그녀가 걷는 걸음만큼 따라 걷다가 멈춰 서면 나도 멈춰 섰다. 뒤돌아본 그녀가 어이없다는 표정으로 보았다.

"왜 따라와요? 이상한 아저씨네."

플로라가 걷는다. 망토 모양의 빨간 코트와 검정 치마, 무릎까지 올라오는 도트 무늬 삭스, 검정 펌프스, 시간을 잡아 늘인 듯한 느린 걸음, 주위를 두리번거리는 고갯짓. 모두 내 기억에 담는다. 거리를 오가는 많은 인파 속에 선 그녀는 어디를 가나 두드러져 보였다. 하지만 언제 사라져 버릴지 몰라 따라가는 내내 조바심이 난다.

말해 봐. 뭘 원하는지, 내가 어떻게 해야 하는지.

그녀의 뒷모습에서 눈을 떼지 않고 걷는다. 돌아보지 않았지만 나를 의식하는 것이 본능적으로 느껴진다. 주위를 두리번거리며 걷던 그녀가 명동 예술 극장 앞에 멈춰 섰다. 그리고 까만 돌 의자에 앉아 날 물끄러미 보았다.

기억의 영화관에서 수천 번 보았던 것들이 홀연히 떠올랐다. 어떤 충격도 부수지 못할 단단하고 무거운 눈빛, 슬프지만 나약하지 않고 아이다운 순수함을 가진 표정. 지금 그녀는 다락방에서 만난 플로라, 그 자체다.

널 만져 보고 싶다. 실재하는 사람인지, 내 상상의 일부인지 확인하고 싶다.

우리 사이에 어떤 공기가 느껴진다. 낯선 사람들 사이에 흐르는 찬 기류가 아니라 따뜻하고 부드러운 바람이다. 그녀의 눈빛에 많은 생각이 스친다. 무슨 생각을 하는지 짐작조차 되지 않지만 나에 관한 생각인 것만은 분명하다.

우린 서로를 보며 조용히 시간을 흘려보냈다. 흔한 거리의 냄새, 눈이 아플 정도로 휘황한 불빛. 요란한 음악 소리가 차츰 멀어지고, 길을 걷는 연인들, 일본인 관광객, 노점에서 물건을 파는 중년 여자, 쿠폰을 나눠 주는 청년이 어둠 속으로 사라졌다.

내 시야엔 오직 한 여자뿐이다.

어느 순간 바람의 방향이 변했다. 부드럽게 스치는 바람이 아니라 제대로 서 있을 수 없게 만드는 거센 바람이다.

이제 생각하는 걸 그만두겠다. 날 흔드는 바람에 몸을 맡기겠다. 인생이 날 가지고 놀기로 했다면 기꺼이 장난감이 되겠다.

앞으로 걸음을 떼는데 그녀가 자리에서 일어났다. 그리고 내게서 눈을 떼지 않고 곧바로 걸어왔다.

"아저씨……."

그녀가 내 얼굴을 살피며 침착하게 말했다.

"나랑 자요."

몽롱함이 걷히고 갑자기 세상이 달려든다. 나는 도시의 소음과 불빛 속에서 깨어나 그녀를 보았다. 또렷한 눈동자가 내 눈을 들여다보며 말했다.

"못 들었어요? 나랑 자자고요. 우리 호텔 가요."

단 한 번만이라도,
정말 단 한 번만이라도 원하는 대로 살고 싶었다.

시간은 아무것도 해결해 주지 않는다

민경은 허은희와 닮은 태준을 보고 충격을 받았다. 이목구비뿐 아니라 사람을 보는 시선, 차가운 표정까지 딱 제 엄마였다. 남편이 아들에게 그토록 냉정했던 게 이제야 이해가 간다.

"헛걸음을 하셨군요. 제 결정은 변하지 않습니다. 돌아가세요."

민경은 정신을 차리고 애써 미소를 지었다.

"좀 더 일찍 얼굴 보고 얘기했어야 했는데. 늦었구나. 병원에 한번 오지 그랬니?"

"가족 흉내 내는 건 그만하시죠. 본론으로 바로 들어가셔도 됩니다."

태준이 책상에서 일어나 창가로 걸어갔다. 민경의 시선이 그를 따라 움직였다. 그녀는 태준 같은 아들을 낳고 싶었다. 아빠를 닮아 키가 크고, 팔다리가 길고, 가만히 서 있기만 해도 사람을 압도하는 존재감을 가진 아들. 미래에 대한 걱정 없이 자신의 뒤를 든든하게 지켜 줄 그런 아들. 남편이 태준을 보면 많은 생각이 들 것이다. 불안하기도 하고 안쓰럽기도 하다.

"네가 다시 생각해 줬으면 좋겠어. 우리에겐 시간이 많지 않아."

"제 알 바 아닙니다. 고맙게도 저는 시간이 많군요."

"우릴 괴롭히고 싶은 거니?"

"이런 걸로 괴롭군요. 고작 이런 걸로……."

싸늘한 눈빛과 마주치자 등줄기에 한기가 몰아쳤다. 민경은 자신도 모르게 침을 삼키고 가방을 손으로 움켜쥐었다.

남편도 화가 나면 말도 못 붙일 만큼 차갑게 변했다. 웃을 때와 무표정할 때의 표정 변화가 극적이라 딴사람처럼 느껴질 때도 있었다. 외모는 닮지 않았지만 성격은 아버지를 닮은 모양이다.

"솔직히 당황스럽구나. 네가 이렇게 적대감을 가지고 있을 줄 몰랐어."

"적대감이라는 표현은 너무 가벼운데요. 증오라고 해 두죠."

민경은 듣던 것과 다른 태준의 모습에 놀라서 준비해 온 말을 깡그리 잊었다. 아버지를 미워하고 있을 거라 생각했지만 지인에게서 사람됨이 괜찮다는 얘기를 들었다. 젊은 아티스트, 사업가, 미술관 관장. 사회적 위치가 있고 재산까지 풍족하니 굳이 아버지 재산을 탐내지 않을 것 같았다. 외할머니에게 상속받은 재산으로 재단을 만들어 사회에 환원하기에 더욱 안심한 것도 있었다. 애먹을 줄 알았던 태오에겐 순순히 승낙을 받아 내고 순순히 풀릴 줄 알았던 첫째에게 거절한다는 메시지가 돌아왔다. 몇 차례 연락을 해 봤지만 같은 말만 반복하다 나중엔 전화도 받지 않았다. 쉽게 풀릴 줄 알았던 일이 꼬이자 당황할 수밖에 없었다.

민경은 입이 바싹 마르는 걸 느끼며 그를 올려다보았다.

"아버지에게 섭섭한 마음은 이해해. 하지만 이젠 시간이 많이 흘렀고……."

"섭섭하다니…… 제정신입니까? 제가 지금 아버지에게 버림받은 게 섭섭해서 이런다고 생각하세요? 상대방에게 부탁을 하러 왔으면 비위를 맞출 줄도 알아야죠. 오히려 역효과 나는 말만 골라서 하는군요."

"태준아……."

"기성우 씨의 유전자를 받은 건 맞습니다만 거북하군요. 아버지란 단어는 빼시죠. 그리고 사모님은 기성우 씨의 아내지 내 어머니가 아닙니다. 그런 식으로 부르지 마세요."

"그래도 아버지는 아버지야."

"증오하는 여자가 낳았다고 해도 자식은 자식입니다. 왜 버렸답니까?"

"상황이 힘들었잖아. 네가 이해를……."

"그 사람이 그러던가요? 상황이 힘들어서 그랬다고? 상황이 힘들어서 아들을 패고 상황이 힘들어서 버리고……. 상황이 힘들어서 방치했군요. 간편한 변명이네요."

"네 아버지도 많이 괴로워하셨어. 아픈 게…… 너희에게 죄를 지어서 그런가 하고…….”

“설마요. 그럴 분이 아닌데.”

“진짜야. 미안해하고 계셔.”

“죽는 게 무서운가 보군요. 지옥에 갈까 걱정이면 종교를 믿으세요.”

“매정하게 말하지 마라.”

“이런 말로 매정하다고 하시면 그분이 한 짓은 뭐라고 표현하나요? 패륜?”

민경은 말을 하면 할수록 구석으로 몰리는 기분이었다.

“그이는 나에게나 애들에게 좋은 남편이고 아빠야. 그런 식으로 말하는 건 못 참겠다.”

“제겐 아닙니다. 멋대로 지껄이게 두세요. 자, 쓸데없는 입씨름 하지 말고 진짜 본론으로 들어가죠. 오늘 사모님이 이곳까지 온 이유는 남편이 죽고 나서 전처 자식들에게 유산을 떼어 주는 것이 아까워서가 아닙니까? 남에게 재산을 나눠 주려니 얼마나 속이 쓰리겠어요. 아무리 급해도 변호사 시켜서 밤이나 낮이나 협박 전화를 해 대는 건 고리타분한 수법 아닙니까? 태어나서 이렇게 관심을 받아 본 게 처음이라 당혹스럽네요. 왜 그렇게 각서 못 받아서 안달인 겁니까? 법률적으로 효과도 없는 걸요. 미리 입단속을 시키는 겁니까? 나중에 딴말 나오지 않게?”

여자가 당황한 얼굴로 시선을 떨어뜨렸다. 태준은 자신이 지나치게 흥분한 걸 깨닫고 숨을 고르며 한걸음 뒤로 물러

섰다. 겉보기에 심성이 나쁜 여자는 아닌 듯하다. 수더분한 얼굴에 차분한 분위기다.

기성우는 지독한 스캔들을 뿌리고 다니는 아내와 이혼한 지 5개월 만에 재혼했다. 전처와는 완전히 다른 분위기의 여자와 결혼한 걸 보면 어지간히 데긴 했나 보다. 대학생 딸이 둘. 사업이 많이 기울어 계열사를 정리하고 건설업과 해운업으로 버틴다고 들었다. 전처 자식에게 재산을 나눠 주면 딸들 몫이 줄어들 뿐 아니라 회사 경영에도 문제가 생기니 마음이 급해진 모양이다. 본인이 안 오고 아내를 보내다니. 태준은 아버지의 비겁함을 비웃었다.

"이대로 버티면 그분을 볼 수 있는 건가요? 그리 간절하면 직접 오라고 하세요."

"네가 돈 욕심이 없다는 건 알아. 아버지에 대한 복수심으로 이러는 거잖니. 아픈 분을, 곧 돌아가실 분을 꼭 이렇게까지 괴롭혀야겠어?"

그들의 요구에 가만히 있었을 뿐인데 병자를 괴롭히는 가해자가 되었다. 이렇게 쉬운 복수라니. 어릴 때 세운 계획들이 쓸모없어졌다. 이럴 줄 알았으면 쓸데없이 머리를 굴리지 않는 건데.

기성우가 머지않아 죽는다. 기쁘면서도 화가 난다.

태준은 바지 주머니에 두 손을 찔러 넣고 벽에 기댔다.

"어디서 들으셨는지 몰라도 전 돈 욕심 많은 사람입니다. 예술한답시고 철 쪼가리나 만지고 그림만 들여다봤더니 신물이 나네요. 회사 하나 받아서 운영하는 것도 재미있겠어요."

여자의 표정이 눈에 띄게 변했다. 가장 두려운 부분을 건드린 모양이다. 태준은 그들의 약점을 두 손에 쥐고 마음껏 희롱하고 싶었다.

"복수심? 맞습니다. 재산을 뺏길까 봐 걱정하는 내색을 안 했으면 그 돈에 관심도 안 뒀을 겁니다. 태오에게 각서를 받아냈다고 들었을 때 무슨 생각을 했는지 아십니까? 그리 아까워하는 돈 내가 가져와야겠다. 평생 공들인 회사 한입에 털어 넣고 공중분해 시켜야겠다. 남은 처와 딸들 걱정에 눈도 제대로 못 감게 해야겠다. 네. 복수입니다. 내 증오에 비하면 턱없이 빈약한 복수요."

"아픈 분에게 그런 짓을. 잔인하구나."

"그분 피를 물려받았거든요. 이제 그만 돌아가시죠. 각서는 쓰지 않을 거고 돌아가신 후에 상속 포기도 하지 않을 겁니다. 제 몫은 챙겨야겠습니다."

여자는 할 말이 있는 듯했지만 이내 포기하고 소파에서 일어났다. 태준은 그녀가 나가는 걸 외면하고 창밖을 보았다.

속이 뒤집혔는데 유리창에 비친 자신의 얼굴은 웃고 있었다. 오랜 세월 훈련을 통해 만든 웃는 가면. 표현하지 않는 한 사람들은 태준의 진심을 알아채지 못했다.

웃는 얼굴만 보고 따뜻하고 다정한 사람이라고 생각했다.

'그래서 만만히 본 걸까? 그래서 감히 그따위 말을 한 걸까?'

성인이 되기 전까진 미안해 나타나지 못하는 거라고 착각했다. 스물일곱 되던 해에 우연히 호텔 로비에서 기성우를 보았다. 태준이 먼저 보았고 당황하는 사이 그가 알아보았다. 태준은 그의 눈빛을 보고 나서야 그동안 착각했음을 깨달았다. 경멸과 분노. 어릴 때 보던 눈빛과 똑같았다. 기태준은 그에게 아들이 아니라, 끔찍한 과거를 떠올리게 하는 대상일 뿐이다. 그때 마지막 미련마저 말라 버린 줄 알았는데, 완전히 놓아 버렸다고 생각했는데, 마음 깊숙이 놓지 못한 끈이 있었나 보다. 마침내 오늘에서야 그 끈이 끊어졌다.

'자기 여자를 보내 동정으로 호소하면 들어줄 거라고 생각한 거야? 죽어 가니까 모두 덮고 이해하라고? 그걸 어떻게 이해해?'

그를 향한 증오가 자신에게로 향했다.

'철저히 잊어 주는 게 복수하는 거라고 했지? 봐. 네가 어떤 취급을 당하는지 보라고.'

그동안 열심히 살아왔다고 자부했는데 자신이 나태하고 비겁한 사람처럼 느껴졌다.

'지금껏 무얼 한 거지? 상처받는 게 두려워서 이중 삼중으로 벽을 두르고 가면 속에 숨어 산 게 전부야. 친한 친구에게마저 속내를 터놓지 못하고 어떤 여자와도 관계를 맺지 못하는 정신적 불구자가 됐을 뿐이라고.'

괜찮은 인생이라고 자위하며 살아온 것이 역겹기만 하다.

태준은 다시 한 번 유리창에 비친 얼굴을 보았다. 이번엔 고통에 일그러졌다. 이게 기태준의 맨얼굴이다. 사람들에게 내놓기 두려워하는 진짜 얼굴. 오랫동안 유리창을 응시하는데 뒤에서 익숙한 목소리가 들렸다.

"관장님, 몇 번이나 문 두드렸는데……. 왜 그러고 계세요?"

태준은 웃는 얼굴로 돌아섰다. 아무 일도 없었던 것처럼 편안하고 밝게. 마음속 분노를 가면 뒤에 감추고.

"미안. 못 들었어. 무슨 일?"

"기자가 밖에서 기다리는데요."

"아, 4시에 인터뷰 약속이 있었지. 들어오시라고 해."

태준은 손님을 맞으면서 침대에 누워 있는 그 사람을 상상했다. 그 여자가 오늘 한 말을 토씨 하나 빼놓지 않고 그 사람에게 전했으면 좋겠다.

'우리에게 미안한 감정은 조금도 없을 거야. 20년 가까이 유기한 아들이 제 몫을 챙기겠다고 나서니 피가 거꾸로 솟겠지. 이젠 가만히 있지 않을 거야. 병 때문이 아니라 걱정에 피가 말라서 죽게 만들 거야. 호락호락 당하지 않아. 잊는 건 복수가 될 수 없어.'

태준은 기자와 웃으며 얘기하는 동안 미라처럼 말라 가는 아버지를 상상했다. 잊으려고 애쓰는 것보다 이편이 마음 편했다.

같이 미술관을 둘러보던 기자가 물었다.

"곡두. 미술관 이름이 특이해요."

"눈앞에 없는 것이 있는 양 보이는 걸 뜻해요. 환영, 신기루의 우리말이죠."

"특별히 의미가 있는 건가요?"

대답하려는데 즐거워서 견딜 수 없다는 듯 환한 웃음소리가 끼어들었다. 태준과 여기자의 시선이 동시에 한곳으로 향했다.

2층 전시실과 3층을 잇는 나선형 통로에서 교복을 입은 소녀 네 명이 올라오고 있었다. 검정 교복을 입은 아이 중 유독 한 아이가 눈에 들어왔다. 까만 단발머리, 나이보다 앳돼 보이는 얼굴 생김에 하얀 피부, 밝은 갈색 눈동자.

태준은 마음 깊은 곳이 흔들리는 걸 느끼며 소녀를 보았다. 저런 눈동자를 가진 사람을 알고 있다. 심장 한가운데 박혀 있는, 아는 것은 생김새가 전부인 여자.

태준은 자신이 찾는 그녀가 아니란 걸 알면서도 눈을 떼지 못했다. 1년에 두어 번쯤 이제 잊고 살아도 되겠다 싶을 때마다 갈색 눈동자를 만났다. 복수심만큼이나 깊이 각인된 그리움.

"태준 씨?"

여기자가 싱긋 웃으며 우두커니 서 있는 태준을 보았다. 어서 질문에 답을 해 달라는 눈빛이다.

'아, 질문이 뭐였지? 그러니까……. 곡두는, 백일몽처럼, 나를, 그 아이가, 하얀 얼굴, 밝은 갈색 눈동자.'

단어들이 뒤죽박죽 엉켜 버려 문장으로 만들어지지 않는다. 제자리에 우두커니 서 있는 태준을 여기자와 소녀들이 의아해하며 보았다. 그는 일단 숨을 삼켰다가 천천히 내쉬며 말했다.

"예술이나 인생이 다 곡두 아닌가요? 없는 걸 있다고 믿으며 달려가잖아요."

그가 가까스로 대답하자 여기자가 싱긋 웃었다.

"시니컬하시네요."

"그렇게 들렸나요?"

태준이 굳은 표정을 풀고 웃는 동안 소녀들이 뒤에서 킥킥거리며 말했다.

"봤어? 저 아저씨 진짜 멋있지?"

"대박! 아이돌보다 잘생겼다. 오늘 오길 잘했어."

"언제는 이런 데 오기 싫다고 하더니."

아이들이 졸졸 따라오며 호들갑스럽게 떠드니 여기자가 웃으며 말했다.

"꼬맹이에게도 인기가 많네요."

"아저씨라는데요, 뭘."

"미남으로 산다는 건 어떤 기분이에요?"

"대답하면 재수 없다고 하실걸요."

"해 보세요."

태준은 곧바로 대답하지 않고 천천히 계단을 내려갔다. 조용하던 미술관 공기가 조금 달라져 있었다. 넓은 공간에 울리는 목소리와 발소리, 공간에 희미하게 떠 있는 향수 냄새와 체취. 그는 자신의 공간에 들어온 낯선 것들을 음미하며 잠시 딴 세계에 머물던 마음을 끌어다 앉혔다.

'도망치지 마. 이젠 그 아이에게 먹히지 않아. 네 현실을 직시해.'

그는 흔들리는 마음을 다잡으며 농담을 던졌다.

"음, 좋을 때보다는 귀찮을 때가 더 많아요. 내가 그렇게 잘생겼나 싶다가 거울 보면서 뭐, 잘생기긴 했네 하죠."

"우우우, 왕자병."

여기자가 야유하며 웃자 태준도 따라 웃었다. 속으로 억눌린 한숨을 내쉬면서.

"진지한 분인 줄 알았는데 생각보다 밝으시네요."

"아, 그런가요?"

"보통 작품과 작가님 분위기가 비슷하게 가는 경향이 있어서요. 인터뷰 전만 해도 말수가 적고 정적인 분일 거라고 생각했어요. 게다가 관장님들은 분위기가 무겁거든요. 그래야 자기 권위가 산다고 믿으니까요."

"칭찬인 거죠? 감사합니다."

여기자의 눈빛이 공적인 영역에서 사적인 영역으로 넘어갔다. 그녀도 느꼈는지 헛기침을 하고 진지한 표정을 지었다.

"작품 활동도 바쁘실 텐데 곡두 미술관을 연 취지가 궁금해요."

"근래 들어 상업 갤러리에서 외국 작가의 전시가 무분별하게 열리고 있어요. 한국 작가가 설 자리가 점점 좁아지고 있죠. 곡두를 개관한 목적은 국내 신인 작가를 위해서고 앞으로 공모전과 전시를 통해서 발굴, 지원할 계획입니다."

"비영리 갤러리인데 재원 마련은 어떻게 하나요?"

"전액 허순정 재단에서 후원합니다."

"재단 이사장이시죠?"

"네, 그렇습니다."

"일을 너무 많이 벌이는 거 아녜요? 곡두 말고 이천에 미술관을 하나 더 짓는다면서요."

"그건 동생이 진행하는 겁니다. 저는 설계만 맡기로 했죠."

"태오 씨는 일을 벌이는 편이고 수습은 태준 씨가 다 하잖아요. 아마 곡두보다 더 손이 많이 갈걸요."

"우리 형제를 잘 아시네요."

"전부터 관심이 많았죠. 특히 태준 씨 작품을 좋아해요. 뉴욕 개인전에도 갔어요."

느긋한 걸음으로 전시장을 돌아보던 여기자가 멈춰 섰다. 그윽한 눈빛 속에 반짝이는 호기심. 여자의 표정과 몸짓에서 신호가 읽힌다. 마음에 든 남자에게 보내는 유혹의 신호. 〈아트 비전〉 편집장 말대로 그녀는 미인이다.

'싱글이고 성격도 좋아. 시커먼 사내놈들이랑 몰려다니지 말고 연애 좀 해 보라고.'

오늘 인터뷰는 새로 문을 연 곡두 미술관을 소개하는 자리면서 연애에 도통 관심을 보이지 않는 남자를 구제하려는 소개팅이다. 태준이 무덤덤하게 슈트와 넥타이를 고른 것에 반해 여자는 오래 고민한 듯했다. 완벽한 컬을 유지하며 등 뒤로 떨어지는 브라운 헤어, 공들여 한 화장, 몸매를 돋보이게 해 주는 니트 원피스, 고급스러운 재킷, 처음 꺼내 신은 듯한 하이힐. 거기에 뚜렷한 이목구비와 글래머러스한 체형이 더해지니

패션 잡지의 한 페이지를 보는 것 같았다.

태준은 감정을 드러내지 않고 여자를 관찰했다. 불쾌한 방문만 없었다면 좀 더 그녀가 눈에 들어왔을지도 모르겠다. 결국 얼마 가지 않아 흥미를 잃었겠지만.

태준은 기자와 전시장을 돌아보고 로비에 있는 카페에서 사진 기자와 만났다. 간단히 악수를 나누고 어디에서 사진을 찍을 건지 의견을 나눴다. 그가 전시회 배너를 배경으로 서자 여기자가 말했다.

"긴장하실 거 없어요. 편안히 서 계시면 돼요."

태준은 굳은 표정을 풀고 편하게 웃어 보였다. 사진 기자는 많은 양의 사진을 찍고도 카페에 앉아 인터뷰하는 모습을 카메라에 담고 싶어 했다. 의자에 앉아서 질문에 답하는 동안 셔터 소리가 쉴 새 없이 났다. 인터뷰에 이골이 났는데도 태준은 이 자리가 너무나도 피곤했다.

그는 진지하게 얘기를 듣는 척하며 이따금씩 창밖을 보았다. 분노에 가득 차 있던 감정이 어느새 서글픔으로 바뀌었다. 태준은 자신이 과거에 속에 사는 사람처럼 느껴졌다.

문제를 해결하지 못하고 가슴에 묻어 둔 채 여기까지 왔다. 잊으려고 애쓸 게 아니라 정면으로 부딪쳐야 했다. 아버지를 앞에 서서 미친놈처럼 발광하거나 〈플로라〉 그림을 죄다 찢어 버렸어야 했다. 나는 전혀 괜찮지 않다고, 사는 게 거지 같다고 소리쳤어야 했다. 그랬다면, 정말로 그랬다면 지금보다는 나을까.

태준이 딴생각에 빠져 있는 동안 기자의 질문이 이어졌다. 여자는 가끔 사심이 담긴 질문을 건넸지만 그는 일정 거리를 유지하며 답했다.

"편집장님이 얘기했다고 하던데, 언제까지 시치미 떼실 거예요?"

사진 기자가 가고 인터뷰가 마무리될 즈음 여자가 물었다. 미소 속에 자존심 상한 듯한 표정이 짧게 지나갔다. 이제 취재에서 소개팅으로 넘어갈 시점이다.

"안 그래도 얘기를 꺼내려던 참이었어요. 이런 식의 소개팅은 처음이어서 어떻게 말을 꺼내야 할지 모르겠더군요. 저녁 같이하시죠. 레스토랑을 예약해 뒀는데…… 아직 시간이 이르네요."

태준이 손목시계를 보며 중얼거리는데 여자가 말했다.

"남자들 표정이나 반응을 보면 나에 대해 어떻게 생각하는지 읽을 수 있는데, 태준 씨는 도통 모르겠어요. 내 첫인상이 어때요?"

여자는 자신이 아름답고 매력적이라는 걸 분명히 알고 있었다. 사람을 얻는 데 좌절 같은 건 해 보지 않았을 것이다. 태준은 그 당당함이 자꾸만 거슬렸다.

"너무 빠른 질문 아닌가요? 만난 지 1시간밖에 지나지 않았는데."

"남녀가 서로 알아보는데 시간이 중요한가요?"

"첫인상은 믿을 게 못 돼요."

"예술가의 직감은 정확하던데요. 말해 줘요, 내 첫인상이 어떤지."

여자가 입매를 예쁘게 올리며 말했다.

예쁜 것을 보면 미소가 지어져야 하는데 마음 한쪽이 비틀어진다. 선우의 말에 의하면 이건 병이다. 여자가 적극적으로 다가올 때마다 심장이 딱딱해지는 병. 호되게 배신당한 적도 없으면서 왜 그런 병에 걸렸느냐고 추궁을 당했지만 태준도 설명할 수 없었다. 33년 동안 살면서 연애를 해 본 건 통틀어 두 번. 미대 다닐 때 만나고, 졸업 후 뉴욕에서 설치 미술가로 활동할 때 몇 개월 만난 게 전부다. 연애라기보다는 데이트에 가까웠고 바빠서 만나는 횟수가 줄다가 자연스럽게 연락이 끊겼다.

'도대체 문제가 뭐야? 여자들이 너만 보면 환장을 하고 달려드는데 왜 연애를 못 하냐고? 얼굴이 못났어, 성격이 지랄 맞아, 돈이 없어? 뭐, 부족한 게 있어야 그런가 보다 하지. 네가 연애를 안 하니까 나까지 싸잡아 게이라는 소문이 도는 거야.'

태준도 진지하게 사람을 만나고 싶었다. 친구와 선배가 소개팅을 주선할 때마다 꼬박꼬박 나갔지만 기대감에 찬 눈빛을 볼 때마다 자꾸만 뒷걸음이 쳐졌다.

눈앞의 여자만 해도 그렇다. 아름답고 똑똑한 여자지만 정신적으로나 육체적으로 끌리지 않는다. 감정을 묻지만 무슨 말을 해야 할지 모르겠다.

"아름다운 분이세요. 성격도 좋으시고…….."

태준은 선우가 손님 접대용이라 칭하는 표정을 지으며 생각나는 대로 중얼거렸다.

"에이, 시시해. 너무 평범하잖아요. 다른 표현 없어요?"

"따로 듣고 싶은 말이 있나요?"

"그건 아니지만 인사치레로 하는 말 같아서. 태준 씨 솔직한 생각을 듣고 싶어요."

태준은 속으로 한숨을 쉬었다. 상대를 헤아리지 않고 자기 감정대로 밀어붙이는 사람은 질색이다. 오늘은 여자들이 성가시게 하는 날인가.

"저는 솔직하면 신랄해지는 경향이 있는데요."

"정말요? 태준 씨의 독설은 상상이 안 되는데요? 해 주세요."

자기가 주도권을 잡았다고 생각하는지 여자가 계속 밀고 들어왔다. 겉만 보고 사람을 판단해선 안 된다. 겉으로 순한 양이 속도 그런 건 아니니까. 태준은 짜증을 억누르며 웃는 낯으로 말했다.

"당당하네요. 본인이 얼마나 매력 있는지 잘 알아요. 돋보이는 걸 좋아하고 매사에 열정적이라 모든 관계를 통제하려고 하죠."

예상한 답이 아닌지 여자의 얼굴이 살짝 굳었다.

"고집 있고, 결단력 있고, 인내심은 적고, 지적 수준만큼 허영심도 강한…….."

입 밖으로 뾰족한 말들이 술술 흘러나왔다. 과하다는 생각이 스쳤지만 태준은 멈추지 않았다.

"결핍 없이 곱게 자란 아가씨라는 인상을 받았어요."

도가 지나쳤음을 깨닫고 입을 다물었지만 이미 늦은 뒤였다. 여자가 싸늘해진 표정으로 입을 비쭉거렸다.

"첫인상에 대해 물었는데 성격 분석을 하시네요."

"다른 의도는 없습니다. 말 그대로 처음 봤을 때 느낌이에요."

고양이 눈이 된 여자를 보니 소개팅은 여기서 끝난 것만 같다. 길길이 날뛸 편집장을 상상하니 머리가 지끈거린다. 태준은 오늘부로 자제력이 강한 인간이라고 생각해 온 걸 정정하기로 했다.

"무례한 말을 참 진지하게 하는군요. 그럼 이제 내 차례인가요? 태준 씨는 예의 바르고 다정한 분이에요. 겉으로는요. 얘기하면 할수록 마음이 떠 있다는 인상을 받았어요. 웃지만 진심으로 웃는 거 같지 않았고요. 같이 있는 동안 나에 대해 한마디도 물어보지 않더군요. 내 이름은 기억하나요? 다른 사람에게 관심이 있긴 해요? 태준 씨는 자기 안에 갇혀서 다른 사람이 바라는 만큼만 내어 주는 사람이에요."

콰콰쾅! 포탄이 연속으로 날아와 몸에 꽂힌다. 되로 주고 말로 받는다는 게 이건가.

"음, 제가 그렇게 잘 읽히는 사람인지 몰랐네요."

태준의 입에서 신음과 헛웃음이 섞여 흘러나왔다. 그걸 보고 여자의 눈매가 더욱 사나워졌다.

"기분 나쁘게 하려는 의도는 아니었어요. 사과할게요."

뒤늦게 수습해 보려고 했지만 여자가 핸드백을 챙겨서 일어났다.

"웃는 얼굴로 발길질하는 솜씨가 일품이네요. 소문으로 듣기는 했는데 직접 당하니 기분 나빠요. 어떤 소문인지 알아요? 자상한 얼굴로 눈 맞추고, 웃어 주고, 레스토랑에서 의자 빼 주고, 집까지 차로 데려다 주고 나서 전화 한 통 없는 사람이래요. 기다리다가 전화하면 '이름이 어떻게 되시죠? 우리가 만났던가요?' 한다나요. 애프터 두고 친구들이랑 내기했는데 꼼짝없이 돈 주게 생겼네요."

'세상에, 내가 그렇게 재수 없는 인간이란 말이야?'

태준은 곧바로 일어나 사과했다.

"마음 상하게 해서 미안합니다."

"됐어요. 이제 와서 그런 말 해 뭐해요? 그럼 이만 가 볼게요. 제가 허영심만큼 자존심도 센 편이거든요."

여기자가 딱딱딱 요란한 구두 굽 소리를 내며 카페를 나갔다.

태준은 뒤따라가서 다시 한 번 사과할까 하다가 그만두었다. 진심으로 미안하진 않았다. 웬일인지 속이 시원하기까지 했다. 신경질적인 걸음으로 미술관을 나서는 여자를 보는데 자꾸만 웃음이 나왔다.

"웃는 얼굴로 발길질을 한다니……."

여자들 사이에 도대체 어떤 얘기가 도는 걸까? 재수 없고 무신경한 에고이스트쯤 되려나?

매너 있는 사람이라고 생각했는데 아니었던 모양이다. 그는 카페 직원이 흘끔거리는 걸 모른 체하며 커피를 마시고 자리에서 일어났다. 직원에게 퇴근한다고 알리고 미술관을 나서는데 전화가 왔다. 〈아트 비전〉 편집장이다. 통화 버튼을 누르자마자 대뜸 욕설이 쏟아졌다. 태준은 핸드폰을 귀에서 뗀 채 욕설과 잔소리를 실컷 듣고 나서 물었다.

"형도 내 소문 들었어? 웃는 얼굴로 발길질하는 인간이래."

— 뭐, 대충 듣기는 했어. 이제 너는 이 바닥에서 소개팅 못 할 거야. 전적이 워낙 화려해서. 그렇게 여자들에게 잘하지, 이놈아.

"당분간은 편하겠네. 그 아가씨한테 내 기사 잘 써 달라고 해 줘."

— 나쁜 자식, 지금 그 말이 나와? 며칠 동안 나한테 신경질 낼 텐데. 생각만 해도 골이 흔들린다. 끊어!

그는 주차장에 세워 둔 파란색 BMW 컨버터블에 올라타서 아까 들은 말을 떠올렸다.

'태준 씨는 자기 안에 갇혀서 다른 사람이 바라는 만큼만 내어 주는 사람이에요.'

유독 그 말이 생각나는 걸 보면 뜨끔하기는 한 듯하다. 붙잡고 저녁 식사라도 대접할 걸 그랬나. 그 말은 충분히 그럴 만한 가치가 있었다.

태준은 잠시 차에 앉아서 빈 시간에 뭘 할지 생각했다. 아직 처리하지 못한 일들이 잔뜩 밀려 있지만 오늘만큼은 쉬고 싶었다.

"이렇게 기분이 더러운 날에는 혼자서 술이나 진탕 마셔야지."

태준은 마음을 굳히고 작업실로 차를 몰았다. 경복궁 사거리를 지나는데 길 양쪽에 늘어선 은행나무가 거리를 환하게 빛내고 있었다.

곡두를 개관하고 바쁘게 지내다 보니 가을을 잊었다. 작년 가을엔 경복궁에 들러 고궁 박물관 옆 커다란 은행나무 아래서 햇볕을 쬐곤 했는데 올해엔 그런 일들이 사치가 되어 버렸다. 노란 물결을 보며 느리게 전진하는데 전화가 왔다. 확인하니 시호 갤러리에 있는 대학교 동창 윤이지였다. 통화 버튼을 누르자마자 왁자한 소음 속에서 이지의 웃음소리가 들렸다.

— 야, 기태준! 너 김 기자한테 무슨 짓을 한 거야? 나한테 전화해서 울고불고 난리도 아니었어.

"미안. 불똥이 거기까지 튀었구나."

— 하긴, 너는 그렇게 화려한 타입 안 좋아하지? 마음에 안 들어도 풀 코스로 봉사하는 사람이 왜 그랬어? 그건 그렇고 데이트 약속 취소돼서 심심하면 나 있는데 올래? 애들이 기분이 울적하다고 해서 낮술 마시는 중이야. 너도 합류해. 금호 아트홀 근처야. 재단 일 도와줄 사람 소개해 달라고 했지? 마침 여기에 있으니까 와서 만나 봐.

"음, 알았어. 가까우니까 곧 갈게."

전화를 끊는데 신음이 절로 나왔다. 이지한테까지 얘기가 들어갔으니 선우와 동생 녀석들도 곧 알게 될 게 분명하다. 평소처럼 대했으면 될 일에 왜 생각나는 대로 내뱉었을까.

태준은 여자에게 했던 말을 복기하다가 깨달았다. 여자를 보고 한 사람이 생각난 것이다. 부잣집에서 태어나 인생의 고비 없이 곱게 자란 여자. 아름다움을 무기로 다른 사람의 인생을 망가뜨린 여자. 세상에서 자기 자신을 가장 사랑하는, 이기적인 내 어머니.

"분위기가 비슷해서 거부감이 생겼던 건가. 그러면 더 미안해지는데."

인생에 심지처럼 박혀 있는 두 여자가 생각나다니, 흔치 않은 날이다. 이럴 때는 사람들 속에 있어야 한다. 적당히 술을 마시며 생각나는 대로 떠들고, 실없는 말에 웃고, 삶이 만만한 사람처럼 굴어야 한다. 연기가 실제 삶인 것처럼 행동하다 보면 조금은 믿게 된다.

해가 지면서 하늘 저편에 노을이 걸리고 광화문에 조명이 켜졌다. 태준은 세종 문화 회관 앞 횡단보도에서 신호를 받고 멈춰 섰다. 무심코 정면을 응시하던 그의 눈에 한 여자가 들어왔다. 플로라였다. 그림이 아닌 진짜 사람이었다.

그럴 리가 없다. 플로라는…… 플로라는…….

'할머니, 플로라는 실제 인물이에요?'

'글쎄.'

'언제까지 비밀로 하실 거예요? 말씀해 주세요.'

언론과 지인, 손자까지 간곡하게 물어도 할머니는 미소만 지을 뿐 대답하지 않았다. 사람들은 플로라가 할머니의 상상 속 인물이라고 했다. 비현실적으로 아름다운 데다 매해 나이를 먹어 갔기 때문이다. 그림 속 플로라는 어느 해는 신화 속 요정으로 어느 해는 쓸쓸하게 눈물짓는 여인으로 세상에 나타났다. 전시회에 그녀가 등장할 때마다 열광적인 찬사와 관심이 쏟아졌다. 어떤 이는 창백한 아름다움에 반했고, 어떤 이는 침착함 속에 숨은 관능에 반했다. 평론가들은 선과 악, 생과 사를 담은 얼굴이라 했고, 강렬한 욕망을 품게 하는 눈동자라고 했다.

〈플로라〉 시리즈는 레오나르도 다빈치의 〈모나리자〉, 요하네스 베르메르의 〈진주 귀걸이를 한 소녀〉에 비견될 동양의 걸작으로 인정받으며 할머니가 돌아가시기 전까지 총 12점이 세상에 나왔다.

할머니의 작품에는 평범한 일반인부터 유명 인사까지 살아 있는 인물이 나왔다. 생존 여부가 밝혀지지 않은 건 플로라뿐이다. 남 말하기 좋아하는 사람들은 할머니가 유명해지려고 침묵하는 것이라고 떠들었다. 실제로 베일에 가려진 인물이라는 점이 〈플로라〉를 더욱 유명하게 만들었지만 그런 식으로 흥행 이끄는 건 할머니 방식이 아니었다. 할머니가 돌아가시면서 〈플로라〉의 비밀은 끝내 밝혀지지 않았다. 사람들은 플로라를 허구라고 결론 내렸고 태준 또한 그렇게 생각하며 미련을 버리려고 노력했다.

그런데 오늘 플로라를 만난 것이다. 처음 본 지 8년 만에 거리 한가운데서.

플로라가 사라진 지하철역에서 태준은 쉽게 빠져나올 수가 없었다. 여운이 너무나도 길었다. 오랜만에 느껴 보는 감정과 심장의 두근거림. 할머니의 다락방에 서서 그녀를 보던 때로 되돌아간 것만 같았다.

그때 태준은 꿈과 현실 사이에서 갈등하고 있었다. 태오처럼 천부적인 재능을 갖고 태어나지 않을 바엔 현실적인 길을 가는 게 합리적이라고 생각했다. 졸업 후에 큐레이터 쪽으로 진로를 정할까 생각할 즈음 플로라를 만났다. 그리고 정말 원하는 것이 무엇인지 깨달았다. 그림을 그리는 일은 태준이 잘하는 것이지 원하는 것이 아니었다.

태준은 정말로 원하는 것이 없었다. 공부 잘하는 기태준, 운동 잘하는 기태준, 그림 잘 그리는 기태준. 오직 잘한다는 타이틀에만 집착하며 살았을 뿐이다. 덕분에 기태준은 외모, 성격, 능력까지 모두 훌륭하다고 칭찬받는, 껍데기만 그럴듯한 사람이 되었다. 속으로는 자기가 원하는 게 뭔지도 모르면서.

전시된 마네킹 같던 그를 플로라가 흔들었다. 진짜 감정을 드러내고 그걸 꺼내 형태로 만들어 보고 싶은 욕구가 생겼다. 그 후 설치 미술로 진로를 정하고 쉬지 않고 작품 활동을 했다. 태준을 키운 게 할머니라면 예술가로 만든 건 플로라였다.

'내가 만들어 낸 환상일 뿐이야. 바보짓을 한 거라고.'

태준은 막차가 가는 걸 보고 나서야 역을 나왔다. 몸의 힘이 한꺼번에 빠져나가면서 머리가 멍했다. 그는 광화문 광장에 처음 와 본 사람처럼 주위를 두리번거렸다. 이제 무엇을 해야 할지 어디로 가야 할지 생각이 나지 않았다. 갑자기 인생이 낯설게 다가왔다.

쇼팽의 〈왈츠〉가 흘렀다. 미유는 나이프와 포크를 놓고 그랜드 피아노 앞에 앉은 남자를 보았다.

그녀의 눈빛은 고인 물 같았다. 기영의 배려에 기쁜 것도 음악을 감상하는 것도 아닌, 피아노와 사람이 저기에 있구나 하는 표정이다. 예상한 일이고 새삼스럽게 감정 표현을 기대한 것도 아니지만 김이 샌다. 기영은 그녀의 시선을 돌리려고 말을 걸었다.

"내가 부탁했는데 마음에 들어?"

"뭐, 대충."

그녀는 기영만이 들을 수 있는 목소리로 짧게 대답하고 먹는 일에 열중했다. 심드렁한 미유의 표정을 보고 기영은 입을 꾹 다물고 포크를 들었다. 긴 침묵과 지루하게만 느껴지는 쇼팽의 〈왈츠〉가 끝나고 기영이 물었다.

"오늘은 어디 구경했어?"

"시립 미술관이랑 경복궁요."

"재밌었어?"

"은행나무가 예뻤어요."

미유는 의도적으로 박기영의 얼굴을 똑바로 보지 않았다. 산만한 꼬마처럼 연주자를 보고, 옆 테이블에 앉은 부부의 음식을 흘끔거리고, 우아한 몸짓으로 물을 따르는 웨이터를 보았다. 기영은 그런 미유를 관찰하면서 와인을 마셨다. 날씨가 쌀쌀해졌는데 원피스와 카디건 차림이라니. 낡아 빠진 가방과 컨버스 신발을 봤을 땐 자존심이 상했다. 박기영의 약혼자가 이토록 구질구질한 차림으로 돌아다녔다고 생각하니 한숨이 나왔다.

"지금 입기엔 옷이 춥지 않니? 내가 카드 줬잖아. 새로 사 입지그래?"

"좋아하는 옷이에요. 쇼핑은 재미없어요."

"몇 주 후에 사업 파트너끼리 모임이 있어. 집으로 몇 벌 보낼 테니까 어른스러운 걸로 골라 입어."

"네."

싫다는 말 없이 순순히 대답하니 할 말이 없다. 기영은 물어볼 말이 떠오르지 않아 다시 먹는 것에 집중하는 척했다.

그의 약혼녀는 말수가 적다. 질문을 하면 단어 몇 개로 끝나거나 입을 다물고 귀찮은 표정으로 쳐다보는 게 전부다. 크게 거슬리는 건 아니지만 침묵이 길어지면 불편해진다. 싫다는 사람을 억지로 끌어다 앉힌 느낌. 사실이라도 재차 확인하는 건 기분 좋은 일이 아니다.

"이모님 49재도 지났으니 주변 정리해야지. 집이랑 이것저것 처분할 거지? 사람 시킬까?"

"알아서 할게요."

"큰 집에 혼자 있기 무섭지 않니? 한남동으로 들어오지그래?"

한남동이라는 단어와 함께 발코니가 있는 작은 방이 머릿속을 스쳐 갔다. 미유가 집에 들어오면 그 방을 줄 생각이다. 작은 방은 그날 이유로 아무것도 손대지 않았다. 커튼, 침대, 가구까지 전부 그대로다. 그 방에 누워 있는 미유를 보면 안고 싶어질까? 지금 이 순간 흥분되는 건 미유 때문인가 아니면……. 기영은 질문의 답을 머릿속에서 지웠다.

"안 무서워요. 낮에는 아줌마랑 있고, 경비 시스템도 있으니까."

"그렇다면 다행이다."

약혼녀는 늘 그랬듯 무덤덤한 표정으로 잽싸게 빠져나갔다. 속으론 엄청나게 짜증을 내며 머리를 굴렸을 것이다.

티가 나진 않지만 기영의 눈에는 속내가 빤히 보였다. 그녀는 자신을 경계하고, 귀찮아하고, 싫어한다. 아마도 가진 건 돈밖에 없는 늙은이라고 생각할지도 모르겠다. 그런 여자와 약혼한 건 그가 미쳐 있기 때문이었다.

박기영은 고분고분하지 않고, 때론 건방지며 영악해서 짜증이 나고, 선물한 옷과 백 대신 싸구려에 낡은 옷을 걸치고 다니는 스물두 살 어린애에게 빠져 있었다. 이 어린애를 차지하는 데 무척이나 오랜 시간과 많은 돈이 들었다. 남이 알면 제정신이 아니라며 혀를 찰 게 분명하지만 아름다운 갈색 눈과 붉은 입술, 온몸에서 배어 나오는 특별한 분위기를 본다면 고개를 끄덕일 것이다.

이 여자는 시간과 돈, 자존심을 거리낌 없이 포기할 만큼 가치가 있다.

"곧 영국에 가는데 혼자 준비할 수 있겠어?"

미유는 딴생각에 잠겨서 포크로 라즈베리 무스를 쿡쿡 찌르고 있었다. 기영은 헛기침을 하고 다시 물었다.

"괜찮겠어?"

미유가 멍한 표정으로 고개를 들었다.

"네? 뭐가요?"

"혼자서 집 정리하고 결혼 준비할 수 있겠어?"

"박 사장님이 도와주시잖아요."

그녀는 기영이 박 사장이라는 호칭을 얼마나 싫어하는지 알면서도 꼬박꼬박 붙였다. 약혼자를 사장님이라고 부르는 여자가 이 아이 말고도 있을까. 기영은 미간을 찌푸리고 못마땅한 표정을 지었다.

"힘들면 언제든지 말해."

"네. 그럴게요."

그는 자리에서 일어날 때까지 더는 말을 걸지 않았다. 레스토랑을 나와 엘리베이터에 타니 노부부가 다정하게 팔짱을 끼고 서 있었다.

한껏 멋을 내고 보석으로 휘감은 늙은 여자가 미유를 유심히 쳐다보았다. 나이 차이가 상당한 커플이라 호기심이 생기는 모양이다. 여자는 십 대 후반이나 이십 대 초반쯤으로 보일 테고 남자 쪽은 적게 잡아야 삼십 대 후반이니 신기할 만하다. 닮은 구석이 없으니 딸이나 남매로 보긴 어렵고 연인이라기엔 나이 차이가 꽤 나니 돈 많은 스폰서와 철부지 계집애쯤으로 생각할까?

조롱하는 눈빛으로 미유를 훑어보던 여자가 남편의 얼굴을 보고 인상을 확 구겼다. 엘리베이터에 탈 때부터 남자는 미유만을 뚫어지게 쳐다보고 있었는데 뒤늦게야 그걸 깨달은 것이다. 미유의 싸구려 옷 때문에 자존심이 구겨진 기영은 남자의 눈 속에 담긴 감탄에 기분이 좋아졌다.

호텔을 나오니 기영의 차가 대기하고 있었다. 기사는 기영이 일러둔 대로 차분하게 차를 몰았다. 차 안에는 어색함을 덜기 위한 재즈 음악이 흘렀고 빙판을 가르는 것처럼 매끄럽게 도로를 달렸다.

미유는 차 시트에 등을 기댄 채 눈을 감고 있었다. 안색이 좋지 않아서 걱정이 된다. 미유는 차를 타면 심하게 멀미를 했다. 보통 수준의 멀미가 아니라 경련하듯 몸을 떨며 토하고 손발이 차가워졌다. 죽은 이모 말로는 차에서 안 좋은 일을 당해서 그런 거라고 했다. 그래서 차에 타면 경기를 하는 거라고.

'박 사장, 걱정하지 마. 그 앤 처녀야. 내가 보장해.'

나화진은 걸핏하면 미유가 처녀라는 걸 강조했다. 안심시키

기 위해서겠지만 오직 처녀라는 이유만으로 미유를 선택한 것
처럼 느껴져 뒷맛이 썩 좋지는 않았다. 옛 생각에 잠깐 빠졌다
가 정신을 차리니 미유가 식은땀을 흘리고 있었다.

"잠깐만요, 차 세워요. 토할 것 같아."

미유가 소리치자 기사가 황급히 도로변에 차를 댔다. 문을
열고 뛰어내린 그녀는 멀리 가지 못하고 인도에 엎드려 구역질
을 했다. 땅에 두 손을 짚고 저녁에 먹었던 것을 모두 게워 내
자 지나는 행인이 인상을 쓰며 보았다. 기영은 기사가 내미는
생수병을 받아 들고 그녀의 등을 두드렸다.

"많이 안 좋니? 차 탈 때마다 멀미를 심하게 하니 큰일이구
나. 용인까지 갈 수 있겠어?"

기운 없이 축 늘어진 그녀를 보니 안쓰러운 생각이 들었다.
기영은 그녀를 부축해 차에 태우고 말했다.

"이럴 땐 자야 해. 어깨에 기대서 눈 좀 붙여."

전이라면 괜찮다며 등을 보이고 앉았을 그녀인데 웬일인지
어깨에 기대 왔다. 예상치 못한 행동에 기영은 꼿꼿하게 허리
를 펴고 앞만 보며 갔다.

일찍 철이 들어 일에만 매달리며 살았고 수많은 사람을 만
나며 닳고 닳아 노회한 늙은이처럼 느껴졌던 자신이 미유와 있
을 때만큼은 젊은 청년으로 돌아간 듯했다.

마흔넷에 이십 대의 감정이라니.

기영은 속으로 한숨을 쉬며 그녀의 샴푸 냄새를 맡고 한쪽
어깨에 실리는 체중을 음미했다.

'은수가 내 곁에 있었다면 나는 어떤 인생을 살았을까?'

오늘 밤엔 특히나 은수 생각이 난다. 침대에서 잠든 은수의 얼굴을 바라보던 순간이, 이마에 입을 맞추며 느꼈던 떨림이 생생히 기억난다. 다시 그때로 돌아갈 수만 있다면. 다시 그 애를 안아 볼 수만 있다면 무엇이라도 할 텐데.

'이모를 닮아 피부가 곱구나.'

기억 속에 사는 놈이 이빨을 드러내며 실실거린다.

'가만히 좀 있어. 아프지 않을 거야.'

놈이 치마 속으로 손을 집어 넣고, 팬티를 끌어 내리고, 무릎을 벌린다. 싫어! 개새끼! 있는 힘껏 소리쳐도 놈은 실실거리며 허벅지를 더듬는다. 입을 틀어막는 손을 물자 놈이 비명을 지르며 뺨을 후려친다. 차 문을 열고 이모가 놈을 끄집어낸다. 놈이 욕을 하며 이모의 머리채를 잡는다.

차를 탈 때마다 떠오르는 장면에 미유는 진저리를 쳤다. 버스나 지하철을 타면 괜찮은데 승용차 뒷자리에 남자와 타면 이 지경이 된다.

언제쯤 이 지긋지긋한 악몽에서 벗어날 수 있을까. 미유는 너무 지친 나머지 박 사장의 어깨에 기댄 것에 무감각했다. 전 같으면 이런 신체 접촉을 질색했겠지만 오늘은 만사가 귀찮아서 될 대로 되어라 하는 심정이다. 미유는 잠든 척 고른 숨을 내쉬며 그가 무슨 생각을 할지 상상했다.

'나를 안고 싶겠지. 늘 바라는 일일 테니까. 그게 언제가 될지 기회만 찾고 있을걸.'

그의 욕망이 갈수록 커지는 걸 느낀다. 서울로 불러내는 일도 잦아지고 집을 방문하는 횟수도 늘었다. 다가오면 한 걸음 물러나고 멀어지면 한 발짝 다가가면서 균형을 유지하지만 언제까지 순진함을 무기로 버틸 수 있을지 자신이 없다.

'언젠가는 자겠지, 이 사람이랑.'

남자로서 매력이 없는 건 아니다. 이제 마흔넷이긴 하지만 준수한 외모에 운동을 열심히 해서 그럭저럭 봐 줄 만한 몸이다. 배경과 재력도 훌륭했다. 얼마 전에 돌아가신 아버지는 준재벌쯤 되었고 많은 유산을 상속받아 현재 투자 회사를 운영하고 있다. 그는 마음만 먹으면 어떤 여자와도 잘 수 있다. 왜 까다롭고 골치 아픈 자신을 고른 건지 미유는 가끔 이해가 안 갔다.

'미유야, 너는 네가 얼마나 예쁜지 모르지? 너는 원하기만 하면 어떤 남자라도 차지할 수 있어. 네가 가진 재산을 소중히 다뤄야 해.'

문득 이모 말이 떠오른다. 이모의 꿈은 하나뿐인 조카를 정상급 여배우로 만들어서 세상의 돈을 쓸어 담는 거였다. 매일 밤 침대에 누워 진통제를 맞고 고통에 몸부림을 치면서 연기와 남자를 어떻게 길들여야 하는지 얘기했다. 그러고도 힘이 남으면 남자들에게 받은 다이아몬드 반지와 선물을 읊조리며 행복했던 나날을 회상했다. 미유도 자신이 아름답다는 걸 알고 있었다. 불행인지 다행인지, 한때 액션 영화에서 섹스 심벌로 이름을 날렸던 이모의 장점과 청춘 영화에서 백혈병으로 죽어 가는 첫사랑을 연기했던 엄마의 장점을 고스란히 물려받았다.

하지만 그뿐이다. 현재 나미유가 가진 재산이라고는 젊음과 반반한 얼굴, 몸뚱이가 전부였다.

용인 집에 도착할 때까지 미유는 자는 척하며 가까운 미래를 상상했다. 박 사장의 품에 벌거벗은 채로 안겨 있는 나미유. 생각만 해도 토할 것 같았다. 섹스를 끔찍하다고 생각하는 건 아니지만 상대가 박 사장인 게 역겨웠다. 열일곱 살에 처음 만난 날부터 지금까지 박 사장은 늘 안고 싶어 미치겠다는 눈으로 보았다. 남자와 잔 적이 없어도 눈빛을 보면 알 수 있다. 용인 집에 들락거리는 사내들 모두가 똑같은 눈빛과 표정으로 미유를 보았으니까.

'박 사장이랑 자기 싫어. 상상만 해도 끔찍해.'

새삼 자신에게 자유가 없다는 현실이 뼈아프게 다가온다. 미유는 남들처럼 평범하게 살고 싶었다. 고등학교를 졸업하고, 대학에 가고, 돈을 벌고, 여행을 가고 싶었다. 보고만 있어도 가슴 떨리는 사람과 데이트를 하고, 첫 키스를 손꼽아 기다리고 숨 막히도록 뜨겁게 사랑을 나누고 싶었다.

하지만 다른 사람의 이야기일 뿐, 스물두 살 나미유에겐 박 사장님이라 부르는 약혼자가 있다. 그것도 하나뿐인 보호자였 던 이모가 직접 짝지어 준 사람이다.

이 세상에 의지할 사람이 박기영밖에 없다고 생각하면 암담 했다. 이모를 원망하지는 않는다. 그럴 수밖에 없는 상황이었 고 제일 나은 선택이었으니까. 이모의 결정을 이해하지만 박 사장을 대하는 마음은 처음과 변함이 없었다. 미유에게 그는 어린 소녀를 탐내는 많은 사내 중 하나였고 결국 그 여자를 얻 어 결혼을 앞두었다. 박 사장은 자기를 사랑하지 않는 것에 개 의치 않는 듯했다. 미유도 결혼은 사랑하는 사람과 해야 한다 고 생각할 정도로 순진하지 않았다. 하지만 자신의 의지로 배 우자를 선택할 수 있는 권리마저 빼앗긴 건 분했다.

'도망치려고 들면 도망칠 수 있잖아. 섬 같은 곳에 숨어서 평 생 그물만 손질하며 살면 돼. 까맣고 못생긴 남자랑 결혼해서 애를 잔뜩 낳고 살면 박 사장이 찾아내도 아무 짓도 못 할 거야.'

푹 퍼진 아줌마가 되어 있으면 박 사장이 어떤 표정을 지을 까. 미유는 상상만 해도 웃음이 나왔다.

정말 그렇게 살까. 도망칠 수 있을까.

미유는 자신이 그러지 못하리란 걸 알고 있었다. 그녀가 살 아오면서 경험한 세상은 잔혹했고, 경험하지 못한 세상은 그 보다 몇 배는 무섭게 느껴졌다. 그리고 자유를 대가로 그런 구 질구질한 삶을 살면서 후회하지 않을 자신이 없었다.

박 사장에겐 돈이 있고 권력이 있었다. 그걸 마다하는 건 병신 짓이라고 이모가 귀에 못이 박히도록 말했다.

'꿈같은 소리하네. 그딴 건 개나 줘 버려. 무엇을 위해 꿈을 꾸는 건데? 결국 돈이야. 돈 벌어서 호사 누리며 살려고 뭐 빠지게 공부하고 더러운 소리 들어가며 일하는 거야. 넌 그럴 필요 없다니까? 돈 많은 남자 하나 잘 후려서 안방 차지하고 앉으면 끝나는 거야. 팔자 펴는 거라고.'

결국 자기가 원해서 선택한 인생인데 미유는 목덜미를 붙잡혀 질질 끌려가는 것만 같았다. 하루에도 몇 번씩 숨이 막히고, 짜증이 나고, 사는 것에 싫증이 났다. 결혼 전에도 이러니 결혼하고 나선 얼마나 끔찍할까. 미유는 겨울이 오는 게 두려웠다.

자동차의 움직임이 거칠어지는 걸 느끼고 미유는 눈을 떴다. 그녀가 사는 집은 마을에서 가장 꼭대기에 있다. 마을 입구에서부터 유독 눈에 띄는 그 집은 다른 집들과 상당히 이질적인 분위기를 갖고 있었다. 할리우드에 진출하는 게 꿈이었던 이모는 할리우드 스타들처럼 멋들어진 집에서 사는 것으로 한을 풀었다. 물론 사이즈가 작고 수영장이나 골프장이 있는 것도 아니지만 겉보기엔 꽤 그럴싸한 저택이었다.

지금은 미유 혼자 살지만 방마다 불이 켜져 있었다. 어두운 걸 끔찍하게 싫어하는 그녀를 생각해 가정부가 켜 두고 간 것이다. 익숙한 풍경 보니 미유는 그제야 살 것 같았다. 자동차가 대문을 지나 차고 앞에 서자 그녀는 금방이라도 쓰러질 것처럼 비틀거리며 차에서 내렸다. 기영의 부축을 거절하고 넓은 정원을 가로질러 집에 들어선 미유는 길게 숨을 들이마셨다.

집은 오전에 나섰을 때처럼 깨끗하고 고요했다. 영롱한 빛을 뿌리는 샹들리에, 그 불빛이 비치는 하얀 대리석 바닥, 금장으로 마감한 천장과 계단 난간, 벽에 걸린 나화진의 사진과 출연한 영화 포스터, 그녀가 아끼던 장식품과 고급 앤티크 가구. 죽은 여배우가 남긴 집은 화려하지만 왠지 모르게 슬펐다.

미유는 그 슬픈 집 거실을 가로질러 2층으로 올라갔다. 곧장 침실로 들어가 쓰러지듯이 눕자 기영이 뒤따라 들어왔다.

"속은 어때?"

"아직도 울렁거려요. 머리 아파."

"혼자 있을 수 있겠어? 내일 조찬 모임만 아니라면 옆에 있어 주고 싶은데."

"괜찮아요. 가 보세요."

미유는 자꾸만 말을 거는 박기영이 성가셨다. 눈을 감고 빨리 사라져 주기만을 바라는데 그가 손을 잡으며 말했다.

"이 큰 집에 혼자 있는 게 마음에 걸려. 고집부리지 말고 한남동으로 와."

"여기서 태어나고 자랐어요. 팔릴 때까진 있을래요."

"그래, 편한 대로 해."

그가 몸을 숙이는 게 느껴졌다. 옷감이 스치는 소리가 들리더니 차가운 입술이 이마에 닿았다 떨어졌다. 미유는 거칠게 밀어내고 싶은 걸 참으며 눈썹만 조금 찡그렸다.

"푹 자고 무슨 일 있으면 연락해."

"조심히 가세요, 박 사장님."

박기영이 잠시 앉아 있다가 나직한 음성으로 말했다.

"나는 네 약혼자야. 언제까지 박 사장님이라고 부를 거니?"

"그럼 뭐라고 부를까요?"

"나도 모르겠다."

"생각해 볼게요."

미유는 졸린 음성으로 돌아누웠다. 기영이 자리에서 일어나 이불을 덮어 주고 불을 끈 후 방을 나갔다. 미유는 오래된 집에서 나는 삐걱거림과 계단을 내려가는 소리, 문 닫는 소리, 정원을 빠져나가는 차 소리를 듣고 나서야 침대에서 일어났다.

혼자 있는 집은 고요했다. 한때는 시끄러운 음악 소리, 사람들의 웃음과 신음, 치고받고 싸우는 소리로 가득했지만 이젠 바람 소리만 간간이 들릴 정도로 조용하다.

미유는 이 고요함을 사랑했다. 혼자여도 외롭지 않았다.

"아…… 답답해서 죽을 뻔했네. 다 토했더니 배고파."

미유는 입고 있던 옷을 훌훌 벗어 버리고 알몸인 채로 침대에서 내려왔다. 지금껏 박 사장 앞에서 했던 건 모두 연기였다. 금방이라도 죽을 것처럼 굴어야 귀찮게 하지 않고 일찍 사라지니까.

이모에게 배운 연기는 영화가 아니라 일상생활에서 쓰인다.

미유는 방에 있는 조명을 모두 켜고 오디오 리모컨을 찾아내 플레이 버튼을 눌렀다. 그녀는 디누 리파티가 연주한 쇼팽의 〈발

라드〉를 허밍으로 따라 부르며 욕실로 갔다. 욕조에 뜨거운 물을 받아 놓고 아래층에 내려가 불을 밝히니 답답함이 가셨다.

"내가 깜깜한 거 싫어한다고 얘기했는데 아직도 불을 끄고 다니네. 안 세월이 얼마인데, 약혼녀 취향 정도는 알아 둬야지."

이모가 죽고 나서 혼잣말하는 버릇이 생겼다. 가끔은 허공이 아니라 사람과 얘기하고 싶어질 때가 있다.

물론 박 사장은 빼고.

"한남동에 들어오라고? 겨우 그 말 하려고 부른 거야? 그렇게 몸이 달았으면 자기가 오든지."

냉장고를 열어 보니 입맛에 당기는 것이 없다. 미유는 응접실 한쪽에 있는 바에 가서 이모가 모으고 자신이 축내는 술병들을 훑어보았다. 로열살루트, 글렌피딕, 조니워커 블루, 헤네시, 마르텔을 쭉 보다가 결국 글렉피딕 21년으로 골랐다. 아이스박스와 술병, 잔과 초콜릿을 챙겨 2층으로 올라가면서도 미유는 계속 혼잣말을 했다.

"버릇이 없으면 버릇이 없다, 마음에 안 들면 마음에 안 든다고 얘길 해야지. 무시하는 거야, 아님 관심이 없는 거야? 아……답답해. 결혼해서도 저럴까?"

이모가 그랬다. 결혼은 남자가 아니라 돈이랑 하는 거라고. 돈만 많으면 남자가 추물이건, 오입질을 하는 바람둥이건 견뎌진다고. 가장 끔찍한 결혼은 사랑하는 남자와 결혼해 가난하게 사는 거라고 했다. 그래서 하나뿐인 조카를 어떻게 해서든 돈 많은 남자에게 시집보내려고 악을 썼다. 결국 이모는 돈 많은 남자 중에 그나마 성실하고 점잖은 박기영을 찾아내 약혼을 성사시켰다. 모르핀을 맞아 정신이 혼미한 와중에도 이모는 그점을 가장 뿌듯해했다.

'네 엄마 만나면 나한테 고마워할 거야. 지긋지긋한 가난, 너는 안 겪게 해 주고 왔으니까.'

엄마가 정말로 좋아했을까. 엄마는 사랑이 전부인 사람인데? 자기를 버린 남자의 아이를 낳아 기르고 그 남자를 그리워하며 죽은 사람에게 사랑을 뺀 결혼을 시켰다고 말하는 건 잔인한 짓 같은데. 이모는 태어나 자신이 잘한 일 중 첫 번째는 배우자가 된 거고 두 번째는 미유를 돈 많고 나이도 많은 남자와 약혼시킨 거라고 했다. 이모가 만족하며 가서 그나마 다행이지만 박기영과 살 생각을 하면 눈앞이 캄캄했다. 박기영을 참아낼 수 있을까. 지금도 이렇게 숨이 막히는데?

욕실에 가 보니 욕조에 물이 반쯤 차 있었다. 미유는 향초를 켜고 물속에 들어가 따뜻한 물의 감촉과 부드러운 우드 향을 음미했다. 욕조로 쏟아지는 물소리와 피아노 선율을 들으며 위스키 한 모금을 마시니 독한 술이 빈속을 휘저었다.

미유는 초콜릿을 꺼내 입안에서 녹여 먹으며 아까 했던 생각을 다시 끄집어냈다.

"박 사장이랑 자기 싫어. 그런 인간에게 주려고 안간힘 쓰며 지킨 게 아니야."

미유는 원하는 사람과 자고 싶었다. 단 한 번만이라도, 정말 단 한 번만이라도 원하는 대로 살고 싶었다. 순간 어떤 생각이 떠올랐다. 박 사장이 알면 죽이려고 들겠지만 그래서 더욱 흥미가 드는 생각.

"그래, 내가 선택한 사람이랑 자는 거야. 마지막으로 내가 하고 싶은 대로 하는 거지. 하지만 누구랑? 내가 아는 사람은 중늙은이들밖에 없는데? 돌아다니다 보면 마음에 드는 사람이 있을까?"

그런 사람이 있을까 의심스럽지만 최대한 눈을 낮추고 찾다 보면 발견할지도 모른다. 우선 생김은 보통이면 되고 체격은 좋았으면 좋겠다. 박기영처럼 차가운 인상은 싫으니 그저 따뜻하고 부드러운 사람, 첫 경험을 떠올렸을 때 서글프지 않으면 된다.

"겨우 생각해 낸 게 딴 남자와 자는 거라니. 나도 참 한심하다."

미유는 갑자기 쓸쓸한 기분이 들어서 오디오 리모컨으로 다른 곡을 찾아 플레이 버튼을 눌렀다. 빠르고 흥겨운 리듬의 곡이 흘러나와 가볍게 고개를 흔들었지만 표정은 우울했다.

꼭 이렇게까지 해야 할 필요가 있을까. 유치한 복수심에 지나지 않는다. 진짜로 행동에 옮겼다간 감당 못할 일을 겪을지도 모른다.

"그 인간이 미워. 날 이렇게 만든 것에 화가 나."

겉으로 보면 낭만적인 이야기다. 위기의 상황에서 구해 준

헌신적인 남자와 세상 물정 모르는 어린 계집애. 내가 작가라면 근사한 이야기를 만들 수 있을 것 같다. 흔해 빠진 얘기지만 모든 드라마에는 돈 많은 남자와 가난한 여자가 등장하니까.

하지만 현실의 어린 여자는 돈 많은 남자를 무척이나 싫어한다. 어린 여자의 눈에 비친 남자는 어린애에 환장해서 터무니없는 돈을 쏟아붓는 한심한 졸부일 뿐이고, 키스 한 번 하려고 저녁 내내 눈치를 보다가 헤어질 무렵에야 이마에 슬쩍 입 맞춤하는 얼뜨기다.

지나친 적대감일까. 평생을 함께 살 사람인데 조금은 따뜻하게 봐 줘야 하지 않을까. 하지만 박기영의 욕망은 모순투성이다. 위선적이고 우유부단하다.

미유가 박기영보다 더 싫은 건 물물 교환하듯 하는 이 결혼이었다. 그녀에게 남은 건 자존심밖에 없는데 이 결혼이 그걸 망가뜨리고 있다. 그가 사 주는 옷, 구두, 가방, 목걸이, 반지가 미유에게 손가락질했다.

너는 값비싼 창녀야.

나미유는 돈에 팔리긴 했지만 창녀는 아니었다. 먼저 빚을 갚아 달라고 한 적도 없고, 결혼하자고 한 적도 없으며 선물을 사 달라고 한 적도 없었다. 그녀는 아무것도 한 게 없다. 결혼해서도 할 수 있는 게 없을 것이다. 그러니까 마지막으로 한 번만 원하는 섹스를 하고 싶다. 짐승들 사이에서 가까스로 지킨 순결이니까 이것만큼은 원하는 대로 하고 싶다.

"시간이 얼마 없어. 런던에 가기 전에 끝낼 거야. 내가 처녀가 아니란 걸 알면 박 사장이 어떤 표정을 지을까."

박기영이 무서운 사람이라는 걸 알지만 두렵지 않았다. 나빠 봤자 지금보다 더 나쁘진 않을 테니까. 위스키 한 병을 비우는 동안 미유는 자기와 잘 남자를 상상했다.

♥

푸른 물이 온몸을 휘감는다. 몸을 타고 흐르는 물살을 느끼며 앞으로 전진한다. 핏속에 아드레날린이 차고 넘치는 게 느껴진다. 시간이 흐를수록 피곤하기보단 마음이 차분해진다. 들리는 건 얼굴을 물 밖으로 내밀며 쉬는 거친 숨소리뿐. 물속에서만 느낄 수 있는 고요가 혼란스러운 마음을 진정시킨다.

'이제 그만두는 거야.'

태준은 레인 끝에서 몸을 숙여 돌고 두 다리로 벽을 차며 앞으로 나갔다. 부서지는 물방울 사이로 횡단보도를 걷는 플로라가 보였다. 그는 환영을 흩뜨리며 외쳤다.

'정말 끝이야!'

그는 허벅지로 힘차게 물을 누르며 속도를 높였다. 근육의 피로가 누적될수록 육체와 의식이 차츰 분리되어 갔다. 몸은 기계적으로 수영을 하고 의식은 옛 기억을 더듬었다.

플로라를 처음 만났을 때 느낀 감동. 그녀에게 말을 걸면서 느낀 감정들. 그림이긴 하지만 첫눈에 반한다는 게 어떤 뭔지 알 것만 같았다. 꼭 살아 있는 그녀를 만나고 싶었다. 태준은 잔뜩 들떴고 산책에서 돌아온 할머니를 보자마자 모델이 누구냐고 물었다. 그는 그때까지도 그녀가 실재하는 사람이 분명하다고 믿었다.

"말해 줄 수 없어."

할머니가 빙긋이 웃는 동안 태준의 얼굴에선 웃음기가 사라졌다. 거듭 물었지만 할머니의 입에서 나온 건 모호한 말들뿐이었다.

"상상 속 인물인가요?"

"내 상상일 수도 있고 아닐 수도 있지."

할머니는 다정한 분이었지만 고집이 무척이나 셌다. 그는 할머니에게 어떤 답도 듣지 못한 채 애를 태웠다. 손자에게까지 입을 다무는 것이 섭섭했지만 할머니의 미소를 믿었다. 그 미소엔 따뜻함과 사랑이 있었고, 많은 이야기가 담겼다. 모델이 실명으로 세상에 알려지기 싫어한다고 생각했다. 기다렸다. 언젠가는 그녀가 눈앞에 나타날 것만 같았다. 왠지 그럴 것 같았다.

일주일 후 다시 집에 갔을 때 그녀는 더 이상 다락방에 있지 않았다. 할머니에게 물었지만 갖고 싶어 하는 이에게 주었다고 할 뿐. 지인을 통해 수소문했지만 그런 그림이 있는지조차 알지 못했다. 얼마 후 할머니는 다시 한 번 그녀를 그렸고 〈플로라〉라는 이름을 붙였다. 작고 동그란 얼굴, 예쁜 이목구비, 오묘하다는 평을 듣는 눈빛. 플로라는 요정처럼 예뻤고 대중은 아름다움과 그 속에 깃든 비밀을 좋아했다.

모델마다 하나의 그림만 남기던 분이 자주 플로라를 그렸다. 플로라를 그리면 젊은 시절이 생각난다고 했다. 태준은 그 과정을 옆에서 지켜보며 처음 플로라를 만났던 순간을 되새겼다. 슬픈 표정의 플로라, 창백하다 못해 투명하게 느껴졌던 하얀 몸, 그때 느낀 감정들. 하루에도 몇 번씩 생각했다.

　지금 그 그림은 어디에 있을까.

　'더 이상 찾지 마. 네가 플로라에 집착한 건 살아 있는 사람이 아니라 그림이었기 때문이야. 그림은 상처를 주지 않으니까. 그림은 버리지 않으니까.'

　인정한다. 살아 있는 사람보다 그림 속 플로라가 편했다. 다른 사람에게 못 하는 말을 들어 주고, 숨겨 온 감정을 꺼내 주었다. 그리고 무엇보다 끌린 건 다른 이에게서 볼 수 없는 아름다움이었다.

　오랫동안 보고 있으니 그림이 아니라 사람처럼 느껴졌다. 같이 대화하고 싶었다. 만지고 입을 맞추고 안고 싶었다. 온기를 머금은 피부를 만져 볼 수 있다면, 갈색 눈동자와 눈을 맞출 수 있다면 무엇이라도 할 수 있었다. 교감이 욕망이 되고, 욕망이 집착이 되고, 집착이 세상과 사람으로부터 스스로를 고립시켰다. 변태적인 욕망? 페티시? 정신병? 무엇이라도 불러도 상관없었다.

　플로라를 만나고 태준은 방황하지 않고 앞만 보며 걸었다. 오늘까지도 그녀를 만난 걸 후회하지 않았다.

　'이제 후회해. 나는 플로라 때문에 무뎌졌어. 지나치게 감상

적이고 현실 감각을 잃었어. 예술가 흉내를 내며 사는 게 아니었어.'

차를 버리고 지하철역으로 뛰어가던 순간에 느낀 건 공포였다. 시간 때우기 용으로 가볍게 만나던 여자가 일생의 사랑임을 깨달은 바람둥이처럼 한 방 먹은 것 같았다. 오랜 시간 동안 갈망하면서도 플로라는 그림일 뿐이라고 생각했다. 여자와 데이트할 때마다 그녀가 겹쳐 보이고, 캔버스에 플로라를 그리느라 밤을 새우고, 경매에 나온 그림을 사기 위해 홍콩 크리스티까지 찾아가면서도 진심으로 원하는 게 아니라고 되뇌었다.

예술적 영감을 위해서? 감정을 끌어내 준 뮤즈?

모두 헛소리였다. 태준은 진심으로 플로라에게 반한 것을 오늘에서야 인정했다.

'나는 잘못 살고 있어. 이건 정상이 아니야.'

겉으론 정상적으로 사는 듯 보이지만 타인과 제대로 된 관계를 맺지 못했다. 복수심과 분노에 가득 차 있으면서도 온순하고 다정한 척 가면을 쓰고 살았다. 그편이 세상을 사는 데 도움이 되는 듯싶었지만 차츰 자신도 길들여지고 말았다. 자식을 버린 부모를 향한 복수심도, 삶의 목표도 희미해졌다. 그저 하루하루 버틸 뿐이다. 태준은 오늘에서야 어떻게 살아야 하는지 분명히 깨달았다.

'현실을 직시해. 시간은 아무것도 해결해 주지 않았어. 나는 여전히 태오 손을 잡고 대문 앞에 서 있던 그때 그대로야. 도망치지 마.'

태준은 자유형에서 접영으로 영법을 바꾸어 두 팔을 앞으로 힘껏 던졌다. 물고기처럼 편안하고 매끄럽게 물살을 가르지만 호흡은 거칠고 심장은 터질 것처럼 뛰었다. 한 바퀴만 더, 한 바퀴만 더. 그는 한계점까지 자신을 몰아붙이며 그동안 안이했던 자신에게 벌을 주었다. 마침내 힘이 빠져 더는 움직일 수 없게 되어서야 그는 레인 끝에 멈춰 서서 가쁜 숨을 몰아쉬었다.

수경을 벗으니 한 남자가 맨발로 서 있는 게 보였다. 선우였다.

"수영하다가 죽고 싶어? 무슨 운동을 그리 무식하게 해? 얼마나 돈 거야? 직원 말로는 들어간 지 한참 됐다고 하던데."

"모르겠어. 시계를 안 봐서."

태준은 어깨 근육을 풀며 벽에 붙은 전자시계를 보았다. 들어 온 지 3시간이 넘었다. 어림잡아 9킬로미터는 돌았으니 내일 어깨가 쑤셔서 고생 좀 할 것이다.

"여기 있는지 어떻게 알았어?"

"네가 갈 곳이 거기서 거기지. 집 아니면 곡두, 작업실 아니면 수영장. 물이 그렇게 좋냐? 수영장 사 들일 때부터 제정신이 아니라고 생각했지만 이 정도면 중독이야. 너 때문에 직원이 퇴근도 못 하고 벌서고 있어. 빨리 나와."

샤워하는 동안에도 선우는 멀찌감치 서서 잔소리를 늘어놓았다.

"스트레스받는 일 있지? 넌 운동하는 거 보면 심리 상태 나온다니까. 무슨 일인데? 사기라도 당했냐?"

"그 사람이 아내를 보냈어. 죽어 가는 사람이니 이제 용서하라더라."

태준의 표정에 선우는 입을 다물었다. 물귀신처럼 물속에서 안 나올 때부터 본가 일 때문이구나 예상은 했다. 그런데 의붓어머니가 직접 찾아왔다니. 그쪽도 어지간히 초조했던 모양이다.

"그래서 뭐라고 했는데?"

"용서할 생각 없다고 했지. 회사 하나 받아서 공중분해 시킬 거라고 했어."

"크크, 잘했다. 듣고 뜨끔했을걸."

뜨거운 물줄기 아래에 서 있는 태준의 표정이 무섭도록 차갑다. 녀석이 저런 표정을 지을 땐 진심으로 화가 났다는 의미다. 선우는 일부러 목소리를 높여 웃었다.

"그러게 왜 자꾸 사람을 건드려. 미안하다고 엎드려 빌어도 모자란 마당에. 근데 진심은 아니지?"

"진심이야."

"회사 경영에 대해 아무것도 모르잖아."

"그러니 더 일이 쉽겠지."

형제나 마찬가지인 친구이지만 좀처럼 이해 안 가는 구석이 많다. 그림 따위에 빠져 있거나 부모에게 지나치게 냉정한 태도, 거짓말에 히스테리에 가까운 반응을 보이는 것이 그랬다. 도덕적인 것에 결벽증에 가깝게 집착하던 녀석이 아버지의 회사를 공중분해 시키겠다니. 자신이라면 몰라도 기태준이 할 행동은 아니었다.

'내가 이 녀석을 아직 모르는 건가.'

그는 태준의 표정 변화를 살피며 말했다.

"기태준, 네가 얼마나 그 인간을 증오하는지 알아. 하지만 넌 네 인생이 있어. 지금껏 원하는 일 하면서 잘 살아왔잖아. 그 인간은 그렇게까지 복수할 가치가 없어. 그런다고 무슨 의미가 있는데? 그땐 이미 죽고 없을 텐데."

"잘 살아오지 않았어. 내 인생 같은 건 없었어."

선우는 입을 다물었다. 태준의 눈빛이 지독히도 괴로워 보여서 할 말을 잊었다.

"잊으려고 해 봤어. 잘 자라서 폼 나게 살아 주는 게 복수라고 생각했어. 그런데 그 사람은 그런 거에 관심 없어. 자기 걸 빼앗을까 봐 전전긍긍할 뿐이야. 어떻게 그럴 수 있지? 나도 자식이잖아."

"태준아……."

"잊는 건 그 사람의 마음을 편하게 할 뿐이야. 이젠 그러고 싶지 않아. 죽기 전까지 신경을 긁어 줄 거야. 겁에 질리게 할 거야. 그 사람이 살아온 흔적을 내 손으로 지울 거야."

선우는 할 말이 많은 표정으로 볼 뿐 입을 열지 않았다. 한 번 마음먹으면 좀처럼 바꾸지 않는 걸 알기 때문이다.

아무리 선우라도 플로라를 봤다고 말하지 못했다. 길 한복판에서 환영을 보고 미친놈처럼 뛰어다녔다는 얘기는 세상에 둘도 없는 친구라도 못 할 말이다. 태준은 주차장에 도착해서야 풀이 죽어 있는 그에게 말을 걸었다.

"자고 갈 거지?"

선우는 본가에서 독립한 후 일주일의 반을 그의 집에서 보냈다. 집이 멀어서, 먹을 게 없어서, 끈질기게 쫓아다니는 여자를 피해 왔다고 핑계를 대지만 진짜 이유는 외로워서다. 겉으론 냉소적이고 강해 보이지만 외로움을 많이 타는 녀석이다. 한때 조소 작가로 살았지만 지금은 뭘 하고 다니는지 아무도 모른다.

"그러려고 왔는데 그냥 내 집에 가서 자련다."

"왜?"

"낯설어서. 내 친구가 아닌 것 같다."

"마음대로 해."

"자식, 잡지도 않네. 맨날 나만 아양 떨고 엉기지. 인정머리 없는 자식. 근데…… 태준아…… 복수라는 거 해 봤자 변하는 건 없어. 아픈 기억만 또렷하게 할 뿐이야. 그냥 두는 게…… 잊는 게 널 위해서 좋아."

"잘 가라. 연락할게."

태준은 자신을 빤히 보는 그를 뒤로하고 차에 탔다. 피곤해서 집에 가면 바로 쓰러져 잘 것만 같다. 하지만 막상 오피스텔에 도착해 침대에 누우니 잠이 달아났다. 피곤해서 팔을 들 기운도 없는데 정신만은 또렷하니 미칠 것만 같다.

자려고 애쓰는 동안 머릿속 영화관에서는 몇 시간 전에 있었던 일이 반복해서 상영되었다. 어두워지는 하늘과 이제 막

켜진 가로등, V 사인을 하며 사진을 찍는 관광객, 느릿느릿 인도를 거니는 경찰관, 핸드폰을 보며 걷는 청년, 남자 친구와 손을 잡고 걷는 여자.

많은 사람 사이로 그녀가 홀연히 나타났다. 무대의 조명이 일제히 꺼지고 조명 하나만이 플로라를 비춘다. 까만 단발머리, 하얀 얼굴과 목덜미, 고흐의 그림이 떠오르는 파란 원피스, 낡아 보이는 갈색 크로스 가방, 캔버스 운동화. 플로라는 집을 나서면 만날 수 있는 이웃집 소녀 같다.

어떻게 그럴 수 있을까. 자신을 비롯한 세상의 모든 것이 나이를 먹어 가는데 어떻게 플로라는 그대로일까. 어쩌면 플로라와 닮은 사람일지도 모르겠다. 아니, 미술관에서 닮은 아이를 보고 심란해하다 착각한 게 분명하다.

'아니라고 생각하면서도 달렸어. 한 번 더 보고 싶었어.'

태준은 플로라를 발견하고 폭발한 갈망이 두려웠다. 자신이 평생 아무것도 가지지 못한 사람처럼 느껴졌다. 지독히도 외롭고 사랑에 굶주린 사람 같았다. 욕망이 날뛰어 이성을 먹어 치운, 낯선 느낌.

삶이 망쳐지기 시작하면 환상은 더 이상 환상이 아니라 독이다.

'정말로 널 잊을 수 있을까?'

8년은 무척이나 긴 시간이다. 플로라는 그의 인생에서 이미 많은 부분을 차지하고 있다.

'그러니까…… 이제 그만둬야 해.'

그녀의 슬픔이 자신의 것과 비슷하다고 해서, 그동안 한 번도 느껴 보지 못한 감정을 느꼈다고 해서 찾아 헤매는 짓은 그만둬야 한다. 이건 사랑이 아니다. 대상을 잃은 갈망이 우연히 플로라에 꽂힌 것뿐이다. 플로라는 세상에 없다. 곡두에서 한 소녀를 보고 플로라를 떠올렸고, 그게 곡두가 되어 눈앞에 나타난 것뿐이다.

'복수를 한다고, 플로라를 지운다고, 인생이 달라질까.'

태준은 확신할 수 없었지만 해 보기로 마음먹었다. 더는 가면을 쓰고 웃지 않아도 된다는 사실에 마음이 편했다.

아버지에게 복수를 하고 플로라를 잊기로 다짐하면서 그는 조금씩 변해 갔다. 친절하고 유능해 보이려고 노력하지 않았고 좋은 사람 소리를 듣는 것에 집착하지 않았다.

그의 변화를 감지한 사람들이 걱정하는 얼굴로 말을 걸었지만 그는 오히려 잘하는 것으로 받아들였다.

좀 더 일찍 이렇게 살았어야 했다. 다 잊은 척 도망치지 말고 자신을 드러냈어야 했다.

가면을 벗고 세상에 선 지 얼마 안 돼서 윤이지에게서 전화가 왔다.

— 태준아, 〈플로라〉 그림을 팔겠다는 사람이 있어. 수집가는 아니고 선물받은 건데 보관 상태가 좋대. 되도록 빨리 팔고 싶다는데 언제 볼 거야?

"아니, 나는 괜찮으니까 다른 사람 연결해 줘."

— 안 사? 왜? 〈플로라〉는 돈이 얼마가 됐든 무조건 샀잖아.

"이제 그만두려고."

— 뭐야. 싫증 난 거야? 당연히 살 줄 알고 포장해 두라고 했는데. 알았어. 다른 사람 찾아봐야겠네.

전화를 끊고 나서 태준은 한참을 멍하니 서 있었다. 아쉬움도 미련도 없었다. 있다 해도 없애야 한다. 그는 인생에서 플로라만 모조리 오려 내고 싶었다.

사랑받고 싶다.
아름다워서, 어려서,
갖고 싶어서가 아니라
맹목적으로,
너 아니면 죽을 것 같아서 원한다는 말을
듣고 싶다.

내 앞에 나타나다

낙선재 처마에 부서지는 햇살이 산뜻했다. 빗질 자국이 그대로 남아 있는 안뜰과 담벼락 너머로 가지를 내민 감나무, 쌓인 낙엽에 한동안 시선이 갔다. 경복궁보다 조용해서 좋고 소박하고 정갈한 분위기에 마음이 편안하다.

미유는 낙선재를 돌아보는 것을 끝으로 창덕궁을 나왔다. 매표소 옆 벤치에 앉아 다음 행선지를 생각했지만 딱히 가고 싶은 곳이 없었다. 인사동과 삼청동 사이에서 고민하다가 귀에 이어폰을 꽂고 음악을 들었다. 넬의 〈기억을 걷는 시간〉이 흘러나오고 자연스레 어린 시절이 떠올랐다.

유치원 다닐 때니까 아주 오래전인데도 며칠 전처럼 생생했다. 그땐 모두가 행복했다. 이모는 마약을 하지 않았고 집에 남자들을 불러들이지도 않았다. 엄마는 살아 있었고 미유는 영원히 행복할 것 같은 하루하루를 보냈다. 휴양지에 놀러 온 것처럼 한가로운 나날들이었다. 엄마와 이모가 선 베드에 누워 일광욕을 하는 동안 미유는 정원사와 잡초를 뽑았다. 아직도 땅에서 올라오는 흙냄새와 연못의 물 냄새가 기억난다.

엄마는 상태가 나빠지기 전이라 종종 웃고 말도 걸어 주었다. 그녀는 하루의 대부분을 자신이 출연한 TV 드라마를 보면서 지냈는데 미유는 엄마가 〈청춘 극장〉이라는 드라마를 볼 때가 제일 좋았다. 그녀는 거기에서 말괄량이 여대생으로 출연했는데 시도 때도 없이 깔깔깔 웃곤 했다. 거실에 여주인공의 명랑한 웃음소리가 퍼지면 무표정하게 앉아 있던 엄마도 그때만큼은 따라 웃었다. 미유의 삶에서 가장 빛났던 시절이었다.

미유는 벤치에서 일어나 안국역 쪽으로 걸었다. 물감을 진하게 탄 것 같은 파란 하늘, 노란 은행나무, 바람이 불 때마다 도로를 굴러다니는 낙엽. 눈앞에 펼쳐진 가을 풍경이 마음에 든다.

그녀는 행선지를 정하지 않고 낯선 행성에 우연히 떨어진 외계인처럼 사람들의 눈빛, 표정, 머리 모양과 입은 옷, 신발을 유심히 보았다.

별다른 이유는 없었다. 그저 사람이 신기할 뿐이다.

이모를 간호하는 몇 년 동안 미유는 집 밖으로 나오지 못했다. 그녀가 잠깐이라도 안 보이면 불안해하는 이모 때문에 고등학교도 자퇴하고 온종일 옆을 지켰다. 보는 사람이라고는 간병인, 일하는 아주머니, 일주일에 한 번 들르는 박기영이 전부. 몇 년이 지나니 사람이 그리웠다.

미유는 이모가 죽은 후 일주일에 두세 번 서울에 와서 원 없이 사람 구경을 했다. 그리고 시끄러운 웃음소리, 싸우는 소리, 누구야 하고 이름을 부르는 소리 속에서 이모의 죽음을 실감했다. 종일 서울 거리를 거닐면서 그녀는 삶의 막막함을 견디는 연습을 했다. 물론 결심한 일을 실행해 옮기려는 목적도 있었다. 하지만 세상일이 그렇듯 쉽게 풀리진 않았다.

경복궁으로 방향을 정하고 길 양옆에 늘어선 은행나무를 따라 걷다 보니 가로등에 걸려 있는 알록달록한 배너가 눈에 들어왔다.

동화 童話 fairy tale
국내 신인 아티스트 10명이 선사하는 즐거운 미술전
새롭게 해석한 동화를 만나다
미술관 곡두

"동화라…… 재밌겠네."

핸드폰으로 미술관 위치를 찾아보니 가까운 곳에 있었다. 게다가 비영리 미술관이라 입장료도 무료였다.

미유는 가로등에 걸린 배너를 따라 걷다가 풍문 여고 옆에 난 감고당길에 들어서서 미술관 안내판을 보았다. 길을 따라 올라가니 3층짜리 아담한 미술관이 나왔다. 붉은 벽돌로 지은 곳인데 고궁이 근처에 있어서 그런지 한국적인 분위기였다. 건물 벽이 독특해서 다가가 보니 사군자, 십장생 무늬가 있었다.

건물 전체가 경복궁 아미산 굴뚝을 본뜬 것 같았다.

"누가 지었는지 독특하네."

미술관 안으로 들어가니 동화라는 주제답게 입구부터 귀여운 버섯 인형과 앙증맞은 곰 인형이 서 있었다. 팸플릿을 받아 펼쳐 보니 1층부터 3층까지가 전시장이고 지하에는 아이들 미술 체험 수업이 열리고 있었다. 토요일에다가 무료로 관람할 수 있어선지 미술관에는 온통 부모와 아이들 천지였다. 미유는 팸플릿을 들고 작가와 작품을 확인하며 1층 전시장을 돌았다. 우리나라 전래 동요부터 외국 동화까지 다양한 이야기를 담은 미술 작품이 있었다. 홀로그램으로 만든 나비가 환상적으로 펼쳐진 꽃밭을 날고 시계를 든 토끼 대신 갓을 쓴 토끼와 댕기 머리에 한복을 입은 앨리스도 있었다. '만져 봐도 괜찮아요'라는 팻말을 든 곰 인형 작품과 그림자 동화가 재생되는 작품도 있었다.

이곳 미술관에는 또 하나 독특한 것이 있었다. 1층과 3층까지 계단으로 연결된 게 아니라 나선형의 완만한 통로로 길게 이어져 있었다. 그래선지 다른 곳보다 휠체어를 탄 사람이 많이 보였다. 통로 난간에는 신기하게도 영상이 펼쳐지고 있었는데 유성 하나가 긴 꼬리를 끌며 위층으로 올라갔다. 미유는 아이들과 함께 서서 그 이미지를 구경했다. 아담하고, 곳곳에 정성을 기울인 흔적이 보이는 미술관이었다.

2층에 올라가니 다리가 슬슬 아팠다. 의자에 앉고 싶지만 벌써 꼬마들이 차지하고 있어서 자리가 없었다. 미유는 난간에 기대 천장에 달려 빙글빙글 도는 막대 사탕과 컵케이크를 구경했다.

그러다 문득 아래층에 서 있는 남자가 눈에 들어왔다. 뒤돌아서서 얘기하느라 얼굴이 보이지 않았지만 전체적인 실루엣이 근사한 사람이었다. 그는 슬림한 검정 코트를 입었고 다리가 무척이나 길었다. 머리를 쓸어 넘길 때 보니 손가락이 길고 섬세해서 피아니스트의 손 같았다. 저런 손을 가진 사람은 어떻게 생겼을까. 사람의 시선을 잡아끄는 분위기가 상상력을 자극한다. 호기심을 갖고 보는데 구석에 의자가 비었다. 미유는 멋진 뒷모습을 가진 남자의 생김이 궁금했지만 다리가 아파 누가 앉기 전에 얼른 몸을 움직였다.

"오늘 너무 많이 돌아다녔나 봐. 다리 아파. 여기까지만 보고 집에 가야겠다."

집에서처럼 혼자 중얼거리니 옆자리에 앉은 여자아이가 눈을 동그랗게 뜨고 쳐다보았다. 멋쩍어진 미유가 배시시 웃어 주니 아이가 사탕 하나를 내밀었다.

"고마워. 잘 먹을게. 엄마는 어디 계셔?"

"화장실."

함께 사탕을 먹는데 아이 엄마가 돌아왔다. 엄마 손을 잡고 가는 아이를 보니 또다시 어릴 때 생각이 났다.

미유는 엄마와 이런 곳에 와 본 적이 없었다. 엄마는 늘 술에 취해 있었고 멀쩡할 때면 텔레비전을 보거나 정원 의자에 멍하니 앉아 있었다. 미유에게 동화를 읽어 준 사람은 이모의 첫 번째 남편이었고 글자를 가르쳐 준 사람은 이모의 두 번째 남편이었다. 그녀는 평생 엄마와 함께 뭘 해 본 적이 없었다.

"부럽다. 나도 엄마랑 이런 데 왔으면 좋았을 텐데."

모처럼 기분이 좋은 날인데 우울해지기 싫다.

미유는 다리를 쭉 펴고 앉아 팸플릿을 보고 창덕궁에서 받아온 책자를 뒤적였다. 그러다 아까 본 그 남자의 얼굴이 문득 궁금해졌다. 일어나 가 보니 그가 있던 자리에 젊은 여자 둘이 서 있었다.

"에이, 갔잖아. 얼굴 볼걸."

2층 전시장을 돌아보고 3층으로 올라갈 때였다. 세 걸음 앞에 검정 코트를 입은 남자가 걷고 있었다. 아까 보았던 그 남자다. 가까이서 보니 키가 크고 비율이 좋아서 모델 같았다. 미유는 남자의 얼굴이 궁금해 뒤를 졸래졸래 따라갔다. 앞으로 가서 노골적으로 얼굴을 확인하기는 멋쩍고 자연스레 돌아볼 때가 있겠지 싶어 기다렸다.

그는 전시장이 아닌, 다른 쪽 복도로 걸어갔다. 옆에 선 남자가 무언가를 설명하는데 그것에 집중한 나머지 도통 멈춰 서지 않았다. 한참 남자의 뒤통수만 보는데 박기영에게 전화가 왔다. 모처럼 재밌는데 방해꾼이라니. 미유는 받지 않으려다가 마지못해 통화를 했다.

— 어디야?

"서울요. 미술관에 왔어요."

— 나오면 얘길 하지. 미리 시간을 빼놨을 텐데.

"금방 들어갈 거예요. 많이 걸어 다녔더니 다리 아파요."

— 기사 보내 줄까?

"전철 타고 들어갈래요."

— 그래, 그럼 조심히 들어가. 그리고 집으로 옷이랑 구두 보냈으니까 입어 보고, 마음에 안 들면 명함에 있는 번호로 전화해서 더 가져다 달라고 해.

"네, 그럴게요."

전화를 끊고 보니 검정 코트를 입은 남자가 사라지고 없었다.

"뭐야, 갔잖아. 얼굴 한 번 보기 되게 힘드네."

미유는 투덜거리며 돌아서서 전시장을 마저 구경했다. 신기하고 재밌긴 했지만 다리가 아파서 오래 보진 못했다. 다시 아래층으로 내려올 때였다. 한 남자가 그녀의 옆을 스치고 지나갔다. 향기가 근사해서 고개를 드니 검정 코트를 입은 남자였다. 그는 급한 일이 있는지 핸드폰으로 통화하며 빠르게 걸었다.

"차 안 가져왔으니까 걱정 마. 곧 갈게."

목소리가 정말로 근사했다. 적당한 저음에 지적인 목소리. 미유는 아까보다 더욱 호기심이 일어 그를 따라갔다.

'목소리가 멋지면 얼굴이 별로라던데 정말 그럴까? 이봐요, 얼른 고개 돌려 봐요.'

마음으로 속삭이는데 별안간 남자가 뒤돌아섰다.

'우와!'

미유는 자신도 모르게 속으로 중얼거렸다.

'우와!'

두 번째 감탄을 할 때는 저절로 입이 벌어졌다.

살면서 저렇게 잘생긴 사람은 처음 본다. 이모 집에 들락거리던, 빤질빤질하게 생긴 배우들이랑은 차원이 다르다. 생김이 섬세하고 아름다웠다. 남자에게 안 어울리는 표현이라는 걸 알지만 정말로 그랬다. 잡티 하나 없이 깨끗하고 하얀 얼굴, 반듯한 이마, 시원하고 세련된 느낌의 코와 살짝 도톰한 입술.

그중에서 가장 눈에 띄는 건 지적인 인상을 만들어 주는 눈매였다. 쌍꺼풀이 없는 큰 눈은 깊고 진중했다. 그는 가볍게 행동하지 않고 누구에게나 신뢰를 주는 사람일 것이다. 눈빛과 풍기는 분위기만으로도 알 수 있다. 그녀가 필요 이상으로 길게 보았지만 그의 눈은 미유가 아니라 천장에 꽂혀 있었다.

"창민 씨! 여기, 작품이 조명에 너무 가까워. 옆으로 옮겼으면 좋겠는데."

그는 전화 통화를 하면서 3층에 있는 사람에게 손짓을 하고 있었다. 다행이다. 훔쳐보는 걸 들키지 않아서. 미유는 미소를 지으며 그를 보았다.

'저런 사람이랑 섹스하면 어떤 기분일까?'

이모가 그랬다. 얼굴 반반한 것들일수록 잠자리 습성이 더러운 법이라고. 자기 잘난 줄 아는 동물은 남에게 요구하는 걸 쉽게 한다고 했다. 섹스에 관한 한 정통한 이모 말이니 허튼소린 아닐 것이다.

'그럼 어떤 사람이랑 해야 깨끗하고 안전하게 끝낼 수 있을까?'

길을 걷다가 가끔 말 거는 남자가 있긴 하지만 딱히 마음에 드는 사람은 없었다. 어떤 남자는 너무 못생겨서 싫고, 어떤 남자는 성질머리가 고약해 보여서 싫고. 또 어떤 이는 닳고 닳은 색골 분위기를 풍겼다. 다시는 없을 일탈인데 기왕이면 마음에 드는 사람이랑 자고 싶다.

'나는 너무 까다로워서 아무나하고 못 잘 거야.'

검정 코트가 지금까지 본 남자 중에 가장 눈에 들어오지만 이래저래 망설여진다. 우선 대낮에 남자를 유혹할 뻔뻔함이 없고, 병이 있는 건 아닌지, 괴상한 성적 취향을 가진 건 아닌지 걱정이 된다. 이모 덕분에 이론은 빠삭하지만 실천으로 옮겨 본 적이 없으니 있으나 마나 한 지식이다.

미유는 근사한 검정 코트를 뒤로한 채 총총히 미술관을 나왔다. 벌써 해가 서쪽으로 기울고 있었다. 점심을 샌드위치로 때운 터라 살짝 배가 고프다.

그녀는 정독 도서관 방향으로 걸었다. 예쁜 카페와 음식점이 있는 거리를 걷는데 한 남자가 그녀를 흘끔 보고 지나더니 다시 왔다. 또래로 보이고, 비니 모자에 후드 티셔츠를 입은 인상이 좋은 남자애였다.

"안녕."

그가 싱긋 웃으며 옆에 섰다. 미유는 무표정한 얼굴로 말없이 걸었다.

"약속 때문에 가는 중? 남자 친구? 아니면 여자 친구?"

언제 봤다고 반말이야? 미유는 매섭게 쏘아 주려는 걸 참

앗다. 어쩌면 잠자리 후보가 될지도 모르니까.

"혼자 왔어."

심드렁한 대답에 남자애가 눈썹을 치켜세우며 웃었다.

"나는 약속 있어. 친구 생일이거든. 나랑 제일 친한 놈이야. 고등학교 때부터 친구거든."

"그런 말을 왜 나한테 하는데?"

"너 보니까 가기 싫어져서. 욕먹더라도 너랑 놀고 싶어졌어. 나랑 저녁 먹을래?"

지루할 만큼 평범한 얼굴이었지만 웃는 모습이 마음에 들어 망설여졌다.

'나쁜 느낌은 안 드니까 따라갈까. 같이 저녁 먹어 보고 별로 면 집에 가지, 뭐.'

마음을 정하고 고개를 끄덕이니 남자애의 얼굴이 순식간에 환해졌다.

"좋아. 가자."

그 아인 걸어가는 동안 미유의 얼굴을 몇 번이나 봤다. 좋아 서 잔뜩 들뜬 게 보였다. 잘하면 오늘 이 애와 잘지도 모르 겠다고 미유는 생각했다.

♥

태준은 좁고 허름한 인사동 골목을 걸어 단골로 들르는 해 물찜 식당에 들어갔다. 좁은 식당 안에는 많은 사람이 바짝 붙어 앉아 먹고, 마시고, 얘길 나누고 있었다. 휘휘 둘러보니 가장 안쪽에 있는 테이블에서 태오가 해물찜을 먹고 있었다. 그를 발견한 태오가 한쪽 손을 들고 씩 웃었다.

"배고파서 먼저 먹고 있었어. 괜찮지?"

태준은 좌식 테이블에 앉아 코트를 벗으며 고개를 끄덕였다.

"이모, 여기 소주 하나랑 해물찜 추가요."

소주병을 받아 든 태오가 앞에 놓인 잔을 채우며 말했다.

"왜 그렇게 얼굴 보기가 힘들어? 세연이가 주말에 밥 먹으러 오래."

"몸도 무거운데 쉬라고 해. 곧 출산하잖아."

"미키랑 주영이가 독립하고 나니까 집이 크게 느껴진대. 나 같으면 편할 거 같은데 부쩍 심심해하네. 그나마 선우 형이 자주 들러서 놀아 주고 있어."

"언제 들를게."

태준은 안주 없이 소주를 마시고 한 잔 더 따랐다. 그 모습을 물끄러미 보며 태오가 물었다.

"꼭 그렇게까지 해야 해?"

무슨 말을 하는 건지 감이 왔지만 태준은 말없이 술을 들이켜고 빈 잔을 채웠다.

"형, 그냥 하자는 대로 해."

"당연한 권리야. 가질 자격이 있어."

"그 돈 없어도 살아."

"알아."

"더럽고 치사해."

"그래."

"근데 왜? 그냥 없는 사람으로 생각하고 살면 안 돼? 나는 형이 다 잊었다고 생각했어."

잊었다고? 태준은 헛웃음을 흘렸다.

"그 사람, 날 편안한 눈으로 본 적이 없어. 내 행동 하나하나 꼬투리를 잡고 손찌검을 했어. 전 과목 100점을 받지 못하면 게으르다고 때렸어. 그래서 100점을 맞아 갔더니 또 때리더라. 공부만 하느라 너 감기 걸리게 했다고."

태준은 이 얘기가 동생에게 얼마나 상처인지 알고 있었다. 전이라면 이런 얘길 절대로 하지 않았겠지만 이제는 한다. 가슴에 쌓여 있던 걸 숨기지 않고 드러낸다.

"자기 누나와 하는 얘길 들었어. 더러운 놈의 씨앗이라고 하더라. 닮은 구석이 하나도 없대. 보고 있으면 역겨워서 견딜 수가 없다고 했어. 어머니 때문에 이혼하지 못하는 거라고, 알면 돌아가실까 봐 참는 거라고 했어. 그날 알았어. 왜 너만 싸고돌고 날 유령 취급 하는지."

태준은 동생의 얼굴에 드러난 죄책감을 보는 게 마음 아팠다. 그들은 살면서 이런 얘길 나눠 본 적이 없었다. 한 번은 했어야 하는데 그런 일 따윈 없었던 것처럼 행동하며 살았다.

"쫓겨나기 전에 그 사람 얼굴을 네가 봤어야 하는데……. 진짜 볼만했어. 바보같이 말이야, 사과할 줄 알았어. '오해해서 미안하다. 네가 내 아들이었구나. 그동안 미워해서 미안하다.'

그럴 줄 알았어. 그런 기대를 하다니 어렸던 거지."

"내가 미웠겠구나."

태오가 가라앉은 음성으로 말했다.

"응. 미워했어. 너 때문에 맞았으니까. 너만 없었으면 버려지지도 않았을 테니까. 할머니 집에 들어갔는데 네가 자꾸 집에 가자고 보챘어. 화가 나서 때려 주고 싶었어. 너 때문이라고 소리치고 싶었어. 근데 내 손을 잡고 우는 네가 불쌍해 보였어. 넌 이유도 모르고 버림받은 거잖아. 사랑받았는데 갑자기 외면당한 거잖아. 돌봐 주고 싶었어. 나는 그 사람들이랑 다르니까. 이제부터는 내가 보호자라고 생각했어."

태준은 배 속에 뿌리박힌 암 덩어리를 뱉어 낸 것처럼 속이 시원했다. 태오가 충격을 받은 표정으로 보다가 후련하다는 듯이 길게 숨을 내쉬었다.

"직접 듣고 나니 속이 시원하네. 사실 형은 내 아킬레스건이야. 말썽 부리고 다니다가도 형이 한마디 하면 바로 정신 차렸잖아. 죄책감 때문이었어. 내가 모든 불행의 원인 같았어. 형에게 버림받을까 봐 겁이 나서 말을 잘 들은 거야. 형이 멀쩡하게 잘 지내는 걸 보고 걱정되면서 미안했어. 나라면 저렇게 웃을 수 없을 텐데 어떻게 그럴까. 다 잊었나. 내가 바보였어. 잊을 수 없는 건데. 멀쩡할 수가 없는데. 좀 더 빨리 얘기해 볼걸."

"네 잘못이 아니야."

"알아. 그래도 괴로웠어."

"넌 여전히 내가 사랑하는 동생이야."

"알아. 그래서 더 미안해. 혼자서 그 짐을 짊어지게 해서, 나만 행복해서 미안해."

"이제라도 짐을 내려놔야지. 그렇게 할 거야."

"그 돈을 빼앗으면 마음이 편해질 거 같아?"

"단순히 돈 문제가 아니야. 내 태도. 괜찮은 척, 잊은 척 하는 걸 그만두고 싶어. 그 사람에게 한 번도 내 감정을 드러내지 않았어. 사랑받고 싶었어. 인정받고 싶었어. 그래서 말 잘 듣고 성실한 아이가 된 거야. 이제 나는 옛날의 그 애가 아니란 걸 보여 주고 싶어."

"그러면 형 마음이 편해?"

"편해. 내가 하고 싶은 대로 살잖아. 다른 사람에게 어떻게 보이든 말든 내 의지로 사는 거잖아."

"그래, 하고 싶은 대로 해. 하지만 형이 살아온 건 위선이 아니었어. 형을 아는 사람은 다 알아. 누구를 만나고 무슨 일을 하건 언제나 진심이 있었어. 전부 거짓이었다면 형 주위엔 아무도 없었을 거야. 분노를 인정하고 감정에 솔직해지는 건 좋은 변화야. 하지만 너무 분노에 집착하진 마. 과거에 얽매어 살기엔 시간이 아까워. 그럴 가치가 없는 일이야."

"그래, 나도 머리로는 알아. 아직 가슴으로 받아들여지지 않을 뿐이야."

"난 형을 믿어. 강하고 바른 사람이잖아. 곧 형다운 선택을 할 거라고 생각해."

태오는 더 이상 얘기하지 않고 말없이 술만 마셨다. 태준은 자신을 믿어 주는 사람이 존재하는 것에 위로를 받았지만 여전히 그의 가슴 한복판에는 얼음 조각이 박혀 있었다. 그 어떤 것으로도 얼음 조각을 녹일 수 없다고 생각하면 쓸쓸했다. 평생 이렇게 껴안고 살거나 아예 잊는 수밖에는 도리가 없다. 살다 보면 틈틈이 놀라운 기적과 인연이 다가온다지만 남의 얘기 같았다

"형, 나 일찍 가 봐야 해. 우리 배불뚝이 요정이 기다리고 있거든. 꼭 집에 놀러 오는 거다?"

태오는 아내에게 줄 해물찜을 주문하고 아쉬운 얼굴로 마지막 남은 소주 한 잔을 천천히 아껴 마셨다. 급하게 마신 술에 얼굴이 벌게진 동생을 택시에 태워 보내고 태준은 종로3가역 쪽으로 걸었다.

혼자서 소주 두 병을 마셨는데 취기가 느껴지지 않는다. 다만 기분이 가라앉고 쓸쓸할 뿐이다. 좁은 골목을 터덜터덜 걸어 대로에 나오니 가지를 펼친 아름드리 은행나무가 보였다.

종로 쪽에는 유독 은행나무가 많다. 불빛보다 환한 은행나무를 보며 걷는데 반대쪽 인도에서 커플이 실랑이하는 게 보였다. 남자애가 잡아끌고 여자애가 소리치며 뿌리치고 있었다. 뭐라고 소리친 여자애가 남자애의 따귀를 때렸다. 멀리 있는데도 뺨 때리는 소리가 크게 들렸다. 한바탕 욕을 퍼부은 남자애가 우물쭈물하다가 그대로 자리를 떠났다.

태준의 관심은 거기에서 끊겼다. 거리에는 많은 사람이 비틀거리며 큰 목소리로 떠들고 있었다. 문득 목이 말랐다. 태준

은 주위를 두리번거리다 멀리 보이는 편의점을 향해 걸었다.

♥

　30분. 남자애에게 싫증이 난 건 딱 30분 만이었다. 미유가 지루한 표정으로 하품을 했지만 남자애는 제 얘기에 빠져 눈치를 채지 못했다. 그의 머릿속에 든 것은 인터넷에서 보고 들은 가벼운 상식뿐이고 늘어놓는 얘기는 여자와 게임밖에 없었다.
　'요즘 애들은 전부 이런가? 책 같은 건 안 보는 거야?'
　미유는 인상을 구기며 속으로 투덜거렸다. 자신에게 애늙은이 같은 구석이 있는 건 인정하지만 이 아이는 지나치게 미성숙했다.
　'그래도 얘는 엄마 아빠도 있고 대학도 다녀. 나보다는 정상적으로 사는 애야.'
　보통 환경에서 자란 평범한 아이를 더 관찰하고 싶지만 인내심이 점점 바닥을 드러냈다. 미유는 남자애가 젓가락을 놓자마자 바로 자리에서 일어났다. 나오는 길에 집에 간다고 하자 남자애가 손목을 붙들고 말렸다.
　"야박하게 저녁 먹고 바로 가 버리는 거야? 좀 더 놀아 줘. 응?"
　남자애가 어수룩한 미소를 지으며 웃었다. 멍청해 보이긴 하지만 나쁜 아이는 아니다. 오히려 나쁜 쪽은 섹스할 대상인지 탐색하러 온 자신이었다.
　"가볍게 맥주 한잔하자. 내가 잘 아는 집 있어. 여기에서 가까워. 산책할 겸 걸어가자."

성미대로라면 뿌리쳤겠지만 박 사장을 떠올리고 망설였다. 속을 알 수 없는 차가운 인상, 입술을 지그시 응시하던 축축한 눈. 박 사장을 상상하면 뱀이 몸을 휘감는 것처럼 소름이 끼친다. 미유는 이건 아니라고 생각하면서도 자신을 설득했다.

'그 인간이랑 첫날밤을 보내느니 이 아이가 나아. 연애할 것도, 결혼할 것도 아닌데 머리 빈 게 무슨 상관이야?'

결국 미유는 남자애를 따라가 단골이라는 치킨집에 들어섰다. 500리터 생맥주 한 잔을 단숨에 들이켜는 걸 보고 남자애가 재밌어하며 한 잔을 더 주문했다.

취한 척 비틀거리다 남자애가 이끄는 대로 모텔에 들어갈까? 그 뒤엔 알아서 하겠지? 박 사장과 이 남자애 둘 다 최악이지만, 저울로 잰다면 이쪽이 그나마 나은 선택 같았다.

'꼭 이렇게까지 해야 해?'

미유는 자신의 목소리를 무시해 버렸다. 자존감 따윈 땅에 떨어진 지 오래다. 박 사장에게 복수할 수 있다면 이런 것쯤이야.

2시간이 흐른 후, 멀쩡한 미유에 비해 남자애는 완전히 취해 눈이 풀렸다. 시도 때도 없이 욕설을 퍼부으며 인색한 전공 교수, 얼마 전에 자기를 차 버린 여자애, 재수 없다고 표현하는 친형 얘기를 끝도 없이 해 댔다. 미유의 기준에 시시한 일을 그 애는 큰 불이익이라도 당한 것처럼 표현했다. 전공 교수 욕을 하다가 남자애가 물었다.

"넌 대학교 어디 다녀?"

"안 다녀."

"왜?"

"공부하는 거 재미없어."

"씨발, 누군 재밌어서 다녀? 취직해서 먹고살려고 다니는 거지. 그럼 지금 뭐 해?"

"그냥 집에 있어."

"집에서 놀고 있으면 엄마가 뭐라고 안 해?"

"엄마 없어."

"아빠는 있을 거 아냐."

"아빠도 없어."

"뭐야, 너 고아냐?"

"응. 나 고아야."

"무슨 고아가 그렇게 잘 입고 다녀? 옷이랑 백이랑 죄다 명품이잖아. 너도 된장녀냐? 남자애들한테 뜯어내서 사는 거야? 인터넷 게시판 보니까 어떤 호구가 자기 장기 팔아서 여친 백 사 주더라. 그거 봤어?"

"아니."

"너는 예쁘니까 남자들이 사 줄 만하다. 처음 보고 깜짝 놀랐잖아. 가수나 배우 지망생인 줄 알았어. 요즘은 좀 반반하다 싶으면 연예인 하고 싶어 안달이잖아. 너도 관심 있어?"

"아니."

'이 애는 나와 자고 싶은 마음이 있긴 한가? 적당히 마시고 일어나야지, 대책 없이 취하면 어쩌자는 거야? 밤새도록 쓸데

없이 얘기만 할 건가?'

미유는 하품하며 그가 내뱉는 헛소리를 들었다. 처음엔 박 사장보단 나은 줄 알았는데 주사를 보니 둘 다 비슷하다.

미유는 결국 첫 남자 후보감에서 남자애를 완전히 **빼** 버렸다. 이렇게 한심한 애랑 잘 바엔 다른 사람을 물색해 보는 게 나은 것 같다. 그녀는 손가락으로 치킨을 뜯는 남자애를 한심하게 보다가 자리에서 일어났다.

"이제 집에 갈래."

"벌써? 치킨 남았는데?"

"생각 없어."

남자애가 주섬주섬 일어나 카운터에서 계산을 했다. 미유는 밖으로 나와 어두운 거리를 보았다. 이렇게 늦게까지 밖에 있는 건 처음이다. 택시를 타고 갈까. 멀고 외진 곳까지 택시가 들어가려고 할까 걱정하는데 남자애가 술 냄새를 풍기며 다가왔다.

"그러지 말고 한잔 더 하자. 근처에 괜찮은 호프집이 있어."

"집에 갈 거야."

"야! 내가 밥도 사고, 치킨도 샀잖아. 좀만 더 놀아 주라."

"네가 낸다고 해서 그냥 있었던 거야. 필요하면 줄게."

미유가 핸드백을 열고 지갑을 꺼내자 남자애가 실실 웃으며 손목을 잡았다.

"너보고 돈 내라는 게 아냐. 같이 있고 싶어서 그러는 거지."

하려면 진작 했어야지.

미유는 신경질적으로 손을 뿌리쳤다.

"나는 싫어. 너랑 있는 거 재미없어."

싱글거리던 남자애의 얼굴이 굳었다.

"너 여태까지 나 간 봤냐? 돈 없어 보여서 그래?"

"그런 거 아니야."

"아니긴. 맞는데. 너 같은 된장이 여자들 욕먹이는 거야. 남자에 빌붙어서 사는 한심한 년. 얼굴 반반하다고 사람 우습게 보지 마!"

대꾸할 가치를 못 느껴서 돌아서는데 남자애가 손목을 붙들었다.

"야, 비싸게 굴지 말고 같이 놀자. 나 돈은 없지만 그거는 잘해. 여자애들이 나랑 자면 좋아서 죽으려고 하더라."

순간 등줄기에 한기가 흐르며 잊고 싶은 목소리가 떠올랐다. 손을 끌어다가 자기 바지 앞섶으로 가져가던 늙은이. 국회의원이라고 했던가. 그는 미유만 보면 침을 흘리며 꽁무니를 쫓아 다녔다.

'이리 와, 미유야. 아저씨가 기분 좋게 해 줄게.'

'너도 좋아할 거야. 네 이모도 좋아서 죽으려고 하더라.'

미유는 손목을 잡힌 채 진저리를 쳤다.

"이거 놔!"

"그러지 말고 놀자."

미유는 아무리 뿌리쳐도 놓아주지 않는 남자애를 노려보다 뺨을 때렸다.

짝!

손이 아플 만큼 세게 때리니 행인들이 한 번씩 돌아보았다. 남자애가 얼이 반쯤 나가서 미유를 노려보았다.

"천박한 새끼. 너 같은 새끼랑 잘 바엔 혀 물고 죽을 거야."

"이런 미친년이!"

미유는 때리려고 달려드는 남자애에게 얼굴을 들이밀며 소리쳤다.

"때려! 성추행에 폭행까지 했다고 신고해 버릴 테니까! 나는 꽃뱀이야. 이 옷, 가방 다 이런 식으로 남자한테 뜯어낸 거야. 너도 당하고 싶으면 때리든지."

움찔 놀란 그가 주위를 두리번거리며 한걸음 물러났다.

"씨발, 어디서 또라이 같은 년을 만나서. 퉤!

그가 미유의 발치에 침을 탁 뱉고 돌아섰다. 미유는 혼자 남아 가쁜 숨을 몰아쉬었다. 옛 기억이 한꺼번에 딸려 올라오면서 온몸이 분노로 떨렸다.

'괜찮아. 이젠 그 사람들 볼 일 없어.'

지금 옆엔 끔찍이 싫어하지만 힘을 가진 보호자가 있다. 그가 뒤에서 버티는 한 누구도 미유의 몸에 손댈 수 없었다.

'나미유, 너는 박 사장에게 팔려 간 게 아니야. 안전과 돈을 대가로 거래한 거야. 그러니까 피해자인 것처럼 굴지 마. 너도 같은 인간이야.'

뼈아픈 진실. 굳이 계산기를 두들기지 않아도 이 거래에서 가장 큰 이득을 보는 사람은 나미유다. 그런데 왜 이렇게 두렵고 괴로운 거지?

'누가 내 옆에 있었으면 좋겠어. 괜찮을 거라고, 안전할 거라고 말해 줬으면 좋겠어.'

미유는 겁에 질린 채 주위를 보았다. 낯선 거리, 낯선 사람들. 소리 내어 울고 싶지만 꿋꿋하게 선 채로 속에서 올라오는 두려움을 삼킨다. 갑자기 술 생각이 간절해지면서 멀리 편의점 간판이 눈에 들어온다. 그녀는 앞뒤 보지 않고 편의점에 들어가 냉장고에서 소주 한 병을 꺼냈다. 계산대에 선 젊은 남자가 미유의 얼굴을 쓱 훑어보았다.

"주민등록증 보여 주셔야 하는데요."

지갑을 꺼내 주민등록증을 보여 주자 점원은 그제야 바코드를 찍고 계산했다. 미유는 그 자리에서 소주병을 열고 빨대를 꽂아 한 모금 마셨다.

그 모습을 보고 점원이 기막히다는 듯 흘끔거렸다. 다른 사람이 보거나 말거나 미유는 소주를 마시며 편의점을 나섰다. 터벅터벅 거리를 걸으니 한숨이 나왔다.

"엄마, 내가 오늘 뭘 하려고 했는지 알아? 잘 알지도 못하는 애랑 자려고 했어. 속으로 바보 같은 애라고 욕했는데, 진짜 바보는 나 같아. 그치?"

웃는데 자꾸만 우는 것처럼 얼굴이 찡그려졌다.

"엄마, 사는 게 왜 이렇게 거지 같지?"

꿈도 희망도 없다. 삶에 인질이 되어 질질 끌려가는 기분이다. 그래도 미유는 엄마처럼 죽고 싶지 않았다. 초등학교에 들어가던 날 아침에 엄마가 손을 잡고 말했다.

'우리 미유 다 컸네. 벌써 학교에 들어가고. 이제부터 공부 열심히 하고, 이모 말 잘 들어.'

그땐 학교 들어가는 게 대견해서 하는 말인 줄 알았다. 입학식을 끝내고 집에 돌아와 보니 이모가 울고 있었다. 엄마가 뒷산에서 목을 매달고 죽었다 했다. 그러니까 아침에 한 말은 유언이었던 셈이다.

엄마는 나쁜 엄마였다. 제대로 안아 준 적도 없고, 동화책도 안 읽어 주고, 옷도 갈아입혀 주지 않았다. 밤엔 술병을 껴안고 자고, 낮엔 출연했던 드라마와 영화만 보았다. 정말로 무심하고 나쁜 엄마였지만 죽기를 바란 적은 한 번도 없었다. 엄마를 정말로 사랑했고, 아무것도 하지 않아도 좋으니 옆에 있어 주기를 바랐다.

내겐 엄마가 세상의 전부였는데. 엄마는 내가 소중하지 않았을까? 미유는 늘 이 생각에 빠져서 엄마가 어떤 심정으로 죽었는지 생각했다.

미유에게 자살은 비겁한 도피였다. 엄마가 죽고 난 후 그녀는 어떤 힘든 일을 겪어도 죽고 싶다는 생각만은 하지 않았다. 젊은 나이에 꺾인 엄마 몫까지 살고 싶었다. 그게 자신이 태어난 이유라고 믿었다.

"엄마가 나라면 어떻게 살 거야? 어떻게 해야 제대로 사는 거야?"

아무리 기다려도 질문에 대한 대답은 들리지 않았다.

"나는 이제 겨우 스물두 살이야. 그런데 왜 인생을 다 산 것만 같지? 아무런 기대도 희망도 없어. 내일이 없었으면 좋겠어."

미유는 걷고 또 걸었다. 세상은 너무나도 넓고 나미유는 작고 초라했다. 집이 있지만 진짜 집이 아니었다. 쉴 곳이 필요했다. 위로해 줄 사람이 필요했다.

"엄마, 마음이 딱딱해져서 어떤 감정도 느끼지 못하면 좋겠어. 박 사장을 사랑하면, 그 사람이 가진 돈이라도 사랑하면 마음이 편해질까?"

머리칼과 뺨을 스치고 지나간 바람에 노란 은행잎이 춤을 추듯 흔들렸다. 꼭 무대 위에서 군무를 추는 무희들 같았다.

어릴 때 거실에서 이모가 쇼팽의 〈왈츠〉를 틀어 놓으면 멜로디에 맞춰서 춤을 췄다. 발레리나처럼 손을 곧게 뻗고 허공을 가르며 하나둘, 하나둘. 그 모습을 보고 엄마가 처음으로 칭찬해 주었다.

'우리 미유, 참 예쁘구나.'

사랑받고 싶다. 아름다워서, 어려서, 갖고 싶어서가 아니라 맹목적으로 너 아니면 죽을 것 같아서 원한다는 말을 듣고 싶다.

걸으면 걸을수록 가로등 불빛과 상가 네온사인이 뿌옇게 번져 보였다.

여기가 어디지?

미유는 멈춰 서서 주위를 돌아보았다. 멀리 성당 첨탑이 보인다. 뺨이 차가워 만져 보니 눈물로 흥건히 젖어 있다.

손수건을 꺼내려고 핸드백을 여는데 인도에 긴 그림자가 졌다. 고개를 드니 키 큰 남자가 서 있었다. 미유는 남자가 내미는 손수건을 보고 다시 남자의 얼굴을 보았다. 낮에 미술관에서 본 검정 코트가 앞에 서 있었다.

어디를 가든 접근하는 남자들의 수법은 비슷했다. 웃으며 말을 걸고, 나이와 행선지를 캐묻고 커피 아니면 밥, 성격이 급하면 술을 먹자고 했다.

하지만 손수건을 내밀며 말없이 보고만 있는 사람은 처음이다. 미유는 다시 한 번 남자의 얼굴을 살폈다. 남자는 분명히 낮에 미술관에서 본 검정 코트다. 낮엔 내내 웃는 얼굴이었는데 밤의 검정 코트는 표정이 없고 눈빛이 무거웠다. 미유는 그가 내미는 손수건을 보고 울고 있었음을 깨달았다.

"필요 없어요. 나도 있어요."

미유는 운 게 부끄러워 일부러 쌀쌀맞게 말하고 눈물을 닦았다. 그냥 갈 줄 알았던 그가 제자리에 못 박힌 듯 서서 그녀를 내려다보았다.

뭐지, 이 사람?

미유는 당황했지만 내색하지 않고 무심히 지나쳤다. 걷는 내내 자꾸만 뒤돌아보고 싶은 충동이 들었다.

검정 코트가 아직도 그 자리에 서 있을까? 제 갈 길로 갔겠지? 참고 참다가 슬쩍 돌아보니 열 걸음쯤 뒤에서 검정 코트가 따라오고 있었다.

미유는 흠칫 놀라다가 이내 고개를 저었다. 날 따라오는 게 아닐 거야. 모든 남자가 널 따라온다고 착각하는 건 공주병이야. 옆을 지나쳐 갈 줄 알았던 검정 코트가 멈춰 선 것을 보고 미유는 고개를 갸웃했다.

정말 따라오는 건가? 길에서 헌팅하는 타입은 아닌 거 같은데.

미유는 호기심을 이기지 못하고 물었다.

"아저씨, 거기서 뭐 해요?"

그는 또 말이 없었다. 미술관에서 말하는 걸 듣지 못했다면 벙어리인 줄 알았을 것이다.

"저기요. 여기가 어딘지 알아요? 아저씨, 술 취했어요? 여기가 어디냐고요! 내 말 안 들려요?"

"명동 성당."

그는 무표정한 얼굴로 입술만 움직였다. 누가 보면 로봇인 줄 알겠네. 미유는 웃음이 나오려는 걸 참고 물었다.

"아, 여기가 명동이구나. 지하철역으로 가려면 어디로 가요?"

"나도 모르겠어."

알고 보니 부품이 두어 개 빠진 로봇이었다. 아깐 멀쩡해 보였는데 어딘가 이상하다.

"에이, 도대체 어디까지 온 거야?"

미유는 이마를 찡그리며 돌아서서 휘적휘적 걸었다. 그가 뒤에서 따라오는 게 느껴졌다. 이럴 땐 기분이 나쁘거나 겁이 나는 게 정상인데 괜스레 설렌다. 잘생긴 사람이라서? 그 점은 부인할 수 없다.

그는 길 가는 사람들이 한 번씩 돌아볼 만큼 미남이었다. 깊이 있는 눈빛부터 선이 예쁜 입술, 남자다운 얼굴선까지 그냥 보고 지나칠 만한 부분이 하나도 없었다. 거기에 차분한 듯 무거운 분위기가 더해지니 신비로워 보이기까지 했다. 하지만 그것만으로 이 설렘을 설명하기엔 뭔가 부족했다.

뭘까. 무엇 때문에 심장이 두근거릴까. 미유는 돌아서고 싶은 것을 참으며 걷다가 명동 예술 극장 앞에서 뒤돌아섰다. 뒤따라오던 검정 코트가 그걸 보고 멈춰 섰다.

'이상한 사람이네. 왜 날 아는 것처럼 보는 거지?'

미유는 그 이유가 그의 얼굴에 쓰인 것처럼 빤히 쳐다보았다. 검정 코트는 두 손을 주머니 속에 넣은 채 석상처럼 서 있었다. 미유는 돌 의자에 앉아 구경꾼처럼 그를 보았다.

토요일 밤 번화한 거리에서 만난 한 남자. 그는 가까이 다가오지도 수작을 걸지도 않는다. 그저 일정한 거리를 유지한 채 바라볼 뿐이다.

조금 전만 해도 견딜 수 없이 슬퍼서 울던 미유는 낯선 남자에게 흥미를 느끼며 상대를 관찰하고 다음 행동을 기다렸다.

시간이 느리게 흘러갔다. 상점마다 틀어 놓은 커다란 음악 소리, 마주 오는 사람의 어깨와 부딪히며 걷는 많은 사람. 요란하게 치장한 어린 여자애들과 그들의 관심을 끌려는 남자들. 거리 위에 있는 것이 너무나도 부산스러웠다.

미유는 용인 집의 고요함이 그리웠지만 그곳으로 돌아가고 싶지 않았다. 조용한 얼굴로 다가와 손수건을 내밀던 아까와 달리 그는 갈등하고 있었다. 말을 붙일 용기가 없어서도, 술에 취해서도 아니다. 그의 눈빛은 또렷했고 수줍음이 많아 보이지도 않았다.

미유는 그의 얼굴을 살피다 한숨을 쉬었다.

'아저씨도 사는 게 복잡한가 봐요.'

그는 복잡한 미로 한가운데에 선 것처럼 막막한 표정을 지었다. 어디로 가야 할지 방향을 잃은, 두려우면서도 초조하고 모습이 자신과 비슷해 보였다.

이 사람은 낯선 사람이 가득한 거리에서 무얼 하고 있었을까. 이 지루하고 보잘것없는 인생이 바뀌는 순간이 오길 기다렸을까. 아니면 체념하고 먼지처럼 떠돌아다녔을까.

'표정이 지치고 슬퍼 보여요. 사실 나도 지쳤어요. 사는 건 참 고달프네요.'

다른 사람의 온기와 손길이 그립다. 따뜻한 팔로 안아 주고, 머리를 쓰다듬어 주고, 웃어 줬으면 좋겠다.

마지막으로 그런 적이 언제였지? 엄마가 죽기 전이었나.

갑자기 추워지면서 몸이 떨리기 시작했다. 지금 당장 누구라도 끌어안지 않으면 얼어 죽을 것 같았다.

미유는 자리에서 일어나 남자에게 다가갔다. 가까이서 본 그의 눈빛은 더욱 어둡고 외로웠다. 이 사람도 다른 사람의 온기가 필요한 사람이었으면. 미유는 그와 눈을 맞추고 말 한마디에 힘을 실어 또박또박 말했다.

"아저씨…… 나랑 자요."

그의 눈빛이 크게 흔들렸다.

"못 들었어요? 나랑 자자고요. 우리 호텔 가요."

그들 사이에 침묵이 흐르는 동안 잠시 사라졌던 거리의 소음이 비집고 들어왔다. 한참이 지나도록 검정 코트는 심각한 표정으로 서 있기만 했다.

미유는 이런 일 따윈 대수롭지 않다는 듯 태연한 얼굴을 했지만 사실 두려웠다. 낯선 남자와 자는 게 두려워서가 아니었다. 그가 거절하고 돌아설까 봐, 이 추위 속에 혼자 남겨질까 봐, 평생 누구와도 따뜻함을 나눌 수 없을까 봐 두려웠다.

"고민하는 거예요? 아님 한심해하는 거예요?"

미유의 물음에 마침내 검정 코트의 입술이 열렸다.

"추워 보인다. 커피 사 줄게."

돌아서는 그를 보고 잠시 당황한 미유는 얼결에 따라 걸었다. 예상한 답은 아니지만 거절은 아니니 우선 안심이 되었다. 그는 가까운 스타벅스에 들어가 따뜻한 아메리카노 두 잔을 주문했다. 미유는 달콤한 라테가 마시고 싶었지만 아무 말도 하지 않았다.

커피가 나왔을 때 마침 구석에 있는 테이블이 비었다. 미유는 의자에 앉아 따뜻한 커피를 후후 불어 가며 마셨다. 입으로 들어온 커피는 향긋하고 세상에서 가장 따뜻했다. 정신없이 몇 모금을 마시고 나서야 자신을 관찰하는 남자가 눈에 들어왔다.

"지금 뭐 이런 애가 있나 생각하죠?"

검정 코트가 고개를 끄덕였다.

"농담 아니에요. 진심이에요."

웃거나, 화내거나, 비웃거나. 무엇이라도 했으면 좋겠는데 검정 코트는 감정을 드러내지 않았다. 과묵한 게 마음에 들긴 하지만 속마음을 알 수 없으니 답답하다.

그는 생각에 잠긴 얼굴로 머그잔만 들여다보았다.

'신중한 성격인가? 어린 꽃뱀일까 봐 걱정하는 거야? 하긴, 내가 남자라도 새파랗게 어린애가 자자고 하면 겁부터 날 것 같긴 해. 이 사람은 몇 살일까?'

미유는 커피를 마시며 검정 코트의 나이를 추측하고, 종이 냅킨을 만지작거리고, 발로 벽을 툭툭 찼다. 음악이 두 곡 흐르고 난 뒤에 그가 시선을 들고 말했다.

"왜 운 거야?"

미유는 대답 없이 어깨를 으쓱했다.

"친구랑 싸웠어?"

"친구 같은 거 없어요."

"혼자서 뭐 했어?"

"그냥 걸었어요."

"왜?"

"그냥 걷고 싶을 때가 있잖아요."

말투는 딱딱하지만 눈빛이 부드러웠다. 호텔 말고 이렇게 커피를 마시며 얘기하는 것도 나쁘지 않다는 생각이 스쳤다.

"아저씨는 뭐 하고 있었어요?"

"나도 그냥 걸었어."

"왜 따라왔어요?"

"밤에 혼자 다니면 위험하니까 걱정돼서."

"언제 봤다고 날 걱정해요? 게다가 사람이 이렇게나 많은데, 남이 보면 아저씨가 치한이라고요."

"그런가."

그가 설핏 웃었다. 웃는 모습에 미유의 심장이 또다시 두근거렸다.

또 이런다. 뭐가 잘못된 거지?

미유는 인상을 찌푸리며 식어 가는 커피를 한 모금 마셨다.

"그런데 우리 지금 뭐 하는 거예요?"

"술 깰 때까지 기다리는 중."

"아까 그 말이 술 취해서 한 것 같아요?"

"그럼 아니야?"

그의 얼굴이 다시 무표정이 됐다. 조금 화가 난 것 같기도 했다.

"장난으로 던진 말 아니에요."

"다른 사람에겐 그런 말 하지 마라. 위험해. 더 늦기 전에 집으로 돌아가. 부모님이 걱정하신다."

검정 코트는 할 말이 있는 얼굴로 보다가 자리에서 일어나 밖으로 나갔다. 미유는 당황한 눈으로 멀어지는 그의 뒷모습을 보았다.

'지금 거절당한 거야? 나처럼 예쁜 애가 자자고 했는데 꼰대처럼 잔소리만 하고 가 버리다니. 웃기는 아저씨네.'

미유는 핸드백을 챙겨서 커피숍을 나왔다. 주위를 둘러보니 검정 코트가 멀찌감치 걸어가고 있었다. 다리가 길어선지 걸음이 빨랐다. 미유는 힘껏 달려서 그를 따라잡고는 숨을 고르며 뒤통수를 한껏 노려보았다.

"아저씨!"

그가 놀라 돌아보았다.

"나 집이 없어요. 기다리는 부모도 없어요. 아저씨가 안 재워 주면 딴 남자 찾아야 해요."

그가 무서운 얼굴로 노려봤지만 미유는 눈 하나 깜짝하지 않고 말을 이어 갔다.

"나 꽃뱀 아니에요. 돈 달라고 안 해요. 어린애도 아니에요. 아저씨 붙들려 갈 일 없어요. 그러니까…… 데려가 줘요. 호텔."

남자에게 같이 자 달라고 애원할 줄은 상상도 못했다.

자존심 상하긴 하지만 이 사람이어야 한다. 우는 여자에게 말없이 손수건을 내밀고 유혹하는 여자에게 술 깨라며 커피를 사 주고 가는 이 남자가, 쓸쓸하면서도 부드러운 눈빛에 감정을 드러내지 않는 차가운 표정을 가졌지만 웃을 땐 놀랍도록 자상해 보이는 이 남자가 필요하다. 다른 사람은 싫다. 꼭 이 사람이어야 한다.

말을 끝냈을 때 남자의 눈빛이 거침없이 흔들렸다. 미유는 숨을 졸이며 그의 입술만 보았다.

"그래 가자."

검정 코트는 표정을 보여 주지 않고 바로 돌아섰다. 미유는 미소를 지으며 그의 뒤를 따라갔다.

외로운 사람들은 길을 걷는다. 길을 걸으며 실낱같은 희망을 찾는다. 미유는 자신이 찾는 게 어떤 종류의 희망인지 생각해 보았다.

얼음처럼 차가운 사람인 줄 알았다.

느끼고 생각하는 법을 잊어버린 줄 알았다.

그런데 아니었다.

플로라

버튼을 누르고 엘리베이터가 내려오길 기다리는 동안 그들은 말없이 서 있었다. 미유는 마른침을 삼키며 손에 든 핸드백을 움켜쥐었다. 호텔에 들어섰을 때부터 긴장이 되더니 무릎이 흔들리기 시작했다. 그녀는 등을 꼿꼿이 펴고 이런 곳에 오는 게 익숙한 것처럼 굴었다. 엘리베이터를 타고 가면서 검정 코트는 한마디도 하지 않았다. 택시를 타고 오면서도 그들이 나눈 얘기는 고작 몇 마디뿐이었다.

"왜 이렇게 먼 곳으로 가요?"

"시간을 주는 거야."

'가는 동안 마음이 바뀌기를 바란 걸까? 나랑 자기 싫은가? 대부분 남자는 이럴 때 제일 가까운 호텔에 뛰어들어 후다닥 해치울 거 같은데.'

미유는 종잡을 수 없는 남자 때문에 혼란스러웠다. 그는 지나치게 말이 없고, 생각이 많고, 오랫동안 알아 온 사람처럼 보았다.

그동안 남자의 눈길을 많이 받아서 어떤 감정으로 보는지 본능적으로 안다. 그의 눈에는 욕망이 아닌, 미유가 해석할 수 없는 어떤 것이 있다.

그와 함께 호텔 룸에 들어섰을 때 미유는 잔뜩 얼어서 토하기 직전이었다.

'드디어 호텔에 왔어. 내가 선택한 남자와 자는 거야!'

드디어 해내다니 믿기지 않았다. 미유는 호기심 가득한 눈으로 거실을 가로지르며 주위를 탐색했다.

실내는 깔끔하고 고급스러웠다. 무엇보다 통유리 너머로 보이는 풍경이 시원하고 근사했다. 높은 빌딩과 줄지어 가는 자동차 불빛을 보니 하늘에 떠 있는 기분이었다.

"저기, 저 건물 이름이 뭐예요?"

가장 높은 건물을 가리키자 그가 다가오며 말했다.

"트레이드 타워."

미유는 호텔에 처음 와 본 듯 행동했다. 창밖 풍경을 구경하고, 거실을 한 바퀴 돌아보고, 침실과 욕실을 구경했다. 욕조에 누워서 밖을 볼 수 있다니 신기했다. 용인 집의 낡은 샤워 부스에 비하면 호텔의 샤워 부스는 아랍의 부자들이 쓰는 것 같았다.

미유는 거울 앞에 가지런히 놓인 호텔 용품들을 하나하나 들어 구경하고 욕실을 나왔다. 미유가 룸을 돌아다니는 동안 그는 소파에 앉아 있었다. 자신이 유혹해서 호텔로 끌고 왔으면서도 그의 옆으로 가는 게 부끄러웠다.

'이제 어떻게 하지? 샤워를 해야 하나?'

볼 걸 다 보고 나자 어색한 시간이 다가왔다. 미유는 우왕좌왕하는 것처럼 보이지 않으려고 소파에 앉아 그를 빤히 보았다.

'이제 당신 차례야. 뭐든 빨리 해 봐.'

"이름이 뭐니?"

"나미유. 아저씨는요?"

"기태준."

태준. 마음에 드는 이름이다.

"몇 살이에요?"

"서른셋. 너는?"

"스물둘."

태준은 또 생각이 많은 표정을 지었다. 이렇게 신중하니 사기는 안 당하겠다고 미유는 속으로 투덜거렸다. 아침이 오기 전에 침대에 들어갈 수 있을까. 지루해서 몸이 꼬일 때쯤에야 그가 말했다.

"너 불안한 거지?"

"아니요. 전혀."

"아까부터 안절부절못하는 게 눈에 보였어. 언제라도 나갈 준비를 하는 것처럼 옷을 그대로 입고 있잖아. 가방도 손에 들고 있고. 여기에 온 이유가 뭐야?"

그의 말대로 미유는 핸드백을 손에 들고 금방이라도 도망칠 사람처럼 앉아 있었다. 그녀는 긴장을 풀려고 노력하며 핸드백을 옆에 놓았다.

"남자와 호텔에 온 이유가 뭐겠어요?"

"왜 나야?"

"나쁜 사람 같지 않아서요. 그리고…… 잘생겼잖아요."

그는 웃지 않고 진지한 눈으로 미유를 보았다.

"나를 아니?"

"몰라요."

"아는 느낌이 들어."

"아저씨도 그랬어요. 처음 보는데 날 아는 것처럼 봤어요."

"우린 아는 척을 많이 하는 사람들이구나."

태준의 얼굴에 희미한 미소가 스쳤다. 미유는 그 미소를 보며 안도했다. 웃을 때 그는 정말로 나쁜 사람처럼 보이지 않았다. 첫 남자가 이런 사람이라니, 자신에게 일어난 몇 안 되는 행운인지도 모르겠다.

"어디에 사니?"

"서울은 아니에요."

"혼자 왔어?"

"네."

"혹시 광화문 쪽에 간 적이 있었어? 아니야, 대답하지 않아도 돼. 낯선 곳에서 여자 혼자 밤늦게 다니는 건 위험한 짓이야. 다신 그러지 마라."

미유는 그의 설교가 계속 이어질까 봐 자리에서 벌떡 일어났다. 그녀가 입고 있던 코트 단추를 하나씩 푸는 동안 태준의 시선이 천천히 움직이는 손가락에 꽂혔다.

"언제까지 얘기만 할 거예요? 우리 안 자요?"

호텔 방에 들어오기만 하면 남자가 다 알아서 할 줄 알았는데 도리어 채근하는 상황이라니.

미유는 자꾸만 한숨이 나왔다.

"우리가 아니라 너야. 씻고 자도록 해. 내일 데리러 올게."

태준이 소파에서 일어났다.

"간다고요?"

"그래."

"잘 곳 없어서 오자고 한 거 아니에요. 나도 집이랑 돈 있어요."

"거짓말이었구나."

그가 진심으로 화난 표정을 지어서 가슴이 덜컥 내려앉았다. 미유는 그가 진짜 가 버릴까 봐 겁내며 말했다.

"아저씨랑 같이 있고 싶어서 그랬어요."

"왜 같이 있고 싶은데?"

"이유야 뻔하잖아요. 아저씨랑 섹스하고 싶어요."

태준의 눈매가 날카로워졌다.

"만난 지 1시간도 안 되는 남자랑 자고 싶어졌다고?"

"말했잖아요. 아저씨가 잘생겨서 마음에 들었다고."

"넌 울고 있었어. 무슨 일이 있었던 거야?"

"별일 없었어요. 심심하고 외로운데 아저씨가 나타난 거예요. 질문만 늘어놓지 말고 나랑 자기 싫으면 그렇다고 해요. 시간 낭비했어. 다른 사람 찾아볼걸."

이렇게 질질 끄는 상황에선 세게 나가야 한다. 코트와 가방을 챙겨서 문으로 걸어가는데 그가 붙들었다.

"자신을 소중히 여겨야 해. 아무렇게나 내던지면 안 돼."

요즘 같은 세상에 이렇게 보수적인 사람이 있다니. 잔소리꾼이 순순히 가자고 할 때부터 이상하긴 했다.

미유는 그의 눈을 똑바로 보며 말했다.

"내던지는 게 아니에요. 누구나 나름대로 사는 방법이 있어요."

"네가 사는 방법이 이거니? 모르는 사람과 자는 게?"

"나는 성인이고 섹스가 범죄는 아니잖아요. 아저씨가 사디스트만 아니라면 문제 될 거 없어요."

"너 정말 이상한 아이구나?"

"내가 볼 땐 아저씨가 더 이상해요. 호텔 방에 같이 와 놓고 뭘 그렇게 따져요? 자지도 않을 거면 여기 왜 온 건데요?"

"가출한 줄 알았어. 보호해 주려고."

"어린애 취급하지 마요. 내 몸은 내가 지켜요. 혹시 내가 아저씨 취향이 아니에요? 밝은 데서 보니 별로예요?"

그는 대답 없이 붙잡았던 팔을 놓았다. 눈빛이 어둡게 그늘져 괴로워하는 것처럼 보였다.

'이 상황에서 뭐가 괴로운 거지? 나처럼 예쁘고 어린 아이가 자자고 하면 좋아해야 정상 아니야?'

미유가 아는 남자 중엔 이런 부류의 사람이 없었다.

"내가 싫으면 갈게요. 다른 사람 찾아보지, 뭐."

"낯선 사람과 자는 건 위험한 일이야. 나쁜 사람을 만나면 다칠 수 있어."

"그래서 안전할 거 같은 사람 고른 거예요. 나도 보는 눈이 있어요."

"왜 꼭 자야 하는데?"

여자가. 남자와 자고 싶은 이유가 많은가?

미유는 곰곰이 생각하다 얼굴을 찌푸렸다.

"음…… 배란일이거든요. 이때엔 꼭 남자랑 자야 해요. 아! 아기 갖은 건 아니에요. 피임약 먹었고 가방에 콘돔도 있어요."

그녀가 핸드백을 뒤져 콘돔 상자를 보여 주자 태준의 눈이 동그래졌다.

"어떻게 할 거예요? 나랑 잘 거예요? 빨리 결정해요. 시간 없으니까."

미유는 자신의 뻔뻔함과 교활함에 웃음이 나왔다. 협박하는 것 같아서 미안하긴 하지만 오늘 밤이 아니면 안 된다는 생각에 다급했다.

"그래, 네가 정말 원한다면. 나도 네가 싫지 않으니까."

태준이 갑자기 입고 있던 코트를 벗었다. 드디어 시작하는 건가? 미유가 숨을 꼴깍 삼키는 동안 그가 손을 잡아끌고 침실로 향했다.

"저기, 아직 씻지도 않았는데."

"나는 씻지 않고 하는 걸 좋아해."

심장이 거칠게 뛰다 못해 갈비뼈를 부수고 나올 것만 같았다. 그는 미유를 침대에 던지듯 눕히고 몸 위에 올라탔다.

차갑게 변한 눈빛에 덜컥 겁이 났다.

'이 사람 보기보다 거칠지도 모르겠어. 역시 이모 말대로 남자를 알려면 침대로 가야 하는 걸까?'

미유는 겁먹은 것처럼 보이지 않으려고 입을 꾹 다물고 눈을 맞췄다.

"사디스트는 싫다고 했지? 그 정도는 아니지만 거칠게 하는 걸 좋아해."

'당당해야 해, 나미유. 떨지 말고 어른스럽게 행동해. 포르노 많이 봤잖아. 시키는 대로 하면서 소리 지르고 흥분한 표정을 지으면 돼. 겁먹지 말라고.'

미유는 숨을 꿀꺽 삼키고 단호한 표정을 지었다.

"때리지만 마요. 그건 정말 싫어요."

"침대에 묶는 건 괜찮아?"

"안 돼요. 묶어 놓고 나쁜 짓 할지도 모르니까."

그가 거친 손길로 코트를 벗겼다. 미유는 옷이 찢어질까 봐 조마조마했다. 내일 지하철을 탈 때 너덜너덜한 옷을 입고 갈 순 없으니까. 다행히도 코트는 무사히 침대 밖으로 떨어졌고 뜨거운 눈길이 그녀의 몸을 더듬었다.

"혼자 즐기는 걸 봤으면 좋겠는데."

"자위요?"

아차! 목소리가 너무 높았다. 그는 뭐가 웃긴지 슬쩍 웃음을 흘렸다. 미유는 간신히 침착한 표정을 유지했다.

"자위는 별로 안 좋아해요."

사실 해 본 적도 없었다.

"나는 직접 하는 것보다 다른 사람이 하는 모습을 보는 게 좋아. 친구를 부르고 싶은데. 전화만 하면 올 거야."

"지금 스리섬 하자는 거예요?"

그가 또 희미하게 웃었다.

"그래."

이번에는 정말 표정 관리가 안 됐다. 미유는 그의 가슴을 밀치고 침대에서 벌떡 일어났다.

"생긴 건 멀쩡하더니 변태잖아! 그런 건 싫어! 안 해!"

비명을 지르고 나니 침대 가장자리에 앉아 웃는 태준이 눈에 들어왔다. 미유는 잠시 어리둥절해져서 보다가 당했다는 걸 깨달았다.

"아저씨! 다 거짓말이었지?"

"세상엔 네가 생각하는 것보다 나쁜 사람이 많아. 만만히 봤다간 위험한 일을 당할지도 몰라. 오늘은 여기서 자고 내일 집에 들어가. 무슨 일이 있었는지 모르지만 충동적으로 행동했다간 나중에 후회한다."

잘생긴 얼굴이 정말이지 미웠다.

'나쁜 자식! 남의 속도 모르고.'

미유는 태준을 노려보다가 옆에 있는 베개를 휘두르며 소릴 질렀다.

"당신이 나에 대해 뭘 알아? 내가 어떤 마음인지, 얼마나 힘들게 여기까지 왔는지 모르면서 뭘 안다고 비웃어? 나는……정말 나는…….."

갑자기 눈물이 뚝뚝 떨어졌다. 생판 모르는 사람에게 순결을 빼앗아 달라고 구걸하는 상황이 너무 비참하고 서러웠다. 한참을 우는데 그가 두 팔로 미유를 안았다. 미유는 오래전부터 그에게 안기기를 기다린 사람처럼 품속으로 파고들었다.

부드러운 감촉이 몸을 감싸고 청량한 향기가 폐 속으로 흘러들었다. 사람의 손길이 이렇듯 부드러울 수 있을까. 사람의 품이 이렇듯 넓고 따뜻할 수 있을까.

그의 가슴에 기대 눈을 감고 있으니 현기증이 났다. 미유는 체중을 실어 매달렸고 그는 저항 없이 침대 위로 쓰러졌다.

"미안해, 미유야."

"나도 사랑하는 사람이랑 자고 싶어. 소중히 여겨 주는 사람 품에 있고 싶단 말이야. 나도 그러고 싶은데……. 정말 그러고 싶은데……. 아저씨는 나에 대해 모르면서……. 제멋대로 판단하고……. 나는 철없는 어린애가 아니야."

미유는 그의 가슴에 얼굴을 묻고 엉엉 울어 버렸다. 그동안에 북받쳤던 감정이 한꺼번에 쏟아지면서 끝도 없이 눈물이 나왔다. 눈물만이 아니라 끅끅 소리까지 내면서 흐느꼈다. 이모가 죽고 나서 이렇게 많이 운 건 처음이었다.

"미안해, 미유야. 괜찮아, 미유야. 더 울어도 돼."

태준의 속삭임이 달콤하게 느껴졌다. 차갑고 속을 알 수 없는 눈을 가졌으면서 손길과 목소리는 더없이 따뜻했다. 매일 이렇게 안긴다면 독한 위스키를 먹지 않고도 잘 수 있을 것만 같았다.

울음을 그치기까지 긴 시간이 걸렸다. 기진맥진해 고개를 드니 부드러운 눈길이 그녀를 내려다보고 있었다. 미유는 얼굴이 달아오르는 게 느껴져 그를 밀치고 일어나 앉았다.

"이제 진정이 됐어?"

목소리가 아까와 다르게 자상했다. 미유는 운 게 부끄러워서 그를 똑바로 볼 수가 없었다. 고개를 드는 둥 마는 둥 하며 태준의 가슴팍을 흘끔 보니 회색 스웨터가 온통 눈물과 콧물 범벅이었다.

"아저씨…… 옷."

"괜찮아."

"나 눈 많이 부었어요?"

"응."

"씻고 올게요."

미유는 허겁지겁 침대를 빠져나와 욕실로 갔다. 거울을 보니 눈이 볼록 튀어나온 금붕어가 서 있었다. 허겁지겁 찬물에 세수하고 나오니 침실 테이블에 따뜻한 차와 얼음 용기가 놓여 있었다.

"허브차야. 밤에는 찬물보다 따뜻한 차가 좋을 같아서. 내가 볼 때 흉하지 않은데 얼음찜질하려면 해."

태준은 스웨터를 벗고 흰 티셔츠 차림으로 서 있었다. 미유
는 쭈뼛거리며 의자에 앉아 찻잔을 들었다.

"고마워요."

따뜻한 차를 한 모금 마시니 입안에 민트 향이 감돌았다. 차
를 마시는 동안 태준은 멀찍이 떨어져서 창문 너머에 시선을
두었다. 고즈넉한 옆모습이 아름다우면서 쓸쓸했다.

"아저씨는 어떤 사람이에요?"

미유의 질문에 그가 돌아보았다. 미소 속에 담긴 따뜻함이
자꾸만 그녀의 마음을 두드렸다.

"평범한 사람."

"자기를 모르네요. 절대로 평범하지 않아요."

"네가 볼 때 어떤데?"

"잔소리꾼. 모범생. 성실하고 보수적이고 고지식해요."

"제법이네. 너는 어떤 사람인데?"

"나는…… 평범해요."

태준이 소리 내어 웃었다. 진심으로 재미있다는 듯이. 보는
사람도 웃게 하는, 환한 웃음이었다.

"평범하다는 말은 표현이 생각 안 날 때 쓰는 거였구나."

"평범해 보이지 않아요?"

"절대로 평범하지 않아. 너는…… 특별해."

그의 수줍은 미소에 돌연 심장이 뛰었다. 미유는 차를 마시
는 척하며 눈을 내리깔았다.

"특별한 게 아니라 살짝 미친 거겠죠. 처음 보는 남자에게

같이 자자고 했잖아요."

"마음이 괴로워서 그런 거잖아. 힘들 땐 자포자기해서 그럴 수 있어."

섬세하면서도 남자다운 얼굴선, 그리운 사람을 보는 듯한 표정. 이 남자와 자고 싶다. 생김이 아름다워서가 아니라 외롭고 시린 마음을 이해해 줄 것 같아서.

그녀는 의자에서 일어나 태준 앞에 섰다. 팔을 뻗어 넓은 어깨에 한 손을 올리고 다른 한 손은 얼굴로 가져가 볼을 감쌌다. 그는 움찔하면서도 미유의 손길을 거부하지 않았다. 부드러운 피부 감촉과 따뜻함이 그녀 안에 번졌다.

"자포자기가 아니야. 나는 내가 원하는 게 뭔지 분명히 알고 있어요."

미유는 두 손으로 그의 얼굴을 감싸고 끌어당겼다. 그녀가 원하는 대로 태준이 순순히 고개를 숙였다. 그의 입술보다 뜨거운 숨이 먼저 입술에 닿았다. 조금만 더 다가오면 닿을 것 같은데 태준이 주저했다.

"미유야……."

'그렇게 달콤한 목소리로 망설이지 마요. 아저씨 심장 소리가 들려. 나보다 더 빨리 뛰는 것 같아.'

"미유야……."

미유는 그가 더는 말하지 못하도록 발뒤꿈치를 들고 입술을 지그시 눌렀다. 남자의 입술이라고 믿기지 않을 만큼 부드러운 감촉.

'부탁이에요. 나와 같이 있어 줘요. 제발……'

미유는 서투르게 입술을 누르고 그의 목을 끌어안았다. 태준이 세상에서 가장 달콤한 키스를 해 주기를, 침대로 데려가 주기를 간절히 기도했지만, 그는 굳어서 꼼짝도 하지 않았다.

왜 안아 주지 않을까. 왜 키스해 주지 않을까. 속상한 마음에 눈시울이 뜨거워졌다.

미유는 입술을 떼고 그에게서 천천히 떨어졌다. 잔잔한 호수 같던 태준의 눈빛이 일렁이고 있었다.

'이렇게 흔들리면서 왜 버티는 거예요?'

미유는 그의 가슴팍에 손을 얹고 조용히 속삭였다.

"아저씨를 원해요. 진심이에요."

그의 손이 미유의 등에 닿았다가 떨어졌다. 갈등하지 마요. 아저씨가 원하는 대로 해요. 미유는 애가 탄 나머지 울먹였다.

"안아 줘요. 제발요."

멀어졌던 손이 등에 닿는가 싶더니 두 팔이 허리를 감싸 안았다. 순간 발밑이 허전해지더니 깃털처럼 가볍게 몸이 들렸다. 얇은 옷을 사이에 두고 두 개 심장이 빠르게 뛰는 것이 느껴진다. 그저 안고만 있을 뿐인데도 미유의 입술에서 가쁜 숨소리가 새어 나왔다.

"네가 원하면 언제라도 멈출게."

그런 일은 절대로 없을 거예요.

미유는 대답 대신 단호하게 고개를 저었다.

방금 그가 한 말은 진심이 아니었다. 몸을 감싼 힘이 점점 강해지고 목덜미에 닿은 숨이 델 듯 뜨거웠다. 그들은 몇 걸음 만에 침대 위에 부드럽게 안착했고, 그녀의 몸 위로 태준의 몸이 무겁게 겹쳐 왔다.

침실 조명 아래 그의 표정과 눈빛이 그대로 드러났다. 동요하던 눈동자가 어느새 단단해지고 딴사람을 보는 것처럼 인상이 변해 있었다. 부드러움과 다정함 위에 불꽃이 더해진 것 같았다. 어쩌면 태준은 생각했던 것보다 훨씬 뜨거운 사람인지도 모르겠다고 미유는 생각했다.

"두렵지 않아?"

그의 붉은 입술이 움직였다. 미유는 도톰한 입술의 움직임을 보느라 뒤늦게 말뜻을 헤아렸다.

"응?"

"내가 두렵지 않아?"

"전혀요."

"나는 네가 두려워. 모든 게 상상을 엇나가. 뭐가 기다리고 있을지 겁이 나."

말과 달리 태준의 눈은 두려움이 조금도 없었다. 지금 이 순간, 원하는 게 무엇인지 분명히 알고 있는 사람의 눈빛.

"좋을 거예요. 난 알 수 있어요."

환하게 미소를 지어 주니 긴장한 눈빛이 비로소 풀어졌다.

"그래…… 알아. 그래서…… 두려운 거야."

무슨 뜻인지 물어보려고 입술을 떼는데 태준이 고개를 숙였다. 벌어진 입술 사이로 태준의 뜨거운 입술이 다가왔다. 입술과 입술이 닿을 땐 이런 느낌이구나. 미유는 감탄하며 낯선 감각을 즐겼다.

유혹하기 위한 입맞춤과 서로 원하는 입맞춤은 달랐다. 알몸으로 침대 시트 속을 파고들 때처럼 보드랍고 간질간질한 느낌.

태준이 윗입술을 가볍게 물었다가 놓고 혀끝으로 아랫입술을 살짝 건드렸다. 미유는 성실한 학생처럼 그의 움직임을 모두 기억했다가 되돌려 주었다. 태준의 입술에서 뜨거운 숨이 흘러나와 그녀의 입속으로 들어왔다.

'더 깊이 들어와요. 영원히 멈추지 않았으면 좋겠어.'

목소리를 들은 듯 태준의 움직임이 거칠고 농밀해졌다. 혀와 혀가 감기고, 몸이 밀착되고, 서로의 심장 소리와 가쁜 숨을 느낀다.

'더워. 더워서 못 견디겠어.'

목덜미가 땀으로 축축하게 젖었다. 미유가 블라우스를 벗자 세 번째 단추부터는 태준이 끌러 주었다. 블라우스가 침대 밖으로 떨어지자 미유는 그의 손을 잡아 치마 지퍼로 가져갔다. 지퍼가 내려가고 치마가 벗겨지는 동안에도 그들은 키스에 열중했다. 마침내 속옷만 남게 되었을 때가 태준이 입고 있던 티셔츠를 벗었다.

미유는 눈도 깜빡이지 않고 오늘 밤 자신의 것이 될 몸을 보았다. 넓은 어깨와 매끈하고 탄력 있는 복근. 움직임 하나하나가 아름다워서 손을 뻗어서 만져 보고 살 냄새를 맡고 싶었다.

얼결에 아래로 시선이 가자 그녀는 자신도 모르게 황급히 고개를 들었다. 포르노를 많이 봐서 덤덤할 줄 알았는데 얼굴에 열기가 확 퍼졌다. 태준도 뺨이 조금 붉어진 듯했다.

그가 미유의 목덜미와 어깨에 입을 맞추며 핑크색 브래지어와 팬티를 벗겼다. 미유는 부끄러워하지 않고 그에게 자신의 몸을 온전히 보여 주었다.

"정말 아름다워."

그가 속삭이며 쇄골과 어깨에 입을 맞추었다. 전신에 나른하게 퍼지는 희열. 전희가 이런 거구나. 입술만 닿았을 뿐인데도 이렇게 달콤할 수 있구나.

이모가 틀어 놓던 포르노 속 섹스는 온통 거짓투성이였다. 원래는 이런 것인데, 이토록 달콤하고 나른하고 행복한 것인데.

미유는 고개를 젖히고 그가 주는 기쁨을 마셨다. 태준의 손이 가슴을 감싸자 짧은 탄식이 흘러나왔다. 숨이 멎을 것만 같았다.

'아아…… 사랑을 나눈다는 건 이런 거구나. 다 알고 있다고 생각한 내가 바보였어.'

감기를 앓는 것처럼 온몸이 뜨겁고 머릿속이 빙글빙글 돈다. 그의 입술과 손길이 닿을 때마다 체온이 1도씩 올라가는 듯했다.

미유는 달콤한 고문을 견디다 못해 그를 끌어안고 키스했다. 그리고 아까 살짝 훔쳐보았던 그곳으로 손을 뻗었다. 놀랄 만큼 단단하고 뜨거운 것이 손에 잡혔다. 태준의 입술에서 신음이 흘러나오자 그녀는 기쁜 마음에 꼭 움켜쥐었다.

"미유야……."

미유는 그가 이름을 불러 주는 것이 듣기 좋았다. 밤새도록 불러 줬으면, 잠들 때까지.

태준이 그녀의 두 팔을 붙들더니 위로 들어 올렸다.

"더 만져 보고 싶어요."

"지금은 안 돼."

태준이 귓불을 살짝 깨물었다. 미유는 견딜 수 없는 희열에 떨며 그의 이름을 속삭였다.

"태준…… 태준……."

"계속 불러 줘."

뜨거운 입술이 몸 구석구석에 닿는 동안 미유는 셀 수 없을 정도로 많이 그의 이름을 불렀다. 숨소리가 거칠어지고 서로를 만지는 손길도 다급해졌다. 그리고 마침내 그 순간이 왔다. 미유는 처음이라고 말해야 하나 고민했지만 그러면 멈출 것만 같아 두려웠다. 마침내 태준이 안에 들어왔을 때, 그녀는 생각보다 아프지 않은 것에 놀랐고, 예리한 아픔 뒤에 밀려오는 희열에 놀랐다.

'뜨거워. 뜨거워서 못 견디겠어.'

아픔인지 환희인지 모를 뜨거움이 덮치자 몸이 활활 타는 것 같았다. 태준을 깊숙이 받아들이고 싶은데 자꾸만 몸이 웅크려졌다. 안으로 깊숙이 들어오던 그의 움직임이 어느 순간 멈췄다. 눈을 뜨니 태준이 놀란 얼굴로 보고 있었다.

"세상에, 처음이니?"

황급히 몸을 뒤로 빼려는 그를 미유가 두 팔로 끌어안았다.

"제발 멈추지 마요."

"미리 말을 했으면……."

"괜찮아요. 정말이에요."

그는 바위처럼 굳은 채로 미유를 얼굴을 빤히 보았다. 또 생각이 많은 얼굴. 그의 얼굴을 쓰다듬으니 손끝에 땀이 촉촉하게 묻어났다. 정말로 아프지 않았다. 몸 안에 가득 찬 희열이 고통을 불태워 버렸다.

"움직여요. 계속해 줘요."

미유는 눈을 감고 숨을 깊이 들이마시며 태준이 주는 감각을 받아들였다. 하나도 그냥 흘려보내고 싶지 않다. 느리게 움직이던 그의 몸에서 땀방울이 흘러 가슴에 떨어졌다. 모든 인내심을 동원해서 배려 중이라는 게 느껴졌다.

"좋아요. 아프지 않아."

깊숙이 들어온 그가 천천히 빠져나갔다. 움직임 하나하나에 감정이 담겨 있었다. 복잡하면서도 뜨거운 눈빛, 머리카락을 쓸어 넘기는 부드러운 손길, 자제력을 담은 하체의 움직임, 아픈 마음을 위로하는 듯한 입맞춤. 무척 소중하게 여겨 주는 것만 같아서 미유는 가슴이 저렸다.

'고마워요, 아저씨. 내게 와 줘서.'

그녀는 희열에 몸을 떨며 태준의 어깨를 끌어안았다. 둔중하고 부드럽게 몸을 삼키는 전율. 미유는 태어나 처음 만나는 절정에 몸을 떨며 그의 가슴에 얼굴을 묻었다. 빠르게 뛰는 심장 고동, 흥건한 땀과 가쁜 숨소리가 그녀를 덮쳤다. 그들은 어떤 말도, 움직임도 없이 그대로 있었다.

'이런 느낌일 줄 몰랐어. 이런 건 줄 정말 몰랐어.'

미유는 눈을 감고 정점까지 끓어올랐던 열기가 식는 걸 음미했다. 나른하고 포근해서 자꾸만 졸음이 쏟아졌다. 깜빡 조는데 손가락 하나가 눈썹에 닿는 게 느껴졌다. 손가락은 눈썹 결을 따라 천천히 움직이다가 콧날로 일자를 그리며 내려왔다. 마치 종이 위에 붓으로 그림을 그리는 듯했다. 입술 선을 따라 움직이던 손가락이 아랫입술을 지그시 누르며 오래 머물렀다.

미유는 눈을 뜨고 그를 보았다. 까만 눈동자가 그녀를 응시하고 있었다. 웃고 있을지도 모른다고 생각했는데 눈빛이 너무나도 진지해서 가슴이 먹먹해졌다.

태준이 눈을 감고 고개를 숙였다. 그의 입술이 미유의 입술에 닿고 식어 가던 몸에 다시금 열기가 번졌다.

'이 사람을 놓고 싶지 않아. 언제까지나 이렇게 있었으면 좋겠어.'

미유의 명치에 무언가가 걸렸다. 위험 신호. 금 밖으로 넘어가지 말라고 자신에게 보내는 경고였다.

'너무 빠져들면 안 돼. 이제 그만둬.'

미유는 그를 밀어내고 몸을 일으켜 침대 밖으로 나왔다.

"나 먼저 씻어야겠어요."

미유는 감정을 추스르지 못한 채 거울 앞에 섰다.

거울 속에 얼굴을 붉힌 여자가 서 있었다. 원래 이렇게 생겼나? 뭐라 딱 꼬집어 설명할 수 없지만 변한 게 느껴진다. 굴레처럼 느껴지던 순결을 드디어 벗었는데, 하고 싶은 대로 해서 통쾌하고 후련할 줄 알았는데 왜 이렇게 막막한 거지?

'엄마, 내가 드디어 남자랑 잤어. 오늘 처음 봤지만 좋은 사람 같아. 그런데 말이야. 하고 싶은 대로 했는데 비참해. 속상해서 자꾸만 눈물이 나려고 해. 나 평생 사랑 같은 건 못 해 보겠지? 전엔 그런 거 상관 안 했는데…….. 없어도 살 수 있었는데 갑자기 속상해.'

미유는 눈물이 날 것만 같아 서둘러 쏟아지는 물줄기 아래에 섰다. 허벅지 안쪽에 남아 있던 핏자국이 뜨거운 물에 씻겨 지워졌다.

'차라리 끔찍했더라면 미련이 남지 않을 텐데. 사랑하는 사람이랑 자는 일이 어떤 건지 알 것 같아. 눈빛이랑 손길이 따스했어. 날 소중히 대하는 게 느껴져서 좋았어. 행복했던 거 같기도 해. 말도 안 되잖아. 오늘 처음 본 건데. 내가 어디가 고장 나서 이럴까? 엄마가 생각해도 한심하지?'

짧은 고통과 조금의 피를 흘린 후 남은 건 죄책감과 막막함. 스물두 살 여자아이가 원한 게 약혼자에게 복수하려고 다른 남자와 자는 거라니. 미유는 자신이 너무 바보 같아서 부끄러웠다.

'엄마, 나는 이제부터 무얼 해야 할까. 그마저 있던 목표가 사라지고 나니까 허전해.'

꿈을 꾸지 않은 지 너무 오래돼서 하고 싶은 게 없다. 낮엔 박기영이 사 주는 옷과 화장품, 보석으로 꾸미고 밤엔 나무토막처럼 침대에 누워 있겠지. 박기영이 금방 질리지 않는다면 아이를 낳아 그 애가 자라는 걸 우울한 얼굴로 볼지도 모르겠다. 운이 좋으면 몇 푼 챙겨서 이혼할 수도. 그때가 되면 너무 늙어서 새로 시작할 엄두도 못 내고 가진 돈을 축내며 늙을 테지.

"미유야, 괜찮아?"

고개를 드니 샤워 부스 밖에 태준이 서 있었다. 살아오면서 그녀에게 상처를 주지 않은 첫 사람. 고마워서 오랫동안 기억에 남을 사람. 우린 여기까지가 끝이다. 이제 볼일은 끝났고 호텔을 떠나야 한다.

"늦었어요. 집에 가야겠어요."

미유는 당황하는 그를 세워 둔 채로 몸을 닦고 욕실을 나왔다. 옷을 입는 동안 샤워 가운을 입은 태준이 다가왔다.

"집이 어디야? 데려다 줄게."

"택시 타면 돼요."

"너무 늦어서 위험해."

"처음 본 사람이랑 자는 애가 택시 타는 걸 무서워할 거 같아요?"

미유는 자신이 던진 냉소에 마음이 아팠다. 바닥에 떨어진 양말을 주워 신는데 그가 옆에 섰다.

"나 때문에 많이 불편했어?"

"아니요, 전혀. 근사한 섹스였고 만족했어요. 이제 볼일 다

봤으니 집에 가서 쉬고 싶어요. 피곤하네요."

말과 행동은 여유롭지만 마음은 어서 빨리 이곳에서 나가고 싶어 초조했다.

"잠깐만, 기다려. 얘기 좀 하자."

"무슨 얘기요? 다음에 또 보자는 얘기는 마요. 그러고 싶은 생각 없으니까."

"차갑구나. 아까와는 달라."

"원래 인간이라는 게 영악해서 자기 욕심 채우면 뻔뻔해지는 거예요."

소파에 있는 핸드백을 들려는데 태준이 손을 잡아끌었다. 그 바람이 몸이 홱 돌아가며 그와 시선이 얽혔다.

"왜 도망치는 거니? 뭐가 두려운 건데?"

미유는 진심으로 걱정해 주는 눈빛에 잠시 주춤했다. 웃는 모습을 처음 보았을 때처럼 순식간에 마음이 무장 해제 되며 모두 털어놓고 싶은 충동이 들었다.

'아저씨랑 더 있고 싶을까 봐 그래요.'

다행히도 고백 대신 웃음이 나왔다.

"내가 겁먹은 걸로 보여요? 왜요? 거추장스러운 걸 털어 버려서 속이 다 후련한데?"

"지금 그 말 진심이 아니야. 네 얼굴, 괴로워 보여."

"또 그런다. 그거 버릇이에요? 잘 알지도 못하면서 다 아는 것처럼 구는 거? 처음엔 신선했는데 자꾸 그러니까 식상해. 기술을 바꿔 가면서 써야죠. 너무 한 가지만 쓰면 밑천이 금방

드러나요."

　미유는 그의 손을 뿌리치고 문 쪽으로 걸었다. 한 걸음씩 내딛을 때마다 태준의 달콤한 속삭임, 입술 감촉, 몸에 닿았던 부드러운 손길이 생각났다. 그녀는 가지지 못할 희망을 앞에 두고 고통스러워하느니 도망치고 싶었다. 문손잡이를 잡는데 태준이 그녀의 어깨를 잡고 돌려세웠다. 거리가 가까워지니 그의 표정이 적나라하게 드러났다.

　"잠깐만. 할 말이 있어. 사실…… 너를 따라간 건…….."

　어깨를 붙든 손에 힘이 들어갔다. 먼 시간을 더듬는 듯한 아득한 표정과 혼란이 태준의 얼굴에 차례로 스쳤다. 그가 무엇을 고민하는지, 하고 싶은 말이 뭔지 미유는 알지 못했다.

　한참의 망설임이 있은 뒤 태준이 말했다.

　"이렇게 헤어지고 싶지 않다."

　미유의 눈에 그의 입술이 들어왔다. 조금 전 자신의 어깨와 가슴에 닿은 보드라운 입술. 이름을 불러 주고, 위로해 주고, 뜨거움을 주었던, 예쁜 선을 가진 입술. 그녀는 다가가 키스하고 싶은 걸 참고 애써 시선을 돌렸다.

　"아저씨, 촌스럽다. 이런 식으로 여자랑 자 본 적 없죠? 원래 이런 만남은 한 번으로 끝나는 거예요. 아저씨 정도면 웃기만 해도 여자들이 넘어올 거 아냐. 나처럼 골치 아픈 애 말고 참한 여자로 골라 봐요. 충고하자면 처음 만나서 호텔 가자는 여자애는 안 돼요. 싸가지 없이 발랑 까져 가지고……. 그런 애는 열에 다섯은 꽃뱀이고, 넷은 막장이고, 하나는 정신병자야. 나는 그중 마지막이니까 가까이하지 않는 게 좋아요."

"그리고 또……. 너는 어떤 아이인데? 너에 대해 알고 싶어."

그의 눈빛이 진실해 보여서 순간 마음이 덜컥 내려앉았지만 이내 추슬렀다.

'내가 어떤 사람인지 알면 실망할 거야. 나도 내가 한심하고 싶은데.'

"정말 사람 귀찮게 하네. 나는 관심 없으니까 갈게요."

잡은 손을 뿌리치려는데 태준이 성큼 다가오더니 끌어안았다.

"깊이 얽히고 싶지 않다면 그렇게 해. 지루하거나 외로울 때 불러. 언제라도 갈게. 네가 원하는 대로 할 테니까……. 그러니까……. 그냥 가지 마."

이 사람도 무척이나 외로운 사람인가 보다.

미유는 잠깐 마음이 흔들렸지만 이내 다잡았다. 안 그래도 꼬여 버린 인생, 더 복잡하게 할 필요는 없다. 약혼자가 있고, 몇 개월 뒤면 결혼한다. 일탈은 여기까지.

이모가 그랬다. 모든 걸 가질 순 없다고.

미유가 가슴을 밀어내자 그가 순순히 뒤로 물러났다. 그녀는 허리를 곧게 펴고 태준의 얼굴을 똑바로 보았다.

"미안하지만 그러고 싶지 않아요. 갈게요."

미유는 호텔 방을 나와 복도를 걸었다. 망설임 없이 성큼성큼 걷지만 온갖 생각이 머릿속에서 한꺼번에 휘몰아쳐 어지러웠다.

언제부턴가 느끼고 생각하는 걸 그만두었다. 감정이 없는 건 강하다는 의미였다. 스스로 영악하고 이기적이라고 느낄수록 안도가 됐다. 이모가 죽고 옆에는 박기영만이 남았을 때 상처받을 사람이 한 명뿐이니까 나쁘지 않은 상황이라고 생각했다. 이대로 무덤덤하게 살기만 하면 되는데 별안간 마음이 느끼고 생각을 한다.

느끼지 말아야 한다. 생각하는 것을 멈춰야 한다. 미유의 인생에 들어온 사람들은 언제나 상처만을 주었다. 태준만이라도 아픈 기억 없이 두고 싶었다. 상처 주지 않은 사람이 한 명쯤은 있어야지 인생이 덜 슬플 것 같았다.

엘리베이터를 기다리는데 한숨이 나왔다. 미유는 무심결에 자신이 걸어온 복도를 보았다. 방금 나온 방문에서 시선이 떨어지지 않았다. 지금 태준은 무슨 생각을 할까?

한 번 내려간 엘리베이터는 밑에서 움직일 줄을 몰랐다. 1에서 고정된 숫자를 보다가 다시 복도를 보았다. 태준은 무엇을 하고 있을까. 숫자가 올라오기 시작한다. 2, 3, 4, 5, 6……. 다시 복도를 본다. 심장이 터질 것처럼 뛴다. 엘리베이터를 타고 내려가면 다시는 태준을 볼 수 없다. 그 사실이 문득 무섭다.

'이대로 헤어지기 싫어. 또 만나고 싶어.'

마음이 큰 소리로 외친다. 느끼지 말라고, 생각하지 말라고 해도 몇 번이고 소리친다.

'아까 그 느낌, 다시 느끼고 싶어.'

얼음처럼 차가운 사람인 줄 알았다. 느끼고 생각하는 법을 잊어버린 줄 알았다. 그런데 아니었다.

정신을 차리고 보니 복도를 달리고 있었다. 신경이 활활 타는 것 같고 심장이 터질 것만 같았다. 미유는 문 앞에 도착해 가쁜 숨을 내쉬며 초인종을 눌렀다. 초인종에서 손가락을 떼자마자 문이 열렸다. 문 앞에서 태준이 기다렸다는 사실에 온몸이 짜릿했다.

태준이 놀란 눈으로 그녀를 보았다. 미유는 그의 품에 뛰어들고 싶은 걸 가까스로 참으로 말했다.

"일주일 뒤, 8시. 이 방에서 만나요."

얼굴이 뜨겁게 달아오르는 게 느껴진다. 미유는 그의 대답을 듣지 않고 복도를 뛰었다. 엘리베이터 앞에 서자마자 문이 열려 그 안에 뛰어들었다. 미유는 그제야 가쁜 숨을 몰아쉬었다. 두 손으로 볼을 감싸니 무척이나 뜨거웠다.

이 아이가 나를 원했으면.
날 만나는 것에 갈등하지 않았으면.
돌아갈 곳, 만나야 할 사람을 떠올리지 않았으면.
나 이외에는 모두 잊어버렸으면.

2 더하기 2

어깨가 아파서 움직이지 못할 때까지 수영을 했다. 토할 때까지 술을 마셨다. 속옷까지 흠뻑 젖도록 달렸다. 음악을 크게 틀어 놓고 밤새도록 드라이브를 했다. 오늘도 2시간밖에 자지 못했다.

불확실성, 무질서, 혼란. 이런 단어들이 싫다. 살면서 한 노력의 대부분은 불확실성, 무질서, 혼란에서 벗어나는 것이었다.

누군가 태준의 개인전을 보고 그의 작품에는 곡선이 없고 모두 각지고 모난 것들뿐이라고 했다. 그래서 작품처럼 사람도 빈틈없고 딱딱할 것 같다고 농담을 가장해 비웃었다.

태준은 그 말을 듣고 웃어넘겼지만 속으로는 뜨끔했다. 정말로 그의 작품에는 곡선이 없다. 설치 미술가로 활동하면서 철을 주재료로 골조로만 이루어진, 단조롭고 횅댕그렁한 집을 만들었다. 아무도 살지 않는 폐가, 짓다 만 미완의 집. 사람 냄새가 나지 않는 황량한 집을 만들면서 자신을 돌아보았다. 비바람과 추위를 가려 줄 수 없는 집은 그의 인생 같았고 그 무엇으로도 채우지 않아 텅 빈 공간은 그였다.

태준은 무無가 편했다. 비어 있는 걸 즐기면 채우기 위해 고통 받지도, 채운 것이 사라질까 봐 두려워하지 않아도 되었다. 절제된 감정, 균형과 질서. 이것이 태준이 원하는 것이고 삶의 목표였다.

간신히 붙들고 있던 플로라를 놓아 버리니 더 크고 혼란스러운 것이 그를 덮쳤다.

나미유. 보고만 있어도 심장이 요동치는 아이. 절제, 균형, 질서 같은 단어를 개소리로 만든 아이. 모든 세계가 곡선으로만 이루어진, 낯선 종류의 사람. 당황시키고, 웃게 하고, 거칠게 신음하며 절정에 닿게 한 여자.

태준은 호텔에 들어서면서 흔들리지 않겠다고 다짐했다. 애절한 눈으로 유혹할 때까지도 버틸 수 있을 줄 알았다.

'네가 원하는 대로 할 테니까…… 그러니까…… 그냥 가지 마.'

태준은 자신이 한 말을 떠올릴 때마다 얼굴이 붉어졌다. 미친놈. 어린아이의 유혹에 넘어간 정신 빠진 자식. 그동안 감정 없는 섹스를 혐오해 온 게 우스웠다. 자신도 다른 사내와 다를 것이 없었다.

'어떻게 그렇게 어린애와…… 딱 보아도 상처받아 외로워 보이는 아이를. 개새끼.'

하루 종일 욕이 입에 맴돌았다. 그러면서도 머릿속으로 그 밤을 상상했다. 어설퍼서 안쓰러웠던 유혹. 촉촉한 눈망울. 손바닥에 느껴지는 체온과 감촉.

'호텔에 가지 않을 거야. 모두 잊을 거야.'

하지만 하루에도 몇 번씩 손바닥이 뒤집어지듯 생각이 바뀐다.

'그 아이가 보고 싶어. 만지고 싶어. 안고 싶어. 그 밤처럼, 아니, 그때보다 뜨겁게 파고들고 싶어.'

태준은 미술관에서, 작업실에서, 차 안에서 그녀를 안았다. 상상 속에서 그는 미유의 얇은 블라우스를 찢고, 브래지어를 벗기고, 팬티 속으로 손을 넣었다. 친구들이 보던 포르노 속 남자처럼 거칠게 다루며 온갖 자세로 안았다. 이러면 안 된다고 생각하면서도 생각을 멈출 수가 없었다.

태준은 역겨움과 흥분 속에서 아무것도 결정하지 못한 채 일주일을 보냈다. 그리고 약속한 그날이 왔다.

아침은 어제와 다름없이 차갑고 서늘했다. 하늘은 맑고 주차장엔 낙엽이 어수선하게 흩어져 있었다. 평소와 다름이 없지만 태준에겐 모든 게 생경하게 다가왔다.

새벽 공기가 달았다. 다른 날보다 오래 조깅을 하는데 힘들지 않았다. 달리는 사람들이 활기차 보이고, 일찍 산책 나온 노부부의 모습이 다정해 보였다. 산책로 옆에 시든 코스모스조

차도 예뻤다.

'설레지 마. 난 가지 않아.'

들뜬 마음을 붙잡아 주저앉히려 해도 잡히지 않는다. 옷장 앞에서 1시간을 고민하다가 한숨을 쉬고 청바지와 티셔츠, 작업할 때 입는 점퍼를 입었다. 작업실로 가는 동안 자동차 루프를 열어 놓고 바하의 〈에어〉를 들었다. 찬바람을 맞고 가는데도 몸과 얼굴에서 열이 났다. 지나는 운전자들이 황당하다는 시선으로 흘끔거렸지만 창피하지 않았다.

지방 전시회가 코앞인데 모든 게 엉망이었다. 포장 도중에 작품이 부서지고 연작 중 일부를 빠뜨린 채 배송을 보냈다. 전 같으면 신경질을 내며 어시스트와 인부들을 닦달했을 텐데 태준은 묵묵히 일만 했다.

하늘을 보지 않아도, 시계를 확인하지 않아도 시간이 흐르는 게 느껴졌다. 그녀와 만날 시간이 가까워질수록 심장이 빠르게 뛰었다. 가면 안 되는 이유가 백 개쯤 떠올랐지만 단 하나가 태준의 마음을 들쑤셨다.

'보고 싶어. 보고 싶어 미칠 것 같아.'

태준은 해가 서쪽으로 기운 것을 보고 허리를 편 후 숨을 돌렸다. 할 일이 밀려 있었지만 그의 마음은 이미 호텔로 향했다. 그는 결국 장갑을 벗어 던지고 작업실을 나왔다. 몇 시간 전까지만 해도 가야 할지 말지를 치열하게 고민했는데, 지금은 날아가는 마음을 몸이 따라가지 못해 애가 탔다.

그는 태어나서 가장 빠르게 샤워를 하고 옷을 갈아입었다.

현관문을 열고 나오는데 오른발엔 구두, 왼발엔 실내용 슬리퍼를 신고 있었다.

차를 몰고 가는 도중에 태준은 꽃집을 발견하고 멈춰 섰다. 주인에게 세상에서 가장 아름다운 꽃다발을 만들어 달라고 했더니 보라색, 분홍, 하얀색이 흐드러지게 섞인 꽃다발을 안겨 주었다.

이 꽃을 보고 미유는 어떤 표정을 지을까. 그는 베이커리에 들러서 케이크도 샀다. 케이크를 먹는 미유의 모습이 보고 싶어서였다. 그녀가 짓는 표정과 행동을 상상하면 태준은 자꾸만 웃음이 나왔다.

호텔에 들어가 예약을 확인하고 카드 키를 받아 룸에 올라온 시간이 6시 50분. 너무 이르게 와 버렸다. 테이블에 꽃다발과 케이크 상자를 놓고 소파에 앉으니 갑자기 초조해진다.

'미유가 올까?'

거기까진 생각해 보지 않았다. 일주일 내내 호텔에 올지 말지만을 걱정했으니까. 이제 모든 걱정이 미유에게로 옮겨 갔다.

혹시 오지 않는다면, 이대로 모두 끝나 버린다면 그땐 어떻게 하지?

이마와 등줄기에 식은땀이 흐르고 실내가 너무 덥게 느껴진다. 태준은 자리에서 일어나 거울 앞으로 갔다. 제일 비싸고 좋은 옷을 골라 입었는데 아무래도 실수한 것 같다. 이런 자리에 회색 제냐 슈트라니, 자신이 속물처럼 느껴졌다. 그는 재킷과 베스트를 벗어 옷장 속에 걸어 두고 드레스 셔츠와 타이를 살폈다. 차라리 이편이 덜 경직되어 보였다.

목이 타 물을 마시면서도 시계에 시선이 갔다. 8시가 되려면 100만 년은 남은 것 같다.

'오지 않으면 어쩌지?'

이유 없이 외로움이 치밀어 오를 때가 있다. 그럴 땐 세상에서 떨어져 나와 오랫동안 혼자 산 것처럼 사람이 간절해지곤 한다. 지금 이 순간 태준은 외로웠다.

'미유야, 네가 옆에 있었으면 좋겠어.'

처음 미유를 발견하고 원한 건 플로라의 그림자였다. 할머니의 작업실에서 느낀 위로와 공감을 다시 경험하고 싶었다. 하지만 미유는 그의 기대를 어처구니없을 만큼 손쉽게 부숴 버렸다.

그림이 아니라 살아 있는 그녀는 솔직하고 생생했다. 미유가 말을 내뱉을 때마다 허를 찔린 것처럼 놀라면서도 왠지 후련했다. 플로라와 미유가 완전히 다른 사람처럼 느껴질수록 후련함은 기쁨이 되었다. 그림과 실재의 차이, 상상과 현실의 차이는 컸다. 원래 그런 것이어야 했다.

'네가 오지 않으면, 어디에 가서 너를 찾지?'

누군가에게 빠져드는 것은 허탈할 만큼 쉽고 급작스러웠다. 논리로는 설명이 되지 않았다. 그저 그녀가 나타났고, 그 자리에 있었고, 원하게 되었다.

8시가 가까워지면서 태준은 초조한 나머지 소파에 앉아 있을 수 없는 상태가 되었다. 넥타이는 풀어 버렸고, 드레스 셔츠의 반듯한 선이 허물어지기 시작했다.

심장이 한계치를 향해 달려가고 손바닥에선 땀이 배어 나왔다.

그는 아무래도 오지 않을 것 같다고 비관하다가 꼭 올 거라고 위로하길 반복했다. 문 앞에 서서 손톱을 물어뜯다가 견디지 못하고 복도로 나갔다가 다시 들어왔다. 시계가 8시 정각을 가리켰을 때 태준은 금방이라도 폭발할 것 같은 얼굴로 서 있었다. 째깍째깍. 시계 소리가 사방에서 들리는 듯했고 분침과 초침이 움직일 때마다 목이 졸리는 기분이었다.

그때 울린 경쾌한 벨은 일주일의 초조함이 한꺼번에 증발되는, 발가락 끝에서부터 머리까지 전율이 통과하는, 두려움이 기쁨으로 그리고 다시 두려움으로 뒤집히는 소리였다. 숨을 고르며 문을 여는데 반짝이는 두 개의 눈이 제일 먼저 보였다.

"왜 그렇게 땀을 흘려요?"

미유가 고개를 살짝 갸웃하며 그를 보았다. 잠깐 저만치 멀어졌다가 온 것처럼 가벼운 표정이다.

태준은 그 얼굴을 보고 화가 났다. 억울했고 행복했다. 그는 미유를 번쩍 들어 올려 품에 가두고 문을 닫았다. 침대로 가는 동안 작은 손이 이마를 쓸어내리며 흐르는 땀을 닦았다.

"우와, 얼굴이 뜨거워."

태준은 침대에 그녀를 내려놓음과 동시에 입술을 찾았다. 미유의 옷에선 메마른 낙엽 냄새가 나고 입술에선 사탕 맛이 났다.

'내가 피가 졸아드는 기분으로 괴로워하고 있을 때 넌 소풍 오듯이 걸어왔구나.'

태준은 그녀가 걷는 장면을 머릿속에 그리며 꼭 끌어안 았다. 미유가 바지에서 드레스 셔츠를 끄집어내 끝자락을 만지 작거렸다. 그녀의 손가락이 맨살에 닿을 때마다 등 근육이 꿈 틀거리고 척추를 따라 전율이 흘렀다. 오랜 굶주림으로 인해 음식을 받아들이지 못하듯 갑작스러운 희열에 숨이 막혔다. 보 드라운 아랫입술을 마지못해 놓아주고 가쁜 숨을 몰아쉬는데 미유가 속삭였다.

"아저씨 몸에서 좋은 냄새가 나. 이 옷 감촉도 좋고."

호기심 가득한 눈동자가 태준의 얼굴을 꼼꼼히 들여다보 았다.

"이렇게 생겼구나. 집에 갔는데 아저씨 얼굴이 갑자기 생각 안 났어. 근데 아저씨 냄새랑 목소리는 기억이 났어. 오늘 집 에 가면 얼굴도 기억날 것 같아."

미유가 아기처럼 배시시 웃었다. 표정에 깃든 눈부신 순수 함과 따뜻함에 가슴이 뭉클해졌다.

"나는 다 기억나. 하나도 잊지 않았어."

"정말?"

"그래, 정말."

"기뻐. 잊지 않고 기억해 줘서."

미유가 목을 끌어당겨 입을 맞추었다. 작고 도톰한 입술이 아랫입술을 빨고 축축하고 보드라운 혀가 미끄러지듯이 그의 영역으로 들어왔다. 이제 몸은 미유를 넉넉하게 받아들일 수 있을 만큼 이완이 됐다.

태준은 오감으로 그녀를 받아들이며 작은 것 하나도 놓치지 않고 몸에 새겼다. 눈을 깜빡일 때마다 보이는 갈색 눈동자, 적당히 무게감이 있는 장미 향, 침이 고이는 달콤한 사탕 맛, 맨살을 쓰다듬을 때마다 흘러나오는 나른한 한숨.

문득 일주일 동안 원한 것이 그녀의 몸이 아니었음을 깨닫는다. 밤을 새우며 치열하게 갈등한 건 죄책감도 자기혐오도 아니었다. 사랑에 빠진 것을 인정하기가 겁이 나 몸부림친 것이다.

태준은 보라색 스웨터와 브래지어를 위로 밀어 올리고 생크림처럼 하얀 가슴에 입을 맞췄다. 미유가 고개를 젖히고 나른한 한숨을 쉬며 말했다.

"좋아. 이대로 안으로 들어와요."

태준은 미유의 스커트 속으로 손을 넣고 팬티를 끌어내렸다. 급하게 벨트를 풀고 지퍼를 내리고 콘돔을 찾는 동안 숨은 벌써 거칠어져 있었다. 그는 옷을 입은 채로 미유의 안으로 깊숙이 들어갔다. 미유는 눈을 감고 입술을 벌린 채 몸을 떨었다. 움직일 때마다 침대 시트와 셔츠가 구겨지며 피부에 감겼다.

"아…… 태준."

살짝 부푼 입술에서 신음 섞인 이름이 흘러나오니 미칠 것만 같았다. 흥분을 억누르지 않고 절정을 향해 가는 동안 입에서 낯선 신음이 흘러나왔다.

태준은 자신이 이런 소리를 낼 수 있는 사람인지 몰랐다. 이
토록 누군가를 갈구하고 뜨겁게 휩쓸릴 줄도 몰랐다.

그는 그동안 마음을 억눌렀던 모든 걸 내려놓았다. 부모에
게 느끼는 분노, 책임감, 완벽을 향한 집착, 도덕적 결벽증, 마
음의 벽이 이 순간만큼은 멀리 떨어져 나갔다. 태준은 그녀의
목덜미에 키스하며 두 팔로 몸을 힘껏 안았다. 미유가 신음을
흘리며 경련하듯 몸을 트는 걸 체중을 실어 눌렀다.

태준은 그녀의 표정에서 눈을 떼지 않았다. 감은 눈에서 희
미한 눈물 자국이 보였다. 더할 나위 없이 만족스럽고, 밑이
보이지 않은 깊은 곳에서 까마득히 높은 곳까지 단숨에 솟구치
는 기분이 들었다.

태준은 신음을 흘리며 그녀의 몸 위로 쓰러졌다.

미유는 하얀 면 팬티만 입은 채로 침대에 엎드려 태준이 사
온 케이크를 반이나 먹어 치웠다. 처음엔 스푼으로 먹다가 성
에 차지 않는지 한 조각을 들고 열 손가락에 생크림을 묻혀 가
며 먹었다.

"그렇게 맛있어? 먹어 보라는 말도 없네."

소파에 앉아서 구경하던 태준이 한마디 했더니 그녀가 엄지
손가락을 빨며 말했다.

"한 조각 줄까요?"

"괜찮아. 너 혼자 다 먹어."

"하늘이 노래질 정도로 배고팠어요. 이 케이크 정말 맛있어."

미유는 혀끝으로 입술에 묻은 생크림을 핥더니 다시 먹기에 열중했다. 먹는 모습을 보여 주는 것도 유혹의 한 방식인가. 매끈한 등과 잘록한 허리를 보고 있으니 자꾸만 그림이 그리고 싶어진다.

미유는 세상에서 가장 예쁜 곡선이다. 캔버스 가득 그녀의 큰 눈과 도톰한 입술, 작고 앙증맞은 귀와 작은 손과 발을 그리고 싶다.

미유는 할머니가 그린 〈플로라〉와 많이 다를 것이다. 할머니는 연민이었고 그는 뜨거움이니까. 그녀가 생크림 케이크에 열중하자 소외감을 느낀 태준이 몸을 앞으로 내밀고 말을 걸었다.

"룸서비스 시켜 줄게. 먹고 싶은 거 말해."

"괜찮아요. 이거면 충분해요."

"원래 그렇게 잘 먹어?"

"생각날 땐 잘 먹고……. 생각 안 나면 아예 안 먹고."

그는 미유가 경계하지 않도록 조금씩 전진해 갔다.

"무슨 음식 좋아해?"

"다 잘 먹어요. 특히 달달한 거랑 빵."

"술 잘하더라."

"센 편이에요. 지금껏 취해 본 적이 없어요."

취해 본 적이 없다니. 주량이 얼만지 상상이 되질 않는다.

"언제 처음 술을 배웠는데?"

"중학교 1학년 때? 이모가 밤마다 마시길래 몰래 훔쳐서 내

방에서 마셨어요. 샴페인이었는데 달짝지근하니 맛있었어. 그 때부터 울적할 때마다 한 병씩 때렸죠."

"속상한 일이 많았니?"

"인생이 다 그렇죠, 뭐. 행복한 인생이라고 생각하는 사람이 몇이나 있겠어요."

태준은 그녀의 표정이 플로라와 닮은 걸 깨닫고 입을 다물 었다. 마음이 아픈데 무슨 말을 해야 할지 생각이 나지 않았다.

"아저씨는 인생이 즐거워요?"

좋아하지 않는 종류의 질문이지만 미유가 하니 반갑기만 했다. 태준은 그녀의 호기심 가득한 눈을 응시하며 말했다.

"즐거운 날들도 있었지만 아픈 날이 더 많았지."

"왠지 그럴 거 같았어. 아저씨 눈 속에도 그림자가 있더라 고. 그래도 나보다 불행하진 않았을걸요? 불행한 사람 대회가 있다면 내가 1등 먹을 거야."

태준은 소파에서 일어나 침대 옆에 다리를 뻗고 앉아 기 댔다. 미유와 눈높이를 맞추고 앉으니 꺼내기 두려워했던 옛날 이야기가 술술 나올 것만 같았다.

"누가 더 불행했는지 한번 겨뤄 볼까? 자신만만한 너부터 시 작해 봐."

미유가 싱긋 웃으며 즐거운 듯 발을 까딱거렸다.

"나는 사생아예요. 아빠가 누군지 몰라. 엄마랑 같이 드라마 찍은 사람이라는 건 알겠는데, 누군지 아무도 얘기 안 해 줬어."

"어머니는 내가 어릴 때부터 바람을 피웠어. 운전기사, 수영

강사, 내 과외 선생이랑 바람이 났지."

"엄마는 우울증이 심했어요. 1개월이고 2개월이고 아무 말 없이 지내는 날이 많았어. 이모가 유치원 학예회에 끌고 왔는데 가운데 자리에 앉아 엉엉 울었어요. 춤추던 애들이랑 선생님이랑 다 우리 엄마만 봤어. 그 뒤로 유치원 안 다녔어요."

"아버지는 내가 친자식이 아니라고 생각했어. 잘해도, 못해도, 아무것도 안 해도 때렸어. 어느 날 소파에 앉아서 조는데 발길질이 날아왔어. 방에 가서 자라고 말이야. 그때 알았어. 아무리 노력해도 이 사람은 나를 사랑해 주지 않을 거다."

"초등학교 입학식 날 엄마가 자살했어요."

그의 얼굴을 보고 미유가 씩 웃으며 말했다.

"놀라니까 귀엽네요. 이건 좀 크지? 이기기 어려울걸?"

아무렇지도 않은 미유의 표정이 안쓰럽기만 하다. 태준은 매트리스에 턱을 괴고 그녀의 얼굴을 가만히 들여다보았다. 미유도 고요한 눈으로 보며 그의 말을 기다렸다.

"아버지가 알아냈어. 큰아들이 친자식이고 막내가 자기 핏줄이 아니란 걸 말이야. 그날 방문을 열어 놓았는데 고함치며 어머니를 때리는 소리가 생생히 들렸어. 다음 날 운전기사는 외할머니 집에 우릴 내려놓고 사라졌지. 우는 할머니를 보고 나서야 우리 형제가 버려진 걸 알았어. 어머니는 애인과 호주로 떠나더니 지금까지 연락이 없어. 그래도 클 때까진 기다렸는데…… 끝내 안 나타나네."

이 얘기를 이토록 아무렇지도 않게 할 줄 몰랐다. 평생 가장 마음 아픈 이야기인데, 누구에게도 하고 싶지 않았는데.

"둘 다 부모한테 버려졌네? 세상에 이렇게 무책임한 부모가 많다니. 쉽게 이길 줄 알았는데, 막상막하잖아?"

미유의 미소 속에 연민이 있었다. 태준은 괴로워서 동생에 게조차 못 한 이야기를 만난 지 얼마 안 된 아이와 농담처럼 주고받는 상황이 낯설고, 믿기지 않을 만큼 후련하다.

"흠…… 그래도 이건 못 이길걸. 나 강간당할 뻔한 적이 있어요. 한 세 번쯤? 큭, 표정 봐. 그리고 얼마 전에 하나뿐인 가족이 죽었어요. 폐암으로. 이젠 나 혼자야. 할 말 있어요? 없지? 그럼 내가 이긴 거다? 근데 이거 상장 주는 거예요?"

'너란 아이를 정말로 모르겠다. 그토록 상처투성이면서 어떻게 웃는 거지?'

태준은 손을 뻗어 그녀의 뺨을 쓰다듬었다. 울지 않지만 눈물이 흐르는 것만 같았다.

"아저씨 손은 참 따뜻해."

미유가 미소를 지으며 다가와 입술에 키스했다.

"상 줄 게. 뭐 받고 싶니?"

"안아 줘요. 그거면 충분해."

"그걸로 위로가 된다면 해 볼게."

셔츠를 벗는 동안 미유가 그의 뺨을 두 손으로 감싸고 아랫입술을 빨았다. 달콤한 크림 향이 코끝과 입술에 감돌았다. 알몸이 되어 침대 위에 올라갔을 때 그녀가 케이크를 한 움큼 덜어서 태준의 얼굴에 뭉개 놓고 까르르 웃었다. 그리고 몸 위로 올라와 느리고 정성스럽게 핥았다. 눈꺼풀에 닿은 혀와 뺨을 지나 턱으로 내려온 입술이 부드러워 몸이 녹아 버릴 것만 같다.

태준은 그녀가 했던 방식 그대로 돌려주었다. 코와 볼에 생크림을 묻힌 미유가 비명을 지르며 침대 구석으로 도망쳤다. 붙잡아 몸 아래에 두고 크림을 핥는 동안 커다란 눈이 태준을 보며 어서 상을 달라고 채근했다.

태준은 살짝 부풀어 오른 입술을 헤집고 보드라운 혀를 빨아들였다. 달콤한 체액과 숨을 삼키며 깊숙이 파고들자 미유가 고개를 뒤로 젖히며 만족한 숨소리를 흘렸다. 태준은 손으로 하얀 면 팬티를 끄집어 내리고 저만치 던져 버렸다. 봉긋한 가슴에서 납작한 배로 미끄러져 내려가는 동안 미유는 본능적으로 그가 하려는 걸 짐작했다. 미유는 부끄러워하거나 두려워하지 않고 무릎을 벌린 다음 그를 받아들였다.

태준은 그녀의 입술에서 그만하라는 애원이 나올 때까지 애무를 멈추지 않았다. 마침내 원하는 말을 들었을 때 그녀는 온통 땀에 젖어 태준의 몸을 찾았다. 그는 만족감에 도취돼 지체하지 않고 그녀가 원하는 대로 했다.

위로는 미유가 아니라 자신이 받는 것만 같았다.

'너무 빨라. 따라가질 못하겠어.'

태준은 그녀에게 급속도로 빠져드는 자신을 느꼈다. 어리거나, 아름답거나, 섹스가 근사해서가 아니었다. 그들은 외로움으로 묶여 있었고, 같이 있으면 다른 세계가 열렸다. 태준은 그녀가 보여 주는 세계를 기꺼이 받아들였다.

'네게 빠져 버렸어. 멈추지 않을 거야. 이 얘기를 하면 겁을 먹을까? 도망칠까? 이 아이가 나를 원했으면. 날 만나는 것에 갈등하지 않았으면. 돌아갈 곳, 만나야 할 사람을 떠올리지 않았으면. 나 이외에는 모두 잊어버렸으면.'

태준은 생각을 멈추고 몸이 이끄는 대로 따라갔다.

미유가 보여 주는 낯선 세계는 눈이 부셨다.

미유는 눈을 감고 아침마다 들리는 새소리를 들었다. 집 뒤편 대나무 숲에서 사는 참새들이 숨바꼭질하듯 숨어서 재잘거리고, 이따금 뻐꾸기가 화음을 맞추듯 울었다. 평소엔 그냥 지나칠 소리가 경쾌한 멜로디로 들렸다.

미유는 눈을 뜨고 커튼 사이로 비집고 흘러드는 햇살을 보았다. 새벽에 들어와서 조금밖에 자지 못했는데 머리가 맑다. 그래도 조금 더 잘까 생각하며 몸을 뒤척이는데 어마어마한 근육통이 밀려왔다.

"으윽! 아파."

온몸이 두들겨 맞은 것처럼 아프다. 섹스 후에는 보통 이런가. 지난번보다 횟수가 많으니 당연한 거겠지만 훨씬 힘들다.

미유는 미소를 머금고 일어나 앉아 뭉친 목 근육을 풀며 주위를 보았다. 침대 맞은편 콘솔, 그 위에 놓은 스노우 볼과 피아노 모양의 오르골, 야드로 도자기 인형, 크림색 화장대와 스툴, 빛을 받아 반짝거리는 향수병, 책장에 빼곡히 꽂힌 책. 익숙한 풍경이 오늘따라 생경했다.

조금 쓸쓸하고 꿈결인 듯 나른한 기분.

미유는 베개를 끌어안고 지난밤 일을 떠올렸다.

호텔 방에 들어서자마자 몸이 붕 떠올랐다. 주위에 머물던, 우울하고 음습한 기운이 순식간에 사라지고 환한 햇볕 아래 선 것처럼 따뜻함이 밀려왔다.

미유는 처음으로 엄마가 자살한 아이, 나화진의 조카, 박기영의 약혼녀 같은 꼬리표가 붙지 않은 평범한 나미유가 되었다. 느낄 수 있었다. 온몸의 세포가 기쁨에 떨고 자신이 어느 때보다 밝게 웃는 걸.

미유는 그의 품에 안긴 채로 생각했다.

'아, 행복해!'

한 줌 그늘이 섞이지 않은 환한 기쁨이었다. 마음의 구김이 모조리 펴지고 들이마시는 숨과 내쉬는 숨이 향기롭고 달았다.

"미유야…… 미유야……."

이 슬픈 세상에서 이토록 뜨겁게 이름을 불러 주는 사람이 있다니.

미유는 아무것도 아닌 자신이 소중하게 느껴졌다. 그에게 안긴 순간만큼은 미유는 비싼 값에 팔려고 내놓은 매물도, 값비싼 인형도 아니었다. 환희가 무엇인지 알고 그것을 돌려줄 줄 아는 여자가 되었다.

짧은 시간에 이토록 마음이 자랄 수 있는 게 신기할 따름
이다.

두 번째로 그를 만나면서 깨달은 게 많다. 완벽하다고 생각
했던 첫 경험이 어설프고 조심스러웠다는 걸 알았고, 자제력을
잃은 태준이 깜짝 놀랄 만큼 뜨거운 사람이라는 것도 알았다.
그리고 자신의 몸 구석구석이 악기처럼 섬세하다는 것도 알
았다. 태준이 거칠게 몰아붙일 때와 부드럽게 어를 때 나오는
소리가 달랐고, 생각지도 못한 곳에서 강렬한 쾌감을 느꼈다.

미유는 그의 곁에서 떨어지고 싶지 않았다. 태준의 체취와
뜨거운 체온에서 멀어지면 뒤로 물러나 있던 현실이 곁으로 슬
금슬금 다가왔다.

'아직은 안 돼. 조금 더 시간을 줘.'

아무리 밀어내도 과거의 유령이 발목을 붙들었다. 도망쳐
보지만 소용이 없었다. 마음에 켜진 눈부신 빛이 사라지고 밝
았던 세상이 다시 어둠 속에 묻혔다. 그리고 늘 그랬듯 익숙하
고 우울한 감정이 찾아왔다.

모두 잊으려고 태준의 품에 안겼지만 과거의 유령이 가까이
붙으며 속삭였다.

'이 사람이 네 정체를 알면 어떻게 될까? 적당히 즐기고 끝내.'

뜨거운 물줄기 아래 서 보지만 죄책감은 여전히 그녀의 몸
에 들러붙어 있었다.

'오늘이 마지막이야. 다음은 없어.'

마지막이라는 단어를 생각한 자신이 밉지만 어쩔 수 없는

일이었다.

'이쯤에서 끝내면 상처받지 않을 거야.'

욕실을 나왔을 때 미유의 결심은 맥없이 무너졌다. 태준이 미소를 지으며 꼭 안아 줬기 때문이다. 이마에 닿은 그의 입술이 시린 마음을 어루만졌다. 얼어붙었던 마음이 순식간에 녹고 어둠이 반쯤 걷혔다.

'이 사람 못 놓겠어. 난 못 해. 안 할 거야.'

봄을 경험한 땅은 겨울로 되돌아갈 수 없다. 봄이 되면 여름이 되어야 하고, 모든 걸 쏟아부은 뒤 가을을 맞이하고, 겨울을 준비한다. 되돌리기엔 늦었다. 그날 호텔 복도를 뛸 때부터 이미 예감한 일이었다.

미유는 짧은 입맞춤 후에 그에게 속삭였다.

"집에 가야 해요."

태준이 한숨을 쉬며 말했다.

"집에 데려다 줄게."

"싫어요. 혼자 갈래."

"집이 어디야? 전화번호는?"

'알려 주고 싶지 않아요. 내가 원하는 대로 하라고 했잖아. 다른 사람이 내 인생에 깊이 들어오는 게 싫어.'

"그럼 어떻게 해야 널 볼 수 있는데?"

"3일 후에 이곳에서 만나요."

"이렇게 가 버리면 얼마나 불안한지 알아? 네가 오지 않을 것 같아서 아무것도 손에 안 잡혀."

"자꾸 고집부리면 아저씨 안 볼 거야."

결국 그 말로 태준을 굴복시켰다.

어쩔 수 없었다. 태준을 놓을 수 없고, 그가 자신의 정체를 아는 건 죽기보다 싫었다. 몇 번 만나다 보면 이 열정이 식을지도 모른다. 사소한 것에도 쉽게 싫증이 나는 게 사람 마음이니까 언젠가 이별이 쉬운 때가 올지도 모른다.

그러니까 그 전까지는……. 태준을 만나고 싶다. 이미 떨어질 데가 없는 밑바닥이니까, 죄를 하나 더 쌓는다 해도 티가 안 날 테니까 원하는 대로 하고 싶다.

"3일 후, 8시, 이 호텔 방에서."

미유는 그와 약속하고 호텔 방에서 나와 집으로 돌아왔다. 사실 내일이라고 말하고 싶었지만 너무 안달하는 것처럼 보일까 봐 간신히 3일이라고 말했다.

처음 만나 헤어진 후 일주일 동안 얼마나 초조해하며 기다렸던지, 일주일이라는 단어를 생각해 낸 머리가 저주스러울 정도였다.

'이모가 그랬잖아. 남자를 갖고 노는 여자가 되라고. 시키는 대로 하고 있는데 미칠 것 같아. 이모가 고통스럽게 죽은 건 이유가 있었어. 나도 그렇게 죽게 될 거야.'

마약이 몸을 망칠 거란 걸 알면서도 끊지 못했던 이모의 심정이 이해된다. 어차피 이래저래 고통뿐이니 덜 고통스러운 것을 택한다.

박 사장을 향한 죄책감과 태준을 향한 죄책감 중에 가장 괴로운 건 후자다. 태준을 향한 죄책감과 고통스러운 상황에서 벗어나고 싶은 마음 중에서 선택하라면 현실 도피다.

'나는 이기적이라서 내가 더 중요해. 태준을 만나 잠시라도 숨통이 트인다면 몇 번이고 호텔에 갈 거야.'

미유는 침대에서 내려와 욕실로 갔다. 거울에 몸을 비춰 보며 어젯밤 태준이 흔적을 남기지 않았는지 살핀다.

허벅지 안쪽에 희미한 붉은 자국이 있었다. 그의 입술과 혀가 닿았던 곳. 짜릿하다 못해 고통스러운 쾌락에 몸을 떨었던 순간이 생각나 얼굴이 뜨거웠다.

어릴 때만 해도 섹스가 한없이 우스웠다. 커다란 살덩이가 몸 안으로 들어오는 게 뭐가 좋다는 건지 머리로 이해가 안 됐다.

아래층에서 여자들의 신음이 들리면 비웃었다. 돈을 뜯어내려는 눈물겨운 몸부림 같아 한심했다. 돈을 주고 일그러진 욕구를 배설하는 행위, 감정 없이 육체만을 탐닉하는 것이 미유가 아는 섹스였다.

하지만 태준과의 섹스는 달랐다. 가벼운 키스에도 몸과 마음이 열렸다. 회의나 두려움은 사라지고 사랑을 나누는 행위가 아름답게 느껴졌다.

원하는 사람과 자는 게 이토록 행복한 일인데 그들은 왜 돈에 자기를 팔았을까. 만약 박 사장과 태준을 만나지 못했다면 그녀도 이 집에서 남자들에게 몸을 팔았을까.

미유는 자꾸만 꼬리를 무는 생각을 떨치고 샤워했다. 그리고 아래층에 내려가 집안일을 해 주는 아줌마를 불렀다.

"아줌마, 나 배고파요. 냉장고에 뭐 있어요?"

아줌마가 청소기를 놓고 사람 좋아 보이는 미소를 지으며 말했다.

"웬일이야? 먹을 걸 다 찾고? 샐러드랑 빵 있는데 줄까?"

"그거 말고 밥이랑 찌개 먹고 싶은데. 김치찌개요."

"집에서 음식 냄새 나는 거 싫어하더니 별일이네. 알았어. 금방 해 줄게."

미유는 밥이 될 때까지 참지 못하고 샐러드를 꺼내 단숨에 먹어 치웠다. 평소에는 먹는 것에 아무런 의욕이 없었는데 갑자기 식욕이 돌았다. 에너지를 다 써서 그런가.

꼭 섹스 때문만은 아니다. 전에는 느껴 본 적 없는 것들이 샘솟는다. 사람에 대한 호기심, 살려는 의지, 그리고 희망. 미유는 따끈한 밥과 찌개를 먹으며 태준을 생각했다.

지금 태준은 무엇을 하고 있을까. 왜 오늘 만나자고 하지 않은 걸까? 이렇게 보고 싶은데, 이렇게 그리운데.

미유는 방을 난장판으로 만든 끝에 와인색 원피스에 검정 코트를 입고 집을 나섰다. 새 향수를 뿌렸는데 너무 달고 흔한 향일까 봐 걱정이 된다. 그녀는 옷이 구겨질까 봐 택시에 조심스럽게 앉고는 호텔 이름을 댔다. 전처럼 멀미를 할까 봐 핸드백에서 막대 사탕을 꺼내 입에 물었다.

오늘따라 심하게 막히는 걸 보면 늦을지도 모르겠다. 혹시

나 안 오는 줄 알고 그냥 가 버리진 않겠지? 그럴 리가 없다고 생각하면서도 자꾸만 시계에 눈이 갔다. 호텔에 거의 다 오도록 차는 여전히 밀려 느리게 전진했다.

"많이 막히네요. 이 시간엔 언제나 이러니까 좀 늦는다고 해요."

미유가 자꾸만 시계를 흘끔거리자 택시 기사가 말했다. 차라리 걸어가는 게 빠를 거 같아서 계산을 하고 내렸다. 마음이 급해 서두르는 게 우스꽝스럽다고 생각하면서도 태준이 보고 싶어 조바심이 났다.

미유는 멀리 보이는 호텔 건물에 시선을 고정하고 일단 뛰었다. 이미 30분 지각이다. 호텔 로비에 도착한 그녀는 이마에 흐르는 땀을 닦고 호흡을 가다듬으며 엘리베이터 앞에 섰다. 그리고 15층에 도착할 때까지 숫자만 있는 힘껏 노려보았다.

'세상에서 가장 느려 터진 엘리베이터 같으니! 빨리빨리 좀 움직이라고!'

마침내 15층에 도착하자 미유는 안도했다. 뛰어온 탓에 아직도 얼굴이 뜨거웠다. 좋아하는 티를 내지 말아야지. 일부러 늦은 것처럼 보여야지. 속으로 생각했지만 그럴 수 있을지 자신이 없었다.

복도를 걷는 동안 온종일 들떠 있던 나미유는 도도하고 새침한 아가씨가 되었다. 마지못해 온 듯 느리게 복도를 걸어가 그들이 밤을 보냈던 호텔 방에서 벨을 한 번 눌렀다. 아무런 반응 없었다. 미유는 당황하며 다시 한 번 눌렀다.

뭐지? 정말 화가 나서 가 버린 건가?

입술을 자근자근 깨물며 한 번 더 누르니 한참 후에야 문이 열렸다. 한쪽 팔로 벽을 짚고 이마를 찌푸린 채 서 있는 태준을 보니 반가우면서도 약이 올랐다.

"왜 이렇게 늦게 열어요? 없는지 알았잖아."

"안 오는 줄 알았어."

"차가 막혔단 말이야."

"내 명함 받지 그랬어? 이럴 때 전화하면 좋잖아."

"화나서 늦게 연 거야?"

"그래. 걱정하며 기다린 게 약 올라서."

"계속 문 앞에 서서 얘기할 거예요? 안 들여보내 줄 거야?"

"응. 오늘은 안 돼."

어리둥절해 보는데 태준이 호텔 방을 나와 손을 잡아끌었다.

"어디 가요?"

"따라와."

"뭐 하는 건지 말할 때까진 안 갈 거야."

"나쁜 짓 안 해. 가자."

그는 싫다는데도 억지로 엘리베이터 앞까지 미유를 끌고 갔다. 멋대로 구는 것에 짜증이 났지만 끌려가면서도 눈은 그의 옆모습을 관찰하기에 바빴다.

오늘 태준의 분위기는 지난번과 달랐다. 설렘과 뜨거움 대신 사람을 압도하는 힘이 느껴졌다. 얼굴에서 미소를 지워서 그럴까?

그는 웃을 때와 무표정하게 있을 때가 정말 다르다. 웃고 있으면 한없이 다정하고 자상하게 느껴지는데 표정 없이 먼 곳을 보고 있으면 쓸쓸하고 차가워 보인다.

그리고 지금처럼 굳은 얼굴로 말없이 걸으면 반항하지 못하고 끌려가게 된다. 몸이 본능적으로 아는 것 같다. 이 사람이 이럴 땐 뭔가 심각한 게 있다는 걸.

엘리베이터가 아래층에 도착할 때까지 그들은 말없이 서 있었다. 미유는 화난 척 입을 꾹 다물었지만 그가 뭘 하려는 건지 궁금해서 미칠 지경이었다.

1층에 도착한 태준은 프런트에서 아예 체크아웃을 해 버렸다. 그에게 팔을 잡힌 채 프런트 앞에 서 있으니 몇몇 사람이 호기심 가득한 얼굴로 보며 지나갔다.

억지로 붙들려서 호텔에 들어가는 것처럼 보일까? 태준을 아는 사람이 보면 안 좋게 생각하지 않을까?

미유는 손을 잡을까 하다가 그만두고 고개를 푹 숙였다.

체크아웃을 끝낸 태준이 그런 그녀를 보며 물었다.

"화났니?"

"응."

"미안. 밖에 나오고 싶었어."

"왜?"

고개를 드니 자상하면서도 힘 있는 눈빛이 그녀를 내려다보고 있었다. 미유는 아무 걱정 없이 그가 이끄는 대로 끌려가고 싶었다.

"우리가 만나는 게 게임처럼 느껴졌거든."

"게임?"

"너 혼자 싸우는 게임. 호텔 방에 들어올 때 네 표정 모르지? 오늘은 끝내겠다는 얼굴로 들어와서 다음에 끝내겠다는 얼굴로 나가. 그걸 보는 게 싫었어."

가슴 한복판에 짧게 고통이 스쳤다.

"아저씨 말이 맞아. 그랬어. 그래서 먼저 정리하기로 한 거야?"

그가 입을 다물고 생각에 잠긴 몇 초가 무척이나 길게 느껴졌다.

"그 방에선 내가 할 수 있는 게 없어. 널 기다리고, 네가 나가는 걸 보고. 그게 다야. 그래서 바꿔 보려고."

"어떻게?"

"난 게임이 아니라 데이트를 하고 싶어."

데이트라는 단어가 처음 들어 보는 말처럼 느껴진다. 섹스가 아니라 데이트를 원한다니. 데이트는 남자가 여자와 자기 위해 돈과 시간을 들이는, 귀찮은 행위다. 사탕발림을 하거나 돈을 쓰지 않고도 근사한 섹스를 할 수 있는데 밖으로 나오다니, 이 사람 바보일까?

"왜? 그건 남자가 여자에게 잘 보여서 한번 자려고 하는 거잖아. 아저씨는 안 그래도 돼."

그가 어이없는 표정을 짓다가 피식 웃었다.

"너에 대해 알고 싶어. 전화번호가 뭔지, 친한 친구가 누구인지, 무슨 색깔을 좋아하는지 알고 싶어. 호텔이 아니라 커피

숍에서 만나고, 30분씩 줄을 서서 밥을 먹고, 발이 아플 때까지 걷고 싶어."

"이해가 안 가. 그런 게 왜 중요해? 귀찮고 거추장스러워."

"상대방이 누군지 아는 게 귀찮은 거니?"

"왜 여자애들처럼 굴어? 나 아저씨랑 자는 게 좋아. 근사한 섹스면 됐지 뭘 더 바라?"

그가 길게 침묵을 끌며 미유를 보았다. 철없는 아이를 보듯 연민을 담고서.

"2 더하기 2의 답이 뭔지 알아?"

"뜬금없이 무슨 말이야?"

"대답해 봐."

"4잖아."

"남자와 여자의 끝이 섹스는 아니야. 이별도 아니고, 결혼도 아니야. 답은 없어. 언젠가는 답이 나오겠지만 중요한 게 아니야. 우리에게 중요한 건 2 더하기 2야. 네가 답이라 믿는 4가 아니라, 함께 시간을 보내는 지금이 중요한 거야. 난 너와 같이 있는 이 순간이 소중해. 놓치고 싶지 않아."

태준의 눈이 부드럽게 반짝였다. 부드럽지만 마냥 부드럽지 않은 사람. 닫혀 있는 것 같지만 닫혀 있지 않은 사람. 물러설 때와 밀고 들어올 때는 아는 사람.

그가 미유의 머리를 쓰다듬으며 말했다.

"나가서 밥 먹고 차 마시고 걷는 거야. 네가 싫어하는 게 어쩌면 제일 좋아하는 일이 될 수 있어. 네가 두려웠던 게 어쩌면…… 널 행복하게 해 줄지도 몰라."

흔들린다. 거부할 수가 없다. 특히 마지막 말이 모든 갈등을 날려 버린다.

'행복. 잠시라도 그걸 잡을 수 있다면 뭐든 할 수 있어. 그래, 밖으로 나가는 거야. 무엇이 기다리고 있는지 확인해 보는 거야.'

미유는 심각한 표정을 지우고 산뜻한 목소리로 말했다.

"그래서 어디 갈 생각이야?"

태준의 얼굴이 눈에 띄게 밝아졌다.

"가고 싶은 곳 있어?"

"음…… 이태원."

"그래. 가자."

그가 성큼성큼 걷고 미유는 손을 잡힌 채 종종거리며 따라갔다. 평범한 데이트. 태준과는 절대로 못 해 볼 줄 알았는데 심장이 뛴다.

택시를 타고 이태원 해밀턴 호텔 앞에 내린 순간 전혀 다른 세상이 미유에게로 왔다. 번화가에 처음 온 것도 아닌데 모든 게 신기했다. 차와 사람으로 북적이는 거리, 예쁜 건물, 다양한 국적의 사람들이 만들어 내는 들뜬 분위기. 크리스마스까진 아직 멀었는데 벌써 트리를 만들어 놓은 레스토랑도 보였다.

'다른 사람과 걷는 게 이렇게 설레는 거구나. 오길 잘했어.'

차츰 걷는 일 자체가 즐겁게 느껴진다. 처음엔 큰 보폭으로 걸어서 따라가는 게 힘들었는데 그걸 눈치챈 그가 속도를 줄였다. 그들은 길을 따라 걷다가 사람들로 북적이는 이탈리안 레스토랑을 발견하고 들어갔다. 늦은 저녁이라 배가 고파서 푸짐하게 저녁을 시켜 놓고 애기를 나눴다.

주로 애기하는 쪽은 태준이었다. 동생 애기부터 시작해서 어릴 때부터 몰려다니는 친구들 애기로 이어졌다. 친구들 무리를 부스러기라고 부르는데, 대장은 자기고 선우, 주영, 미키, 친동생인 태오. 이렇게 다섯 명이 의형제처럼 뭉쳐 다닌다고 했다. 마치 골목대장의 무용담을 듣는 듯해 미유는 웃음을 터트렸다.

"부스러기라니. 유치해."

"나도 그렇게 생각해."

"결혼한 사람 있어?"

"태오. 제수씨가 임신 중이야. 곧 출산이고."

"아들이야, 딸이야?"

"딸. 태명은 요미."

"요미?"

"기요미."

"크크, 뭐야."

애기하는 동안 몇 번이나 웃음이 터졌다.

그는 말썽꾸러기 동생들이 학교 때 사고 친 일, 친동생의 달달한 연애담. 특히 절친하다는 장선우 애기를 많이 했다.

"유치원에서 처음 만났어. 낯가림이 심하고 걸핏하면 울어서 일일이 챙겨 줬거든. 그때부터 내 뒤만 졸졸 따라다녔어.

그림에는 관심도 없던 놈인데 미술부에 들어오더니 미대까지 따라오더라고."

사랑하는 사람들 얘기할 때 그는 이런 표정을 짓는구나. 미유는 그의 친구와 동생들이 부러웠다.

"미대 나왔어요? 무슨 일 해요?"

"여러 개야. 재미있는 것도 있고, 고리타분한 것도 있고."

"재밌는 거 말해 줘요."

"만둣집 주인."

미유는 웃음이 나오려는 걸 가까스로 참았다.

"미안한데, 아저씨랑 진짜 안 어울려."

"삼청동에 단골 만둣집이 있었어. 몇 년 전 갔더니 주인아저씨 아들이 아파서 건물을 판다더라고. 내가 사서 아저씨랑 동업 중이야."

"만두는 실컷 먹겠다."

"어릴 때부터 별명이 만두 귀신이었어. 빚는 것도 잘해. 수준급이지."

"거기 만두 먹어 보고 싶다."

"다음에 가지고 올게."

"응."

미유는 자연스레 대답하고 속으로 주춤했다.

잠깐 잊었다. 자신이 누구인지, 앞으로 무엇이 기다리는지. 이렇게 점점 나미유를 잊는 시간이 길어진다.

두 사람은 디저트를 먹고 근처에 있는 바로 자리를 옮겨 맥

주를 마셨다. 그리고 서로가 좋아하는 것이 뭔지 하나씩 꺼내
놓았다.

태준이 좋아하는 색은 검정, 좋아하는 가수는 윤도현, 좋아
하는 영화는 페드로 알모도바르 감독의 〈그녀에게〉. 미유는
슬프면서 감성적인 영화라는 그의 말에 DVD를 사서 봐야겠다
고 했다. 그가 어떤 영화를 좋아하느냐고 묻기에 엄마가 출연
한 〈순애보〉라고 대답해 주었다. 물론 엄마가 여주인공이라는
부분은 빼고.

미유는 맥주를 마시며 그의 길고 섬세한 손가락을 보았다.
조명 아래 은근하게 빛나는 눈동자와 입술의 움직임도 그냥 흘
려보내지 않았다. 주위가 시끄럽지 않아 재즈 음악이 귀에 부
드럽게 휘감겼다. 마음이 한없이 부드럽게 풀어졌다.

미유는 테이블에 놓인 땅콩 개수를 세다가 전부터 궁금했지
만 갑자기 생각난 것처럼 물었다.

"여자 많이 만났어? 여자들이 가만 안 놔뒀을 거 같아."

"그래 보여?"

"잘생겼잖아. 내가 본 사람 중에 제일 멋있어."

"기분 좋은데?"

"대답해. 몇이나 만났어? 열 명? 스무 명?"

"네 생각처럼 많지 않아."

"왜?"

"그냥…… 연애에 소질이 없어."

"거짓말. 아저씨 키스 정말 잘해. 섹스도 잘하고."

옆 테이블에 앉은 여자가 슬며시 돌아보았다. 태준이 난처한 얼굴로 웃으며 말했다.

"비교 대상이 없어서 그렇게 느끼는 거 아닐까?"

"아니야. 정말 잘해."

"자꾸 그러지 마. 안고 싶어지니까."

그의 눈빛에 미유는 심장이 두근거렸다.

"후회돼? 괜히 나왔다 싶지?"

일부러 퉁명스럽게 말했다. 듣고 싶은 답이 아닐까 봐 슬쩍 걱정하면서. 그때 태준이 말린 크랜베리 하나를 그녀의 입에 넣어 주면서 말했다.

"당연히 후회하지. 미친 짓이었어."

순간 마음이 어두워지려는데 그가 밝게 웃으며 말했다.

"그래도 아주 잘한, 미친 짓 같아. 널 만지는 게 얼마나 소중한 건지 깨닫게 됐으니까. 난 오늘 데이트가 정말로 좋은데 너는 어때?"

"나쁘지 않아."

'사실은 무척이나 좋아. 매일매일 이렇게 지내고 싶을 정도로.'

"그럼 다음에도 이렇게 데이트하자."

미유는 달콤한 크랜베리를 씹으며 그를 보았다.

이 남자 어딘가 모르게 변했다.

자신이 그랬던 것처럼 태준에게도 어느 정도의 경계심이 있었다. 벽이랄까, 선이랄까. 그런 곳에 몸을 반쯤 걸치고 자신을 대하는 것이 보였다.

하지만 오늘은 그것이 보이지 않는다. 온전히 이쪽으로 넘어와 편안하게 웃으며 말한다.

무엇이 이 사람을 변하게 한 걸까?

보고 싶다.

보고 싶다.

보고 싶다.

아저씨, 미안해

태준은 겨울에 내리는 눈을 좋아했다. 아침에 눈을 떴을 때 창밖에 눈이 쌓여 있으면 잠옷 바람으로 뛰어나가 아무도 밟지 않은 마당을 걷곤 했다. 그녀도 눈을 좋아해서 눈이 내린 아침 이면 커다란 눈사람을 만든다고 했다.

"눈을 보고 있으면 세상이 참 따뜻하게 느껴져. 나쁜 일 같 은 건 일어나지 않을 것 같아."

미유는 그 말을 하면서 부드러운 눈빛으로 먼 곳을 보았다. 맥주잔을 감싼 손가락 중 살짝 들린 새끼손가락이 귀여웠다.

"〈러브 스토리〉 봤어? 이모 유품을 정리하는데 그 비디오테 이프가 나왔어. 눈 오는 공원에서 두 사람이 뒹굴잖아. 노래가 흐르고 두 사람은 행복해 죽겠다는 얼굴로 뛰어다니고. 처음 봤을 땐 유치하고 오글거린다고 생각했어. 그런데 갑자기 눈물 이 나더라. 영화지만 그런 사랑을 하는 게 부러웠어. 그때부터 그 영화만 백 번쯤 본 거 같아. 하루 종일 틀어 놓았으니까."

태준은 속으로 생각했다. 네가 많이 외로웠구나. 그는 미유의 머리를 쓰다듬어 주고 싶은 걸 참으며 말했다.

"겨울이 오면 같이 눈싸움하자."

그녀의 눈빛이 순간 어두워졌다가 밝아졌다.

"그럴까? 재밌겠다."

태준은 그녀가 좋아하는 걸 노트에 꼼꼼히 적어 놓았다. 좋아하는 영화는 〈러브 스토리〉. 향수와 오르골을 모으고, 추리소설과 공포 소설을 좋아하며 특히 스티븐 킹의 책은 빠짐없이 읽음.

미유에 대해 아는 것이 늘어 갈수록 궁금증도 늘었다. 어쩌다 취향이 겹치면 대단한 발견이라도 한 것처럼 반갑고, 평소에 관심도 없던 공포 소설을 읽고 싶어졌다. 아무리 사소한 것이라도 미유가 관심을 두는 건 무엇이든 알고 싶었다.

태준은 그녀와 헤어지고 집에 도착하자마자 인터넷으로 DVD와 스티븐 킹의 책을 주문했다. 미유가 좋아하는, 눈 오는 장면을 수십 번씩 돌려 보고 스티븐 킹의 단편소설을 세 번이나 반복해서 읽었다. 올리버와 제니퍼가 눈 위를 뛰어다니는 장면은 보는 사람의 마음이 따뜻할 정도로 행복하고 아름다웠다. 미유를 알기 전에 그 장면을 보았다면 감성을 자극하는 구식 영화라고 넘어갔을지도 모르겠다.

'다음에 만나면 나도 책 얘기를 할 수 있겠다. 미유는 〈미스트〉를 어떻게 봤을까? 노트북을 가져가서 같이 영화를 볼까?

가을에 보는 겨울 영화라…….'

그녀와 할 것을 생각하면 기분이 좋아져서 자꾸 콧노래가 나왔다.

오늘도 태준은 약속한 시각보다 일찍 도착했다. 그는 카페 창가에 자리를 잡고 앉아 아메리카노를 마시며 시간을 보냈다. 호텔이 아니라 이태원의 커피숍, 밤이 아니라 낮인 것이 낯설었다.

이렇게 조금씩 달라지면 그녀가 자기를 온전히 보이는 날이 올까. 미유에게 일어난 변화는 그에게 무척이나 설레는 것이었다.

'섣부르게 욕심부리지 말아야지. 천천히…… 다가가는 거야.'

태준은 거리를 보며 그녀를 기다렸다. 거리 반대편에 택시가 정차하고 까만 단발머리를 한 여자가 내렸다. 그는 단번에 미유인 걸 알아보았다. 니트 원피스에 하늘색 머플러를 두른 모습이 예뻐서 자신도 모르게 손을 번쩍 들고 흔들었다. 그 모습을 보지 못하고 미유가 멀리 떨어진 횡단보도 쪽으로 걸어 갔다.

태준은 카페를 나와 횡단보도로 향했다. 길 건너에 있는 미유에게 손을 흔들었지만 그녀는 그를 보지 못했다. 그는 횡단보도 앞에 서서 미유가 자신을 발견하기를 기다렸다. 키가 커서 쉽게 발견할 만도 한데 그녀는 생각에 잠긴 얼굴로 멍하니 서 있었다.

신호가 바뀌고 사람들이 건너기 시작했다. 그들에 휩쓸려 미유가 느리게 걸었다. 그녀는 태준이 앞을 막고 섰을 때야 겨우 고개를 들었다.

"안녕."

그의 말에 미유가 옅은 미소를 머금고 말했다.

"안녕."

태준이 내민 오른손을 보고 그녀가 말없이 보았다. 난처한 듯, 세상에서 가장 낯선 것을 보듯 표정이 복잡했다. 보행자 신호가 거의 끝나 갈 동안에도 미유는 손을 잡기를 주저하다가 수줍게 손을 내밀었다. 태준은 점심을 먹으며 그녀에게 물었다. 처음 손을 잡는 것도 아닌데 왜 망설였느냐고.

"그 손을 잡는 게 당연한 것처럼 느껴져서."

그 말을 하는 미유의 표정이 복잡했다. 그녀의 얼굴에 여러 감정이 섞이는 걸 태준은 긍정적으로 받아들였다. 자신에게 끌리는 징조 같아서였다. 하지만 그녀는 종잡을 수 없는 모습도 보였다. 어느 땐 스물둘의 발랄함과 호기심을 보이지만 어느 땐 너무 생각이 많고 텅 빈 백지처럼 느껴졌다. 액세서리를 파는 가게에 들어가서는 소녀처럼 좋아하다가 아이를 데리고 산책 나온 부부를 보고서는 갑자기 입을 다물었다.

남들과 생각이 조금 다른 아이라는 건 안다. 상처가 많고, 외로움을 많이 타고, 사랑이 필요한 아이라는 것도 안다. 하지만 그가 살아온 경험으로 해석할 수 없는 어떤 것을 마주할 때면 그녀가 멀리 가 버릴 것 같아 불안해졌다.

그들은 점심을 먹고 리움 미술관에 들렀다가 회나무길을 걸었다. 오후 들어서 미유의 말수가 부쩍 줄어들었다. 그녀의 기분을 풀어 주려고 고민하던 태준은 길가에 놓인 인형 뽑기 기계를 보고 이거다 싶었다. 미유도 흥미가 있는지 기계 안에 가득 쌓여 있는 곰 인형을 들여다보았다.

"인형 좋아하니?"

미유가 고개를 끄덕이며 인형을 보았다. 태준은 앞에 있는 편의점에서 동전을 바꿔 와 기계 안에 넣었다.

"많이 뽑아 봤어요?"

기대감에 활기차진 그녀의 표정을 보고 태준은 전의를 불태웠다.

"처음이야. 저 노란 곰 인형 뽑아 줄게."

그는 폼을 잔뜩 잡고 작동 방법을 읽었다.

"집게를 움직이려면 옆으로 가는 버튼과 위로 가는 버튼으로 조종하면 된다. 음, 조작 방법은 쉽군."

태준은 옆으로 가는 버튼을 누르고 위로 가는 버튼을 짧게 눌렀다. 집게 위치가 곰 인형까지 살짝 못 미쳤다. 한 번 더 움직이려는데 갑자기 집게가 내려왔다.

"자, 잠깐! 아직 아니라고!"

기계에다 외쳐 보지만 엉뚱한 곳에 내려온 집게가 헛손질만 하고 올라갔다. 옆에서 깔깔깔 웃는 소리가 들렸다. 부아가 치밀어 다시 작동 방법을 읽어 보니 버튼은 한 번만 움직일 수 있단다. 젠장. 태준은 속으로 욕을 중얼거렸다.

"방법을 몰라서 그랬어. 다시 해 볼게."

이번엔 신중하게 버튼을 움직여 곰돌이를 향해 갔다. 위치 선정 좋고 각도도 완벽하다. 천천히 내려간 집게가 곰의 몸통을 움켜쥐었다.

"됐어!"

환호하는데 집게가 곰돌이의 몸통을 무기력하게 쓰다듬고 빈손으로 올라왔다.

"뭐, 뭐야! 이거 왜 이래?"

미유가 아까보다 더 크게 웃었다.

"뭐 이따위 기계가 있어?"

그는 성질을 버럭버럭 내면서 재빨리 동전을 넣었다. 미유가 약 올리는 표정으로 빤히 보았다.

"아무래도 소질이 없나 봐. 이제 그만해."

"아니야, 내가 꼭 뽑아 줄게."

"안 그래도 돼."

"괜찮아. 감 잡았어."

세 번째도 실패. 네 번째 도전도 실패. 다섯 번째 도전은 거의 될 뻔하다가 실패.

"차라리 곰 인형을 사는 게 빠르겠어. 그만해."

미유가 말려 보지만 그는 이미 이성 잃은 뒤였다. 지금까지 살면서 뭐든 잘한다는 소리만 들어왔는데, 잘 보이고 싶은 여자 앞에서 처참하게 무너질 순 없다. 편의점에 가서 2만 원어치 동전을 바꿔 오니 미유가 어처구니없는 표정을 지었다.

태준은 비장한 마음으로 기계 앞에 서서 동전을 넣었다. 그리고 손에 힘을 풀고 자신의 몸처럼 느껴지는 집게를 움직였다. 내내 자신을 농락한 곰돌이를 향해 마수를 뻗은 순간, 집게가 놈을 들어 올렸다.

"됐다!"

태준은 월드컵 본선에서 한국이 골을 넣었을 때보다 기쁘게 소리쳤다. 그는 눈을 부릅뜨고 곰돌이를 노려보았다. 집게가 움직이는 내내 포획물은 안정적으로 잡혀 있었다. 출구에 거의 다 왔다 싶은 순간 한 번의 출렁임과 함께 곰 인형이 아래로 낙하했다.

"으아아악!"

그가 비명을 지르는 동안 미유가 배를 잡고 웃었다.

"크크크, 아저씨 왜 이렇게 진지해? 아…… 배 아파."

"젠장, 거의 다 됐는데. 꼭 뽑아 주고 싶단 말이야."

"이제 그만해. 돈 아까워."

"기다려 봐. 진짜 감 잡았어. 몇 번이면 성공할 거 같아."

기계가 동전을 꾸역꾸역 먹는 동안 미유의 불평이 늘어 갔다. 바꾼 동전이 줄어 몇 개밖에 남지 않을 때 마침내 미유가 폭발했다.

"이게 뭐야! 돈 아깝고, 시간도 아까워. 아저씨 정말 바보 같아."

태준은 이 멍텅구리 기계를 발로 걷어차고 싶었다.

'제발 한 번만 걸려 줘. 내 체면 좀 세워 달라고.'

그는 속으로 사정하다시피 하며 마지막 버튼을 눌렀다. 집게가 내려가고 인형의 몸통을 움켜쥐었다. 걸렸다! 이제 떨어지지만 않으면 된다. 집게가 천천히 움직이는 걸 보며 태준은 숨을 꿀꺽 삼켰다. 조금만 더! 조금만 더!

"됐다! 미유야 뽑았어!"

흥분해 소리치며 노획에 성공한 곰 인형을 움켜쥐는데 조금 전까지도 옆에 있던 미유가 보이지 않았다. 돌아보니 저 멀리 미유가 걸어가고 있었다. 한달음에 달려가니 단단히 토라진 미유가 입을 꾹 다문 채 걷고 있었다.

"화났어?"

진짜 화났는지 이쪽은 보지도 않았다. 태준은 다급한 마음에 노란 곰 인형을 그녀의 얼굴에 흔들어 보였다.

"이것 봐. 뽑았어. 귀엽지?"

"차라리 돈 주고 사는 게 나았을 거야."

토라진 얼굴도, 퉁명스러운 목소리도 태준에겐 귀엽기만 했다. 그는 꼭 안아 주고 싶은 걸 참으며 달랬다.

"너처럼 귀엽게 생겨서 꼭 뽑고 싶었어."

"거짓말. 잘 안 뽑히니까 오기로 한 거잖아. 옆에 있는 나는 안중에도 없고."

"너랑 안 놀아 줘서 삐친 거야?"

"쓸데없는 곳에 돈과 시간을 낭비해서 화난 거야."

"미안. 앞으론 안 그럴게. 이거 받고 용서해 줘."

제자리에 멈춰 선 미유가 곰 인형을 뚫어지게 보다가 마지못한 표정으로 받아 들었다. 여전히 뚱한 표정을 짓고 있지만 곰 인형이 마음에 든 눈치였다.

"귀엽긴 하네."

"내가 주는 첫 선물이야."

"아니야. 첫 선물은 꽃다발이야."

"꽃다발은 남지 않잖아. 시들면 버리는 건데."

"안 버렸어. 잘 말려 뒀어."

미유의 뺨이 붉게 달아올랐다. 태준은 그 모습이 견딜 수 없이 사랑스러워서 두 팔로 번쩍 들어 끌어안았다. 놀랐는지 미유가 다리를 흔들며 버둥거렸다. 몹시 당황한 게 느껴져서 웃음이 나왔다.

"귀여워서 깨물고 싶다."

"여기 길 한복판이야. 사람들이 보잖아."

태준은 밀어내는 그녀를 놔주지 않고 빨개진 얼굴을 보았다.

이 여자에게 온 마음이 쏠린다. 이 여자를 통해 세상을 보고 나를 알아 간다. 그동안 모르고 산 것들이 너무 많다. 그저 옆에 있는 것으로 받는 위안, 세상을 환하게 밝히는 사랑스러움, 안아 주지 않고는 배길 수 없는 귀여움.

그에게 사랑 같은 건 선택 사항일 뿐이었다. 없어도 살 수 있고, 모르는 게 더 편할 수도 있다고 생각했다. 미유를 알고 나서 그건 사랑이 두려운 사람이 대는 핑계라는 걸 깨달았다.

이젠 이 여자를 잃는다고 생각하면 눈앞이 캄캄해진다. 이토록 다양하고 즐거운 감정을 선물처럼 안겨 준 사람을 잃는 건 상상도 할 수 없다. 태준은 이 기쁨을 어떻게든 표현하고 싶었다. 그래서 미유의 얼굴을 보며 가만히 속삭였다.

"네가 좋아."

태준은 그녀가 놀라 도망가지 않도록 감정의 무게를 덜어 냈다. 하지만 표정과 눈빛으로 이 감정이 가볍지 않음을, 진심임을 드러냈다. 그걸 보고 미유의 얼굴이 빨개졌다.

"네가 진짜 좋아."

미유는 말을 잇지 못하고 입술을 달싹거렸다. 태준이 바란건 그와 같은 대답이 아니었다. 그저 마음을 보이고, 그녀가 느끼길 바랄 뿐이다. 그는 고개를 숙여 미유의 이마에 가볍게 입맞춤을 했다. 미유가 잠시 눈을 감았다가 떴다. 갈색 눈동자가 햇살에 더욱 투명하게 보였다.

"곰 인형 고마워."

태준은 예쁜 미소에 가슴이 풍선처럼 부푸는 기분이었다.

"아저씨랑 있으면 즐거워."

미유에게서 이끌어 낼 수 있는 최대한의 표현이었다. 태준은 기뻤고 만족했다. 그녀와의 거리가 차츰 좁혀지는 게 보였다.

"미유야, 춥지? 카페 가서 따뜻한 차 마시자."

"응."

한 손에 노란 곰 인형을 든 미유가 해맑게 미소 지으며 손을 잡았다. 태준은 그녀의 미소에 뿌듯해하다가 미유가 먼저 손을 잡은 걸 깨달았다. 등줄기에 짜릿한 쾌감이 지나갔다. 그는 신이 나서 큰 소리로 외쳤다.

"다음에 인형 또 뽑아 줄게. 더 크고 귀여운 아이로."

"안 돼! 차라리 인형 가게에 가서 사 줘."

"하하하. 그래."

둘은 손을 잡고 나란히 거리를 걸었다. 태준은 앞으로도 그녀가 이 손을 놓지 않을 거라고 믿고 싶었다.

♥

미유에게 청춘은 눈부시지도, 싱그럽지도, 희망적이지도 않았다. 순수함 따윈 예전에 잃어버렸고 계산과 타협만이 남았다. 자신의 탓으로 돌리기엔 삶이 팍팍했고 마냥 삶을 탓하기엔 마음에 뚫린 구멍이 많았다. 사람들은 일일이 몸으로 부딪혀 가며 배우는 걸 젊음의 특권처럼 얘기하지만, 그건 정말로 아프지 않았기 때문이다. 아파서 얻는 건 상처뿐이다. 많이 아파 본 인간은 비뚤어진다. 비뚤어진 인간은 비뚤어진 눈으로 세상을 보고 비뚤어진 것만 얻게 된다. 미유는 일찌감치 청춘에 대한 낭만적인 기대를 버렸다. 그녀는 비뚤어진 사람 중 하나였다.

그런 자신이 변했다고 느낀 건 횡단보도에 서서 신호를 기다릴 때였다. 반대편 사람들 속에 태준이 서 있었다. 그를 본 순간 큰 소리로 이름을 부르고 손을 흔들고 싶었다. 달려가 품에 뛰어들고 싶었다. 도로에 차가 달리고 있지 않았다면 정말로 그럴 뻔했다.

'내가 왜 이러지?'

미유는 입술을 깨물고 고개를 숙였다. 뜨겁고 간질간질하고 기분 좋은 느낌이 몸을 감쌌다. 신호가 바뀌었는지 주위에 있던 사람들이 일제히 걷기 시작하는 걸 보고 덩달아 발을 뗐다가 멈칫했다. 태준에게 가까이 가는 게 두려웠다. 그가 선을 넘어선 것처럼, 자기도 선을 넘어설 것만 같았다.

"안녕."

그의 미소가 미유의 마음속에 비집고 들어와 감춰 둔 미소를 끄집어냈다. 태준이 손을 내밀었다. 당연하다는 듯 손을 잡으려다가 또다시 멈칫했다.

이 사람과 손을 잡는 게 언제부터 이렇게 자연스러워진 걸까. 미유는 난감한 표정으로 그의 손을 응시했다. 도로 위에 쏟아지는 빛이 눈부셨다. 들이마시는 공기와 피부에 닿는 공기가 시원했다.

어떤 예감이 들었다. 이 손을 잡으면 선을 넘어서는 것으로 끝날 것 같지 않은 느낌. 그녀는 망설이다가 손을 뻗어 태준의 손을 잡았다.

"아까부터 왜 그렇게 쳐다봐? 내 얼굴에 뭐 묻었어?"

커피를 마실 때 그가 턱을 쓰다듬으며 물었다. 미유는 웃으며 고개를 저었다.

'오늘은 아저씨가 다르게 보여.'

횡단보도에서 손을 잡은 순간 거칠고 굳은살이 박인 손바닥 질감이 뚜렷하게 느껴졌다. 곱고 예쁜 모양을 가진 손이라고 생각했는데 새로웠다. 그의 이마에 실금 같은 흉터와 눈썹 옆에 있는 작은 점도 발견했다. 그는 의자에 앉아 있을 땐 손을 가만히 두질 못하고 종이 냅킨을 접거나 머리를 쓸어 넘겼다.

전에는 보지 못했던 것들이 보이기 시작하면서 태준의 꿈이 뭔지, 무엇을 볼 때 심장이 뛰는지 궁금해졌다. 밤에 숲을 걸어 본 적이 있는지, 별을 좋아하는지, 유난히 외로워지는 때가 언젠지. 그럴 땐 누구와 얘기하는지도 알고 싶었다.

미유는 그와 걸으며 전과 다르게 보고 느꼈다. 이 상황이 더는 낯설지 않았고 어느새 즐기게 되었다. 길을 걸으며 장난을 치고, 예쁜 옷가게에 들어가 원피스를 입어 보고, 아이스크림을 사 먹고, 노점에서 자수정 팔찌를 샀다. 평범해서 좋았고 특별하게 느껴져서 행복했다. 다 놓아 버리고 이 순간만 붙들고 싶었다. 그 말을 듣기 전까지.

"네가 좋아."

그 말에 빙하의 무른 면이 무너지는 것처럼 마음 귀퉁이가 허물어졌다.

"네가 진짜 좋아."

이상한 사람이다. 나미유가 어떤 사람인지 알지도 못하면서 어떻게 좋아한다고 말할 수 있을까. 나미유는 존재 자체가 고통인 아이다. 엄마의 남자가 떠난 것도, 이모의 결혼이 파탄난 것도 미유 때문이었다.

'너 때문에 그이가 떠났어.'

언젠가 엄마가 한 말이다. 그이가 누군지 묻지 않았지만 짐작이 갔다. 미유는 엄마에게 정말로 미안했다.

'남자들은 어째서 너만 보면 건드리지 못해 안달일까? 개새끼들.'

이모는 남자들이 미유에게 눈독을 들일 때마다 짜증과 독설을 내뱉었다.

태어나서는 안 될 아이, 제대로 살아갈 자격이 없는 아이. 그래서 비뚤어졌다. 그래야 할 것 같았다. 미유는 사는 게 고통스러웠다. 남은 나날들이 까마득해서 빨리 늙고 싶었다.

'나에 대해 잘 모르잖아요. 그래도 내가 좋아요?'

그에게 묻고 싶었지만 차마 그러지 못했다. 태준의 손을 잡고 걷는데 목이 멨다. 너무 기뻐서 소리 내어 엉엉 울고 싶었다. 태어난 것에 죄책감을 느끼며 살았다. 내일이 기대되지 않는 인생을 살았다.

그런데 갑자기 삶이 소중해졌다. 서로의 이야기를 꺼내 놓고 공감하는 법과 소소해서 더 특별한 일상의 소중함을 배웠다. 미유는 엄마와 이모에게 소리치고 싶었다.

'엄마! 이모! 이렇게 멋지고 좋은 사람이 날 좋아한대. 날 소중하게 생각하는 사람은 처음이야.'

송두리째 흔들리기 시작한 머릿속에서 감정 하나가 고개를 들었다.

'박 사장에게서 도망치고 싶어. 태준 옆에 있고 싶어.'

말도 안 되는 생각이라고 고개를 저어 보지만 생각이 눈덩이처럼 불어났다.

어디까지나 호기심으로 시작한 일탈이었다. 그냥 스쳐 가는 사람일 뿐이었다. 그런데 어느새 인생이 통째로 흔들렸다. 굶주린 아이가 달콤한 과자를 손에 넣었을 뿐이라고, 과자를 먹으려고 편한 삶을 뿌리치는 건 바보 같은 짓이라고 생각하면서도 놓을 수 없었다.

미유는 복잡한 마음으로 집에 돌아왔다. 샤워를 하고 나오는데 침대 베개 위에 놓아 둔 노란 곰 인형을 보였다. 즐거운 기억을 담아 놓은, 소중한 선물. 미유는 오는 길에 '말랑이'라고 이름 붙인 곰 인형에게 물었다.

"말랑아…… 이제 난 어떻게 하지?"

기쁘고 설레던 감정이 식어 버렸다. 이 커다란 집이 행복한 기억을 전부 먹어 치운 것만 같았다. 태준이 걸어 준 마법이 끝나고 나니 황량한 현실이 보였다.

"나 약혼했어. 사랑해서 한 게 아니야. 돈이 필요했어. 이모는 아프고 집에서 쫓겨나면 갈 곳이 없었어. 배운 것도, 가진 것도 없는 여자가 어떻게 사는지 알아? 자기 몸을 팔아. 가진 게 몸밖에 없으니까. 이 집에 들락거리던 여자들, 늙은이에게 몸 팔던 그 여자들처럼 되기 싫었어. 구질구질하게 살고 싶지 않았어. 그 사람은 다 가졌으니까 적당히 포기하고 살면 나쁘지 않은 인생이라고 생각했어."

말이 길어질수록 자신이 초라하게 느껴졌다.

"태준을 만나지 않았다면 전이랑 똑같았을 거야. 죽어 가는 심정으로 하루하루를 버텼겠지. 태준을 만난 게 정말 다행이라고 생각해. 그렇지 않았다면…… 빈껍데기로 살았을 거야."

미유는 울고 싶지만 억지로 웃으며 말랑이에게 말했다.

"난 이기적인 속물이야. 사람을 이용하는 게 나쁘다고 생각한 적 없어. 날 위해선 뭐든 할 수 있었어. 그런데 태준을 만나고 처음으로 깨달았어. 상대방의 마음을 이용하는 건 나쁜 짓이구나, 그런 사람은 쓰레기구나. 말랑아, 나는 쓰레기야."

고여 있던 눈물이 툭 떨어졌다. 속 깊은 곳에서 눈물이 샘처럼 흘러나와 마음을 적셨다.

"아까 아저씨에게 안겨 있으면 생각했어. 아, 좋다. 앞으로도 이렇게 사소한 걸로 싸우면서 살고 싶다."

마음이 아팠다. 꼬여 버린 자신의 인생보다 이용당한 태준이 가여웠다.

"그 사람은 정말 이상해. 나에 대해 모르면서 어떻게 좋아할 수 있는 거지? 처음 만나자마자 호텔에 가자고 했는데, 어디 사는지도 모르고, 전화번호도 가르쳐 주지 않았는데. 난 모든 남자가 섹스만 생각하는 줄 알았어. 내게 관심을 두는 건 안고 싶어서라고 생각했어. 어떻게 섹스보다 차 마시고, 얘기하고, 걷는 걸 좋아할 수 있지? 너는 이해돼?"

웃음과 눈물이 멈추지 않았다. 미유는 티슈를 뽑아서 눈물 범벅이 된 얼굴을 닦고 코를 풀었다. 그러다 발작하듯 울음을 터트렸다. 심장이 아팠다. 엄마가 죽었다는 얘기를 들었을 때처럼 심장이 후벼 파이는 듯 아팠다.

"사실…… 얘기하고 싶었어. 나도 태준이 좋아. 진짜…… 진짜…… 좋아. 근데 말 못 했어. 내가 어떤 사람인지 알면 떠날 것 같아. 다신 못 볼 거 같아. 그 사람 못 본다고 생각하면 겁나. 이게 사랑인 거지? 나 정말 나쁜 짓을 한 거지?"

말랑이를 건네며 그가 짓던 표정이 생각난다. 아늑했던 포옹, 부드러운 눈빛, 달콤한 속삭임, 따뜻한 손. 나미유에게 과분한 것들.

"미안해서 어쩌지? 내 잘못이야. 나 같은 애가……. 나같이 이기적이고 더러운 애가……. 미안해서 어떻게 해. 이제 어떻게 해."

곧 남들도 겪는 그런 날이 올 줄 알았다. 상대방이 궁금하지 않고. 만나면 지루하고, 시간이 더디게 갈 때가. 역시 별거 없는 사람이었어, 그러면 그렇지 하고 돌아설 줄 알았다. 스스로 사랑한다고 인정해 버릴 날이 올지 몰랐다. 그 마음이 기쁘고 소중해서 어떻게 해서든 간직하고 싶은 감정이 들 줄도 몰랐다.

"말랑아, 이거 정말 뻔뻔한 생각인데…… 아저씨 옆에 있고 싶어. 그래도 될까? 다 알고도 용서해 줄까? 나 아껴 주고 예뻐하잖아. 좋아한다고 했잖아. 그러니까 받아 주지 않을까?"

이제 겨우 시작된 사랑이 모든 걸 알고도 이해하며 받아 줄까? 아무리 사랑해도 받아들이긴 무리다. 박기영이 쉽게 놓아 줄 리도 없고 어마어마한 빚도 있다. 자신의 태준이라면 뒤도 보지 않고 도망칠 것 같았다.

"그래도 노력해 볼까? 솔직하게 고백할까?"

자신이 없다. 얘기를 듣고 태준이 어떤 표정을 지을지 상상이 되질 않는다. 그가 실망하고 떠나는 걸 보느니 이대로 헤어지는 편이 나을까.

"많이 괴로워하겠지? 아저씨가 아픈 건 싫어."

변화의 끝은 자신보다 상대방의 고통이 아프게 다가오는 것이었다. 전에는 상상할 수 없는 일이었다.

미유는 답답함을 견디지 못하고 침실을 나와 정원을 걸었다. 밤하늘에 반달이 쓸쓸하게 떠 있었다. 지금 마음이 반달 같았다. 어둠과 빛, 죄책감과 그리움. 놓아야 한다고 생각하면서도 놓고 싶지 않았다.

"헤어지기 싫어. 정말로 헤어지기 싫어."

입술에서 흐느낌이 새어 나왔다. 싫다고 부정하지만 마음은 이미 한쪽으로 기울고 있었다. 이대로 그의 인생에서 사라져야 한다. 태준을 위한다면, 양심이 있다면 더 큰 상처를 주기 전에 돌아서야 한다. 좋아하게 되어 버렸으니 이제 줄 것은 이별 밖에 없다. 그게 나름의 선물이다.

"아저씨는 좋은 사람이니까. 그러니까…… 이제 놔줘야 해."

밤은 끔찍하게 길었다. 몇 번이나 생각이 뒤집혔다가 본래 결심대로 돌아왔다. 행복했던 순간을 헤아리다가 웃고 울기를 반복했다. 새벽이 오는 걸 보고 까무룩 잠들었다가 깨었을 때 말랑이가 제일 먼저 눈에 띄었다.

"말랑아, 오늘이 마지막이야. 정말이야. 이젠 끝낼 거야."

결정을 내리고 나니 마음이 차분해졌다. 어젯밤만 해도 어떻게 해야 할지 막막했지만, 머릿속이 정리되고 앞으로 할 것들이 생각났다.

작별 인사 없이 끝내고 싶진 않았다.

말없이 사라지면 태준이 많이 걱정할 테니까. 만나서 얼굴 보고 담백하게 헤어지고 싶었다. 어떻게 헤어지는 게 담백한지 모르겠지만 마음 아프지 않게 웃으면서 끝내고 싶었다.

그를 만나기 위해 화장하고 옷을 골라 입는 게 전처럼 설레지 않았다. 항상 택시를 타고 갈 땐 설레고, 초조하고, 좋았는데 이젠 약속 장소에 가까워지는 게 두려웠다. 이태원에 도착한 미유는 택시에서 내리자마자 가까운 빌딩 화장실로 들어갔다. 구역질이 나왔지만 먹은 게 없어 아무것도 나오지 않았다. 눈물이 쏟아지고 현기증이 났지만 가까스로 일어났다.

거리에 나오니 그녀를 제외한 세상이 생기 있게 움직이고 있었다. 미유는 액자를 들여다보듯 낯설게 사람들을 보았다. 일본 말을 쓰는 여자들과 강아지를 데리고 산책을 나온 할아버지, 똑같은 스냅 백을 쓰고 똑같은 백 팩을 맨 어린 연인. 그녀는 그들의 행복한 표정에서 눈을 뗄 수 없었다.

미유는 횡단보도를 지나 그와 만나기로 한 카페에 들어갔다. 아직 태준은 오지 않았고, 시계를 보니 약속 시각까지 20분이 남아 있었다. 미유는 거리가 보이는 테이블에 앉아 기다렸다. 겉으로는 침착했지만 자꾸만 두려운 마음이 앞섰다.

'차라리 그냥 사라져 버리는 게 나을 뻔했어. 얼굴 보고 헤어지자고 할 자신이 없어.'

미유는 도망치려는 자신에게 말했다.

'침착해. 보통 사람들이 헤어지는 것처럼 헤어지면 돼. 특별한 의미를 담지 않고 평범하게, 너는 내게 의미가 없다는 듯이 말하는 거야. 아저씨가 좋은 사람이란 건 알지만 마음이 가지 않아. 이제 지루해졌어. 놀라고, 화내고, 설득하려다가 차츰 받아들일 거야. 살면서 한 번은 겪을 수 있는 일이잖아. 곧 털어 버리겠지. 잊는 데 1개월도 안 걸릴 거야. 특별하게 느껴졌던 감정도 시간이 흐르면 유치하고 볼품없어져. 거리에서, 호텔에서 있었던 일이 정신 나간 일처럼 느껴질 거야. 내가 말이야. 처음 본 여자애랑 호텔에 간 적이 있었어. 괜찮은 애였는데 몇 번 더 만나다가 싱겁게 헤어졌어. 우리 얘긴 술자리 싱거운 안주가 되다가 몇 년이 지나면 나란 여자를 까맣게 잊을 거야. 새로운 사람을 만나 결혼하고 아이를 낳고……. 우리가 함께 보낸 시간은 나만 기억하겠지.'

눈시울이 뜨거워지며 눈물이 나려 한다. 숨을 깊이 들이마셨다가 내뱉는데 태준이 보였다. 놀라 몸을 움찔하는데 태준이 웃으며 다가왔다.

"일찍 왔네? 내가 먼저 와서 기다리려고 했는데."

"오늘은 일찍 서둘렀어."

"내가 보고 싶었구나?"

당황해서 멍하니 보는 미유의 볼을 그가 톡톡 두드렸다.

"무슨 말 해야 할지 모를 땐 웃으면 돼."

그가 웃자 미유도 따라 웃었다.

'나미유, 너 왜 이래. 이러면 안 되잖아!'

속으로 비명을 질렀지만 미소를 거둘 수 없었다.

'웃음이 나는 걸 어떻게 해. 얼굴만 봐도 좋은걸. 이렇게 행복한걸.'

태준이 어깨를 끌어안으며 말했다.

"이렇게 매일 보면 좋겠다. 너도 그렇지?"

"응."

미유는 자신도 모르게 대답해 버리고 입술을 깨물었다. 이게 아닌데, 이렇게 말해 버리면 안 되는데. 몸과 마음이 자꾸만 엇갈린다.

"뭐 마실래? 어제처럼 라테 마실래?"

"응."

"잠깐만 기다려. 주문하고 올게."

그의 뒷모습을 보며 미유는 하려던 말을 생각해 내려고 애썼다. 할 말이 있어. 있잖아……. 있잖아……. 생각이 나지 않는다. 머릿속이 백지가 된 채 태준만이 눈에 들어온다.

"저녁 뭐 먹고 싶은지 생각해 놨어?"

태준이 그녀의 옆에 앉아 말했다. 미유는 그의 눈을 똑바로 보지 못하고 고개를 숙였다.

"오늘 왜 이렇게 말이 없어? 기분이 별로야? 그리고 보니 얼굴이 창백하네. 어디 아파?"

그가 손으로 이마를 짚고 얼굴을 들여다보았다.

"열은 없는데? 체했어?"

"아니. 아까부터 머리가 조금 아팠는데 이젠 괜찮아."

미유는 그의 어깨에 머리를 기댔다. 아무래도 오늘은 헤어지자고 말하지 못할 거 같다. 다음에 하자. 오늘 말고 다음에.

미유는 이를 악물고 울음을 삼켰다.

"저녁 먹고 재밌는 거 보여 줄게. 기다려."

"뭔데?"

"재밌는 거. 아주 재밌는 거."

"영화?"

"아니."

"연극?"

"아니."

저녁을 먹는 동안 미유가 질문을 하면 그가 고개를 저으며 천진하게 웃었다. 미유는 점점 이별 같은 건 생각도 하지 않은 것처럼 굴었다. 태준의 농담에 웃기도 하고 음식 맛에 대해 혹평을 내리기도 했다. 거리에 나와선 손을 잡고 걸었고 공영 주차장에 세워 놓은 그의 차 주위를 한 바퀴 돌아보기도 했다.

"우와! 아저씨 차야?"

"응."

미유는 차에 대해 잘 모르지만, 이 차가 무척이나 비싸며 지붕이 열린다는 건 알고 있었다. 이렇게 매끈하고 섹시해 보이는 스포츠카를 몰다니.

머릿속으로 생각한 태준의 이미지와 달랐다.

"아저씨 스타일이 아닌데? 노는 남자 같잖아."

그가 소리 내어 웃으며 조수석 문을 열었다. 박 사장이 열어
줬을 땐 아무런 감흥이 없었는데 태준이 하니 심장이 두근거릴
만큼 섹시했다.

"나 노는 남자 맞는데?"

"점잖게 생겨서 무슨. 처음 만난 여자랑 잔 것도 내가 처음
이면서."

"앞으로 노는 남자가 되지, 뭐."

그 말에 미유는 속이 뜨거웠다. 그 옆에 다른 여자가 있다고
생각하니 눈물이 날 것 같았다. 그녀는 금세 침울해져서 조수
석에 앉아 태준이 운전하는 걸 보았다.

'오늘 해야 해. 다음으로 미루지 마. 태준을 위해서야.'

흔들렸던 마음을 다잡아 보지만 자신이 없었다.

태준은 도시를 가로질러 번화가에서 조금 떨어진 동네로 들
어섰다. 공구 상가와 허름한 식당이 즐비한 골목 안으로 들어
가니 마당이 넓은 창고가 나왔다. 주위는 고요했고 무척이나
어두워서 스산함마저 느껴졌다.

미유가 전혀 예상하지 못한 풍경에 당황하는 사이 그가 내
려서 조수석 문을 열었다.

"자, 도착했습니다."

"아저씨 나 납치하려고 여기 데려온 거야? 나쁜 짓 하는 건
아니지?"

"생각보다 겁이 많은데? 이런 거 봐도 꿈쩍도 안 할 줄 알았
는데."

그가 웃으며 창고로 걸어갔다. 두툼한 자물쇠를 열고 안으
로 들어가는 걸 보고 미유도 따라 움직였다. 불을 켜니 안은
무척이나 넓고 천장이 높았다. 텁텁한 공기 속에서 쇠 냄새와
톱밥 냄새가 났다. 좀 더 안으로 들어가니 정면에 하얀 천으로
가려 놓은 물체가 보였다.

저건 뭐지? 생각하는데 차츰 다른 게 눈에 들어왔다. 한쪽
벽에 가득한 망치, 톱, 용접기, 용접 마스크, 천장 가까이 쌓아
놓은 철 자재, 합판, 돌.

처음엔 이게 다 뭔지, 태준이 뭐 하는 사람인지 감이 잡히지
않았다. 그러다 풍경에 익숙해질 무렵 어릴 적에 가지고 놀던
인형의 집과 비슷한 게 보였다. 마치 교도소의 한 단면을 보는
듯한 방에 남자 모양을 한 나무 조각이 있었다. 어떤 남자는
침대에 누워 있고, 어떤 남자는 변기 위에 앉아 지루한 듯 턱
을 괴고 있었다.

처음 볼 땐 공장 같았는데 자세히 보니 아티스트의 작업실
이었다. 천장 한쪽엔 철로 만든 날개 모빌이 매달려 있고, 소
품 크기의 조형물이 곳곳에 있었다. 태준이 특별하게 여길까
봐 얘기 안 했지만 미술관에서 처음 봤을 때도 예술가 타입이
라고 생각했다.

"아저씨 조각가예요?"

"정확히는 설치 미술가지."

미유는 고개를 끄덕이며 손때 묻은 연장과 철 조각, 바닥에 흩어진 톱밥을 보며 거닐었다.

"이제 하는 말인데, 만둣집 주인 같진 않았어. 평범한 직장인 같지도 않았고."

"내 인상이 어땠는데?"

두 사람은 서로 적당한 거리를 유치한 채 넓은 작업실을 서성였다.

"무엇에 매여 있는 사람 같지 않았어. 단정하고, 침착하고, 생각이 많아 보여."

미유는 한쪽에 있는 책상으로 가 하다 만 스케치와 연필, 지우개, 책장에 꽂힌 도록과 미술 잡지를 보았다. 그의 공간은 차가운 듯하면서도 따뜻하다. 차가운 철과 나무를 만져 자신의 생각을 담는 예술가. 존경과 부러운 감정이 들면서 볼품없는 자신과 비교됐다.

"미유야 이리 와. 보여 줄게 있어."

어느새 옆으로 온 그가 미유의 손을 잡아끌었다. 그녀는 서글픔을 밀어내고 웃는 얼굴로 태준을 따라갔다. 그가 하얀 천으로 가린 물체 앞에 서서 묶은 매듭을 풀었다.

"네 생각 하면서 만든 거야."

미유의 키보다 큰 조형물이었다. 철로 만든 사각기둥 안에 둥근 원이 들어 있었다. 사각기둥은 아무런 장식 없이 뼈대만 있었지만 원은 다양한 곡선으로 이루어졌다.

미유는 손을 뻗어 원을 이루는 무늬를 만져 보았다.

"어떤 느낌이야?"

"차갑네."

"그리고 또?"

"액자 속에 달을 가둔 것 같아. 이렇게."

미유는 손으로 사각형 모양을 만들어서 천장에 있는 둥근 조명에 겹쳐 보았다. 태준이 웃으며 물었다.

"또?"

"달이 예뻐. 이 문양들……. 잔잔한 물결 같기도 하고……. 여자 몸 같기도 하고……. 산등성이 같기도 해."

어느새 태준이 그녀 뒤에 와 있다. 그가 뒤에서 안으며 말했다.

"이 달이 너야."

"나?"

"내 눈에 너는 부드럽고, 고요하고, 각진 곳 없는 곡선이야. 아름다운 것들이 다 네 안에 있어. 달, 물방울, 구름, 산등성이. 세상을 많이 돌아다녔는데 너처럼 예쁜 곡선은 본 적이 없어."

"난 내가 모났다고 생각해. 끝이 뾰족한 바늘 같아."

"그렇지 않아. 네 안에는 부드럽고 따뜻한 것들이 있어. 약해 보일까 봐 감출 뿐이야."

몸을 감싸는 태준의 따뜻함이 쓰라린 마음을 더 아프게 했다. 미유는 그의 손길을 밀어내고 뒤돌아섰다.

"나는 아름답지 않아."

"아름다워. 네가 자는 모습, 미소, 웃음이 날 놀라게 하고 행복하게 해."

"내게 빠져서 그렇게 보이는 거야. 정신이 들면 진짜 모습이 보일 거야."

"넌 너를 부정적으로만 봐. 아팠잖아. 힘들었잖아. 그런 시간을 보내고도 넌 이렇게 빛이 나. 자신을 따뜻한 눈으로 봐 줘."

미유는 그의 따뜻한 눈빛을 보며 모두 고백하고 싶었다. 무엇을, 어디까지 말하고 싶은 건지 모르겠지만 그냥 살아온 이야기를 다 하고 싶었다. 이런 나라도 받아 준다면 언제까지나 아저씨 옆에 있겠다고 말하고 싶었다.

'맙소사, 나미유! 무슨 생각을 하는 거야? 미쳤니? 정신 차려.'

과거의 유령이 속삭였다. 너는 지금 허무맹랑한 꿈을 꾸고 있다고. 그걸 다 알고 받아 줄 남자는 이 세상에 없다고. 꿈결인 듯 몽롱한 머릿속이 순식간에 차가워졌다.

'이 사람이 알면 안 돼. 죽어도 싫어.'

미유는 황급히 그의 손을 뿌리쳤다. 태준의 얼굴이 순식간에 굳었다.

"이제 갈래."

"미유야."

"데려다 줄 필요 없어. 택시 타고 갈게."

"잠깐만, 내가 데려다 줄게."

"그럴 필요 없다고 했잖아."

도망치듯 걷는데 작업실 입구에서 손목을 잡혔다.

"가지 마. 나랑 얘기 좀 하자."

"왜 이런 곳에 온 거야? 아저씨가 어떤 사람인지 궁금하지 않았어."

"진심이 아니잖아."

"어떻게 알아? 내 속에 들어온 것도 아니면서!"

"너도 날 좋아해."

"아니야. 아저씨가 착각한 거야."

미유는 잡는 손을 뿌리치고 무작정 뛰었다. 골목을 나와 큰 도로로 달리는 동안 그가 따라와 앞을 가로막았다.

"왜 이렇게 밀어내는데? 왜 마음을 못 열어? 뭐가 문제니?"

'아저씨가 상상 못할 만큼 문제가 많아. 내 인생은 쓰레기통이야. 악취에 미쳐 버릴 것 같아. 숨이 막혀. 여기에서 벗어날 자신이 없어. 다른 사람까지 끌어들이기 싫어.'

두 사람은 서로 밀치고 붙잡기를 반복했다.

"놔줘. 집에 갈래."

"이대로는 못 보내. 우리 얘기하자."

"싫어. 아저씨는 자기감정만 강요하잖아. 이제 그만둘래."

"도망치지 마. 우리가 함께 보낸 시간을 생각해 봐. 느껴지는 게 없었니?"

"나쁘지 않았어. 그게 다야."

순간 그가 미유를 끌어당겨 품에 안았다. 몸이 아플 만큼 힘껏 안아서 숨이 막혔다.

"나는 아니야. 너와 함께 있는 시간, 널 기다리는 시간 모두 특별했어."

미유는 있는 힘껏 그의 품에서 떨어져 나와 소릴 질렀다.

"세상 모두가 아저씨처럼 감성이 풍부한 건 아니야. 내 감정은 비틀리고 죽어 버렸어. 아저씨와 함께 있어서 좋았어. 그건 인정할게. 꼭 사랑하는 사람과 자는 것 같았어. 내가 딴사람이 된 것 같았어. 하지만 현실이 어떤지 알아. 나는 평범하지 않아. 평범한 아이였다면 아저씨를 정말로 좋아했겠지만 난 그렇지 않아. 아저씨와 있으면 내가 초라해 보여. 배운 것도 없고, 꿈도 없고, 가진 거라곤 몸뚱이와 끔찍한 기억이 전부야."

"미유야, 자학하지 마."

"말 끊지 마! 비틀어졌다고 했잖아! 아저씨처럼 멀쩡하고 멋진 사람 옆에 있으면 내가 괴물처럼 느껴져. 꿈도 없고, 의지도 없는 속물 같아. 옛날엔 나도 꿈이 있었어. 어떤 할머니를 알았는데 내가 세상에서 제일 멋진 어른이 될 거라고 말해 줬거든. 그 말대로 멋진 어른이 되고 싶었어. 그런데 꿈꾼다고 다 이루어지는 건 아니었어. 그게 인생이란 걸 이젠 알아. 근데 아저씨는 말이야, 꿈을 이룬 사람이야. 자기가 하려고 하면 얼마든지 할 수 있어. 아저씨처럼 원하는 인생을 산 사람은 이해 못 해. 아저씨 눈에 나는 한심한 사람이겠지. 하려고 했으면 얼마든지 했을 텐데 변명만 늘어놓는다고 하겠지."

"내가 널 평가할까 봐 겁나는 거니?"

그의 눈빛이 가슴 한복판을 찔렀다. 미유는 칼에 찔린 것처럼 놀라며 뒷걸음쳤다.

"그래! 그 눈으로 내가 어떤 사람인지 들여다보는 게 겁나.

진짜 얼굴을 알아챌까 봐 겁나. 아저씨가 나를 알기 전에 적당히 즐기고 끝내려고 했어. 내가 하자는 대로 하지. 그러면 이렇게 밑바닥 보이면서 끝내지 않아도 되잖아."

미유는 자신이 무슨 소릴 하는지 모를 만큼 정신없이 쏟아냈다. 아까부터 이쪽을 주시하던 남자 몇 명이 비명을 듣고 다가오는 게 보였다.

"아가씨, 무슨 일이에요? 그 사람 치한이에요?"

그들이 태준을 둘러싸자 그녀는 그대로 몸을 돌려 대로변으로 뛰었다. 건너편 차선에서 오던 빈 택시가 유턴을 했다. 급히 차에 타니 덩치 큰 사내 하나가 태준의 어깨를 밀치는 게 보였다. 잠깐 태준과 눈이 마주쳤지만 그녀는 이내 시선을 돌렸다.

"기사님, 여기가 어디예요?"

"구로인데요? 어디로 갈까요?"

"우선은 멀리 가 주세요."

미유는 몸을 떨며 눈을 질끈 감았다. 태준이 그녀의 이름을 부르는 소리가 들리는 것만 같았다.

'이제 끝이야. 다시는 저 사람 못 볼 거야.'

안심이 되면서도 마음이 아프다. 숨쉬기가 힘들 만큼 아파서 허리를 있는 대로 숙여야 했다.

'상처받았을까. 내가 무슨 짓을 한 거지? 이렇게 헤어지고 싶진 않았어.'

후회와 함께 눈물이 솟구쳤다.

어차피 끝내야 할 관계였다. 몇 개월 뒤면 결혼한다. 다시 예전으로 돌아가는 것뿐이다. 그녀의 세계는 변한 게 없었다.

그런데 모든 게 변한 것만 같았다.

♥

"결혼식이 언제라고 했죠?"

맞은편에 앉은 선박 회사 사장의 아내가 물었다. 보는 사람마다 한 번씩 물어보니 결혼이라는 단어만 들어도 신물이 올라온다. 미유는 대꾸하는 게 귀찮아서 못 들은 척했다.

그녀가 말이 없으니 옆에 앉은 박기영이 대신 대답했다.

"내년 2월쯤으로 생각하고 있습니다."

"조금 더 있다가 5월쯤에 하지그래요? 신부는 봄에 가장 예쁜 법인데."

"그때까진 못 기다리겠나 봐요. 안 그래도 지금 당장 올리고 싶은 걸 참는 중이랍니다."

미유의 오른편 자리에 앉은 박소영이 말했다. 웃는 얼굴이지만 누가 들어도 비아냥거림으로 들렸다. 누나의 말에 기영은 애매하게 웃으며 와인을 마셨다. 박소영은 차가움이 뚝뚝 묻어나는 눈으로 미유를 흘겨보았다.

"이렇게 예쁜 약혼녀가 있으면 결혼을 서두르고 싶겠지요. 허허."

테이블 끝에 앉은 남자가 채끝 등심을 입에 가득 넣고 우물

거리며 말했다. 미유는 저녁 내내 쩝쩝거리며 음식을 먹는 그가 거슬려 이마를 찌푸렸다. 생김은 시골 아저씨처럼 푸근한데 꽤 덩치가 큰 로펌 회사를 운영하는 사람이었다.

"식은 어디서 올릴 생각이에요?"

"영국에서 올린다고 하네요. 1월에 그쪽 지사로 건너가거든요."

"어머, 친지들이 여기에 다 있는데 왜 런던에서요?"

"거한 결혼식이 싫대요. 둘이서 조촐하게 올린답니다."

"아니, 그래도 결혼은 집안과 집안이 이어지는 건데, 박 사장님처럼 사회적 명망이 있는 집에서 그렇게 쓸쓸히 식을 올려서야 쓰나요."

"요즘 젊은 사람은 그런 거 신경 안 쓰잖아요. 본인이 좋으면 된 거죠."

"아무리 그래도 혼사는 중요한 건데, 제 아들 같으면 반대했어요."

"아참, 이 여사님 자제분은 지산 그룹 따님과 교제한다고 하던데, 날은 잡으셨어요?"

"우리 오 사장이 요즘 바빠요. 리조트 하나를 인수했는데 거기 자리 잡히면 가을쯤 올릴 생각이에요."

미유는 주위에서 채워 주기가 무섭게 잔을 비웠다. 부잣집 사모님들과 박소영의 수다를 듣고 있으니 와인이 물처럼 느껴졌다. 여자들은 대화 도중에 미유의 표정을 살피며 경멸과 조롱을 담은 시선을 서로 주고받았다.

미유는 그들에게서 흥미를 잃고 남자들을 관찰했다. 나누는 대화가 하나같이 따분했지만, 표정이나 눈빛은 덜 지루했다. 옆에 앉은 남자는 리조트 사장이다. 음식보다 술을 많이 마시고 미유의 다리와 젖가슴을 흘끔거리다가 어쩌다 눈이라도 마주치면 끈끈한 시선을 던졌다.

맞은편 자리에는 로펌 회사와 선박 회사를 운영하는 남자들이 앉아 있었다.

둘 다 머리가 희끗희끗한 중늙은이.

그나마 젊은 축에 드는 건 박소영의 남편이자 박기영의 매형인 강희찬이었다. 그는 명품 의류를 수입하는 회사 사장인데 아내와 마찬가지로 미유를 벌레 보듯 했다.

부부는 미유를 보는 시선은 물론 생김까지 닮았다. 깡마른 몸에 지나치게 예리하고 인색한 인상, 차가운 말투. 그들을 보면 한여름에도 몸에 한기가 돌았다.

"입맛이 없니?"

저녁을 먹는 둥 마는 둥 하는 미유를 보고 기영이 말을 걸었다.

"감기 기운이 있나 봐요."

"아프면 병원에 가야지."

"그 정돈 아니에요."

걱정스러운 눈으로 미유를 보던 그는 누나와 눈이 마주치자 고개를 숙였다. 프랑스 요리 맛은 훌륭했지만 주위 시선에 숨이 막혀 음식이 넘어가지 않는다.

여자들은 혐오스럽다는 듯 보고 남자들은 저 어린게 무슨 매력이 있어서 박 사장이 옴짝달싹 못하나 궁금한 눈치다.

저녁 식사를 끝내고 남자끼리 사업 얘기를 한다며 서재에 들어가자 여자들만의 시간이 왔다. 미유는 응접실 소파에 앉아 무료한 표정으로 사모님들의 수다를 들었다. 한참을 멍하니 앉아 있는데 시선이 느껴졌다.

"이모가 나화진 씨라면서요?"

아까부터 미유의 목걸이에 관심이 많던 로펌 회사 사모님이었다.

"네. 맞습니다."

"영화 본 기억이 나네요. 〈도시 정복〉이던가. 거기서 주인공을 유혹하는 조직 폭력배 정부로 나왔죠?"

미유는 무슨 말을 하려고 이러나 싶어 빤히 보기만 했다.

"그 영화가 마지막 작품이었죠? 그 이후에 스캔들이 터져서 시끄러웠던 거 같은데."

"어머, 무슨 스캔들요?"

리조트 회사 사모님이 아무것도 모른다는 얼굴로 물었다.

'연기가 어설프시네. 대한민국이 한바탕 뒤집어진 사건인데.'

미유는 속으로 코웃음을 쳤다.

"아니, 내 입으로 말하긴 좀 그렇고. 불미스러운 사건이 있었어요. 그 때문에 은퇴했을걸요."

"마약하셨어요."

미유의 말에 박소영을 비롯한 세 명의 여자가 화들짝 놀라서 보았다.

"별장에서 파티가 있었대요. 처음엔 뭔지 모르고 맞았는데 나중에 보니 필로폰이었대요. 거기에 국회의원 아들, 장군 아들, 재벌 아들도 있었는데 이모만 걸렸다고 하대요. 직접 들은 얘기예요."

박소영이 입을 딱 벌린 채 노려보았다. 미유는 눈을 내리깔고 속으로 코웃음을 쳤다.

"어머나, 그런 일이 있었구나."

사모님들이 침을 꼴깍 삼키고 박소영의 눈치를 보았다.

건드리면 안 되는 애인 걸 알아선지 그들은 이후에 말을 걸지 않았다. 남자들이 돌아오고 간단하게 와인을 마실 때였다.

미유는 응접실 발코니에 서서 하늘에 뜬 별을 보았다. 얇은 드레스를 입어서 추웠지만 혼자 있으니 살 것 같았다.

'아저씨는 어디에 있을까.'

밤하늘을 올려다보고 있으면 태준이 생각난다. 함께한 마지막 날이 때론 아프게, 때론 그립게 다가온다.

아직까진 태준의 얼굴 생김과 목소리가 생생히 기억난다. 잊지 않으려고 하루에도 몇 번씩 곱씹기 때문이다.

"보고 싶다."

허공을 향해 중얼거리니 어디선가 그의 목소리가 들리는 것만 같았다.

"미유야, 미유야."

떠올리기만 해도 눈물이 고이는, 그리운 목소리. 와인 잔을 거의 다 비웠을 무렵, 인기척이 났다. 돌아보니 리조트 사장이 양손에 술잔을 들고 서 있었다.

"술이 세네요. 식사 때부터 꽤 마시는 눈치였는데 얼굴색 하나 변하질 않네."

미유는 그가 건네는 잔을 받으며 말했다.

"네. 곧잘 마셔요."

"스물두 살이라고 해서 어린 아가씨인 줄 알았는데, 생각보다 성숙해서 놀랐어요. 술도 잘 마시고, 말투도 어른스럽고, 아름답네요."

그는 말하는 중에도 가슴을 슬쩍 보았다.

박기영이 어른스럽고 점잖은 옷을 입으라고 했는데 미유는 등이 파이고 어깨선과 가슴의 굴곡이 드러난 튜브 톱 드레스를 골랐다.

그녀가 드레스를 입고 나타나자 박기영의 얼굴이 감탄과 난감함으로 일그러졌다. 핏줄이라 그런지 누나 박소영도 비슷한 표정을 지었다.

미유는 대답 대신 눈을 맞추고 은근한 미소를 지었다. 남자들은 그렇게 웃어 주면 자기에게 관심이 있어 그러는 줄 알고 좋아했다.

"오늘은 박 사장이 참 부럽네. 세월이라는 게 참 야속해요. 마음은 그대론데 몸은 늙어 가고. 아름다운 여인을 볼 때마다 서글퍼진단 말이지."

"젊으신데요. 나이 많은 분이라고 생각 안 했어요."

"에이, 설마. 흰머리에 배도 나왔는데."

"눈빛이 젊은 사람 같아요. 아니, 젊은 사람보다 힘이 있으세요."

'남자들은 칭찬을 해 주면 사족을 못 쓰지. 늙은 사람일수록 더해. 엄마처럼 어르고 달래면서 비위를 맞춰 줘. 그러면 아이처럼 온순하게 변해.'

옛날에 이모가 한 말이 떠오른다. 미유가 박 사장에게 팔리기 전까지 이모의 집에는 이런 남자들이 들락거렸다. 그들은 미유를 품평하고 이모와 계산기를 두들겼다. 마치 노예 시장에서 흥정하는 것처럼.

미유가 자랄수록 점점 몸값이 치솟았다.

미유는 이모에게 배운 대로 웃고, 말하고, 자란 몸을 은근슬쩍 보이면서 값을 올렸다. 결국 여자 노예는 박기영의 차지가 됐다. 이모가 진 엄청난 빚을 갚아 주고 암 치료비를 대 주는 대가로.

"허허, 젊은 아가씨에게 칭찬을 들으니 우쭐해지는구먼."

"저랑 키스해요."

그가 캑캑거리며 기침을 했다. 정신없이 손수건을 찾아 입을 틀어막는 그를 보며 미유가 소리 내어 웃었다.

"늙은이를 놀리는 거요?"

"기분 나쁘셨다면 죄송해요. 어떤 느낌일지 궁금했거든요."

그는 뒤돌아서서 응접실 소파에 앉은 아내를 보았다. 표정에 갈등과 욕망이 그득했다.

"그게…… 지금은 곤란하고. 나중에 따로 시간을 만들어서."

"나중은 없어요. 저는 지금 이 순간 느끼는 감정이 더 중요하거든요. 싫다면 할 수 없죠."

미유는 그에게 싱긋 웃어 주고 발코니를 떠났다.

지금 그녀의 안에는 자괴감과 세상을 향한 경멸로 가득했다. 마음 같아선 손에 잡히는 건 뭐든 때려 부수고, 아무나 잡고 욕을 퍼붓고, 울고 싶었다.

하지만 그녀는 분노를 꾹꾹 누르고 태연한 얼굴로 응접실을 가로질렀다.

멀리 앉은 박기영과 리조트 사장의 아내가 빤히 쳐다봤다. 미유는 그들에게 순진한 미소를 지어 주었다. 사람들은 나미유를 어린 요부, 유령, 쓰레기로 대했다. 미유는 그들이 자신을 대하는 만큼 말과 행동으로 돌려주었다.

두려운 것도, 거리낄 것도 없었다. 그녀에겐 그들이 가지지 못할 젊음과 아름다움이 있었고, 소유한 게 없으니 잃을까 봐 조심할 필요도 없었다. 그녀는 늘 오만하고 당돌하고 경솔했다. 그래서 자신이 판 함정에 고꾸라져 지독한 고통을 맛보는 중이었다.

'아저씨가 나를 특별하게 대하니까 어떻게 해야 할지 혼란스러웠어. 아무리 생각해도 나란 아이는 특별하지 않아. 실망하고 떠나는 뒷모습을 볼까 봐 겁났어. 아저씨 옆에 있고 싶은

만큼 도망치고 싶었어.'

원하는 대로 하면 인생이 조금이나마 나아질 줄 알았다. 그에게서 도망쳐 집에 와서야 얼마나 큰 잘못을 저질렀는지 깨달았다. 인생은 조금도 나아지지 않았다. 복수심이 그녀를 수렁으로 내몰았다.

미유는 더 불행해지고 비참해졌다.

'아저씨, 보고 싶어. 매일매일 생각해. 어제는 처음 본 미술관 앞까지 갔어. 들어가고 싶었는데 무서워서 못 들어갔어. 미안해. 내가 아저씨를 갖고 놀았어. 내가 느끼는 감정만 중요했어. 아저씨는 참 좋은 사람이야. 아저씨처럼 좋은 남자 옆엔 좋은 여자가 있어야 해. 나 같은 쓰레기는 여기가 더 어울려.'

쓰레기는 쓰레기답게. 수치심이나 죄책감 따위는 던져 버리고 가슴을 훔쳐보는 남자를 유혹하며 멋대로 살아가면 된다.

나미유는 결국 이모가 원했던 삶을 살게 될 것이다. 돈 많은 남자와 그가 주는 안전한 세상을 만끽하면서.

'믿기지 않겠지만 말이야. 사랑에 대한 환상만 없애도 인생 살기가 한결 수월해진단다. 그게 뭐라고 다들 매달리는지 모르겠어.'

사랑 같은 건 나를 상처 입힐 뿐이라는 충고를 진지하게 들었어야 했다. 이모의 말을 들었어야 했다.

♥

나미유. 22살.

쪽지를 받아 든 흥신소 직원이 어이없어하며 태준을 보았다.

"이게 답니까?"

"이 USB에 카페 CCTV에 찍힌 인상착의가 있습니다. 서울에 사는 건 아니라고 했지만 만날 때마다 택시를 타고 왔으니 먼 거리는 아닐 겁니다."

직원이 난감한 얼굴로 머리를 긁적였다.

"아, 이거 오래 걸리겠는데요. 다른 정보는 정말 없습니까?"

"없습니다. 되도록 빨리 부탁합니다."

"이름과 나이는 확실한 겁니까?"

사내의 질문에 태준은 쉽게 대답하지 못했다. 어쩌면 이름과 나이, 했던 말 모두가 거짓일 수 있다는 생각이 스쳤다.

"아닐 수도…… 있습니다."

"하, 난감하네. 우선은 인터넷이랑 서울 근교 고등학교의 졸업 앨범부터 뒤져야겠네요."

사무실을 나오는데 등 뒤로 사내의 한숨 소리와 불평이 들렸다.

"뭐야, 꽃뱀한테 사기라도 당한 거야? 나이와 이름만 갖고 사람을 어떻게 찾아?"

태준은 입술을 굳게 다문 채 낡은 빌딩을 나왔다. 그리고 세

곳의 흥신소를 더 돌며 같은 말과 자신 없음과 막막함을 반복했다. 어떤 이는 이런 일 따윈 아무것도 아니니 자기만 믿으라며 큰소리를 쳤고, 어떤 이는 힘들다고 불평하며 가격을 올리려고 했다. 태준은 덤덤하게 준비해 간 돈을 건네고 돌아섰다.

거리로 나오니 하늘이 어두웠다.

하루가 다르게 해가 짧아지고 있다. 그는 인도 한쪽에서 손톱깎이와 구두약 따위를 벌여 놓고 파는 할아버지와 박스를 정리해 수레에 담는 할머니 무심히 보며 걸었다. 피곤한 표정과 남루한 차림새에서 배어나는 고된 삶의 흔적이 다른 날보다 눈에 들어온다.

누군가를 사랑하기 시작하면서 익숙한 것들이 낯설게 보인다. 그것이 사람을 이해하는 눈이라는 걸 미유를 알고 나서 깨달았다. 이별이 괴로운 것은 사람을 잃은 상실감보다 세상과의 단절이 두렵기 때문일지도 모르겠다.

미유를 놓지 못하는 건 사랑해서야? 혼자 되는 게 싫어서? 아니면 예전처럼 살게 될까 봐 두려운 거야?

태준은 답을 쉽게 내놓을 수가 없었다.

그녀를 사랑한다. 혼자가 되는 게 싫다. 예전처럼 살게 될까봐 두렵다. 모두 진실이지만 어떤 게 더 절실한지 그 자신도 판단할 수 없었다.

내 욕심이 미유를 괴롭혔다.

부정할 수 없는 진실 앞에 마음이 쓰라리다. 조금씩 당기면 마음을 열고 올 줄 알았다. 서두르지 않았다고 생각했지만 미유에겐 벅찼다. 그녀는 줄을 끊고 어딘가로 날아가 버렸다. 줄을 끊고 하늘 저편으로 사라진 연은 아무리 숲을 뒤지고 다녀도 찾지 못했다. 미유도 영영 찾지 못한다면 그땐 어떻게 해야 할까.

태준은 어두운 밤하늘을 보며 속으로 중얼거렸다.

보고 싶다. 보고 싶다. 보고 싶다.

쾅쾅쾅!

누군가가 철문을 마구 두드린다. 소리가 어찌나 요란한지 두통에 머리가 깨질 것만 같다. 눈을 뜨니 엉뚱한 풍경이 보였다.

'호텔이 아니었나? 여긴 어디지?'

먼지 섞인 공기와 허름한 천장, 회색 벽을 보고 태준은 잠시 당황했다. 그는 몸을 반쯤 일으켜서야 여기가 작업실 바닥인 걸 깨달았다.

쾅쾅쾅!

누군가가 문을 두드리는 게 아니라 부수고 있었다.

"기태준! 너 거기에 있지? 야! 인마!"

선우의 목소리였다. 태준은 자리에서 일어나 몸을 질질 끌며 창고 문으로 걸어갔다. 문을 열자마자 선우가 눈을 부라리며 안으로 밀고 들어왔다.

"야! 어떻게 된 거야? 왜 연락을……."

얼굴을 보던 선우의 얼굴이 하얗게 질렸다.

"너…… 너 왜 그래? 무슨 일이야?"

그는 선우의 시선을 따라 자신의 오른손을 보았다. 손이 피투성이에 셔츠 소매가 온통 빨갛게 물들어 있었다.

어? 왜 이러지? 생각하는데 어느새 수건을 가져온 선우가 오른손을 싸맸다. 그제야 오른팔 전체에 통증이 밀려왔다. 하얀 수건에서 핏물이 벌겋게 배어 나왔다. 그는 선우의 어깨 너머로 엉망이 된 작업실 내부를 보았다.

태풍이 휩쓸고 지나간 듯 철제 작품들이 너덜너덜하게 찢겨 있고 톱과 망치 같은 공구가 사방에 널려 있었다.

내가 이랬나? 태준은 무심하게 작업실을 응시하다가 유일하게 형체를 유지하고 있는 작품을 보았다. 〈미유〉라 이름 붙인 그것. 차마 그것만은 망칠 수 없었던 모양이다.

"병원 가자."

"괜찮아."

"이 지경이 돼서 뭐가 괜찮다는 거야? 야! 태준아!"

잠깐 기절한 모양이다. 눈을 뜨니 선우의 등에 업힌 채 응급실에 들어서고 있었다. 당직 의사가 태준의 팔을 보며 기함을 했다. 팔뚝이 10센티미터 정도 찢어진 데다 상처가 벌어져 있었다.

"다리도 저는 거 같은데 좀 봐 주세요."

"어떻게 술을 마시면 이 지경이 됩니까? 온통 긁히고 찢기고…… 피를 많이 흘렸네요."

태준은 의사와 선우의 대화를 들으며 자신의 상처를 내려다보았다. 찢겨 벌어진 상처를 보면서 드는 생각은 하나뿐이었다.

'이 정도였어? 이렇게 망가질 만큼 그 애를 사랑한 거야?'

시간이 흐를수록 그녀를 향한 감정이 정리되기는커녕 점점 뒤죽박죽되어 간다. 누구나 겪는 사랑의 열병이니 유난 떨지 말라고 자신을 달랬다. 찾지 못한다면 어쩔 수 없는 일이라고, 시간이 지나면 잊는다고 상투적으로 위로했다.

하지만 몸과 마음이 점점 손쓸 수 없게 허물어졌다. 기태준이 더는 기태준이 아니었다. 상황을 컨트롤하는 이성과 자제심이 있다고 믿어 왔는데 정신을 잃고 폭주해 버렸다. 본래 모습을 내던질 만큼 그 아이가 절실했던가.

새삼 놀라면서도 마음 한편은 후련했다. 머릿속으로 정해 놓은 임계점을 완전히 넘어선 느낌이었다.

"무슨 일인지 정말로 말 안 할 거야?"

응급실 베드에 누워서 진통제를 맞는 동안 선우가 물었다. 태준은 눈을 떴다가 어지러워 도로 감았다.

"말해! 무슨 말이라도 하라고!"

선우가 소릴 지르자 간호사가 와서 조용히 해 달라고 부탁했다. 태준은 들짐승처럼 날뛰는 그를 향해 다치지 않은 손을 저으며 말했다.

"소리 좀 그만 질러. 머리 아파."

"도대체 무슨 일이냐고!"

태준은 설명할 수 없었다. 이 상실감과 외로움과 아픔을 단어로 엮어 표현하는 자체가 고통스러웠다. 미유와 같이 있던 호텔에 틀어박혀 일주일 동안 술만 마셨다. 어느 곳에서도 그녀를 찾았다는 연락이 오지 않았다. 전국을 구석구석 뒤져서라도 꼭 찾겠다고 다짐하다가 미유의 냉담한 표정을 상상하고 절망하기를 반복했다.

'힘들게 찾아냈는데 미유가 거부하면 그땐 어떻게 하지? 그녀에겐 사랑이 아니라면, 그냥 잠시 쉬어 가는 사람이라면…….'

그런 생각에 사로잡혀 있는 게 괴로워 의식을 놓아 버리고 싶었다. 하지만 막상 그렇게 돼도 달라진 것은 없었다. 정신이 들면 다시 같은 물음이 반복된다.

'미유가 날 원하지 않으면 그땐 어떻게 하지? 나는 이제 뭘 해야 하는 거지?'

침대 옆에 선 선우가 집요하게 질문을 던졌다.

"아버지가 또 사람 보냈어? 이번엔 직접 온 거야?"

태준은 고개를 들고 친구를 보았다.

'아, 내 아버지. 양질의 유전자 외엔 준 게 없는 그 아버지. 나를 벌레 보듯 하며 남의 씨라고 손찌검을 하던, 내가 친자라는 걸 알고 나서 어떤 변명이나 사과 없이 우리 형제를 외할머니 집으로 내쫓은 그 사람.'

상속 포기 각서를 써 주지 않으며 버틴 게 한심하게 느껴졌다. 이제 와 생각해 보면 얼마나 바보 같은 짓인지. 이제 그는 태준에게 아무것도 아니었다.

"아니야."

"그게 아니면 왜 이러는데? 멀쩡하던 놈이 왜 돌아 버린 거야?"

그의 말에 태준은 피식 웃어 버렸다. 이런 맛에 사고를 치는 건가. 뒷수습과 훈계는 언제나 자신의 몫이었는데. 상황이 바뀌니 생각보다 통쾌했다.

그가 소리 없이 웃으니 선우가 눈을 동그랗게 뜨고 보았다.

"너 진짜 미쳤냐? 왜 이래?"

"진작 이랬어야 했는데. 답답하게 살았어."

지금 생각해 보면 허세였다. 모두에게 내가 꼭 필요하다고 생각했다. 정작 자신을 돌볼 줄 모르면서 다른 이에겐 아버지, 큰형 노릇을 했다.

겉으론 그럴싸하지만 마음이 가난한 사람이었다. 제대로 된 관계를 맺지 못하는 이유가 자신에게 있음에도 다른 사람을 원망했다. 이토록 마음이 무너지는 것은 사랑에 빠진 여자가 떠났기 때문만은 아니다. 비루한 자신의 실체가 당황스럽고 두렵기 때문이다. 미유를 만나지 않았더라면 모든 원인을 과거 탓으로 돌리며 원망만 하고 살았을지도 모른다.

그녀는 새로운 눈을 주고 낯선 세상에 버려둔 채 떠났다. 쫓아가서 무책임하다고 따지고 싶다. 앞으로 어떻게 살아야 하느냐고 묻고 싶다. 이 막막함을 혼자 견딜 수 없으니 옆에 있어 달라고 애원하고 싶다.

미유를 놓지 못하는 건 사랑해서야? 혼자 되는 게 싫어서? 아니면 예전처럼 살게 될까 봐 두려운 거야?

태준은 답이 생각나지 않아 눈을 감아 버렸다. 혈관 속으로 들어온 차가운 액체가 정신과 감각을 둔하게 만들었다.

잠깐 잠이 든 것 같다. 꿈에 그 여자와 할머니의 얼굴이 보였다. 그 여자는 할머니를 향해 소릴 질렀고 할머니는 두 손으로 얼굴을 감싼 채 울었다. 태준은 복도 벽에 기대 아이들을 생각해서라도 떠나지 말라는 할머니의 애원을 들었다.

'다른 사람은 날 욕해도 엄마는 그러면 안 되지. 내가 이렇게 된 건 다 엄마 탓이야. 사생아로 태어나게 하고, 그림 그린답 시고 밖으로 떠돌면서 해 준 게 뭐 있어? 살고 싶은 대로 살 테 니까 말리지 마.'

태준은 할머니의 울음을 들으며 이를 악물었다. 그리고 어머니란 존재에 건 희망을 모두 없애 버렸다.

아버지의 모습도 보였다. 호텔 로비에서 짧게 스쳐 간, 냉담한 옆모습. 분명 눈이 마주쳤지만 그는 태연히 지나쳤다. 사실은 아버지라고 부르고 싶었는데.

'아버지, 제가 태준입니다. 아버지가 이 세상에 내놓은 핏줄입니다. 그러니까 모른 척하지 말아 주세요. 한 번만이라도 태준아 하고 불러 주세요.'

부질없는 기대였다. 그는 재산을 나눠 받겠다고 우겨도 끝내 찾아오지 않았다. 사실은 보고 싶었는데. 죽기 전에 만나고 싶었는데.

아버지의 모습이 차츰 희미해지더니 사라졌다. 그가 사라진 어둠 속에서 또각또각 경쾌한 구두 소리가 들렸다. 소리만 들어도 누군지 알 수 있었다. 숨을 죽이고 어둠 속에서 그녀가 모습을 드러내기를 기다렸다.

차츰 가까워지던 소리가 잠깐 멈췄다. 숨을 꿀꺽 삼키고 불안한 침묵을 견딘다. 가 버린 걸까? 조급함을 견디다 못해 쫓아가려는 순간 미유가 웃는 모습으로 나타났다.

"왜 그렇게 땀을 흘려요?"

미유가 고개를 살짝 갸웃하며 보았다. 잠깐 저만치 멀어졌다가 온 것처럼 가벼운 표정이다. 그녀를 번쩍 들어 올려 품에 가두었다. 미유의 손이 이마를 쓸어내리며 흐르는 땀을 닦았다.

"우와, 얼굴이 뜨거워."

미유의 입술에 키스했다. 그녀의 옷에선 메마른 낙엽 냄새가 나고 입술에선 사탕 맛이 났다.

"아저씨 몸에서 좋은 냄새가 나. 이 옷 감촉도 좋고."

"못 놓겠어. 이대로 널 포기할 수가 없어. 제발 숨지 마. 내 앞에 나타나 줘."

품 안의 미유가 희미해지기 시작했다. 부둥켜안으려고 애썼지만 어느 순간 흔적 없이 사라졌다. 태준은 어둠에 대고 소리쳤다.

"널 찾으려는 건 내가 살기 위해서야. 미유야, 너 없이는 죽을 것 같아. 제대로 살 자신이 없어."

이제야 그동안 가슴이 외치던 게 무엇인지 들린다. 그랬구나. 그래서 그 아이를 놓을 수가 없었던 거구나.

"네가 있어야 해. 너 아니면 안 돼. 돌아와! 돌아와!"

모두 꿈이라는 걸 알면서도 태준은 쉬지 않고 외쳤다. 어둠 속에 울리는 외침이 서글프게 들렸다.

"태준아, 정신 차려 봐. 집에 가자."

선우가 그의 어깨를 흔들었다. 눈을 떠 보려고 하는데 잠이 쏟아져서 고개를 들 수가 없었다. 간신히 몸을 일으켜 병원을 나섰다.

차를 타고 오면서 선우는 한마디도 하지 않고 앞만 보며 운전했다. 화가 단단히 난 게 분명했다.

"태오에게는 말하지 마."

"속 뒤집어지는 사람은 나 하나로 충분해."

"미안하다."

"미치려거든 내 눈에 안 띄는 곳에서 미쳐. 보는 사람 기분 더러우니까."

"그럴게."

"젠장, 뭐가 그럴게야? 뭐가 괴로운지, 왜 미칠 것 같은지 말을 해야지? 네 주위에 아무도 없어? 나는 허수아비야? 한 번쯤은 다른 사람에게 기대도 되잖아. 왜 너 혼자 감당하려고 해?"

"그게 마음 편해."

"못된 자식. 너 성격 더러운 거 남들도 알아야 해. 사람들은 그것도 모르고 나만 욕하지."

"나중에…… 정리되면. 나중에 얘기해 줄게. 지금은 혼자 있고 싶어."

선우의 한숨은 길고 무거웠다. 고민을 덜어 주려는 마음은 이해하지만 지금 태준에게 필요한 건 친구의 위로가 아니라 시간을 흘려보낼 수 있는 조용한 공간이었다.

그는 오피스텔 앞에서 태준을 내려 주고 말도 없이 가 버렸다. 태준은 진통제 때문에 정신이 몽롱한 상태로 집에 돌아왔다.

지독히 피곤하고 지독히 외로웠다. 증오하는 사람들이 사라지고 원망도, 분노도 이젠 없다. 과거의 그림자가 사라지고 남은 건 허전함과 외로움, 끝 모를 그리움뿐이었다.

어디를 가야 미유를 찾을 수 있을까. 태준은 미유와 자신 사이에 연결된 끈을 생각했다.

인생이 그를 갖고 놀기로 마음먹었다면 어딘가에 단서를 남겨 뒀을 것이다. 어디에 있을까, 그 단서가? 미유가 자그마한 단서라도 남기지 않았을까 싶어 함께 나눈 얘길 곱씹어 본다. 아는 건 이름과 나이, 서울에서 살지 않는다는 것뿐이다.

태준은 냉장고에서 물병을 꺼내 컵에 따르고 단숨에 들이켰다. 그리고 한 잔 더 따라서 마시며 집 안을 서성였다.

문득 책장에 꽂힌 할머니의 도록들이 눈에 들어왔다. 전시회를 연 연도별로 정리해 놓은 도록을 훑어보다가 마지막으로 〈플로라〉를 전시한 해에 시선이 고정되었다.

〈플로라〉.

나미유.

태준은 눈을 크게 떴다. 뿌옇게 번져 보이던 시야가 일순간 또렷해졌다.

그는 도록을 끄집어내 정신없이 책장을 넘겼다. 그의 손이 멈춘 곳에 플로라가 있었다.

〈물망초〉.

허순정 화가가 그린 마지막 플로라.

푸른 물망초 꽃을 배경으로 몸을 웅크리고 있는 플로라에 미유의 얼굴이 겹쳐 보였다.

똑같다. 도저히 다른 사람이라고 생각할 수 없을 만큼 똑같다. 〈플로라〉를 눈에 띄지 않는 곳에 치워 버린 지 오래라서 비슷하다고만 생각했지 이렇게 닮은 줄은 몰랐다.

태준은 황급히 도록을 덮은 다음 모직 코트를 걸치고 집을 나섰다. 그리고 곡두 미술관으로 가서 곧장 그림 저장고로 향했다. 그는 보안 코드를 넣고 안으로 들어가 그동안 모은 〈플로라〉 그림을 벽에 일렬로 늘어놓았다. 작약, 은방울꽃, 자운영, 수선화를 배경으로 한 플로라를 살피니 아까보다 더한 충격이 밀려왔다.

같은 사람이다. 동그란 이마와 이마에 난 잔털, 눈매, 독특한 입술 모양, 섬세한 목선이 똑같다. 미유를 모델로 쓰지 않은 한 이런 그림은 나올 수 없었다.

"어떻게 된 거지? 정말 같은 사람인가? 이게 어떻게 가능하지?"

문득 그녀가 했던 말이 떠올랐다.

'옛날엔 나도 꿈이 있었어. 어떤 할머니를 알았는데 내가 세상에서 제일 멋진 어른이 될 거라고 말해 줬거든. 그 말대로

멋진 어른이 되고 싶었어.'

"설마 그 할머니가……."
퍼즐 일부분이 맞춰지자 몸의 긴장이 탁 풀렸다. 태준은 믿기지 않아 제자리에 주저앉아 넋을 놓고 〈플로라〉를 보았다.
플로라의 표정에서 미유가 보였다. 슬프고 때론 화사한 미소, 보는 사람을 설레게 하는, 꿈꾸는 표정, 외로워 보여서 안아 주고 싶었던 어깨, 잡아 주고 싶었던 손.
태준은 촉촉해진 눈으로 그녀를 또렷이 기억해 냈다. 작약에선 미유의 수줍은 미소를, 은방울꽃에선 천진함을 보았다. 보고만 있어도 가슴이 벅차고 뭉클해졌다. 손을 뻗어 미유를 만지고 입 맞추고 싶었지만, 그녀는 사라졌고 할머니의 그림 속에서나마 흔적을 느낄 뿐이다.
"세상에, 그걸 왜 잊고 있었지?"
태준은 황급히 코트 안주머니를 뒤져 핸드폰을 꺼냈다. 주소록에서 이지의 번호를 찾아내 통화 버튼을 누르자 몇 초 안 돼서 그녀가 전화를 받았다.
─ 응, 태준아. 무슨 일?
불안한 마음에 심장이 쿵쾅거렸다.
"저번에 말한 〈플로라〉 그림. 팔렸어?"
─ 아, 그 그림? 산다는 사람이 도쿄에 있는데 직접 보고 결정한다고 해서 기다리는 중. 왜?
마음이 급해 목소리가 덜덜 떨렸다.

"내, 내가 사고 싶어."

— 안 산다며? 근데 목소리가 왜 그렇게 가라앉았어?

"그림 파는 사람 이름 좀 알 수 있을까? 연락처 좀 가르쳐 줘."

— 개인 수집가가 아니고 B&P라는 투자 전문 회사를 통해 연락이 왔어. 너 괜찮은 거야? 무슨 일이야?

"내가 사고 싶어. 내일이라도 당장. 제발, 도와줘."

— 도쿄 쪽 사람이 뭐라고 할 텐데 너니까 봐준다. 거기 직원 연락처 문자 메시지로 보내 줄게. 한번 전화해 봐.

개인이 아니고 기업이라는 얘기에 기대감이 줄어들었다. 하지만 어떤 경로로 받은 건지, 할머니와 관계가 있는지 찾아보면 실마리가 나오지 않을까. 그렇게 수소문하다 보면 미유를 찾을 수 있지 않을까.

제로에 가까운 가능성이라도 어쩔 수 없다. 태준이 매달릴 건 이것뿐이었다. 전화를 끊고 얼마 있다가 문자 메시지가 왔다. 태준은 우선 화장실에 가서 얼굴을 씻고 찬물을 마셨다. 흥분을 가라앉히고 문자 메시지에 있는 번호로 전화하니 직원이 받았다.

"밤늦게 전화해서 죄송합니다. 윤이지 씨 통해서 전화 겁니다. 〈플로라〉 그림을 파신다고요. 제가 사고 싶습니다."

— 도쿄에 있는 분과 연결됐다고 들었습니다만.

"제가 사고 싶습니다. 저쪽에서 제시한 가격의 세 배를 드리겠습니다."

— 뭐, 저야 좋은 가격에 팔면 되니까요. 그러시죠. 모처에 소장자가

계신데 그림 받는 대로 윤이지 씨를 통해 거래하지요.

"내일 당장 받았으면 합니다. 제가 가겠습니다. 그림에 관련해 여쭤 볼 게 있어요."

지나치게 서두른다 싶었지만 그에겐 기다릴 여유가 없었다. 상대방은 당황한 듯 잠시 입을 다물었다가 조심스럽게 얘기를 꺼냈다.

─ 그러신가요? 그럼 제가 내일 아침에 소장자께 전화 넣어 보겠습니다. 그쪽에서 괜찮다고 하시면 문자 메시지로 주소 보낼게요.

전화를 끊고 나니 전속력으로 달리기를 한 것처럼 심장이 뛰었다. 정체되어 있던 시간이 갑자기 빠르게 흘러가는 느낌이다. 집에 돌아오니 10시 15분. 아침은 너무나도 멀리 있다.

태준은 흥분을 참지 못하고 집 안을 서성였다. 미유를 포기하지 않은 현실에 안도하면서도 불안해서 머릿속이 어수선했다. 새벽이 돼서야 눈을 감고 잠을 청해 보지만 정신만 맑아졌다.

"아저씨⋯⋯."

멀리서 미유의 목소리가 들렸다. 태준은 이불을 뒤집어쓰고 몸을 웅크렸다. 감기가 오려는지 으슬으슬 몸이 추웠다.

'널 찾지 못하면 어쩌지? 날 밀어내면 어쩌지?'

얼굴이 뜨겁고 등에서 식은땀이 났다. 팔다리가 젖은 솜처럼 무거워서 몸이 침대 속으로 가라앉는 것만 같았다. 그러다 까무룩 잠이 들었다. 기억이 나진 않지만 악몽을 꾸었다. 식은땀에 흠뻑 젖은 채로 깨어나 이마를 짚어 보니 몹시 뜨거웠다.

몸살이 난 건가. 몸이 흠씬 두들겨 맞은 것처럼 아프다. 냉장고에서 물을 마시고 핸드폰을 확인해 보니 온 메시지가 없었다. 혹시 그쪽에서 거절한 걸까.

초조하게 기다린 끝에 11시가 넘어서야 연락이 왔다. 주소와 함께 오후에 가지러 오라는 메시지.

드디어 플로라를 만난다. 머리를 조이던 두통이 단숨에 사라졌다. 용인으로 운전해서 가는 내내 태준은 자신이 어디를 가고 주위에 무엇이 스치는지 인지하지 못할 만큼 굳었다. 도착지에 가까워질수록 셔츠 목깃에 목이 졸리는 같고, 숨쉬기가 불편했다. 기운이 남아 있다면 자신의 절박함을 비웃을 텐데 지금은 여력이 없었다.

그 집은 용인 중심가에서 한참 떨어진 전원주택 단지 내에 있었다. 은퇴하고 한가로운 시간을 보내는 부부가 살 법한 아담한 주택들을 지나 안쪽 깊숙이 들어가니 평범한 가정집이 아닌 대저택에 가까운 건물이 보였다. 집 앞에 도착하자 내비게이션이 목적지에 도착했음을 알렸다. 차에서 내리려는데 자동문이 묵직한 느낌으로 천천히 열렸다. 태준은 보안 카메라를 흘끔 보고 안으로 차를 몰았다.

저택은 가정집이라기엔 지나치게 화려하고 컸다. 정원은 손질한 지 오래됐는지 잡초와 넝쿨이 어수선하게 엉켜 있고 집 외벽은 세월에 풍화된 흔적이 역력했다. 초록 이끼가 낀 돌계단, 나뭇잎이 수북하게 쌓인 작은 연못, 본래는 하얀색이었겠지만 비바람에 깎여 회색빛을 띤 조각상, 색이 바랜 낡은 벤치.

별것 아닌 하나하나가 묘하게 사람의 눈을 붙들었다. 마치 영화 〈위대한 유산〉에 나오는 미스 딘스무어의 저택을 보는 기분이었다.

현관 앞에 서자 태준의 심장 박동이 빨라지기 시작했다. 벨을 누르고 문이 열리기까지 조금 시간이 걸렸다.

"생각보다 빨리 왔네요. 나 아직 준비 못 했는데. 누가 그림 찾으러 온다고……."

문이 열리고 적막이 흘렀다.

태준은 고개를 숙여 그 앞에 서 있는 그녀를 보았다.

미유가 멍한 얼굴로 그를 올려다보았다.

그들은 한동안 서로 보기만 했다.

미유야.

네가 굶주린 사람처럼 매달릴 때마다 겁이 나.

이게 마지막인 것 같아서.

다신 볼 수 없을 것 같아서.

•아모르 파티Amor Fati

　눈자위가 타들어 가는 것처럼 뜨거웠다. 태준은 들어오란 말을 기다리지 않고 안으로 들어갔다. 열이 심한지 오한이 나면서 몸이 떨렸다. 깊은 구덩이 속으로 고꾸라질 것 같은 기분이라 한 걸음 한 걸음 힘주어 걸었다. 집은 밖에서 보는 것보다 훨씬 호화롭고, 대리석 바닥과 벽 장식, 조명은 지나치게 장식적이었다. 이런 식으로 집을 꾸미는 사람들은 돈에 집착이 강하거나 신분에 대해 콤플렉스가 있다.

　누굴까. 이렇게 집을 꾸민 사람은? 미유의 죽은 이모? 아니면 애인? 남편?

　문을 열면서 그녀가 했던 말이 태준의 가슴에 불을 지폈다. 질투와 원망으로 가득한 머릿속이 금방이라도 폭발할 것처럼 팽창한다. 그는 눈이 어지러울 만큼 화려한 응접실에 서서 주위를 두리번거렸다. 벽에 비스듬히 세워 놓은 사각 가죽 백이

제일 먼저 눈에 들어왔다. 단숨에 다가가 가방 지퍼를 내리고 거칠게 그림을 끄집어낸 순간, 그녀가 보였다.

〈플로라〉다.

하지만 그가 찾는 〈플로라〉가 아니었다.

깊은 바닷속으로 플로라가 가라앉고 있었다. 긴 검은 머리칼이 목을 휘감고, 창백한 얼굴빛, 죽음을 예감한 듯 슬픈 표정이 시선에 꽉 차게 들어왔다.

이 그림은 〈플로라〉 시리즈 중 두 번째 작품인 〈바다의 꽃〉이다. 이 그림을 그릴 때 태준도 옆에 있었다. 어떤 돈 많은 사업가가 사 갔다고 들었는데.

고개를 드니 미유가 그림 속 플로라처럼 창백한 낯빛으로 서 있었다. 그녀는 보라색 리넨 원피스를 입고 추운 듯 몸을 떨며 원망하는 눈으로 보았다.

'왜 그런 눈으로 보는 거지? 내가 무서워? 날 보는 게 불쾌해?'

잿더미에서 살아난 빨간 불씨가 삽시간에 숲을 태우듯 태준의 가슴 한복판에 불길이 번졌다.

"그 그림, 어디 있어?"

격앙되고 갈라진 목소리에 태준의 감정이 더욱 들끓었다.

"그 그림 어디 있냐고!"

미유는 그의 말을 알아듣지 못했다.

태준은 그림을 두고 응접실을 가로질렀다. 제일 먼저 보이는 문을 여니 침실이 나왔다. 빈 장식장과 침대가 전부. 방을 나와 눈에 보이는 모든 문을 열었지만 태준이 찾는 그림은 보이지 않았다. 그는 몇 걸음 뒤에 선 미유를 지나쳐 2층으로 올라갔다.

복도를 지나 첫 번째 방문을 열자 침실이 나왔다. 젖힌 커튼 사이로 햇살이 폭포수처럼 쏟아져 눈이 부셨다. 태준은 미간을 찡그리며 안으로 들어섰다. 하얀 시트가 깔린 침대, 윌리엄 모리스풍의 푸른 꽃무늬 벽지, 소설이 가득 꽂힌 책장, 수십 개는 되어 보이는 오르골과 스노우 볼. 이곳이 미유의 방인가.

그는 방 안을 둘러보며 창가로 갔다. 욕실로 연결되는 파우더룸이 보였다. 화장대에 화장품, 향수병, 브러시와 목걸이가 어수선하게 흩어져 있었다.

문득 거울에 시선이 갔다. 거울 속에 태준이 그토록 찾아 헤맸던 〈플로라〉가 있었다.

'네가 여기에 있었구나.'

몸의 힘이 삽시간에 빠져나가고 현기증이 일었다. 어디에 좀 앉아서 목을 축이고 싶었다. 그때 등 뒤로 미유의 목소리가 들렸다.

"그 그림은 안 팔아요."

고개를 돌리니 해쓱한 얼굴이 태준을 응시하고 있었다.

"네가 플로라구나."

마음속에 자리 잡은 분노가 금방이라도 폭발할 듯 이글거렸다. 드디어 찾아냈는데, 그토록 그리워한 사람이 앞에 있는데 왜 이런 감정이 드는 건지 모르겠다. 반기는 기색 없이 무심하고 냉정한 얼굴로 서 있기 때문일까. 아니면 그녀가 기다리는 사람 때문일까. 생각이 자꾸만 불안한 쪽으로 흘러간다.

만약 미유에게 다른 사람이 있다면…….

"그림 가지러 온 거죠? 아래층에 있는 그림 가지고 가세요."

낯설게 느껴지는 존댓말이 신경을 긁었다. 싸늘한 표정에 예전의 모습은 조금도 없었다.

"왜 그러고 서 있어요? 당장 나가요. 내 방에서 나가!"

눈앞에 있는 사람은 분명 나미유인데, 농담처럼 아픈 과거를 얘기하고 이태원 거리를 나란히 걷던 그 아이인데 처음 보는 사람처럼 낯설다. 그는 미유의 어깨를 움켜쥐고 벽으로 밀쳤다. 그녀의 얼굴이 고통으로 일그러졌다.

"잠깐만, 생각……. 생각 좀 하게 조용히 있어."

체중을 실어 누를수록 미유가 몸부림치며 소릴 질렀다. 그녀가 머리를 흔들 때마다 익숙한 향기가 폐 속으로 흘러들었다. 호텔 방에서 맡았던 미유의 향기. 그동안 내내 주위를 맴돌던 그 향기였다.

'네가 그리웠어. 그리워서 미칠 것만 같았어.'

미유의 입술이, 어깨에 입을 맞추고 이름을 불러 주고 나른한 신음을 내뱉던 그 입술이 태준을 끌어당겼다.

'네 입술에 키스하고 싶다. 그 밤처럼 너를 안고 싶다. 그러면 나를 기억할까? 그날처럼 웃어 줄까? 왜 노려보는 거야? 너를 찾아왔는데, 이렇게 원하는데.'

키스하려고 고개를 숙이니 미유의 눈에 공포심이 어렸다. 그녀는 태준을 힘껏 밀어내고 따귀를 때렸다.

"미쳤어요? 지금 뭐 하는 거예요?"

떨어져 있는 동안 모두 잊은 걸까? 한순간도 머릿속에서 지운 적이 없었는데, 늘 함께 있는 것 같았는데. 입안이 물기 없이 바짝 타들어 가는 것만 같다.

"할머니는 어떻게 알게 된 거야?"

"누굴 말하는 거예요?"

"이 그림 그린 화가, 우리 할머니야."

미유는 말문이 막힌 듯 보다가 시선을 피했다.

"말하고 싶지 않아요. 내 방에서 나가요."

"네가 이 그림 모델 맞지? 언제 모델이 된 거지?"

"빨리 가지 않으면 경찰을 부르겠어요."

지금 미유가 플로라라는 건 중요하지 않다.

지금 중요한 건…….

그는 엉망인 머릿속에서 미유에게 하고 싶은 말을 찾아냈다.

"보고 싶었다."

가장 먼저 떠오른 말, 가장 먼저 하고 싶었던 말.

왠지 모르게 자신이 초라하게 느껴진다. 자신을 원하지 않는 여자에게, 다른 사람이 옆에 있을지도 모르는 여자에게 하는 고백은 태준을 더 외롭게 했다.

"어서…… 가세요."

등을 돌린 미유가 들릴 듯 말 듯 속삭였다. 얼굴이 보이지 않아 무슨 감정인지 읽을 수 없다. 태준은 그녀를 돌려세우고 소리쳤다.

"할 말이 그거밖에 없어? 네 감정을 얘기해 봐!"

"무슨 말요? 나는 할 말 없어요."

태준은 그녀의 얼굴에 비치는 고통이 반가웠다. 얼굴을 똑바로 보지 못하는 건 아직 감정이 남았다는 의미일까?

"진심이니? 네가 원하는 게 그거야? 네 인생에서 사라져 주는 것?"

미유는 부정도 긍정도 하지 않았다. 천천히 뒷걸음치며 멀어질 뿐이다.

"그림은 팔지 않겠어요. 가세요."

"말해 봐. 지금 네가 어떻게 느끼는지 말해!"

"손님이 올 거예요. 오해받기 싫으니까 가세요."

"내 인생은 모조리 뒤집혔는데 너는 아무렇지도 않구나."

머릿속 생각이 그대로 입을 빌어 나왔다. 너무 쓸쓸하게 들려 목이 멘다.

"같이 있어서 즐거웠잖아요. 그거면 충분한 거 아니에요? 내가 무슨 보상을 해 줘야 해요?"

미유는 무표정 속에 숨었고 그는 돌아 버리기 직전이었다. 두 사람은 입을 꾹 다문 채 서로 보았다. 긴 침묵이 흐른 뒤 아래층에서 묵직한 현관 벨 소리가 울렸다. 동시에 미유의 얼굴이 종잇장처럼 새하얗게 변했다.

손님이 온 건가? 미유가 기다리는 그 사람인가? 그런데 왜 겁먹은 표정이지? 그녀는 의문을 해결해 주지 않고 방을 뛰쳐나갔다. 무심코 시선이 미유의 맨발에 닿았다. 햇빛에 때문에 더욱 하얗게 보이는 작은 발, 어떻게 몸을 떠받치는지 기이하게 느껴졌던 발목. 머리부터 발끝까지 전부 기억해 낼 수 있는데 미유는 다 잊은 모양이다.

태준은 막막한 기분으로 침실을 나서다 침대 누워 있는 노란 곰 인형을 보았다. 그가 뽑기 기계에서 뽑아 준 그 인형이었다.

'한때 즐기려고 만난 관계일 뿐이라면서 왜 아직도 이걸 갖고 있는 거야? 넌 정말 종잡을 수가 없어.'

인형을 보고 희망을 갖기엔 미유가 보여 준 냉담함이 아프게 다가왔다.

태준이 막 아래층에 내려갔을 때였다. 높은 톤의 목소리가 집 안에 울렸다.

— 부동산에서 왔습니다. 아까 통화했지요? 한 집 더 보느라고 늦었네요. 문 좀 열어 주세요.

인터폰을 통해 거실에 울리는 음성이 엉뚱하리만치 명랑했다. 출입문 열림 버튼을 누르고 태준 쪽으로 돌아선 그녀가 말했다.

"이제 가세요."

남자일 거라는 예상이 빗나가자 안심이 되면서 다리에 힘이 풀렸다. 긴장한 탓에 몸 상태가 말이 아닌 걸 잊고 있었다. 열이 오르고 목이 아파 금방이라도 고꾸라질 것만 같다.

태준은 대답 대신 응접실 소파에 주저앉았다.

"지금 뭐 하세요?"

"목말라. 물 좀."

코트 안에 입은 셔츠가 축축하게 젖어 무겁다. 낯빛이 좋지 않아 보였는지 미유가 주방에서 물을 가져와 테이블에 놓았다. 물을 마시는데 현관문을 열고 요란하게 치장한 중년 여자가 들이닥쳤다.

"안녕하세요. 저번에 그 손님은 집만 실컷 구경하고 그냥 가 버렸지 뭐예요. 정원 사진만 잔뜩 찍을 때부터 알아봤지 뭐야. 이번에는 느낌이 좋아요. 청담동에서 레스토랑 운영하시는 사모님이래요. 아파트가 지겨워서 전원주택에서 살고 싶다고. 어머, 손님이 계셨군요? 안녕하세요. 오늘도 집이 참 깨끗하네요. 청소하시는 아주머니가 부지런하신가 봐. 아이고, 어서 들어오세요. 정원 구경 잘하셨어요? 정말 예쁘죠? 이 집은 유명한 건축가가 지은 집이에요. 상도 받았다지, 아마? 보다시피 화려하고, 고급스럽고, 자재들도 다 수입품이에요. 급매물로 나와서 싼 거지, 마음먹고 팔았으면 몇 천 더 얹어도 되는 집이에요. 여기 봐요. 창도 엄청나게 크고 침실도 넓어요."

여자를 뒤따라온 중년 여자 둘이 호들갑스러운 추임새를 넣으며 주위를 두리번거렸다. 그동안 그녀는 응접실 한가운데 서서 난감한 얼굴로 태준을 보았다. 그들이 집 안을 헤집고 다니는 동안 태준과 미유는 말없이 있었다.

2층에서 들리는 요란한 웃음소리와 감탄사를 들으며 이제 어떻게 해야 할지 생각하는데 테이블에 놓인 전화기가 소리를 냈다. 고요 속에 들리는 벨 소리는 머리가 울릴 정도로 우렁차고 성가셨다. 한 번, 두 번, 세 번. 벨이 계속 울리는 동안 미유는 두 손을 맞잡은 채 얼어 있었다. 그러다 태준이 빤히 보는 걸 깨닫고 발소리가 나지 않게 다가와 수화기를 집어 들었다.

"네. 아, 그래요? 혼자 먹어도 괜찮아요. 네, 괜찮아요. 바쁘면 어쩔 수 없죠. 언제 돌아와요? 네. 그럴게요. 아니요, 아직. 부동산에서 왔어요. 괜찮아요, 아줌마들이에요. 네. 일하는 아줌마는 보냈어요. 집에 아이가 아프대요. 괜찮아요. 견딜 만해요. 네. 심하면 내일 가 볼게요."

미유는 괜찮다는 말을 반복하며 어쩔 줄 몰라 했다. 뒤돌아서서 표정이 보이지 않았지만 몸이 굳어 있었다. 수화기를 내려놓는 그녀의 얼굴에 안도가 스쳤다. 무엇에 대한 안도인지 모르겠지만 태준의 마음에 무척이나 거슬렸다. 그는 손을 뻗어 미유의 손목을 잡았다.

"누구야?"

"알 거 없어요."

잡힌 손목이 아픈지 미유가 신음을 흘리며 휘청거렸다. 짧은 신음에 옛 기억이 반사적으로 튀어나오면서 태준은 미칠 것만 같았다. 피가 다시 끓고 안에서 뭔가가 폭발했다.

"다른 사람이 있는 거니? 그래서 그래?"

"제발…… 가요. 도대체 왜 이래요?"

2층에서 중년 여자들의 웃음소리가 들렸다. 그는 자리에서 일어나 미유를 끌고 주방으로 갔다.

"놔요. 아파. 제발, 놔!"

태준은 주방에 들어가 하얀 타일 벽에 그녀를 밀치고 키스했다. 앙다무는 입술을 억지로 벌리고 혀를 집어넣었다. 온몸으로 거부해도 젖은 속살을 헤집고, 체액을 마시고, 혀를 빨아들였다. 손으로 가슴을 움켜쥐자 미유가 괴로운 신음을 흘렸다.

"말해. 넌 뭘 원하는지 아는 아이잖아. 날 원한다고 말해. 보고 싶었다고 해."

품 안에서 떠는 그녀는 상처 입은 동물 같았다. 놔주고 싶었지만 욕망이 이대로 놓아줄 수 없다고 우겼다.

"호호호. 이참에 전원주택으로 이사 오세요. 다른 데 다녀 보셔도 이런 집 없어요. 집이 넓으면 어때. 어차피 일하는 사람이 다 하는데. 그럼요, 호호호. 거기 개발만 되면 땅값이야 자연히 오르죠."

열어 놓은 작은 창으로 여자들의 웃음소리가 들어왔다. 태준은 작은 몸을 하반신으로 누르고 보라색 치마 속으로 손을 넣었다. 두 손으로 엉덩이를 움켜쥐고 몸을 밀착하자 미유가 고통스러운 신음을 내뱉었다.

"아저씨, 제발……."

그녀는 집에 있는 다른 이들이 들을까 봐 필사적으로 신음을 삼켰다.

"단독 주택이 관리하기가 힘든데 깔끔하긴 하네. 근데 아래층 사진 보니까 어디서 많이 보던 여자인데. 배우 아니에요?"

"맞아요. 나화진이라고 하던데."

"아, 얼마 전에 죽은 여배우."

"어머, 그 나화진? 왕년에 잘나갔잖아."

"엄청 잘나갔지."

"그럼, 아까 그 아가씨가 딸인가? 닮은 거 같기도 하고."

여자들의 목소리가 가까이 들리다 멀어졌다. 그는 신음을 흘리며 미유의 입술을 빨았다. 밀어내기만 하던 그녀가 차츰 태준에게 기대 왔다. 거칠고 폭력적이던 키스는 어느덧 부드럽고 농밀해졌다.

태준은 매끄러운 피부를 음미하며 한 줌밖에 안 되는 듯한 허리를 끌어안았다. 그날 밤 그의 손길에 미유가 어떻게 반응했는지, 얼마나 뜨거웠는지 가르쳐 주고 싶었다.

원피스를 위로 끌어 올리니 핑크색 브래지어가 보였다. 태준은 먹잇감을 발견한 이리처럼 거친 숨을 몰아쉬며 단단하게 솟아 있는 정점을 물고 빨았다. 부드러운 촉감, 그리운 체취. 본능이 미쳐 날뛰는 것이 느껴졌다.

"아……."

미유는 입 밖으로 나온 신음을 삼키며 그의 코트 자락을 움켜쥐었다. 태준은 금방이라도 주저앉을 것 같은 그녀를 떠받치고 오른쪽과 왼쪽 가슴을 번갈아 가며 애무했다. 부드럽고 예민한 살을 자근자근 깨물자 떨림이 차츰 격해지기 시작했다. 그는 한 손으로 미유의 팬티를 끌어 내리고 다리 사이 은밀한 곳으로 손가락을 가져갔다. 촉촉한 그곳으로 미끄러지듯 들어가자 뜨겁고 보드라운 속살이 만져졌다. 미유가 느끼는 희열이 그에게 그대로 전해졌다.

그때 여자들의 웃음소리와 계단을 밟는 소리가 들렸다. 태준은 여전히 자신이 원하는 대로 움직이고 있었지만 그녀는 정신을 차리고 어깨를 밀쳤다. 그는 한순간도 놓고 싶지 않았다. 이대로 놓으면 미유가 영영 달아날 것 같아서 두려웠다. 마침내 그들이 계단을 내려오고 응접실 쪽에서 소리가 들렸다.

"아가씨! 아가씨?"

부동산 업자가 부르는 소리에 미유가 몸을 떨며 속삭였다.

"아저씨, 제발 놔줘요. 부탁이에요."

태준은 그 말에 비로소 정신을 차렸다. 멍한 기분으로 휘감았던 팔을 놓자 미유가 거의 벗겨진 거나 다름없는 옷매무새를 매만지고 황급히 뛰어갔다. 그는 벽에 기대 고개를 숙이고 숨을 힘껏 들이마셨다가 내뱉었다. 심장이 빠르게 뛰고, 숨이 가빴다.

'내가 무슨 짓을 한 거지? 기태준, 미쳤구나.'

다리가 풀려 서 있을 수가 없었다. 바닥에 주저앉아 눈을 감고 숨을 몰아쉬는데 여자들의 목소리가 멀어지더니 현관문 닫히는 소리가 들렸다.

어쩌면 미유가 가 버렸을지도 모르겠다. 경찰을 부를지도.

집 안은 무섭도록 고요했다.

'미유야, 가지 마. 날 혼자 두지 마.'

그때였다. 나직한 발소리가 났다. 고개를 드니 미유가 조용한 얼굴로 보고 있었다. 태준은 차마 눈을 맞추지 못했다. 그는 고개를 숙이고 천천히 지옥으로 가라앉으며 말했다.

"경찰에 신고해."

미유가 다가와 앞에 웅크리고 앉았다. 그리고 손을 뻗어 땀에 젖은 그의 머리카락을 쓸어 넘겼다.

"어디 아파요?"

부드러운 목소리에 눈시울이 뜨거워진다. 태준은 고개를 들고 그녀의 창백한 낯빛을 보았다.

"아팠어. 네가 보고 싶어서."

미유의 눈에 눈물이 고였다. 얼굴이 우는 듯 웃는 듯 했다.

"나도 아팠어요. 아저씨가 보고 싶어서."

그녀가 다가와 어깨를 가만히 끌어안았다. 태준의 눈에 고여 있던 눈물이 뺨을 타고 흘러내렸다. 그는 두 팔로 미유를 안고 목덜미에 고개를 묻었다.

"그렇게 가 버려서 미안해요."

"괜찮아."

"아까…… 때려서 미안해."

"괜찮아. 어떤 짓을 해도 상관없어. 내 옆에만 있어 주면 돼."

"미안해. 아프게 해서 미안해."

미유의 입술이 그의 젖은 뺨에 닿았다. 태준도 그녀의 젖은 뺨에 입 맞추며 눈물을 마셨다. 둘은 어미가 새끼를 보듬듯 서로 끌어안고, 입을 맞추고, 얼굴을 쓰다듬었다.

'나만 아팠던 게 아니구나. 이 아이도 상처받고 괴로웠구나.'

미유의 아픔이 느껴졌다. 태준은 자신이 다 잘못한 것 같아서 마음이 시렸다.

"아저씨, 나 안아 줘요. 우리 침대로 가요."

언 몸을 녹이려는 사람처럼 품속으로 파고들며 미유가 말했다. 태준은 그녀를 안고 주방을 나섰다. 전보다 몸이 많이 마른 것 같아서 안쓰러웠다.

그는 계단을 걸어 올라가 복도를 지나 미유의 방으로 들어갔다. 침대에 눕히니 햇빛을 받은 미유가 하얗다 못해 투명하게 보였다. 태준은 실감이 나지 않아서 그녀에게서 눈을 떼지 못했다.

"아저씨……."

태준이 옷을 벗기는 동안 그녀가 울며 불렀다. 태준은 그녀의 하얀 어깨에 입을 맞추며 말했다.

"이젠 떠나지 마."

"응."

"내 눈에 보이는 곳에 있어."

"그럴게."

태준은 그녀의 부드러운 품으로 파고들었다.

사랑을 나눈 뒤 미유는 곧바로 잠이 들었다. 태준도 피곤했지만 행복한 이 순간에 잠을 자는 게 아까웠다. 그는 팔을 베고 잠든 미유를 가만히 보았다.

햇빛을 품고 잠든 모습이 개울가에 희고 깨끗한 조약돌 같았다. 시간이 지나면서 정원 나무가 만들어 낸 그늘이 침실로 들어왔다. 코끝에 휘감기는 미유의 체취가 향긋했다. 공기에 떠 있는 먼지가 춤을 추듯 움직이고 잠결에 미유가 입술을 달싹거렸다.

태준은 살짝 벌어진 입술에 가볍게 입을 맞추었다. 바람이 많이 부는지 나뭇가지 그림자가 이리저리 흔들렸다. 태준은 노을빛이 방 안을 부드럽게 물들이는 걸 지켜보다 천천히 눈을 감았다. 자고 싶지 않은데 졸음이 쏟아진다.

미유를 더 보고 싶은데…….

이 행복을 좀 더 음미하고 싶은데…….

"좋아, 자기. 더 세게. 더 세게."

"후아 후아, 쌍. 엉덩이 더 들어. 그래, 그렇게."

침실에서 들려오는 소리에 할머니가 헛기침을 하며 돌아섰다. 미유는 무표정한 얼굴로 벽에 기대서서 짧게 하품을 했다.

"이모가…… 바쁘신 모양이구나."

"오래 있어야 끝나요."

이모는 아침부터 약을 먹더니 1시간째 저러고 있었다. 아마 저녁이나 되어야 침실에서 나올 것이다.

"다른 어른은? 너 혼자 있었니?"

고개를 끄덕이자 할머니가 난감한 얼굴로 보았다.

"할머니는 이모 얼굴을 그리려고 오신 분이죠? 어제 들었어요."

"그래, 맞아."

"이모가 잊었나 봐요. 원래 이모는 잘 잊어버려요. 약을 많이 먹어서 그렇대요."

미유는 말하면서 할머니의 옷차림을 유심히 보았다. 청록색 꽃무늬 원피스에 카키색 누빔 조끼, 하얀 면양말. 그녀가 아는 할머니의 이미지와는 거리가 멀었다. 단정한 단발머리에 화장기 없는 얼굴도 독특했다. 노인이라기엔 소녀 같은 모습이다.

할머니가 아래층으로 내려가는 동안 미유도 뒤따라 걸었다.

"네 이름이 뭐니?"

"나미유. 엄마가 카미유 클로델을 좋아해서 미유라고 지었대요."

"예쁜 이름이구나. 카미유는 고귀한 여성이라는 뜻이야. 알고 있었니?"

"몰랐어요. 할머니는 어떻게 그걸 아세요?"

"프랑스에서 공부했거든."

하필이면 정신병원에 30년이나 갇혀 있었던 조각가의 이름을 따서 짓다니. 그것도 애인에게 무참히 버려진 여자 이름을. 미유는 자신의 이름이 마음에 들지 않았다. 그런데 고귀한 여자라니. 자신과 어울리지 않지만 좋은 뜻이니까 미유라는 이름이 더는 싫지 않았다.

"미유야, 할머니랑 산책 안 갈래?"

할머니는 집 안에서 나는 소음이 신경 쓰였는지 현관 앞에서 넌지시 말했다.

"마을 입구에 있는 카페에서 아이스크림 파는데, 사 주실래요?"

"좋은 생각이구나. 나도 먹고 싶은걸."

할머니와 함께 밖으로 나오자 햇살이 눈부시게 쏟아졌다. 할머니가 어깨에 멘 가방에서 양산을 꺼내 펼쳤다. 가장자리에 하얀 레이스를 덧댄 예쁜 양산이었다. 할머니는 양산을 기울여 미유의 이마로 떨어지는 햇볕을 가려 주었다. 미유는 왠지 기분이 좋아져서 배시시 웃었다.

주위를 보며 걷는데 그동안 느끼지 못한 계절감이 한꺼번에 밀려들었다. 계절은 가을이지만 한낮에는 여름만큼 더웠다. 은행나무 잎은 아직 초록색이고, 감나무에 열린 감은 아직 여물지 않았다.

걷는 동안 샌들 속으로 자꾸만 흙이 들어왔다.

미유는 자신의 샌들과 할머니의 모카신 신발을 비교하며 걸었다. 할머니는 저 신발을 신고 어디를 다녔을까. 해지고 색이 바랜 모카신이 멋져 보였다. 크면 저렇게 낡고 멋진 신발과 가방을 가져야겠다고 미유는 생각했다.

미유의 시선은 신발에서 아스팔트 길에 줄지어 기어가는 개미와 개망초 위를 나는 나비에게로 옮겨 갔다. 그녀는 오랫동안 감옥에 갇혀 있다가 나온 사람처럼 생경한 시선으로 이곳저곳을 관찰했다. 이모 집은 동네에서 가장 높은 곳에 있기 때문에 카페까지 가려면 경사진 길을 한참 동안 내려가야 했다.

단독 주택이 옹기종기 모여 있는 마을은 썩 괜찮은 풍경을 가졌다. 집집마다 푸른 잔디가 깔렸고 잘 손질한 정원수에 유리창마다 깨끗하게 닦여서 반짝거렸다. 겉만큼 집 안도 예쁜지 궁금한데 아무도 나화진의 조카를 초대해 주지 않았다. 가족이 나란히 앉아 저녁을 먹는 모습이 늘 궁금했는데.

동네로 내려가는 길가엔 들꽃이 가득 피었고 풀 냄새가 진하게 났다. 해당화에 정신이 팔려 있는 미유에게 할머니가 물었다.

"미유는 몇 살이니?"

"열다섯요."

"나이보다 성숙해 보이는구나. 엄마는 어디 계셔?"

"돌아가셨어요."

"보고 싶겠구나."

할머니는 엄마가 왜 죽었냐고 캐묻지도, 어설프게 위로하려고 들지도 않았다. 고운 백발, 주름진 얼굴에서 편안하고 따뜻한 기운이 느껴졌다.

"할머니, 화가는 돈 많이 벌어요?"

"글쎄. 돈 많이 벌고 싶니?"

"여자는 돈이 있어야 한대요. 돈이 없으면 반반한 여자는 몸 팔아서 먹고사는 수밖에 없대요. 난 그러기 싫어요."

"그래, 돈도 필요하지. 하지만 내가 뭘 원하느냐가 더 중요해. 미유는 뭘 하고 싶지?"

"할 줄 아는 게 없어요. 책 읽는 건 좋아요."

"좋아하는 걸 열심히 해 봐. 책을 좋아하면 작가가 될 수도 있고, 책 만드는 사람도 될 수 있지."

"이모가 그러는데, 여자는 치마만 잘 벗으면 된대요."

할머니의 난감한 표정을 보고 미유는 입술을 깨물었다.

어른들 앞에선 말을 조심하는 건데. 이게 다 생각 없이 말을 내뱉는 이모 때문이다.

"죄송해요. 버릇없었죠."

"나에게 죄송할 건 없는데 그런 말을 하기엔 너무 이른 나이구나."

할머니가 머리를 쓰다듬으며 웃었다.

"미유야, 인생은 다른 사람한테서 얻어지는 게 아니야. 스스로 만들어 가야 해."

"여자가 공부하고 화장하는 건 능력 있는 남자 만나려고 그러는 거래요. 그래야 팔자가 편하다고."

"성공한 사람과 결혼하면 행복할 거 같아?"

"그럼요. 돈이 있잖아요. 부자로 살면 고생 안 해도 되고……. 예쁜 옷 입고, 맛있는 거 먹고, 편하잖아요."

"너는 언제 제일 행복하니?"

미유는 한참을 생각하다가 머뭇거리며 말했다.

"그런 적…… 없어요."

"예쁜 옷 입고 맛있는 거 먹으면 행복하니? 살아 있기를 잘했다는 생각이 들어?"

미유는 고개를 저었다.

"내가 살아온 경험으로 보면 진심으로 행복한 순간은 돈으로 살 수 없는 것이었어. 문득 올려다본 하늘이 아름다울 때,

사랑하는 사람과 처음 키스할 때, 그 사람의 아이를 낳고 그 아이가 커 가는 걸 볼 때, 내 그림을 사람들이 좋아해 줄 때, 손자들이 내가 해 준 밥을 맛있게 먹을 때……. 그럴 때 행복하다, 살아 있기를 잘했다고 생각한단다. 미유야, 남들 눈에 근사해 보이는 게 꼭 행복한 것은 아니야. 네가 즐겁고 만족해야 행복한 거야. 언제 행복한지, 진짜 원하는 게 뭔지 항상 귀기울이고 생각해 봐."

"와…… 할머니는 진짜 어른 같네요."

"자기 나이에 맞게 보이는 건 자연스러운 일이야. 너도 아직 아이다움을 가지고 있을 나이인데…… 걱정이구나."

"빨리 어른이 되고 싶어요."

"왜?"

"어른이 되면 나를 지킬 수 있으니까요."

"네 나이에는 자기를 지킬 걱정보다 꿈이 있어야 하는데. 아무리 힘들어도 꿈이 있어야 해. 꿈이 없는 삶은 슬픈 거야."

"그럼 세상에서 가장 멋진 어른이 되는 걸로 바꿀래요."

"그래, 좋은 생각이다."

할머니가 활짝 웃으며 말했다. 미유의 마음도 구김 없이 펴지는 것만 같았다. 미유는 고개를 들고 하늘을 올려다보았다.

"할머니, 멋진 어른은 어떻게 돼요?"

"어떤 상황이 와도 자신을 사랑해야 해. 그게 너를 지키는 길이란다. 살다 보면 실망하고 좌절할 때도 있지만 그래도 너를 믿어. 세상에서 가장 큰 용기는 자신을 받아들이는 거란다. 순간순간 최선을 다해 살아. 네 운명을 받아들이고 사랑해 줘."

"어려워요."

"사실은 나에게도 어려운 일이야."

"할머니는 멋진 어른 같아요. 나도 어른이 되면 할머니처럼 멋있어지고 싶어요."

"넌 분명 멋진 어른이 될 거야. 똑똑하고 예쁜 아이니까."

이렇게 희망적인 말을 해 주는 어른은 처음이다. 이모는 매일 돈타령이고, 집에서 자고 가는 남자들은 자기랑 놀자는 둥 키스하자는 둥 헛소리만 늘어놓는다.

미유는 처음으로 대화다운 대화를 하니 기분이 좋았다. 그래서 학교 이야기, 읽던 소설 이야기를 수다스럽게 늘어놓았고, 할머니는 미소를 지으며 들어 주었다.

아이스크림을 먹고 집에 오는 길에 미유가 말했다.

"할머니, 부탁이 있어요. 제 그림을 그려 주세요. 멋진 어른이 되었을 때 그림요."

"어른이 되었을 때 그림?"

"저금해 놓은 돈이 있긴 한데, 많이는 못 드려요. 그려 주실 수 있으세요?"

"돈은 받지 않으마. 안 그래도 마음이 바뀐 참이거든."

그날 이후 미유는 허순정 화가의 숨은 모델이 되었다. 누드로 그려 달라고 한 건 미유의 제안이었다. 옷을 벗고 벽에 기대서 포즈를 취하자 할머니가 스케치를 시작했다. 그동안 미유는 어른이 된 자신을 상상했다.

'어느 대학에 갔을까? 글 쓰는 걸 좋아하니까 국문과? 그때도 이모는 돈 많은 남자를 만나야 한다고 옆에서 잔소리를 할 거야. 돈을 많이 벌려면 전문적인 직업이어야겠지? 작가는 돈을 못 번다고 했는데. 출판사에 다닐까? 아냐, 가만히 앉아 있는 건 답답해. 마음껏 돌아다니고 싶어. 그럼 기자? 그래, 기자가 되면 좋겠다. 세계를 돌아다니면서 취재를 하는 거야.'

할머니는 그림을 그리고 미유는 꿈을 꾸었다. 꿈을 꾸는 건 할머니 말대로 행복한 일이었다.

얼마 후 미유는 완성된 그림을 받았다. 이모가 옆에서 투덜거렸지만 미유는 좋아서 심장이 두근거렸다. 어른이 된 나미유는 상상보다 훨씬 아름답고 당당했다. 엄마가 봤다면 자랑스러워할 모습이었다.

미유는 그림을 침실에 걸어 두고 매일 꿈을 꾸었다. 기자가 되어서 세계를 돌아다니는 나. 당당하고 멋진 어른이 된 나.

시간이 흐르고 미유는 어른이 됐다. 그동안 꿈은 거품처럼 사라졌다. 나미유는 고등학교를 졸업하지 못했고 기자가 될 수도 없었다. 이모는 폐암으로 죽어 버렸고 돈 많은 남자와 결혼을 앞두고 있다.

언제부턴가 꿈꾸는 걸 그만뒀다. 이루어질 수 없다는 걸 알았기 때문이다.

가끔은 할머니가 원망스럽다. 꿈을 꾼다는 건 슬픈 일이었다.

꿈결에 이모의 목소리가 들렸다.

"헛똑똑이. 온갖 잘난 척은 다 하더니, 지금 뭐 하는 거야?"

미유는 대답 없이 웃기만 했다.

"내가 남자는 다 똑같다고 했지? 네 옆에 누운 놈도 다를 것 없어. 보자마자 몸이 달아 안으려고 달려들잖아. 결국 원하는 건 몸이라니까? 세상에서 제일 쩨쩨한 놈이 사랑 운운하면서 공짜로 먹으려고 덤비는 새끼야. 먹다가 질리면 뒤도 안 보고 도망갈 것들이 고상한 척하기는. 이년아, 얼른 정신 차리고 발 빼. 네가 천년만년 젊을 거 같지? 제일 값나갈 때 비싸게 팔아야 늙어서 내 짝이 안 나는 거야."

이모는 가슴이 깊게 파인 드레스를 입고 말보로 레드를 피우고 있었다. 미유는 그리웠던 모습에 눈물이 날 것 같았다.

"이모, 이 사람은 달라. 아저씨는 나를 안타깝게 봐. 처음 거리에서 만났을 때, 호텔에서 우는 나를 달랠 때 눈으로 물었어. '왜 그렇게 슬퍼 보이니? 많이 외롭니?' 그동안 어떤 남자도 이렇게 물어 준 적이 없었어."

"정신 빠진 년. 네가 정에 굶주려서 그래. 허구한 날 중늙은이만 보다가 인물 멀끔한 젊은 사내를 만나니 홀딱 빠진 게지. 착각 그만하고 정신 차려, 이것아."

"아저씨의 눈빛은 겁이 날 정도로 따뜻해. 보고 있으면 나도 모르게 다가가게 돼. 기대서 쉬고 싶어져."

엄마가 죽고 난 뒤, 미유의 정원은 언제나 겨울이었다. 가지가 앙상한 나무와 흙뿐인 화단에 새싹 같은 건 영원히 돋지 않을 것만 같았다.

명동에서 태준과 말없이 보고만 있었던 그때, 겨울 정원에 봄이 왔다.

　"나는 세상이 회색인 줄 알았어. 그런데 아니더라. 가로수, 하늘, 잔디, 자동차, 우체통까지……. 다 색이 있었어. 이태원 거리를 걷는데 세상이 다르게 보였어. 딱딱한 껍질을 벗은 것처럼 후련했어. 이모는 이런 기분 모르지? 괴로워 숨이 막히는데도 세상이 빛나 보이는 기분 모르지?"

　"불쌍한 것. 쯧쯧."

　"문을 열고 아저씨를 봤을 때 겁이 났어. 나도 모르게 품에 뛰어들까 봐, 손을 잡고 울까 봐, 보고 싶었다고 소리칠까 봐 겁났어. 이대로 그냥 가 버리면 어쩌지? 나 미워하면 어쩌지? 생각만 해도 미칠 것만 같았어. 나 그래도 버틸 수 있을 때까지 버텼어. 내 옆에 있기엔 아까운 사람이니까 미안해서 버텼어."

　"끝까지 참지 그랬어."

　"살고 싶었어. 단순히 좋아서, 욕심나서가 아니라, 살고 싶어서였어. 살고 싶은 건 죄가 아니잖아. 그렇지 이모? 내 잘못 아니지, 이모?"

　미유는 소리 내어 흐느꼈다. 이모도 따라 울었다.

　"아저씨 옆에 있으면 자꾸 말이 하고 싶어져. 무척이나 슬펐다고, 외로웠다고. 다른 사람에겐 절대로 하지 못할 말이 자꾸만 하고 싶어져."

　"사내새끼에게 마음 주는 거 아니라고 했잖아. 배신당할 거야. 버려질 거야."

"그래도 상관없어. 나는 지금 행복해. 이렇게 행복해 본 적이 없어."

이모가 웃는다. 비아냥거림과 슬픔이 뒤섞인 이모 특유의 웃음소리가 마음을 저민다.

"네 엄마가 그렇게 말했지. 그 더러운 인간 사랑한 거 후회하지 않는다고. 행복하다고."

"아저씨는 좋은 사람이야."

"좋은 사람일지도 모르지. 한동안은 널 위해서 뭐든 해 줄 것처럼 굴 거야. 그런데 그게 언제까지 갈까? 사랑은 감기 같은 거야. 열이 펄펄 끓을 땐 마냥 좋고 행복해. 사람에 따라 짧게 갈 수도, 길어질 수도 있지만 결국 열이 내리고 제정신이 돌아와. 같은 감기는 걸리지 않는다고 하더라. 사람도 그래. 영원한 건 없어."

"이모가 불행했던 건 믿지 않아서가 아닐까? 남자도, 사랑도, 희망도 믿지 않아서 그렇게 외로웠던 게 아닐까? 나는 믿고 싶어졌어. 이 사람은 좋은 사람이다. 이 사람은 날 해치지 않는다. 희망을 가지면 사는 것도 제법 괜찮은 일이다."

"나도, 네 엄마도 그런 걸 믿었던 시절이 있었지. 세상일은 네 생각처럼 되지 않아."

"알아. 그래도 믿어 보고 싶어. 한번 해 보고 싶어."

"속없는 년."

"아저씨를 사랑해. 사랑해. 정말로…… 사랑해."

사랑이라는 단어를 말할 때마다 겨울 정원에 꽃이 핀다. 목련, 벚꽃이 꽃망울을 터트리고 진달래, 개나리, 철쭉이 흐드러지도록 피는 봄이다.

정원을 보고 있으니 눈물을 쏟아졌다. 너무 예뻐서, 행복해서, 잃고 싶지 않아서.

미유는 비 오는 소리에 눈을 떴다. 창밖 세상은 아직 어두웠다. 무척이나 긴 꿈을 꾼 기분이다. 얼굴을 만져 보니 눈물에 젖어 있었다. 미유는 손등으로 눈물을 닦으며 옆에 누워 있는 그를 보았다. 실오라기 하나 걸치지 않은 채 엎드려 있는 모습이 아름다워서 눈을 뗄 수가 없다.

태준이 옆에 있고, 지난밤 내내 사랑을 나눴다는 게 좀처럼 믿기지 않는다. 원 없이 사랑을 주고받았던 순간을 생각하자 가슴이 뻐근하리만치 행복했다.

하지만 미유의 행복은 3초짜리였다. 3초 동안은 세상을 다 가진 것처럼 행복하지만 금세 과거의 찌꺼기가 달라붙었다. 박사장, 결혼, 빚, 이 모든 걸 알고 난 뒤 태준의 표정.

미유의 얼굴에 미소가 서서히 사라졌다.

'떠올리지 마. 하루 만이라도, 아니 1시간 만이라도 행복하면 안 돼? 아무 생각 없이 태준만 생각하면 안 돼?'

미유는 옷을 걸치지 않고 침대를 나와 창가로 걸어갔다. 세상이 온통 물에 젖어 있었다. 이 비가 그치고 나면 세상은 본격적으로 겨울을 맞이할 것이다.

'겨울이 오면 안 되는데, 봄이 오기 전에 이 땅을 떠날 텐데.

아니야, 나중은 생각하지 말자. 지금 내 옆에 태준이 있어. 지금은 이것만 생각하자.'

미유는 복잡한 생각을 몰아내고 눈앞에 보이는 세상을 응시했다. 비에 잠긴 세상은 고요하고 평화로웠다.

언제나 그랬다. 자신을 제외한 세상은 원망스러울 만큼 평온하고 행복해 보였다.

"미유야."

잠에서 깬 태준이 불렀다. 미유는 돌아보지 않고 차가운 유리창을 손가락으로 더듬었다. 비구름에 가려진 하늘이 점점 밝아지고 있었다.

구름 위 하늘은 눈부시게 환하겠지? 해가 뜨지 않았다고 해서 태양이 없는 건 아니니까.

"미유야, 이리 와."

태준이 달콤한 목소리로 불렀다. 언 마음을 녹이는 따뜻한 온기. 놓치고 싶지 않은 부드러움.

"아저씨……."

"응?"

미유는 검지로 한 집을 가리켰다.

"저 파란 지붕에는 네 식구가 살아. 아빠는 회사에 다니고 엄마는 학교 선생님이야. 딸이 둘 있는데 다 고등학생이야. 아침이면 네 사람이 한차에 타고 집을 나서는데 보기가 참 좋아. 저기 옥상에 정자가 있는 집에는 대가족이 살아. 여름이면 온 식구가 옥상에서 삼겹살을 구워 먹어. 작년에 며느리가 아이를 낳았는데 할머니가 포대기에 업고 매일 동네를 돌아."

말을 할수록 목이 멨다. 미유는 잠시 숨을 고르고 담담하게 말을 이었다.

"초록 대문 집에는 중학교 동창이 살아. 착하고 순한 아이야. 그 아이 엄마가 날 싫어해서 같이 놀지는 못했지만 학교에선 말도 걸어 주고, 우산도 빌려줬어. 한 번은 애들이 화장실에 낙서를 했어. 나미유 엄마는 미쳐서 자살했다. 그때부터 걸핏하면 신발이랑 책이 없어졌어. 돈 뜯는 애들이 생기고 돈이 없으면 신발을 가져갔어. 맨발로 집에 오는데 그 아이가 실내화를 줬어. 아이들이 볼까 봐, 보면 그 애도 괴롭힐까 봐 안 신고 그냥 왔어. 고맙다고 말 못 했어. 정말 고마웠는데."

어느덧 태준이 뒤에 서 있었다.

"엄마가 자살한 아이랑 놀면 병이라도 걸리는 걸까? 왜 못놀게 했지? 다른 사람들은 어떻게 사는지 궁금했는데. 엄마 아빠랑 한식탁에 있는 게 어떤 기분인지 알고 싶었는데. 아무도 초대해 주지 않았어."

태준이 물에 휩쓸린 사람을 구조하듯 몸을 꼭 끌어안았다. 미유는 그의 가슴에 기대 눈을 감았다.

"여기에 서서 내가 가질 수 없는 것만 보며 살았어. 그래서 내가 어쩔 수 없는 일에는 포기가 빨라. 아저씨도 그랬어. 내가 가질 수 없는 사람이라고 생각했어."

태준의 뺨이 얼굴에 닿았다. 뜨거운 가슴이 시린 등을 데웠다. 그는 말이 아니라 몸으로 위로하고 있었다. 미유는 그의 마음에 고마움보다 죄책감을 느꼈다.

"아저씨…… 나는…… 형편없는 사람이야. 사랑할 자격이 없어. 날 알게 된 걸 후회할 거야."

그가 미유를 돌려세웠다. 새벽 푸른빛에 태준의 얼굴이 쓸쓸해 보였다.

"그런 말을 왜 그렇게 담담하게 하니?"

"사실이니까."

태준의 눈동자가 그녀의 얼굴을 천천히 들여다보았다. 마치 마음속 어둠을 꿰뚫어 보는 것만 같아서 몸이 움츠러들었다.

"넌 상처받을까 봐 두려운 거야. 손을 내밀었다가 잡아 주지 않을까 봐 먼저 돌아선 거야. 언제까지 유리창 뒤에서 보고만 있을래? 다가가서 말을 걸어야지. 손을 내밀고 잡아 달라고 해야지. 겁먹고 숨어 있으면 네가 이 세상에 있는지 아무도 몰라."

미유는 그의 가슴에 안겨 뜨거운 눈물을 쏟았다.

"나는 아무것도 아니야. 나는……."

"여기에 널 사랑하는 사람이 있잖아. 널 보는 것만으로도 심장이 터질 것처럼 뛰는 사람이 있잖아. 내 심장이 이렇게 뛰는데 어떻게 네가 아무것도 아니야? 여기에 이렇게 증거가 있는데, 내 마음이 이런데."

입술에서 흐느낌이 흘러나왔다. 고통도, 절망도 아닌, 기쁨이 가득한 울음이었다.

'엄마, 이 사람 옆에 있으면 강한 척 연기하지 않아도 돼. 마음껏 웃고 행복한 표정을 지을 수 있어. 그리고 날 정말 아껴 줘. 내가 어떻게 살아왔는지 상관하지 않아. 있는 그대로 받아들여 줘. 나에 대해 아무것도 모르면서 어떻게 그럴 수 있을까? 나는 박 사장이 뭘 줄 수 있는지만 생각했는데, 모든 사람을 그렇게 봤는데, 이 사람에겐 내가 가진 모든 걸 주고 싶어. 내 몸과 마음을 다 내어 주고 싶어.'

살얼음 위에 서 있는 듯 불안하던 마음이 서서히 단단해진다. 혼돈 속에서 분명해지는 건 이 남자를 원한다는 사실이다. 그래, 지금 가장 중요한 건 이것뿐이다.

"아직도 도망치고 싶니?"

미유는 단호하게 고개를 저었다.

"내 옆에 있을 거야?"

미유는 두 팔로 그의 허리를 끌어안고 고개를 끄덕였다. 비구름이 하늘을 덮어도 그 너머에 태양이 빛나고 있음을 사람들은 안다. 아무리 지독한 상처라도 딱지가 지고 언젠가 아물 거란 것도 안다.

하지만 미유는 믿지 않았다. 태양 같은 건 본 적도 없고, 아프지 않았던 적도 없었으니까. 사람들이 다 아는 자연의 법칙을 그녀는 믿지 않았다.

"사랑한다. 사랑한다, 나미유."

태준이 이마에 입을 맞추며 속삭였다. 미유에겐 그가 태양이었다. 태준의 입맞춤에 상처가 아물고 그 자리에 딱지가 앉았다. 영영 못 볼 줄 알았다. 영영 낫지 않을 줄 알았다.

"사랑해. 사랑해, 아저씨."

미유는 발돋움을 해 그의 입술에 키스했다. 그의 두 팔이 허리를 감싸고 끌어당겼다.

따뜻했다. 이제 아프지 않았다. 행복했다.

♥

그들은 날이 완전히 밝은 후에야 극심한 허기를 느끼며 아래층으로 내려갔다. 다행히도 냉장고엔 먹을거리가 가득해서 뭘 먼저 먹을지 고민해야 할 지경이었다.

처음엔 가벼운 것으로 시작했다. 바나나, 포도, 오렌지, 일하는 아주머니가 만들어 놓고 간 닭고기 수프와 샌드위치.

손에 과즙을 잔뜩 묻힌 채로 오렌지를 먹는 그녀를 보고 태준은 웃음을 터트렸다.

"왜 웃어? 보기 흉해?"

"호텔에서 케이크 먹던 게 생각나서. 넌 평소에도 그렇게 먹는구나?"

"칫, 배고플 때만 이래. 보통 땐 얌전하게 잘 먹는다고."

태준은 낯설고 행복한 꿈에 들어와 있는 기분이었다. 새삼스레 먹는 일이 즐겁다는 걸 깨닫는다. 과일과 샌드위치를 먹어 치운 미유가 나초 한 봉지와 수제 초콜릿, 컵라면, 베이컨과 계란을 꺼내 왔다.

"정말 이걸 다 먹을 거야?"

"배고파. 다 먹을 수 있어."

미유가 나초를 씹는 동안 그는 스크램블 에그를 하고 베이컨을 구웠다. 작은 몸에 음식이 끊임없이 들어가는 게 마냥 신기했다. 미유는 뭐든 마음을 먹으면 끝을 보는 사람이다.

사랑도, 음식도 마음껏 채워야 손을 놓는다. 왠지 마음에 기갈이 심하게 든 사람 같아서 안쓰럽다.

미유는 음식을 남기지 않고 다 먹은 후에야 한숨을 쉬며 포크를 놓았다. 그리고 옆에서 구경하던 태준과 눈을 맞추고 수줍게 물었다.

"나 돼지 같지?"

"응."

"평소엔 이렇게 먹지 않아. 진짜야."

"못 믿겠는걸."

"내 허리 봐. 이모가 입이 너무 짧다고 걱정했다고."

"오늘 먹어 치운 걸 보면 도저히 그런 생각이 안 들어. 배가 아기처럼 볼록 나왔겠는걸."

그가 눈치를 살피며 의자에서 엉덩이를 떼자 미유가 꼬마처럼 비명을 지르며 도망갔다. 경쾌한 발소리와 천진난만한 웃음소리가 집 안에 퍼졌다. 음침하고 우울하게 보였던 집 안 색깔이 단숨에 화사하게 변했다. 태준이 성큼성큼 뛰어가 몸을 번쩍 들어 올리자 그녀가 소릴 질렀다.

"간지러워! 간지럽다고!"

"확인해 보자. 우리 미유 배가 얼마나 나왔나. 우와! 장난 아닌데?"

"거짓말!"

"어허, 이렇게 증거가 눈앞에 있는데."

"그건 많이 먹어서 그렇고……. 소화되면…… 꺄아…… 간지러워!"

태준은 그녀의 웃음소리에 행복했고 그늘 없이 환한 미소에 마음이 들떴다. 미유는 온몸이 흔들릴 정도로 웃더니 그의 품에서 빠져나가 2층으로 뛰어 올라갔다. 나무 계단이 삐걱대고 우다다다 복도를 뛰는 소리가 요란하게 났다. 그는 일부러 쿵쿵 발소리를 내며 계단을 올라가 가까운 방문을 열어젖히고 미유를 불렀다.

이런 건 아빠랑 했어야 하는데. 어디선가 킥킥거리며 웃고 있을 미유를 생각하니 가슴 한쪽이 아렸다.

인생에 틈새가 많은 사람. 이 손으로 그 틈을 메워 줘야지. 누구보다 화사하게 웃게 만들어 줘야지. 태준은 속으로 생각하며 한 걸음 한 걸음 천천히 걸었다.

그는 세월이 느껴지는 색 바랜 벽지, 낡은 커튼, 뿌옇게 먼지가 쌓인 유리창, 손때 묻은 가구들을 지나 미유를 찾았다. 그리고 일부러 길게 시간을 끌고 나서 피아노가 있는 방 커튼 뒤에서 그녀를 찾아냈다.

"찾았다!"

그의 외침에 미유가 까르르 웃으며 품에 뛰어들었다. 보드라운 입술이 태준의 뺨에 닿더니 순식간에 입술을 열고 안으로 밀고 들어왔다. 처음은 달콤하고 부드러운 키스였지만 차츰 농밀해졌다. 그녀의 몸이 태준의 중심을 묵직하게 누르며 유혹하듯 나른하게 움직였다. 그는 미유의 허리를 두 손으로 감싸고 고양이 같은 몸짓을 음미했다.

피아노가 있는 방에서 그들은 사랑을 나누었다. 미유의 몸이 천천히 움직이는 동안 그는 비가 그친 후에 밀려드는 햇살과 방 안의 숨소리, 눅눅한 공기를 음미했다. 미유의 몸이 당신을 믿어도 되겠냐고, 이 사랑이 쉽게 부서지지 않았으면 좋겠다고 속삭였다.

태준은 기쁘게 몸으로 화답했다.

두 사람은 이제 막 서로의 세계에 관심을 갖기 시작한 연인처럼 탐색하고, 확인하고, 교감했다. 나미유를 알아 가는 건 태준에게 가장 즐거운 일이었다. 새로 알아낸 것 하나. 미유는 생각보다 수줍음이 많았다.

낮잠에서 깨어 눈을 뜨니 그녀가 빤히 보고 있었다. 미유는 눈이 마주치자 흠칫 놀라며 고개를 돌렸는데 목과 귀가 벌겋게 변해 있었다.

"자는 동안 그렇게 보고 있었던 거야."

미유가 애꿎은 말랑이를 괴롭히며 말했다.

"응. 멋있어서 자꾸 보게 돼."

"정말? 내가 멋있어?"

쑥스러워서 눈을 마주치지 못하던 그녀가 귓가에 속삭였다.

"아저씨는 세상에서 가장 잘생겼어. 처음 보자마자 반했던 거 같아."

"술에 취해서 그런 건 아니고?"

"몰라. 말 안 해 줄 거야."

혼자만의 비밀을 간직한 것처럼 웃는 모습이 앳되고 순수했다.

'호텔에서 당돌하게 콘돔을 꺼내 보이던 너는 어디에 숨은 걸까. 너의 수줍음이 고맙다. 나도 너처럼 설렌다, 지금 이 상황이.'

새로 알게 된 사실 둘, 미유는 다른 사람의 아픔을 이해할 줄 안다. 그리고 셋, 그녀는 눈물이 아주 많다.

"아저씨가 상상한 플로라는 어떤 사람이야? 누구에게도 상처받지 않고 잘 자란 여자야? 순수하고 맑아서 나쁜 건 보지도, 듣지도 않은 그런 사람이었어?"

"아니. 나처럼 외로운 사람. 아픔이 많은 사람."

"그동안 아저씨가 날 생각하고 있었다는 걸 떠올리면 기분이 이상해. 우리가 만날 수 있어서 정말 다행이야. 엄마도 하늘에서 기뻐하시겠지?"

"어머니는 어디에 모셨어?"

"고양에 있는 납골당."

"시간 내서 보러 가자."

"정말? 정말 같이 가 줄 거야?"

생각보다 많이 좋아해서 태준은 마음이 아팠다. 그가 안아 주자 미유가 눈에 담았던 눈물을 쏟아 냈다.

"엄마가 아저씨 보면 좋아할 거야. 좋은 사람이니까."

울리고 싶지 않은데 미유는 자꾸만 운다. 태준이 아버지와 어머니에 대해 얘기할 때 그녀는 울면서 안아 주었다. 사람들의 동정이 끔찍이도 싫었는데 미유의 눈물은 긴 가뭄에 내리는 단비 같았다.

"아저씨, 사람은 약해. 특히 상처받았을 땐 부모라고 해도 약해질 수밖에 없어. 원망하지 말고 이해해 줘. 나는 엄마를 그렇게 용서했어."

소녀 같았던 얼굴이 어느 순간 어른스러운 모습으로 변해 위로를 건넸다. 많이 아파 봤기 때문일까. 미유는 상대방의 아픔을 진정으로 이해하며 슬퍼해 준다. 태준은 어깨에 짊어지고 있던 무거운 짐을 절반쯤 내려놓은 것만 같았다.

나미유는 놀라운 것으로 가득 찬 사람이지만 눈 속에 녹아 있는 슬픔이 마음에 걸린다. 그녀의 밝은 미소 너머엔 태준이 다가갈 수 없는 그늘이 있었다. 속 깊은 얘기를 많이 나누었지만 종종 벽을 맞닥뜨린 느낌이 들었다. 좀 더 믿음이 생기면 남은 벽을 허물고 얘길 해 줄까.

태준이 이 집에 온 지 3일이 지나도록 그들은 밖으로 한 발자국도 나가지 않고 안에서만 지냈다. 미유에겐 가족이 없었다. 유일한 혈육인 이모는 몇 개월 전 세상을 떠났고 일하는 아주머니는 아이가 아파 시골에 내려갔다고 했다.

이 큰 집에서 혼자 지내다니. 그래서 집을 팔고 이사 가려고 했던 걸까. 집에 대해서 얘기하려고 하면 미유는 자꾸 말을 돌리며 얘기하길 꺼렸다. 그래서 더는 묻지 않았지만 내내 신경이 쓰였다.

태준은 그녀가 곤히 잠든 걸 보고 조심스럽게 침실을 나와 아래층으로 내려왔다. 바람을 쐬려고 정원에 가다가 응접실 벽에 걸린 미유의 엄마와 이모의 사진을 보았다. 한때 유명한 배우였던 나화진, 나수진 자매.

어릴 때 두 사람의 영화를 본 적이 있다. 미유는 엄마를 무척이나 많이 닮았다. 특히 눈과 입술이. 태준은 복도에 걸린 사진을 따라가다 독특한 문양이 그려진 문을 만났다. 인도 여자들이 몸에 그리는 헤나 문양이다. 그러고 보니 들어가 보지 못한 방이었다. 구석진 곳에 있어서 발견하기 힘들었고, 미유가 아래층 방에 들어가는 걸 싫어했다.

잠깐 보는 건 괜찮겠지? 호기심에 문을 여니 뜻밖에 광경이 보였다.

온통 붉은색으로 가득한 방. 벽지, 커튼, 침대 시트, 카펫까지 모조리 붉은색이어서 괴이한 느낌을 주었다. 태준은 잠시 망설이다가 안으로 한 발작 걸어 들어갔다. 두툼한 커튼이 창을 가려 주위가 어두웠다. 벽에 있는 스위치를 찾아 누르자 구석에 있던 원뿔 모양의 스탠드에 불이 들어왔다. 붉은 방에 조명까지 붉은색이라니. 차라리 열어 놓은 문을 통해 들어오는 자연광이 나을 것 같아서 태준은 조명을 꺼 버렸다.

홀을 연상케 하는 넓은 방엔 다른 가구 없이 침대 하나만 덩그러니 놓여 있었다. 네 개의 기둥에 묵직한 재질의 휘장이 쳐진 침대는 그가 본 것 중에 가장 높고 넓었다. 킹사이즈 침대를 네 개 합쳐 놓은 크기에 매트리스를 세 개쯤 겹쳐 놓아서 잠을 자기 위한 목적이 아니라 공연이 벌어지는 무대 같았다.

태준은 침대 주위를 서성이다 휘장이 쳐진 벽으로 걸어갔다. 붉은 휘장을 젖히자 투명 장식장과 투박한 모양에 윤이 반질반질한 나무 의자 몇 개가 보였다.

역시 이곳은 공연 무대였을까. 이모가 배우였으니까 엉뚱한 상상이 아닐지도 모른다.

의자에서 투명 장식장으로 시선이 간 순간 태준은 자신의 눈을 의심했다. 수십 개의 자위 기구, 채찍, 가죽 벨트, 수갑, 포르노 비디오테이프, 기괴하게 생겨서 고문 도구처럼 보이는 정체불명의 도구들.

그는 누가 지켜보는 것도 아닌데 얼굴을 붉히며 뒤돌아섰다. 서둘러 휘장을 치고 방을 나서는데 섬뜩한 느낌이 들었다.

'저 침대, 의자, 장식장 안에 든 것들은 다 뭐지? 미유의 이모가 남기고 간 것인가. 저런 물건이 존재하는 걸 미유도 알고 있을까? 나화진이란 사람, 좋은 사람이 아니었던 것 같다. 저런 방을 만들어 놓고 사내를 끌어들였을까. 설마 집에 어린 여자애가 있는데 그런 짓은 안 했겠지?'

개인적인 취향 문제라고 생각하려고 해도 꺼림칙한 느낌이 사라지지 않았다. 그동안 본 미유의 모습과 행동이 생각나면서 의문에 의문이 쌓였다.

'네가 우울하고 쓸쓸해 보인 것과 저 방이 연관이 있을까. 보통은 그런 식으로 남자와 호텔에 오지 않아. 무엇 때문에 쫓

기듯 급하게 자기를 던졌을까? 왜 그렇게 절박하고 슬퍼 보였을까.'

누구나 아픈 상처를 가지고 있지만 미유가 가진 상처는 그가 상상할 수 없는 범주에 있었다. 미유의 상처가 붉은 방과 연관이 있다면 이모라는 사람을 진심으로 증오할 것이다.

태준이 2층 침실에 올라왔을 때 그녀는 무서운 꿈을 꾸는지 알아들을 수 없는 잠꼬대를 했다. 문득 호텔에서 울던 모습이 떠올라서 태준은 입술을 깨물었다. 미유의 그늘은 너무나도 어둡고 깊었다.

"미유야, 괜찮아."

태준이 눈물 닦아 주며 머리를 쓸어 넘기자 그녀가 눈을 떴다. 공포에서 안도로 바뀌는 표정을 보니 마음이 아팠다. 미유는 악몽을 잊으려는 듯 그의 품속으로 파고들었다. 태준이 해 줄 수 있는 건 따뜻한 포옹과 긴 키스뿐이었다.

'언젠가는 얘기해 주겠지. 네가 얼마나 외롭고 상처받았는지, 무엇이 너를 이렇게 절실하게 만들었는지.'

미유가 몹시 서두르며 그의 옷을 벗겼다. 지금 필요한 건 위로인데 미유는 사랑을 나누려고 한다. 태준은 그녀가 이끄는 대로 옷을 벗고 침대 시트 안으로 들어갔다.

지금 그들이 하는 건 섹스가 아니다. 슬픔을 몰아내려는 의식이었다. 태준은 그녀의 슬픔에 가슴이 답답했다. 그는 이제 시작인데 미유는 마지막을 준비하는 사람 같았다.

'미유야, 네가 굶주린 사람처럼 매달릴 때마다 겁이 나. 이게

마지막인 것 같아서, 다신 볼 수 없을 것 같아서.'

미유가 씻으려고 욕실에 들어갔을 때 태준은 〈플로라〉 그림 앞에 앉아 있었다. 볼 때마다 새로운 느낌을 주는 그림이었다. 어느 때는 외로움이나 희망을 보기도 하고, 간절한 욕망을 보기도 한다. 처음엔 모델만 집중해서 봤는데 이제는 그림을 그린 이의 마음에 눈이 갔다.

할머니는 그림을 통해 무얼 말하고 싶었던 걸까. 손을 대면 금방이라도 부서질 듯한 메마른 벽, 위태로운 벽에 기댄 한 여자. 전체적으로 창백한 색감이 미유의 생명력 가득한 눈빛과 대비된다. 할머니는 미유에게서 슬픔과 고독, 삶의 생기를 보았다. 자신의 화풍보다 미유에게 집중해서 담백하고도 쓸쓸하게 그려 냈다.

미유에겐 사람의 마음을 움직이는 뭔가가 있다. 보고 있으면 삶을 꽉 붙잡고 싶어진다. 전시된 마네킹처럼 살던 태준의 마음을 움직인 원인도 그것이었다.

할머니도 그랬을까. 사람들이 이상적이고 애틋하게 보았던 삶이 사실은 몹시 외롭고 슬펐다 말하고 싶었던 걸까.

고개를 숙이고 생각에 잠긴 태준은 그림 하단, 액자 바로 위에 작게 쓴 문장을 발견했다. 그림을 완성하고 할머니가 써넣은 모양이다. 처음엔 할머니의 사인인 줄 알았는데, 가까이 보니 전에 본 적이 있는 글귀였다.

"아저씨, 거기에 뭐라고 쓰인 거예요? 단어가 잘 안 보여."

그가 말없이 글귀를 들여다보는 동안 미유가 와서 물었다.

할머니의 영문체는 워낙 흘려 써서 보통 사람은 알아보지 못하지만, 태준의 눈에는 한 자 한 자가 조각칼로 새겨 넣은 것처럼 분명하게 보였다.

짧은 문장이 그동안의 의문을 해결해 주었다. 이건 할머니 본인과 미유, 그리고 자신에게 전하는 메시지였다.

"응? 무슨 말이에요?"

미유가 비누 향을 풍기며 다가왔다. 문장의 무게가 너무나도 무거워 태준은 쉽게 말이 나오지 않았다.

그에게 허순정은 핏줄을 떠나 완벽한 예술가고 존경할 만한 인간이었다. 부유한 집의 외동딸로 태어나 명문가 남자와 약혼을 앞둔 할머니는 유학 때 만난 남자와 사랑에 빠져 아이를 가졌다. 집안의 반대는 당연했고, 무일푼으로 쫓겨난 할머니는 여인숙에서 어머니를 낳았다. 가난했지만 행복한 시절이었다고 했다. 아이가 태어난 지 2개월 만에 할아버지가 사고로 돌아가시고, 할머니는 평생 남편을 향한 사랑을 간직하다가 돌아가셨다. 먼저 간 사람을 향한 지고지순한 사랑, 예술을 향한 열정, 주위 사람들을 대하는 배려와 따뜻함.

갑자기 얻은 병으로 돌아가시는 그날에도 우는 사람들에게 먼저 가서 기다릴 테니 즐겁게 놀다가 오라고 하신 분. 하지만 그분은 외로우셨던 거다. 아직 못 이룬 꿈이 있고 사람이 그리웠던 거다.

플로라는 미유인 동시에 할머니이기도 했다. 그녀는 자기 삶을 향한 슬픔과 갈망을 그림 속에 담아내며 마지막에 문장을 남겼다.

태준은 잠긴 목을 가다듬고 말했다.

"이 말은 라틴어야."

그가 말을 잇지 못하자 미유가 눈썹을 올리며 코끝을 살짝 들었다. 완벽해 보이는 삶도 안을 들여다보면 상처투성이다. 어떤 이는 그 균열을 보이지 않으려고 더께더께 회칠을 하고, 어떤 이는 망치로 부수며 절망하고, 또 어떤 이는 아무것도 모르는 척, 아무 일도 없는 척 외면하며 살아간다.

행복해 보이셨던 할머니도 자신의 삶을 향한 회한 속에 마음 아파 하셨다. 왜 더 잘 살지 못했을까. 다른 선택을 했다면 지금보다 나아졌을까. 피어나는 젊음을 그림에 담으며 할머니는 자신에게 말했다.

아모르 파티. 운명을 사랑하라.

결국 그분은 자신의 삶을 사랑하는 것으로 슬픔과 절망을 이겨 냈다. 참을 수 없이 고통스럽고 삶이 미워질 때 〈플로라〉를 그리며 위안을 얻었다.

할머니의 마음이 고스란히 태준에게 들어와 공명했다.

'할머니가 왜 이 그림을 그렸는지, 내게 어떤 말을 해 주고 싶었는지 알겠어요. 나도 이제 내 삶을 받아들일 준비가 됐어요. 이젠 상처가 아프지 않아요. 내 운명을 사랑하겠어요.'

미유가 그의 무릎을 베고 누워 가만히 중얼거렸다.

"아모르 파티. 운명을 사랑하라."

미유에게도 할머니의 마음이 전해졌을까.

미유가 자신의 삶을 사랑했으면 좋겠다. 자신을 아껴 주고 행복한 것을 두려워하지 않았으면 좋겠다.

그들은 각자 생각에 잠겨 그림을 보았다.

♥

멈춰 있던 삶의 맥박이 다시 뛰기 시작하고, 미유는 두 팔을 벌려 자신에게 일어난 기적을 끌어안았다.

제일 먼저 목소리가 변했다. 그동안 한 번도 들어 보지 못한 목소리로 웃고, 떠들고, 어리광을 부렸다. 나미유는 어느새 낯선 이에게 미소가 후한 사람이 되었다. 이렇게 행복해도 되는 걸까, 문득 겁이 나서 어깨를 움츠리지만 이내 다시 편다. 옆에 태준이 있다. 미유는 오직 이것만을 생각하며 걱정과 두려움을 떨쳐 냈다.

"며칠 동안 치우지 않아서 지저분하지?"

태준이 바닥에 굴러다니는 술병을 치우며 어색하게 웃었다. 집에 오면서 걱정을 많이 하기에 돼지우리인 줄 알았는데 평소 정리 정돈을 잘하는지 깨끗한 편이었다.

그가 술병과 흩어진 옷가지를 치우는 동안 미유는 오피스텔을 구경했다.

예술가라 그런지 집 곳곳에 작품과 사진이 많았다. 독특한 분위기의 그림 몇 점, 자신의 작품을 배경으로 찍은 사진들, 미술 관련 책들로 가득한 책장, 책상 위에 붙여 놓은 스케치,

달력에 깨알같이 써 놓은 메모. 하나같이 신기한 것들뿐이었다.

"일하는 아주머니 없이 이 정도면 성격이 깔끔한가 봐."

"치울 거리가 있으면 그때그때 치우려고 노력하지."

미유는 머릿속에 자신이 본 것을 차곡차곡 담고 덧붙였다. 기태준은 부지런하고 깔끔한 사람.

"냉장고에 먹을 게 없어서 홍차 끓였어. 얼 그레이 좋아해?"

"좋아. 고마워."

소파에 앉아 그가 건넨 홍차를 마시는데 테이블 밑에 위스키 병이 보였다.

"이게 다 아저씨가 마신 거야? 내가 본 것만도 여섯 병이야."

"할 게 없었어, 술 마시는 것 말고는."

그들은 잠시 괴로운 표정으로 서로 보았다.

"이제 술 마시지 마. 얼굴이 까칠해."

"그래, 그럴게."

태준이 소년처럼 맑게 웃었다. 그렇게 웃을 때마다 마음이 무거워진다는 걸 그는 알까? 미유는 쓸쓸한 표정을 감추고 명랑하게 말했다.

"나 배고파. 우리 뭐 먹을까?"

"뭐 먹고 싶은데?"

"아저씨가 해 주는 음식."

"음, 내가 할 줄 아는 게 몇 개 없는데. 오므라이스 좋아하니?"

"응. 좋아."

"그럼 장 봐 가지고 올게. 쉬고 있어."

"나도 갈래."

"그럴래?"

태준과 장을 보러 간다. 미유는 상상만 해도 흥분돼서 발가락이 간질거렸다. 기대에 차서 현관문을 나서는데 복도를 걸으며 그가 오른손을 내밀었다. 그녀가 가만히 보고 있으니 태준이 쑥스러운 미소를 지으며 말했다.

"손잡고 가자."

손을 내미니 그가 꼭 움켜쥐었다. 그들은 한시도 서로의 손을 놓지 않았다. 손을 잡고 있으면 얼굴을 보지 않아도 마음이 느껴졌다. 이따금 손을 꽉 쥐면 이 사람이 지금 내 생각을 하는구나 느끼고, 갑자기 몸 쪽으로 끌어당기면 얼굴을 봐 달라는 신호고, 깍지를 끼면 즐겁다는 뜻이었다.

미유는 그의 몸짓, 표정을 통해 자신을 향한 마음을 알아 갔다. 그녀에겐 하나하나 소중한 의미였다.

두 사람은 장 봐 온 것과 아이스크림콘 하나를 들고 집으로 걸었다. 태준은 양손이 자유롭지 못해 그녀가 내미는 아이스크림을 베어 먹었다. 미유가 한 입 먹고 내밀자 그가 허리를 숙였다. 장난치려고 아이스크림콘을 밑으로 내리니 덩달아 고개를 숙이던 태준이 웃음을 터트렸다.

"자꾸 장난치면 다 먹어 버린다?"

둘은 아이들처럼 키득거렸고, 지나는 사람들이 한 번씩 보며 지나갔다.

'만약 내 인생이 원하는 대로 되지 않으면 이 장면을 떠올리며 그리워하겠지?'

미유는 밀려오는 어두운 그늘을 떨쳐 내며 그의 손을 꼭 잡았다.

'그런 일은 일어나지 않아. 다 잘될 거야.'

그가 말없이 웃으며 미유와 눈을 맞췄다. 대답하지 않아도 눈빛에서 마음이 읽혔다.

'네가 좋아.'

'나도 아저씨가 좋아.'

해가 짧아져 땅거미가 일찍 내려왔다. 아직 퇴근 시간이 되지 않아 거리는 한산했다. 설렁탕집에서 구수한 음식 냄새가 흘러나오고 고깃집 앞에선 중년 남자가 숯불을 피우며 들어오는 손님을 큰 목소리로 맞았다. '태권도는 운동이 아니라 예절입니다.'라는 문장을 붙인 승합차에서 아이들 대여섯 명이 우르르 뛰어나와 건물 안으로 들어갔다. 편의점 앞에선 여고생들이, 그 옆 미용실에선 아주머니들이 모여 수다를 떨었다.

미유는 전혀 특별하지 않은 풍경을 무척이나 특별하게 보며 걸었다. 할머니가 말했던 행복한 순간이, 살아 있기를 잘했다는 느낌이 이런 것이구나 하고 미유는 새삼 깨달았다.

오므라이스를 먹고, 차를 마시고, 태준이 좋아하는 음악을 듣고 나니 9시가 넘었다. 시계를 보는 횟수가 늘은 대신 말수가 줄어들었다.

미유가 자꾸 시계를 흘끔거리자 그가 물었다.

"이제 슬슬 가 볼까? 집에 데려다 줄게."

미유는 마음을 졸이며 말했다.

"나 여기서 자고 가면 안 돼? 방해돼요?"

태준이 자상하게 웃으며 머리를 쓰다듬었다.

"그럴 리가. 보내기 싫은 걸 간신히 참고 말한 거야."

기쁘다. 집에 가지 않아도 돼서. 한때는 전부인 곳이었는데 이젠 그 집으로 돌아가는 게 두려웠다.

"그럼 이 집에서 자고 갈래. 신 난다!"

미유는 두 팔을 치켜올리고 그의 품으로 뛰어들었다. 태준이 소리 내어 웃으며 볼을 살짝 꼬집었다. 그가 여자로 대해 줄 때도 좋지만, 여동생처럼 머리를 쓰다듬고 볼을 꼬집을 때도 좋았다. 기억해 뒀다가 우울해질 때면 해 달라고 해야지 생각하다 또다시 움찔하고 마음에 브레이크가 걸렸다.

생각하지 않으려고 해도 자꾸만 걱정이 된다. 죄책감과는 다른 불안감이다.

미유는 일부러 밝은 얼굴로 책장에서 도록을 꺼내 그의 작품을 구경했다. 뉴욕과 런던 전시회에 전시한 작품을 보는 내내 감탄이 나왔다. 그의 세계는 나미유와 비교도 할 수 없을 만큼 넓고 놀라운 것들로 가득했다.

'아저씨는 계속 꿈꾸고 있었구나. 나는 멈춰 있었는데.'

미유는 그가 본 세상, 만난 사람들, 이뤄 낸 것들이 부러웠다. 그가 훌륭한 책으로 가득 찬 서재라면 자신은 먼지만 쌓인 빈방이었다. 그녀는 텅 비어 있는 자신의 방이 부끄러웠다. 자신이 가진 것 없는 빈껍데기라는 걸 태준이 알까 봐 불안했다.

"왜 그렇게 시무룩하게 있어?"

태준이 어깨를 감싸 안으며 부드럽게 말했다.

"나 사실…… 고등학교도 제대로 못 나왔어. 아저씨처럼 훌륭한 사람이 아니라서 실망했지?"

부끄러워 어색하게 웃는데 그가 손가락으로 볼을 톡톡톡 두드리며 말했다.

"왜 자꾸 그런 식으로 말해? 공부란 건 결국 자기가 원하는 걸 찾기 위한 과정인 거야. 대학 나오고 유학을 가도 그걸 모르는 사람이 많아. 내가 생각할 때 훌륭한 사람은 자기가 원하는 게 뭔지 알고 그것에 집중하는 사람이야. 그러니까 많이 배우지 못했다고 위축되지 마."

"난 뭘 해야 하는지…… 잘 모르겠어."

"지금 네 나이가 그걸 고민할 때야. 당연한 거야. 불안해하지 마."

"그래도……."

"난 지금의 네가 좋아. 한 번도 실망한 적 없어. 그러니까 어깨 펴고 웃어."

"만약 실망하면? 나 미워할 거야?"

그가 진지한 눈빛으로 보았다. 장난으로 가볍게 해 본 말인데 침묵이 길었다.

"왜 그랬는지 이해해 보려고 하겠지. 그리고 이해할 거야."

태준의 깊은 눈빛이 그녀의 마음을 건드렸다. 어떤 말을 해도 다 용서받을 것만 같았다.

'지금이 모든 걸 말할 때야. 고백해, 나미유. 미안하다고. 속이려고 한 건 아니라고. 시간을 주면 누군가의 약혼녀가 아니라 당신만을 좋아하는 여자가 되겠다고. 그러니까…… 그러니까 날 사랑해 달라고.'

하지만 두려움이 목까지 차올라 말이 나오지 않았다. 겁이 난다. 태준이 이해하지 못할까 봐. 자신을 포기할까 봐.

두려움이 쌓이고 쌓이면 그를 안고 싶다. 태준의 따뜻한 품속에 숨으면 엄마, 이모, 박 사장이 쫓아오지 않는다. 사랑의 허무함, 인간의 나약함, 어두운 과거 따위는 희미하게 지워지고 그저 한 남자를 사랑하고, 그에게 사랑받는 스물두 살 나미유가 된다.

이 불안한 행복이 언제까지 계속될까. 미유는 금방이라도 박 사장이 들이닥쳐서 끌고 갈 것 같아 두려웠다.

미유는 결국 아무런 말을 못한 채 배시시 웃으며 화제를 돌렸다. 태준과 웃고 떠들지만 머릿속엔 박 사장의 냉담한 표정이 줄곧 생각났다. 영국 출장에서 돌아온 그를 전처럼 대할 수 있을까.

자신이 변한 것이 느껴진다. 억지웃음이나 연기하는 표정이 아니라 진심으로 즐거워하고 마음에서 우러나오는 표정을 짓는다. 머릿속 생각과 말이 늘 반대되는 삶을 살았는데 이젠 진짜 감정을 말하고 원하는 게 뭔지 생각한다.

가두는 우리로 돌아갔을 때 전처럼 행동할 수 있을까. 박 사장은 알아챌 것이다. 그 날카롭고 온기 없는 눈으로 속속들이 꿰뚫어 보며 작은 변화마저 다 잡아낼 것이다.

모든 걸 알게 됐을 때 박 사장은 어떻게 나올까. 죽이려고 들까. 아니, 그렇게 감정적인 사람이 아니니 무심한 표정으로 천천히 말려 죽이려고 들지도 모르겠다.

'난 알아. 절대로 그냥 놔주지 않을 거야.'

최악의 경우를 상상해 보지만 속을 알 수 없는 박기영의 머릿속을 들여다보는 것은 좀처럼 어려웠다. 어떻게 해야 그 사람의 손아귀에서 벗어날 수 있을까. 어떻게 해야 태준이 모르게 정리할 수 있을까.

미유는 생각이 많아 쉽게 잘 수 없었다. 마음이 심란해서 뒤척이다가 까무룩 잠이 들었는데 침실 문을 여는 소리에 정신을 차렸다. 그녀는 놀라서 비명도 지르지 못하고 시트 속에 숨었다. 처음엔 박 사장이 잡으러 온 줄 알았다. 그녀가 공포에 질려 떠는 동안 태준이 스탠드를 켰다.

"야! 기태준! 너 뭐야!"

침대 끄트머리에서 웬 남자가 그들을 노려보고 있었다. 큰 키에 짧은 머리, 스터드가 잔뜩 박힌 가죽 재킷, 엄청난 분노를 담아 쏘아보는 사나운 눈빛이 차례차례 눈에 들어왔다.

이 사람은 대체 누구지? 미유는 뜨악한 시선으로 남자를 보았다.

"살아 있으면서 전화는 왜 안 받아? 며칠 동안 얼마나 찾아다녔는지 알아? 경찰에 실종 신고까지 했다고. 그런데 너는……. 도대체…… 얘는 뭐야?"

그는 애인의 불륜 현장을 잡은 듯한 표정을 지으며 미유를 노려봤다. 무섭게 뜬 눈빛에 경악과 분노가 화산처럼 폭발하는 것이 똑똑히 보였다.

"아, 핸드폰이 꺼졌지. 충전하는 걸 잊었어. 미안해."

"핸드폰이 꺼졌어? 미안해? 내가 너한테는 욕 안 하는 거 알지? 그런데 오늘은 해야겠다. 개자식! 망할 자식! 죽일 놈! 뭐이 새끼야? 사람 돌아 버리게 만들어 놓고 미안해?"

그가 태준에게 달려들어 주먹으로 얼굴을 갈겼다. 놀란 미유는 비명을 지르며 남자를 뜯어내고 머리끄덩이를 잡고 흔들었다.

"야! 사람을 왜 때려? 네가 뭔데 때려?"

"넌 뭐야? 너 몇 살이야? 이런 어린애랑 노느라 나 같은 건잊었니? 나쁜 자식아! 이건 아니잖아! 대체 뭐가 문제야?"

머리가 짧아서 잘 잡히지도 않았다. 미유는 급한 마음에 남자의 팔을 물어뜯었다. 짐승 같은 비명을 지르며 떨어져 나간 그가 방바닥을 데굴데굴 굴렀다.

"아저씨 괜찮아? 다쳤어?"

태준이 미친 사람처럼 웃다가 바닥에 쓰러진 남자에게 물었다.

"괜찮아?"

"안 괜찮아. 살점이 다 뜯겨서 뼈가 보일 지경이야. 제길, 더럽게 아프네."

"팔 내밀어 봐. 괜찮네. 엄살은."

"이게 괜찮아? 잇자국이 이렇게 선명한데?"

"그러게 왜 사람을 놀라게 해. 미유야, 많이 놀랐지? 얘가 내가 말한 장선우야."

아, 유치원 때부터 늘 붙어 다녔다는 단짝 친구. 그녀는 그를 흘겨보다 태준의 얼굴을 만져 보았다.

"어디 맞았어? 아파?"

"안 맞았어. 시늉만 한 거야."

"야, 꼬마! 내가 너처럼 폭력적인지 알아? 너보다 내가 얘를 더 아껴. 금이야 옥이야 떠받들면서 키웠다고. 어디서 친한 척이야?"

생긴 건 남자답게 생겼는데 하는 짓거리나 말투가 유치했다.

"나는 꼬마가 아니라 나미유야."

그는 미유가 보이지 않는 것처럼 태준만 보며 말했다.

"네 걱정 많이 했어. 그동안 어디에 있었던 거야? 팔은 괜찮아? 몸은? 아픈 데 없어?"

"괜찮아. 걱정시켜서 미안해. 정신이 없어서 아무 생각도 안 났어."

"어떻게 된 줄 알았단 말이야. 태오가 찾는데 걱정할까 봐 일이 생겨서 부산에 갔다고 했어."

"태오가 왜? 무슨 일 있어?"

"세연이가 어젯밤에 딸 낳았어. 병원에 들어간 지 30분 만에 나왔대. 우리 주방 요정이 보기보다 힘 좋더라."

"그래? 걱정했는데 순산해서 다행이다. 다니던 병원이지? 아침에 가 봐야겠다."

미유는 남자들의 대화에 질투가 났다. 자신도 태준의 삶에 섞이고 싶었다. 연락이 안 된다고 걱정하고, 안부를 묻고, 친한 사람만 아는 얘기를 하고 싶었다.

"근데, 이 꼬마는 뭐야?"

"내가 사랑하는 사람."

그의 말에 장선우와 미유가 동시에 놀란 표정을 지었다. 미유를 향해 용암과 화산재를 펑펑 쏟아 내던 장선우의 눈빛이 순식간에 싸늘하게 식었다. 몇 초 전만 해도 불륜 현장을 잡은 조강지처럼 굴더니 이젠 맹수가 되어 으르렁거렸다.

"이 꼬마 때문이었군. 그 난리를 친 게."

"미안해. 걱정하게 해서."

"나 참…… 할 말이 없다."

장선우는 얼굴을 찌푸린 채 그녀를 보았다. 싫기는 어지간히 싫은 모양이다.

'나도 당신이 싫어. 양아치 같으니!'

미유는 그를 있는 힘껏 흘겨보았다.

"나쁜 자식. 사람 여러 번 놀라게 하네. 나중에 육하원칙에 따라 하나도 빼놓지 않고 설명해. 이번 일로 두고두고 괴롭힐 테니까 각오하고. 밤이 늦었으니까 이만 간다. 핸드폰 충전해서 켜 둬. 또 안 받으면 쫓아온다."

그는 벌떡 일어나더니 미유를 노려보며 말했다.

"꼬마! 네가 입은 티셔츠, 내가 우리 쭌이에게 선물해 준 거야. 기분 나쁘니까 당장 벗고 딴거 입어."

갑자기 들이닥쳐서 사람 혼을 쏙 빼놓은 사내는 그렇게 밉살맞은 말을 늘어놓고 사라졌다.

미유는 다정하고 점잖은 사람에게 저런 양아치 친구가 있다는 게 놀라웠다. 액션 영화에서 폼을 잔뜩 잡던 배우랑 닮았는데, 이름이 뭐였더라.

미유는 이름을 생각해 내려다 포기하고 툴툴거렸다.

"저 남자 이상해."

태준은 사람 좋게 웃을 뿐이었다.

"독특한 구석이 있긴 하지만 착하고 좋은 애야."

"내가 어딜 봐서 꼬마야. 보통 키인데."

"귀여워서 그래."

"저 사람 게이야? 아저씨 좋아해?"

태준이 소리 내어 웃었다.

"그런 얘기 많이 들었어. 우리가 워낙 친해서 그래."

그는 웃지만 미유는 마음이 영 편치가 않았다. 경계해야 할 라이벌을 만난 기분이랄까.

"선우는 가족이나 마찬가지야. 제집보다 우리 할머니 집에서 더 많이 잤을걸. 부모처럼 굴 때도 있고, 동생처럼 어리광도 부리고, 여자 친구처럼 잔소리도 해. 평생을 그렇게 서로 챙겨 주면서 살았어. 두 사람 성격이 강해서 쉽게 친해지지 못

할 거 같긴 하지만 나를 생각해서 좋아해 줄래?"

"나 강한 성격 아니야."

미유가 입을 뾰로통하게 내밀자 그가 웃었다.

"좋아해 줘. 그러면 내가 정말 기쁠 거 같아."

이렇게 사랑스러운 얼굴로 부탁하면 절대로 거절 못 하지. 미유는 심통 난 표정을 풀고 그의 목을 끌어안았다.

"노력할게. 내가 또 좋아해야 할 사람은 누구야?"

"내가 사랑하는 가족. 태오, 세연이, 요미. 아참, 태오에게 전화해야 하는데. 연락 안 받았다고 화나 있을 거야. 우리 아침 일찍 아기 보러 가자. 어떤 녀석이 세상에 나왔을까 궁금하다."

따뜻한 사람. 다정한 사람. 그가 웃는 얼굴로 가족 얘길 할 때면 자신의 인생을 사랑하는 것 같아서 가슴이 뭉클해진다.

'이 사람 옆에 좋은 사람들이 있어서 다행이야. 나도 태준에게 좋은 사람이고 싶어.'

그를 만나기 전까지 미유는 깊은 우물 속에 혼자 갇혀 있는 것만 같았다. 볼 수 있는 건 우물 안 공간만큼 작은 하늘. 우물을 나오니 넓은 세상이 보인다. 그동안 몰랐던 세계와 사람들.

– 전에는 낯선 것이 두려웠는데 이제 변했다. 태준을 더 많이 알고 싶고, 그의 소중한 일부가 되고 싶다.

'태준과 함께 있고 싶어. 제대로 된 인생을 살고 싶어.'

미유는 자신에게 물었다. 이 사람을, 이 사랑을 지킬 준비가 되었냐고. 그녀는 빠르게 뛰는 심장 박동을 음미하며 대답했다.

'할 수 있어. 할 거야.'

사랑이 쉽게 부서진다는 걸 눈으로 확인하며 자랐다.

'숨 쉬는 건 모두 배신하게 되어 있어. 세상에서 유일하게 배신 안 하는 게 뭔지 아니? 내 손에 쥔 돈이야.'

이모가 살면서 내린 정답은 참 서글픈 것이었다. 엄마도 비슷한 답을 내리고 죽었다. 미유는 이모와 엄마가 인생에서 찾지 못한 답을 찾고 싶었다.

배신하지 않는 사랑. 행복한 삶.

그런 건 없다고 비웃어도 찾는 걸 포기하지 않겠다. 사랑이 약하고 변한다고 해도 태준만큼은 그렇지 않다고 믿는다.

'이런 사랑은 인생에 한 번뿐이야. 이 사랑을 지키려면 많은 용기가 필요해.'

사람이 강해지고 독해지는 이유엔 여러 가지가 있다. 그중 하나는 갖고 싶은 욕망이고, 다른 하나는 잃고 싶지 않은 두려움이다. 지금 그녀는 두 마음을 다 가지고 있었다.

박 사장이 준 어떤 물질적인 것보다 태준이 주는 진심이 소중했다. 함께 아이스크림을 나눠 먹으며 거리를 걷고, 나란히 서서 설거지를 하고, 금방 양치질한 입으로 가벼운 키스를 나누는 순간이 너무나도 소중해서 이걸 잃는다고 생각하면 정신이 아득해진다. 이 사랑을 절대로 뺏기지 않겠다.

미유는 머릿속으로 달력을 떠올리며 앞으로 해야 할 것들을 생각했다.

곧 박 사장이 영국 출장에서 돌아온다. 출장 기간 동안 살 집이나 결혼식을 올릴 교회를 알아봤을 것이다. 다가오는 결혼식이 사형 집행일처럼 느껴진다. 박 사장에게서 벗어나기 위해 제일 먼저 해야 할 건 채무 정리다. 우리나라에서 매매혼은 금지기 때문에 전에 쓴 각서는 효력이 없다. 그걸 알면서도 박 사장이 각서를 쓰게 한 이유는 순진한 어린애 협박용일 것이다. 박 사장이 나미유를 옭죄는 수단은 나화진이 사업에 실패하면서 진 빚이 전부다. 빚만 없앨 수 있다면 자유다.

자유라는 단어가 미유의 마음에 기둥을 세워 주었다. 두려워 갈팡질팡하던 마음이 어느새 굳건해졌다.

'지금까진 다른 사람 손에 끌려다니기만 했어. 이젠 내 힘으로 해낼 거야.'

상황은 변한 것이 없고, 나미유는 몸뚱이가 전부인 어린 여자지만 모든 게 잘될 것만 같은 기분이 들었다.

'내가 변했잖아. 그렇다면 다른 것도 얼마든지 변할 수 있어. 용기를 내.'

결심이 확고해지자 마음이 편해졌다. 미유는 여전히 박 사장이 두려웠지만 전만큼은 아니었다.

금방이라도 깨질 것 같은 살얼음 위를 걷고 있다.
발밑 얼음에 금이 가는데 걷는 걸 멈출 수 없다.
살려면 쉬지 않고 걸어야 한다.

내가 싸워야 하는 이유

빌딩 로비에 들어선 미유는 한쪽 벽에 줄지어 있는 사무실 팻말을 응시했다. 사무실이 너무 많아 선뜻 한 곳을 고를 수 없었다. 그녀는 망설이다가 여자 이름이라는 이유만으로 송은 정 법률 사무소로 마음을 정했다. 몇 층인지 확인하고 엘리베이터에 타니 긴장돼 입에 침이 말랐다. 사무실을 찾아 들어가니 책상에 앉아 있던 여직원이 미유를 보고 고개를 들었다.

"무슨 일로 오셨어요?"

"개인 파산 상담하려고 왔는데요."

주위에 있던 사람들이 그녀를 돌아보았다. 미유는 허리를 꼿꼿이 펴고 여직원이 안내해 주는 소파에 앉았다. 나이 지긋한 중년 남자가 노트와 펜을 가지고 맞은편에 앉았다.

"차는 뭐로 드릴까요?"

"녹차 주세요."

여직원이 녹차를 가져올 동안 미유의 얼굴을 꼼꼼히 살피던 남자가 물었다.

"개인 파산 신청은 본인이 하시는 거죠?"

"네."

"빚 금액이?"

"30억입니다. 현재 제 수입은 없어요."

"부모님께 상속받으신 겁니까? 그 정도 금액의 빚이면 상속 포기나 한정 승인을 하셨어도 됐는데."

"제 이름으로 사업을 하셨는데 부도가 났어요. 재판하고 면책 받으면 빚이 없어지는 거 맞죠? 안 갚아도 되는 거죠?"

미유는 이모가 자신의 인감을 만들어 사업에 손댔다가 망한걸 나중에야 알았다. 사업 파트너는 박 사장 외에 두 명이 더 있었다. 이혼으로 재테크를 해 온 이모가 식품 공장을 운영한 순간부터 이미 결말이 난 건지도 모른다. 이모는 귀가 얇았고 지독히도 사업에 무지했다. 천문학적인 빚이 미유의 앞에 떨어지고 설상가상으로 이모는 암에 걸렸다.

사는 집마저 날아갈 처지가 되고 가난이 턱밑까지 오자 나화진은 공포에 질렸다. 집에 들락거리던 남자들은 자취를 감췄고 찾아가도 만나 주지 않았다.

화려한 생활은 모두 끝났다. 배우로 데뷔하기 전 그 끔찍한 쪽방촌으로 돌아가야 한다. 나화진은 매일 밤 미친 사람처럼 비명을 지르고, 울고, 집에 있는 물건을 부쉈다. 그때 기다리고 있었다는 듯 박 사장이 찾아왔다. 돈을 빌려주겠다. 미유가 나와 결혼을 하면 그 돈은 갚지 않아도 된다. 하늘에서 난데없이 내려온 동아줄. 이모는 두 번 생각할 것도 없이 결정을 내렸다. 나이? 과거에 붉은 방에 들락거리던 멤버? 그딴 건 문제가 되지 않았다. 나화진에게 박기영은 구원의 신 같았다.

그녀는 미유에게 신세 한탄과 협박이 뒤섞인 애원을 했다. 미유는 도망치고 싶었지만 지금껏 키워 준 이모를 버릴 수 없었고, 아무것도 없는 상태에서 이 세상을 사는 게 두려웠다. 그래서 그녀는 안전한 감옥을 선택했다. 박 사장 정도면 자신에게 과분한 사람이라고 생각했다.

감옥에서 나오기로 다짐하니 걱정이 되는 건 태준이었다. 좋아하는 여자에게 30억 상당의 빚이 있다는 걸 알면 보통 어떻게 행동할까.

미유는 그가 전부 이해해 줄 거라고 생각할 정도로 순진하진 않았다. 약혼한 사실보다 빚이 더 부담으로 다가올 것이다. 아무리 대단한 사랑이라도 냉혹한 현실 앞에선 쉽게 부스러진다. 사랑을 지키고 싶다면 해결될 때까지 이 사실을 숨겨야 한다는 걸 미유는 알고 있었다.

인터넷으로 이 감옥을 빠져나올 방법을 찾는 동안 미유는 자신이라는 사람이 독하고 간사한 것 같아 소름이 끼쳤다. 죄책감과 미래에 대한 막막함이 밀려왔지만 태준을, 삶을 포기하고 싶지 않았다.

독해지지 않으면 아무것도 얻을 수 없다. 미유는 영악하고 악독해지고 싶었다.

미유가 용인 집에 안 들어간 지 3일째 되는 날, 박 사장에게서 전화가 왔다. 태준은 볼일이 있어서 나갔고 오피스텔엔 그녀 혼자 있었다.

그동안 전화를 안 받고 있었으니 지금쯤 난리가 났을 것이다. 용인 집에 전화하고, 사람을 보내고, 일하는 아주머니를 들볶을 게 분명했다. 다시 그를 보는 게 끔찍도 싫지만 모든 일이 해결될 때까지 버텨야 한다.

목소리를 가다듬고 통화 버튼을 누르자마자 박 사장의 목소리가 튀어나왔다.

— 어디니?

신경질적인 목소리에 미유는 잠시 움찔하며 말을 잇지 못했다.

— 집 전화는 안 받더구나. 외박했니?

그런 식으로 말하지 마. 난 당신 것이 아니야. 미유는 하고 싶은 말을 삼키고 침착하게 말했다.

"네. 친구 집이에요. 며칠 안 들어갔어요."

— 어디니? 내가 데리러 갈게.

"한국에 오셨어요?"

— 네게 무슨 일이 생긴 줄 알았어. 걱정돼서 일찍 정리하고 들어왔다.

오늘 그를 본다고 생각하니 심장이 내려앉는 것만 같다. 사무실 말로는 개인 파산 선고를 받는 절차가 복잡하고 오래 걸린다고 했다. 빠르면 6개월에서 1년이면 끝난다고도 했다.

할 수 있는 한 최대한 결혼을 미루고 박 사장을 속여야 한다. 그게 나미유가 사는 길이었다.

"죄송해요. 곧 집에 들어갈게요."

— 어디 나냐니까?

"용인 집으로 가는 중이에요."

"지금 간다."

뚝 하고 전화가 끊겼다. 낯선 사람처럼 느껴질 정도로 목소리 톤이 다른 걸 보면 화가 많이 난 모양이다. 그녀는 오피스텔을 나서는 길에 태준에게 전화를 걸었다.

"나 집에 가요. 일이 있어서 당분간 못 볼지도 몰라. 그래도 전화는 자주 할게."

전화를 끊으려고 하자 태준이 불렀다.

— 미유야, 잠깐만.

미유는 떨리는 숨을 가다듬으며 그의 말을 기다렸다.

— 나 지금 하늘 보고 있거든. 구름 걷히고 햇빛이 드는데 아름답다. 너도 하늘이 보이니?

그녀는 인도 한복판에 서서 하늘을 올려다보았다. 아침 내내 흐려서 비가 올 줄 알았는데 주위가 밝아지고 있다.

"보여. 날이 환해졌네."

— 내 마음도 그래. 사랑해. 미유야.

눈물이 뺨을 타고 흘러내렸다. 나미유가 무얼 해야 하는지, 왜 해야 하는지 가르쳐 주는 말이었다.

'이 사람이랑 같이 있을 수 있다면 무엇이라도 할 수 있어.'

미유는 가슴 깊은 곳에서 올라오는 기쁨과 그리움을 누르며 속삭였다.

"나도 아저씨 사랑해. 곧 다시 만나."

─ 응. 그래 전화할게.

그녀는 하늘을 보며 잠시 서 있었다. 구름을 뚫고 나온 빛줄기가 아름다웠다.

인생은 잔인함과 함께 이토록 아름다운 광경도 품고 있었다. 나미유가 싸워야 하는 이유가 하나 더 늘었다.

사랑, 그리고 삶이 아름답게 느껴지는 이 순간.

"더 강해져야 해. 나미유."

미유는 저만치 보이는 택시를 향해 손을 들었다.

저녁은 강남의 유명한 일식집에서 가져온 회와 초밥, 따뜻한 사케였다. 미유와 기영은 말없이 젓가락질을 했고 이따금 물을 마시며 상대방의 표정을 관찰했다. 어느 정도 먹었다고 생각한 기영이 관심을 빙자한 심문을 시작했다.

"그 친구는 어떻게 만나게 된 거니?"

"학교 그만두고 연락이 끊겼는데 광화문 서점에서 우연히 만났어요. 홍대역 근처에서 자취하고 있어서 집에 놀러 갔다가 며칠 자고 온 거예요."

미유는 그럴듯하게 보이려고 구체적인 지명을 섞었다. 기영은 여전히 미심쩍은 눈으로 그녀를 보며 사케를 마셨다.

"그 친구 학교는 다니니?"

대학교 다닌다고 하면 어느 학교냐고 물어보고 신원 조회를 할 것 같았다. 미유는 웃으며 염교 절임을 젓가락으로 툭툭 건드렸다.

"이름이 미영이에요. 대학은 안 갔고 신촌에서 아르바이트를 하고 있어요."

"그렇구나."

미유는 거짓말과 연기에 익숙했다. 박기영이 아무리 눈을 들여다봐도 진심인지 거짓인지 쉽게 판단할 수 없을 거라 확신했다. 그녀는 나중에 똑같은 질문을 할 것을 대비해 한 말을 다시 한 번 외웠다.

"그렇게 걱정하실지 몰랐어요. 앞으로는 조심할게요."

그가 유난스러웠다는 걸 지적하자 기영이 이마를 살짝 찌푸렸다.

"그래. 세상이 뒤숭숭하니까 조심하고."

"네."

그들은 초밥을 먹으며 서로의 생각을 읽으려고 열심히 머리를 굴렸다. 기영이 믿는 척하지만 실제론 의심 중인 걸 미유는 알고 있었다. 꼬투리를 잡히지 않으려면 당분간은 조심해야 한다.

사람을 붙였을 수도 있으니 일주일은 집에서 꼼짝하지 않기로 했다. 그녀는 태준이 보고 싶어서 벌써부터 마음이 시큰시큰했다.

응접실에서 차를 마시는 동안 박기영이 차에서 쇼핑백을 꺼내 왔다. 그는 출장을 다녀올 때마다 가방이며 시계 같은 걸 사 오곤 했다.

"거래처에서 선물 들어온 거야."

미유는 시큰둥했지만 기쁜 척 쇼핑백을 열어 보았다. 보테가 베네타 가방, 카르티에 시계와 팔찌가 들어 있었다. 선물로 들어왔다고 하지만 비서 통해서 샀을 게 분명했다.

생각대로 조련이 되지 않아 거슬린 걸까. 그는 미유에게 불만이 있을 때마다 과하다 싶을 정도로 이것저것을 사 줬다.

"고마워요."

"말만 하지 말고 들고 다녀."

"지하철 타고 다니는데 명품 들면 부담스러워요. 나중에 들게요."

"그래서 말인데, 신경 쓰여서 안 되겠어. 기사 붙여 줄 테니 이제부터 내 차 타고 다녀. 이번엔 거절하지 마."

목소리가 상당히 단호했다. 여기서 거절했다간 의심이 커질 것 같아서 미유는 순순히 고개를 끄덕였다.

"네. 그럴게요."

"이번에 영국 간 김에 살 집 알아봤어. 사진 찍어 왔는데, 볼래?"

그가 핸드폰을 꺼내 사진을 보여 줬다. 강이 내려다보이는 넓은 맨션. 두 사람이 살기엔 지나치게 넓고 호화로웠다.

"좋네요."

"집은 회사에서 정리해도 되니까 나랑 먼저 들어가자. 그럼은 몇 점 정리한 거 같던데. 〈플로라〉는 팔았니?"

"아니요. 아직."

"〈바다의 꽃〉. 내가 선물한 거 기억하고 있어?"

"네. 그럼요."

"그런데 왜 네 방에 걸지 않는 거야?"

"보고 있으면 내가 물에 잠기는 같아서 슬퍼져요."

"취향이 아니면 어쩔 수 없지."

박기영이 이모 집에 온 건 미유가 고등학교 1학년 때였다. 붉은 방 멤버의 소개로 왔다고 했다. 생김이 깔끔해서 그런 파티에 올 사람으로 보이지 않았지만 그는 첫 방문 후 자주 용인 집에 들렀다. 이모 말로는 점잖은 사람이라고 했다.

붉은 방 멤버들이 이제 갓 데뷔한 신인 여배우를 골라잡아 정사를 벌이는 동안 그는 이모와 술을 마시고 얘기를 나누다 돌아갔다. 아무래도 하는 쪽보단 보는 쪽 같다고, 이모가 말했다. 일주일에 한 번 모임이 있는 날이면 미유는 2층 방문을 걸어 잠그고 꼼짝도 하지 않았다. 들리는 건 온통 여자의 신음과 비명 소리. 아래층에서 무슨 일들이 벌어지는지 알고 있었기 때문에 붉은 방 멤버들이 모조리 짐승처럼 보였다.

박 사장은 여자와 자지도 않으면서 왜 찾아오는 걸까. 미유의 의문은 그에게서 그림을 받았을 때 풀렸다. 박 사장이 원하는 건 나미유였다. 평소에 감정을 드러내지 않는 사람이 그림을 줄 때 달라졌다.

'너와 닮은 것 같아서 사 왔어.'

그는 쑥스러워했고 들뜬 것 같기도 했다. 미유는 자신이 플로라인 걸 말하지 않고 담담히 선물을 받았다. 그때부터 박 사장은 자꾸 무언가를 주었다. 미유가 선물에 혹하지 않을수록 비싼 것으로 바뀌었고 그때마다 초조한 표정으로 반응을 살폈다.

왜 어린애에게 끌린 걸까. 젊고 예쁜 여자는 이모가 얼마든지 구해 줄 수 있었는데. 전엔 박기영의 감정 따위는 궁금하지 않았다. 그걸 안다고 해서 변하는 건 없으니까. 하지만 이젠 궁금해졌다.

"박 사장님은 왜 제가 좋아요?"

미유가 선물을 열어 보며 자연스럽게 묻자 그가 놀란 눈으로 보았다. 처음 받아 보는 질문이라서 그런지 눈빛이 복잡해 보였다.

"어떤 점이 마음에 들었어요? 어리고 예뻐서?"

미유는 명랑함 속에 경멸을 숨긴 채 말했다. 그는 말이 없었다. 속을 알 수 없는 사람이니까 쉽게 털어놓을 거라고 기대하지 않았다. 그녀가 싱긋 웃으며 선물을 다시 쇼핑백에 넣는데 박기영이 말했다.

"넌 내가 아는 사람 중에 두 번째로 가지기 힘든 사람이야."

오랫동안 그 말을 해 주기를 기다린 사람처럼 바로 대답이 나왔다. 말속에 무거움과 고통이 느껴져 덜컥 겁이 났다. 장난처럼 꺼낸 말인데 이런 반응이 올 줄 몰랐다. 미유는 차분한 표정으로 박기영을 똑바로 보았다.

"첫 번째 사람이 누군지 궁금하네요."

"죽었어."

기영의 눈동자는 죽은 사람의 것처럼 생기가 없었다. 무언가 복잡하고 어두운 사연이 숨어 있는 거 같아 더는 묻고 싶지 않았다.

"로맨틱한 말을 기대한 건 아니지만…… 뜻밖이네요. 죽은 여자를 대신해서 날 선택한 것처럼 들려요."

적당히 웃으며 넘어가려고 했다. 하지만 그는 여전히 심각한 얼굴로 미유의 얼굴을 노려보았다. 갑자기 주위 공기가 차가워지면서 숨이 조이기 시작했다. 시선을 피하며 쇼핑백을 챙겨 일어나려는데 그가 손목을 붙들었다.

박기영의 눈에 어두운 갈망이 서렸다. 위험 신호를 감지하고 손을 빼려는 순간 기영이 자기 쪽으로 세게 잡아당겼다. 미유는 균형을 잃고 그의 품 쪽으로 쓰러졌다. 턱을 들면 그의 얼굴에 닿을 만큼 거리가 가까워졌다. 박 사장의 품에 안긴 건 이번이 처음이었다.

"네 말이 맞아. 기분 나쁜가?"

미유는 놀란 기색을 숨기며 그에게서 자연스럽게 떨어졌다.

"아니요. 이제야 이해돼요. 왜 나 같은 여자를 원하는지. 많이 닮았나요?"

"그래. 처음 봤을 때 그 애가 살아 있는 줄 알고 놀랐어."

처음 이곳에서 미유를 본 순간 기영은 놀라서 의자에서 떨어질 뻔했다. 생김새와 표정이 영락없이 은수였다. 9년 전 자살한 아이가 왜 여기에 있는 것인가.

혼란은 나화진이 조카를 소개하면서 수습되었다. 박은수가 아니었다. 한남동 집에 처음 들어왔을 때부터 사랑한 그의 이복동생이 아니었다. 아니란 걸 알면서도 나미유에게서 은수를 찾았다. 머리 모양이 다르긴 해도 생김뿐 아니라 쓸쓸한 표정, 상처를 숨기려는 불안한 눈빛까지 무척이나 닮았다.

기영은 처음 미유를 본 순간 그녀를 갖기로 결심했다. 박은수 대신이었다. 끝장난 것만 같았던 삶이 다시 시작되는 기분이었다.

"네게 반한 게 아니라서 실망했나?"

기영의 물음에 그녀가 쓸쓸하게 웃었다.

"아니요. 내내 마음이 불편했는데 이제 괜찮아졌어요."

"다행이군. 근데 누구냐고 묻지 않는구나."

"말해 줄 건가요?"

기영은 피식 웃으며 고개를 저었다.

"아니."

은수에 관한 기억은 누구와도 공유하고 싶지 않았다. 누나도 그 아이에 관해서는 입에 담지 않았다. 박은수는 집안의 수치이자 절대로 발설해선 안 되는 금기였다. 그는 미유가 왜 갑자기 자신에게 관심을 가진 건지 궁금했다.

"내 마음이 왜 궁금해졌지? 말해 봐."

기영은 자리에서 일어나려는 그녀의 손을 붙들었다.

"생각해 보니 우리가 이렇게 솔직하게 대화를 하는 건 처음이야. 그동안 너는 한 번도 감정을 드러내지 않았지."

그의 손에 붙들린 미유의 얼굴에 불안이 비쳤다. 과거에 은수도 그랬다. 기영이 손을 잡으면 겁에 질린 얼굴로 뒷걸음치며 주위를 살폈다.

그 아이는 왜 그렇게 무서워했던 걸까. 늘 잘해 주었는데. 선물을 사 주고, 맛있는 걸 먹이고, 좋은 곳에 데려가 주었는데. 집안에서 그 아이를 인간으로 보는 사람은 기영뿐이었다. 그런데 왜……

"어쩔 수가 없잖아요. 박 사장님 마음을 안다고 해서 변하는 것도 없는데."

나미유는 은수와 달랐다. 미유는 겉으로 온순한 척할 뿐이지, 속은 강하고 영리한 아이다. 은수는 여리고 겁이 많았다.

"너는 왜 내 옆에 있는 거지?"

그동안엔 궁금하지 않았다. 어차피 나미유는 박기영의 것이니까. 하지만 오늘따라 미유의 마음이 궁금했다.

"돈이 많잖아요. 결혼하면 편히 살 수 있으니까."

전이라면 믿었을 말이다. 하지만 오랜만에 만난 나미유는 변해 있었다. 전에는 느끼지 못했던 생기가 얼굴 전체에 흘렀다. 새장 속에서 체념하는 새가 아니라 하늘을 날아다니는 새 같았다. 그래서 불안했다.

"그 말이 왜 거짓말처럼 들릴까."

기영은 혼잣말처럼 중얼거렸다.

"금방이라도 멀리 떠날 것 같아."

"그래서 결혼을 서두르는 건가요?"

오늘따라 미유는 감정에 솔직했다. 기영은 이게 좋은 징조인지, 나쁜 징조인지 가늠할 수 없었다.

"그래. 빨리 족쇄를 채우고 싶어졌어."

"그럴 필요 없어요. 내겐 아주 편한 감옥인 걸요."

"편한 감옥이라…… 솔직한 모습을 보여 주니 기분이 좋군. 앞으로도 이런 대화 기대할게."

기영은 자리에서 일어나며 슬쩍 미소를 지었다. 솔직하고 당돌한 나미유도 나쁘지 않았다. 은수는 너무 수동적이고 겁이 많았다. 그 아이가 미유 같은 성격이었다면 죽지 않았을 텐데.

기영은 용인 집을 떠나며 뒤를 살폈다. 미유가 현관에 우두커니 서서 그가 탄 차를 지켜보고 있었다. 사람은 쉽게 변하지 않는다. 갑자기 변했다면 이유가 있는 것이다. 기영은 그 이유를 알아내기로 했다.

♥

작업실 문에 기대선 선우는 안으로 들어오지 않고 줄담배를 태웠다. 태준은 보다 못해 끼고 있던 목장갑을 벗으며 그에게 다가갔다.

"들어오지 않고 왜 그러고 서 있어?"

시큰둥한 표정으로 응시하던 그가 마지못해 담배를 끄고 안으로 들어왔다.

"네가 사고 친 거 정리하고 있었냐?"

"응."

태준은 고철 덩어리가 된 작품들을 보며 멋쩍게 웃었다. 선우는 여전히 냉랭한 표정으로 입을 삐쭉거렸다.

"아직도 화난 거야?"

"아직도? 이건 1년분이야. 나 몰래 연애질이라니. 내가 배신감에 밤마다 잠이 안 와."

"미안하다고 했잖아."

"네 취향이 그런지 몰랐다. 온갖 점잖은 척은 혼자 다 하더니 까마득하게 어린애랑……. 도둑놈. 만난 지 얼마나 됐다고 벌써 침대에 끌어들이다니. 짐승 같으니."

선우는 옛날부터 동성 친구와 친하게 지내는 것도 으르렁거리며 분해했다. 어찌 보면 독점욕이 강하고, 어찌 보면 애정 결핍이다. 그런 그에게 애인과 한 침대에 있는 걸 들켰으니 얼마나 화가 났을지 짐작이 된다. 태준은 이걸 어떻게 수습해야 할지 앞이 막막했다.

"누워 있는 두 사람 보고 얼마나 기가 막혔는지 알아? 미리 얘기해 줬으면 그런 일 없었잖아! 내가 걱정하고 있을 거란 생각 따윈 머리에 없었던 거냐?"

정말로 화가 났는지 선우의 얼굴이 붉게 물들었다.

"너는 무슨 일 있어도 약한 모습을 보이지 않는 녀석이야. 아무리 나라도 흐트러진 모습을 보여 주지 않았어. 그런 네가 무너진 걸 보는데…… 솔직히 무서웠어. 네가 완전히 다른 사람이 될 것 같은 예감이 들었거든. 내 말이 맞지? 네가 하는 거……. 단순한 연애가 아니지?"

태준은 구석에 있는 플라스틱 의자에 앉아 물 한 모금을 마셨다. 매일 울며 쫓아다니던 꼬맹이가 자라 제법 사람을 간파할 줄 알게 되었다는 게 신기했다.

하긴 그 정도 세월이면 눈에 보일 정도로 변하는 게 당연하다.

태준과 선우는 키와 덩치가 비슷하고 생김도 비슷해서 어릴 때부터 쌍둥이냐는 소릴 많이 들었다. 그런데 어느 기점에서 선우가 변하기 시작했다. 처음엔 남들이 놀리는 게 싫어서 그런가 보다 했다. 늘 친구에 둘러싸여 살던 그가 태준 빼고는 어울리는 사람이 없어지고 눈빛이 쓸쓸해졌다. 고등학교 때 갑자기 아이스하키를 그만두더니 집에 처박혀 그림만 그렸다. 어느 땐 체육관에 틀어박혀 하루 종일 샌드백만 두들겼다. 비슷하던 생김이 차츰 달라지기 시작했다. 예쁘장하던 그는 차츰 근육질이 되더니 생김도 남자답게 바뀌었다. 이제는 옷 입는 스타일과 말투, 눈빛까지 태준과는 완전히 달라졌다.

비슷하게 느껴졌던 그가 급격하게 변해 가는 걸 보며 태준은 불안하고 걱정이 됐다. 형의 죽음 때문인가. 아버지와의 불화 때문인가. 태준이 물어도 그는 대답 없이 실없는 장난으로 화제를 돌렸다. 그땐 자신에게 기대지 않는 게 섭섭했는데 이제는 이해가 된다.

"옛날에 네가 왜 그랬는지 이해가 가."

"뜬금없이 무슨 말이야?"

"성장이라는 건 철저히 혼자 겪어 내는 거야. 다른 사람과는 공유할 수가 없어. 혼자 방황하고 깨져 봐야 진짜 내가 보이는 거야."

선우가 팔짱을 낀 채 그를 노려보았다.

"그 아이가 사라지고 나서 내 진짜 얼굴이 보였어. 내가 얼마나 이기적인지, 얼마나 약한지…… 부끄러웠어. 미칠 것만 같았어. 나를 부수고 다시 조립하고 싶었어. 네 말이 맞아. 단순한 연애가 아니야. 나는 달라지고 있어, 좋은 쪽으로."

선우는 담뱃갑을 뒤적이다 빈 것을 보고 인상을 구겼다. 주머니를 뒤지던 그가 한숨을 쉬며 중얼거렸다.

"플로라랑 닮아서 그런 거야? 환상을 현실로 끌어들이는 거, 위험한 짓이야."

알아봤구나. 역시 눈썰미가 좋은 녀석이다. 태준은 속으로 웃으며 말했다.

"플로라야. 할머니의 진짜 모델이라고."

"그런 일이…… 가능해? 몇 살인데? 잘해야 스무 살쯤으로 보이던데."

"스물둘. 플로라와 닮아서 따라간 건 맞지만 플로라라서 빠진 건 아니야. 그 애는…… 그애는…… 특별해. 보고 있으면 자꾸 웃음이 나. 같이 있으면 속이 뜨거워지고 다른 사람이 된 것 같아."

"돌았군. 단단히 돌았어. 너희 형제는 왜 여자만 생기면 그 모양이냐? 그래도 너에 비하면 태오는 점잖은 거였네. 걔는 팔은 안 갈아먹었잖아. 어린애도 아니고."

"지금의 내가 진짜 나 같아. 네가 아무리 욕해도 죄책감 같은 건 안 느껴."

"사라졌다는 말은 또 뭐야? 노땅이랑 놀기 싫다고 도망갔냐?"

"내가 두려웠대. 다른 사람에게 마음을 잘 못 주는 아이야."

선우는 소리 없이 입모양으로 욕설을 내뱉었다. 태준이 욕하는 걸 싫어하니까 화가 치미면 말없이 입만 움직였다.

"지가 감히 잠수를 타? 그런 애를 뭐가 좋다고 찾아다녀? 씨발, 얼마나 잘났길래……."

미처 여과하지 못한 욕이 흘러나오다 막혔다. 선우는 끓어오르는 화를 꾹꾹 누르다 애먼 고철을 툭툭 걷어찼다.

"그래서 네 진짜 얼굴을 보니 잘 살고 싶어졌어?"

"응."

"이제 정상적으로 사는 거냐? 예전 일은 다 잊을 거야?"

"다 잊었어. 이젠 원망하지 않아."

"쳇. 여자 한 방이면 해결되는 고민이었네. 한심한 놈."

선우의 발길질에 철 조각이 저만치 날아갔다.

"착한 아이야. 잘해 줘."

"아무것도 안 하고 있잖아. 그게 잘해 주는 거야."

"여긴 거의 다 정리했어. 애들 불러서 술 마시자."

"데이트하셔야지, 나 같은 거랑 보낼 시간이 있어?"

"자식, 앙탈은. 내가 너 많이 아끼는 거 알지?"

"흥. 어린애랑 연애하더니 양기가 입으로 뻗쳤냐? 왜 안 하던 말을 하고 이러셔. 근데 우리끼리만 술 먹는 거야? 네 애인 보고 와서 신고식 하라고 해."

"일이 있나 봐. 당분간 못 나온대."

"쪼그만 게 뭐가 그리 바빠?"

"봐줘. 천천히 하자고."

"세연이는 착하기라도 하지. 난폭해 가지고 사람 팔이나 물어뜯는 승냥이."

"귀여워해 줘."

"네 눈에나 귀여워 보이지. 내 눈에는 친구 잡아먹은 승냥이처럼 보인다니까."

"웃기는 자식."

부스러기와 오랜만에 가진 술자리에서 태준은 놀림거리가 되었다. 열한 살이나 어린 아가씨와 사귀는 놈팽이가 됐다가, 부러움의 대상이 됐다가, 사랑에 빠진 얼뜨기가 됐다가, 늦바람이 나서 카사노바로 진화 중인 사내가 되었다. 전보다 더 놀림 받는 신세가 되었지만 태준은 자꾸 웃음이 나왔다. 그걸 보고 녀석들이 한목소리로 말했다.

"형! 얼굴이 변했네!"

"울 회장님이 완전히 다른 사람이 됐어요오오!"

"형님, 늦게 회춘하나 봅니다."

태준은 화장실에 들렀다가 무심결에 거울을 봤다. 동생 녀석들이 호들갑을 떨어서 그렇지, 거울 속의 그는 전과 다를 것이 없었다. 그저 표정과 눈빛이 편안해진 것을 빼고는. 어쩌면 그게 가장 많은 변화인지도 모르겠다.

이제 태준은 쇼윈도에 진열해 놓은 마네킹이 아니었다. 보여 주기 위해 사는 사람이 아니라 지금 느끼는 감정을 솔직하게 표현한다. 녀석들이 눈치챈 건 솔직함이 아닐까.

부스러기에게 3차까지 끌려갔다가 간신히 도망쳤을 땐 막 자정을 넘기고 있었다.

택시를 타고 집에 오는데 영등포의 어두운 뒷거리가 보였다. 불을 밝힌 쇼윈도 앞에 모여 앉은 여자들. 차를 타고 천천히 그 앞을 지나며 여자들과 흥정을 하는 사내들. 한 가게엔 붉은 조명과 커튼이 쳐져 있었다. 커튼을 열고 한 중년 여자가 나오더니 젊은 여자를 데리고 안으로 들어갔다. 택시는 금세 그곳을 스쳐 지나갔지만 태준은 자꾸만 그 장면이 생각났다.

'설마 그 정도까지는 아닐 거야. 애를 키우는 집에서 그런 짓을 했을 리가……'

마음을 괴롭히는 붉은 방의 이미지가 다시금 떠올랐다. 눈이 아플 정도로 붉은 색깔로 가득한 방, 방마다 있던 커다란 침대, 채찍, 수갑, 포르노 비디오테이프, 전체에 흐르던, 역겹고 끈끈한 기운.

애써 외면하지만 태준의 마음이 말한다.

'그곳은 매춘 굴이야.'

당시엔 매춘 굴이라는 단어가 떠오르자마자 황급히 머릿속에서 지워 버렸다. 그리고 부정한 뭔가가 달라붙은 것처럼 진저리를 치며 생각하지 않으려고 노력했다. 미유를 향한 마음이 바뀔까 봐 그런 게 아니었다. 이모라는 여자가 매춘에 마약까지 팔았다고 해도 이제 와 문제 될 것이 없었다. 문제는 미유가 자라면서 받았을 상처고 그게 두 사람의 관계에 미칠 파장이었다. 미유가 털어놓을 때까지 침묵하는 게 옳은 일일까. 태준은 붉은 방에 관련된 것이 미유의 마지막 빗장이라는 생각이 들었다. 기다리면 그녀가 마음을 열까.

처음으로 사랑을 하면서 배운 게 있다. 사랑하는 마음이 깊은 만큼 두려움도 커진다. 태준은 그녀가 갑자기 사라진 그때처럼 또다시 세상 어딘가로 숨어 버릴까 봐 두려웠다. 이 사랑이 끝나면 전처럼 자신을 학대하며 무너지는 것으로 끝나지 않을 게 분명했다. 그보다 더한 나락은 상상이 되지 않지만 그렇기에 공포심이 컸다.

그는 오피스텔에 들어서자마자 미유에게 전화를 걸었다. 전화를 걸 때마다 늘 같은 생각을 한다. 미유가 받지 않을지도 몰라. 사라졌을지도 몰라.

신호음이 길어질수록 불안이 극에 달한다. 자신이 붙든 끈이 한없이 약해서 언제라도 뚝 끊길 것만 같았다.

긴 신호음 끝에 미유의 목소리가 나자 그는 자신도 모르게 한숨을 내쉬었다. 미유가 잠에 취한 목소리로 속삭였다.

─응. 아저씨.

그제야 벽시계가 그의 눈에 들어왔다. 이런, 새벽 1시다.

"미안. 내가 너무 늦게 걸었지?"

― 괜찮아. 근데 지금 몇 시야?

태준은 소리를 통해 침대 속 그녀의 움직임을 상상했다. 침대 시트 속에서 나른하게 움직이던 몸과 체온을 떠올리니 그리움이 밀려왔다.

"새벽 1시야. 이렇게 늦은 줄 몰랐어. 미안해."

― 술 많이 마셨어? 목소리가 가라앉았네.

"응. 녀석들이 놓아주질 않아서 늦게까지 마셨어."

― 나는 책보다 늦게 잤어. 졸려.

"깨워서 미안. 좀 더 자."

― 응. 그럼 아침에 통화해.

태준은 핸드폰을 귀에서 떼며 긴 한숨을 내쉬었다. 아침에 통화하자는 말에 불안감이 누그러졌지만 완전히 없애지는 못했다. 그토록 만나고 싶었던 사람을 만나고 사랑을 확인했는데도 왜 마음이 이럴까.

'이런 감정이 처음이기 때문에, 진심으로 사랑하기 때문에 불안한 거야.'

점점 마음의 여유가 없어진다. 하루에도 몇 번씩 전화를 해 미유가 받는지 확인하고, 문자 메시지를 보내 놓고, 답장이 늦어지면 온갖 부정적인 시나리오를 썼다. 집착하는 게 싫지만 그렇지 않고는 배겨 낼 수가 없었다.

미유는 만나는 걸 자꾸만 뒤로 미뤘고 밤늦게야 통화가 되었다. 불안이 집착으로 집착이 의심으로 번지는 걸 느낀다. 태준은 이런 쓸모없는 감정 소모에서 벗어나고 싶었다. 자신의 미숙함이 관계를 망칠 것 같아 두려웠다. 하지만 못 본 지 2주가 다 되도록 같은 말만 반복하는 미유를 보며 그의 불안은 극에 달했다.

— 아저씨, 미안해. 나 당분간은 바빠.

"바쁘면 내가 집으로 갈게. 얼굴만 잠깐 보자."

— 안 돼. 지금 일이 있어서 다른 곳에 와 있어. 미안. 대신 전화랑 문자 메시지 자주 할게.

"무슨 일 때문에 그래? 말해 주면 안 돼?"

— 미안. 나중에. 나중에 말할게. 그럼 끊는다.

애써 태연함으로 위장했지만 태준은 폭발하기 직전이었다. 수화기 너머로 들려오는 숨소리, 목소리 톤으로 의문을 풀어 보려고 했지만 아무것도 찾아낼 수 없었다.

'왜 자꾸 네가 날 피하는 것만 같지?'

같이 있을 때 미유는 한없이 행복해했고 따뜻했다. 하지만 멀어지면 아득할 만큼 멀고 차갑게 느껴진다. 그녀를 보지 못하는 날이 길어질수록 마음에 날이 서기 시작했다. 눈으로 보고 안기까지 했지만 자꾸만 유령처럼 느껴지는 미유를 현실로 느끼고 싶었다.

'널 알고 싶어. 사소하건 사소하지 않건 너에 관련된 건 모두 알고 싶어.'

하루 종일 같은 생각에 사로잡혀 일이 손에 잡히지 않는다. 태준은 책상 앞에 앉아 한참을 고민하다 노트북을 켜고 포털 사이트의 검색 창을 클릭했다. 그리고 미유의 과거와 연결된 키워드를 쳤다.

나화진.

엔터 키를 누르자마자 사진을 포함한 기사 수십 개와 게시글이 보였다. 몇 개월 전에 올라온 부고 기사를 클릭하자 나화진의 젊었을 적 사진이 보였다. 몇 개의 기사를 읽어 내려가다 보니 반복되는 문구들이 있었다. 마약 스캔들, 성 상납, 대통령의 비리를 덮기 위한 희생양. 은퇴한 원인에 대한 기사는 많지만 은퇴 후의 이야기는 나오지 않았다.

은퇴한 젊은 여배우가 무엇을 하며 먹고살았을까. 한때 인기의 절정에 있었다고 해도 모은 돈이 많지는 않았을 것이다.

그 크고 호화로운 집. 그림을 팔겠다고 나선 투자 회사. 왜 미유가 직접 팔지 않고 투자 회사를 거쳤을까. 그 투자 회사는 미유와 무슨 연관이 있을까. 의심이 들기 시작하니 멈출 수가 없었다.

태준은 도와줄 사람을 물색하다가 평소 안면이 있는 사회부 기자에게 연락했다. 탐사 보도 전문 기자라 인맥을 통해서 조사하면 건질 만한 정보가 있지 않을까 싶어서였다. 어렵게 꺼낸 부탁에 기자는 별일 아니라는 얼굴로 선뜻 받아들였다.

"그러니까 나화진과 B&P가 무슨 연관이 있는지 알아봐 달라는 거지?"

"네. 부탁드려요."

"나화진이야 예전부터 유명했지. 연예부 선배에게 한번 물어볼게. 가만있자, B&P 투자 회사는 많이 들어 본 곳인데."

핸드폰으로 이리저리 검색해 보던 그가 고개를 끄덕이며 말했다.

"아, 박기영이 CEO로 있네. 이 사람은 잘 알아. 젊은 사람인데 똑똑하고 인맥이 넓어서 정치 쪽에도 줄을 댄 모양이야. 그 집 누나가 주가 조작에 얽혀서 골치 아파할 때 이 사람이 해결해 줬다나 봐. 나화진이랑 어울리기엔 점잖은 축에 드는데."

"나화진과 어떻게 알게 된 걸까요?"

"뭐, 사업가와 연예인 관계라는 게 뻔하지 않겠어? 그렇고 그런 관계거나 사업 파트너거나. 나화진이 은퇴하고 사업에 손댔다가 몇 번 말아먹었다고 듣기는 했어. 사기꾼에게 연예인은 차려진 밥상이잖아. 쉽게 속고, 쉽게 망하고 그러지. 그런데 이 두 사람이 왜 궁금한 건데?"

"지인이랑 얽힌 게 있어서요. 되도록 빨리 알아봐 주세요."

"거하게 한턱 쏜다는데 이쯤이야 못 알아볼까. 나는 포장마차 이런 데 싫어해. 룸에 양주 깔아 줘야 한다? 알았지?"

기자가 떠나고 난 뒤 태준은 커피숍에 남아 창밖을 보았다. 정신을 차려 보니 겨울 안에 들어와 있었다.

미유는 오늘도 그의 전화를 받지 않았다.

아침이면 집 앞에 기사 딸린 차가 와 있다. 말이 운전기사지 집 앞을 지키는 문지기나 다름없다.

2층 창문으로 검은색 승용차를 보면 미유는 가슴이 답답했다. 그녀는 오전 내내 승용차를 노려보다가 준비를 끝내고 집 밖으로 나갔다. 오십 대로 보이는 기사가 미유를 보고 인사를 건넸다.

"안녕하세요. 어디로 모실까요?"

"그이 회사로 가 주세요."

"알겠습니다."

당분간은 박기영의 시야에서 놀아 줘야 한다.

미유는 공들여 화장을 하고 박 사장이 선물한 것들로 자신을 치장했다. 거울에 비친 나미유는 엄마 옷을 걸친 어린아이 같았다.

이런 게 왜 중요할까. 이런다고 출신 성분이 달라지는 것도 아니고, 고상해지는 것도 아닌데.

미유는 불만 가득한 표정으로 집을 떠났다.

박기영의 회사가 있는 삼성동에 도착해서 전화를 걸자 비서가 받았다.

"나미유예요. 삼성동에 왔는데. 박 사장님과 점심 먹을 수 있나 해서요."

"잠깐만 기다려 주시겠습니까? 곧 사장실로 연결해 드리겠습니다."

곧 박 사장이 전화를 받았다.

— 미리 연락하고 나오지. 점심 선약이 있어서 안 되겠어.

그는 미안해하면서도 내심 기쁜 듯했다.

"그냥 나와 보고 싶었어요. 선약이 있으면 어쩔 수 없죠."

— 여기까지 왔는데 그냥 보낼 순 없지. 약속 시간까지 20분 정도 여유 있어. 올라와서 차 마시고 가.

미유는 차에서 내려 빌딩으로 들어갔다. 여러 개의 금융사가 몰려 있는 빌딩 로비는 사람들로 붐볐다. 걸어가는 동안 많은 시선이 미유에게로 쏠렸다.

이 중에 나화진의 파티에 온 사람이 있을까.

미유는 고급 양복을 입고 많이 배운 사람에 대한 환상이 없었다. 그런 부류의 인간이 여자와 어떻게 노는지 누구보다 잘 알고 있었다. 사람들의 시선을 느끼면서 걷는데 안면이 있는 여비서가 다가왔다. 그녀와 함께 사장실로 향하는 길에도 침묵 속에 시선이 느껴졌다.

'그들 눈에 나는 어떻게 비칠까. 혐오일까, 연민일까. 나는 둘 다인데. 가끔 내가 싫고 불쌍한데, 이렇게 사는 인생이 숨이 막히는데 겉만 화려한 인생을 부러워하는 사람도 있겠지?'

사장실에 들어가자 기영이 자리에서 일어났다.

"옷이 잘 어울리는구나. 예쁘다."

그는 소파에 앉으면서도 미유를 계속 관찰했다.

"회사에 온 건 처음이지? 감상이 어때?"

"크네요."

"갑자기 와서 놀랐어."

"선물받은 자동차를 그냥 묵혀 둘 순 없잖아요."

"다음엔 시간을 비워 둘 테니 꼭 연락하고 와. 맞다, 온 김에 쇼핑 좀 해. 며칠 후 중요한 파티가 있거든."

"점잖고 어른스러운 옷으로요?"

"내가 부탁한다고 해도 네 마음대로 입을 거잖아. 예쁜 걸로 입어."

"그럴게요."

박기영은 자기 입맛대로 맞춰 주는 것에 만족해했다. 집에 얌전히 있으면서 말을 잘 들었으니 경계를 풀었을까.

곧 크리스마스다. 그는 휴가를 내어 싱가포르에 가자고 했고 미유는 집에 조용히 있고 싶다고 했다. 크리스마스. 역시 태준과 보낼 순 없겠지?

그와 커피를 마시고 미유는 차로 돌아왔다. 그리고 박 사장의 누나가 운영하는 명품 편집 숍에서 쇼핑을 하고 용인으로 돌아왔다. 몇 시간 걸리지 않았지만 지독하게 피곤했다.

그녀는 집에 들어오자마자 입고 있던 옷을 훌훌 벗고 태준에게 전화를 걸었다.

— 안 그래도 전화할 참이었는데 먼저 걸었네. 왜 그렇게 통화하기가 어려워?

그가 자신을 기다렸다니 우울하던 마음이 조금 가셨다.

"미안. 그럴 짬이 안 났어. 아저씨는 뭐 해?"

— 미술관에 왔어. 밀린 일을 처리하는 중이야.

곡두에서 그를 처음 봤을 때가 떠올랐다. 태준의 근사한 뒷모습, 하얗고 긴 손가락. 그 손가락이 날 만질 때의 감촉.

— 오늘 뭐 했어? 아참. 옷가게에서 아르바이트한다고 했지?

"응. 하루 종일 바빴어. 주인아줌마가 당분간 못 나온다고 해서 꼼짝도 못 해."

태연하게 거짓말을 늘어놓는 자신이 어이없었다. 어쩌면 이렇게 아무렇지도 않은 목소리로 거짓말을 늘어놓을까. 미유는 우울한 마음으로 창밖 하늘을 보았다.

— 어쩔 수 없지. 혹시 토요일에 시간 낼 수 있어? 영화 보러 가자.

너무 오래 태준을 만나지 못했다. 태준이 보고 싶다. 그래, 어떻게든 시간을 만들어 보자.

미유는 과하다 싶을 정도로 명랑하게 말했다.

"갈 수 있어! 꼭 갈게."

— 그래. 그럼 그때 보자. 더 통화하고 싶은데 일이 바빠서 이만 끊어야겠어. 나중에 연락할게.

그가 전화를 끊으려고 하자 미유가 다급하게 불렀다.

"아저씨!"

— 응?

"보고 싶어."

손가락으로 유리창에 태준의 이름을 쓴다. 이름 옆에 미안해라고 쓰다가 지워 버린다.

— 그래. 나도 보고 싶어. 저녁에 통화하자.

"응."

미유는 전화를 끊고 길게 한숨을 내쉬었다. 금방이라도 깨질 것 같은 살얼음 위를 걷고 있다. 발밑 얼음에 금이 가는데 걷는 걸 멈출 수 없다. 살려면 쉬지 않고 걸어야 한다.

"다 잘될 거야, 나미유. 다 잘될 거야."

미유는 벽에 걸린 〈플로라〉를 응시하며 최면을 걸듯 중얼거렸다.

값비싼 스카치위스키 두 병을 건네자 운전기사가 얼떨떨한 얼굴로 받아 들었다.

"집에 이모가 드시던 술이 많아서요. 황 기사님 드세요."

"아이고, 이렇게 비싼 걸. 감사합니다. 오늘은 어디로 모실까요?"

"용산에 있는 쇼핑몰요."

"알겠습니다."

서울로 가는 동안 미유는 황 기사와 가족 얘기를 나눴다.

"막내딸이 열두 살이라고 했죠? 예뻐요?"

"예쁘긴요. 완전 선머슴이에요, 선머슴. 태권도 도장 보내 달라고 하도 떼를 써서 보냈더니 동네 벽돌을 죄다 주워 와서 깨지 뭐예요."

"와, 씩씩하네요."

미유는 서울에 접어들자 하고 싶었던 말을 꺼냈다.

"황 기사님. 오늘은 쇼핑도 하고, 영화도 보고 싶은데. 4시간쯤 있다가 데리러 와 주실래요?"

"그게 저…… 강 비서님이 어디 가시든 꼭 가까이 모시라고."

"쇼핑을 황 기사님이랑 어떻게 다녀요? 많이 돌아다니면 황 기사님도 피곤하고 저도 불편해요. 강 비서님께는 말하지 말고 우리끼리만 알면 되잖아요. 절대로 말 안 할게요. 4시간 후에 데리러 와 주세요. 전화할게요. 네?"

황 기사는 잠시 망설이다가 고개를 끄덕였다.

"그럼 전화 주세요. 바로 가겠습니다."

황 기사가 딱딱한 사람이 아니라서 다행이었다. 용산에 있는 쇼핑몰에 도착하자 미유는 서둘러 차에서 내렸다. 곧 태준을 볼 수 있다는 생각에 심장이 쿵쿵 뛰었다.

쇼핑몰에 들어선 그녀는 황 기사가 따라오는지 확인하고 태준이 기다리고 있을 커피숍으로 뛰어갔다. 쇼핑몰이 워낙 넓어서 어디가 어딘지 몰라 헤매다가 간신히 찾아 들어가니 창가 쪽에 앉은 태준이 손을 번쩍 들었다.

"아저씨!"

태준의 미소를 보니 막혔던 마음이 뚫리는 것만 같았다. 미유는 단숨에 달려가 그의 목을 끌어안았다.

"많이 기다렸어?"

"조금."

"여긴 처음이라서 헤맸어."

"내가 그곳으로 간다니까."

"같이 영화 보고 싶었는걸. 예매했어?"

"응. 30분 남았어. 왜 이렇게 땀을 흘려? 뛰어왔어?"

"늦을까 봐. 아저씨 보니까 좋아."

태준의 팔에 매달려 해죽 웃으니 그가 흐뭇하게 웃으며 볼을 살짝 꼬집었다.

"고양잇과인 줄 알았더니 강아짓과였구나."

"그런가? 나는 고양이가 좋은데."

"뭐 마실래? 시원한 거 마셔라."

"나는 망고 주스."

둘은 나란히 앉아 주스를 마시며 신기한 눈으로 서로 보았다. 그토록 보고 싶었던 사람이랑 앉아 있다니. 미유는 눈물이 날 것 같아 안간힘을 쓰며 참았다.

"그동안 아팠니? 얼굴이 조금 마른 것 같아."

"정말? 나는 모르겠는데?"

"손목이 더 가늘어졌어. 잘 챙겨 먹어야지."

"그런 걸 기억해?"

"그럼. 너에 관한 건 다 기억해."

"내가 그렇게 좋아? 한쪽이 너무 빠져 있으면 곤란한데."

농담으로 해 본 말에 그가 미간을 찡그리며 말했다.

"지금 나만 좋아한다는 거야?"

"글쎄."

"다시 말해. 정말 나 혼자만 좋아하는 거야?"

심통 난 표정이 귀여웠다. 미유는 그의 목에 매달려 볼에 입을 맞췄다.

"아니. 내가 더 좋아해. 아저씨보다 내가 더 많이 좋아해. 됐어? 근데 우리 좀 유치하다. 초딩들도 이렇게는 안 놀걸."

주위 시선을 의식하며 키득거리자 태준도 따라 웃으며 말했다.

"원래 이런 사람이 아닌데 네가 자꾸 이렇게 만들어."

"다른 모습 보니까 좋아. 정말 나를 좋아하는구나 싶어서."

질투하고 투정 부리는 태준의 모습이 보기에 좋았다. 미유는 앞으로도 계속 그에게서 색다른 모습을 끌어내고 싶었다.

상영 시간이 다 되어 영화관으로 가는 동안 미유는 몇 번이고 뒤를 살폈다. 의심스러운 사람이 보이지 않아 안심이 되면서도 우울해진다.

그를 속인 것에 대해 태준은 어떻게 생각할까. 이해해 줄까? 하루에도 수십 번씩 같은 생각을 했다.

사랑한다는 이유만으로 모든 걸 이해하고 받아 주길 바라는 건 정말이지 이기적인 일인데, 지금은 다른 방법이 생각나지 않는다.

'아저씨가 거짓말을 세상에서 제일 싫어하면 어쩌지? 영악하고 간사한 계집애여서 질렸다고 하면 어쩌지? 평범하고 구김 없는 아이였으면 좋았을 텐데. 거짓말 같은 건 해 본 적 없는 순진한 아이였으면 좋았을 텐데.'

그의 손을 잡고 영화를 보면서 미유의 머릿속은 다른 것으로 가득 차 있었다.

집요하게 자신을 감시하는 박 사장, 그에게서 벗어나기 위해 필요한 시간, 모든 걸 알게 된 태준의 반응.

영화관 안의 사람들이 웃음을 터트리는 동안 미유는 웃지 못한 채 멍하니 정면을 응시했다. 사람들이 자신의 인생을 보고 비웃는 것만 같았다. 부끄러워서 숨고 싶었다.

영화를 보고 나오는데 태준이 그녀를 붙잡아 세워 놓고 얼굴을 빤히 보았다.

"안 좋은 일 있어? 영화 보는 내내 딴생각하는 것 같아서."

"그냥…… 집중이 안 됐어."

태준은 다정한 눈으로 보다가 싱긋 웃었다. 그리고 미유의 머리를 쓸어 넘겼다.

"괜찮아. 곧 괜찮아질 거야."

따뜻한 손길과 목소리에 명치가 아렸다.

"아저씨……."

미유는 말을 잇지 못하고 그의 옷깃을 잡아당겼다. 하고 싶은 말이 너무나도 많은데 할 수 없었다. 지금이라도 모든 걸 고백하고 싶은데, 이 무거운 짐을 내려놓고 싶은데. 그러면 태준에게 더 큰 짐을 안기는 것만 같아 그럴 수가 없었다.

"아저씨…… 사실은…… 나 거짓말쟁이야."

미유는 그의 눈을 마주할 수가 없어 코트 세 번째 단추만 보며 말했다.

"아르바이트한다는 말도 거짓이야. 다른 이유가 있었는데 설명할 자신이 없어서 거짓말한 거야. 미안해."

태준이 팔로 그녀를 감쌌다. 그의 품은 넓고 따뜻해서 아늑한 집 같았다.

"앞으로도 많이 거짓말할 거야. 정말 그러고 싶지 않은데, 어쩔 수가 없어."

"미유야, 고개 들어 봐."

고개를 드니 태준의 잔잔한 눈빛이 보였다.

"거짓말해도 나중에는 지금처럼 말해 줄 거지? 거짓말이었다고, 미안하다고."

미유는 입술을 깨물고 고개를 끄덕였다.

"무슨 이유 때문인지도 설명해 줄 거지?"

눈물이 뺨을 타고 흘러내렸다. 미유는 손등으로 눈물을 훔치며 고개를 끄덕였다.

"그러면 됐어. 난 괜찮으니까 울지 마."

미유는 태준의 품에 기대 조용히 울었다. 사람들이 흘끔거리며 지나갔지만 그들은 포옹을 풀지 않았다.

"사용한 흔적이 없네요. 한 번도 안 드셨나 봐요."

중고 명품을 사들이는 업자가 샤넬 백을 요리조리 뜯어보며 말했다.

"선물받은 건데 색이 마음에 안 들어서요."

"백 네 개, 지갑 둘, 시계 둘, 모두 합쳐서 1600 드릴게요."

미유는 속으로 놀랐지만 티를 내지 않으려고 입을 다물었다. 이렇게 많이 받는 줄 알았으면 옛날에 팔아 치우는 건데. 후회가 된다.

"음. 생각보다 적네요."

미유의 반응을 예상했는지 업자가 눈치를 보며 말했다.

"상품 상태가 좋아서 잘 쳐 드린 거예요."

"한 번도 안 찬 것도 있는데. 그냥 갖고 있을게요."

미유가 의자에서 일어나자 사내가 허허 웃으며 다시 계산기를 두드렸다.

"아가씨가 흥정할 줄 아네. 그럼 20만 원 더 줄게요."

"죄송해요. 좀 더 알아보고 팔게요."

"저기요, 잠깐만요. 우리랑만 거래한다면 더 쳐 드릴게. 또 팔 거 있어요?"

"액세서리랑 구두도 많아요."

"오케이. 그럼 40 더 줄게요."

거래 성사. 미유는 그 자리에서 현금을 받고 가게를 나섰다.

수중에 목돈이 생기니 마음이 든든해진다. 역시 사람은 수중에 돈이 있어야 자신감이 붙나 보다. 내일은 집에 있는 보석을 내다 팔 생각이다. 박 사장에게 받은 것들을 전부 팔아 치우면 도피 자금이 넉넉하게 마련될 것이다.

'그러면 영국에 가지 않아도 돼. 재판이 끝날 때까지 어디든 숨어 있으면 될 거야. 돈을 긁어모으면 집세와 당분간 쓸 생활비를 얻을 수 있어. 한 1년쯤 숨어 살면 박 사장이 포기하지 않을까. 너무 안이한 생각일까. 나는 아무도 없으니까 작정하고 숨어 버리면 찾기 힘들지 않을까.'

도망칠 계획을 들킬까 봐 박기영은 물론 황 기사 앞에서도 조심했다. 되도록 태준을 만나는 것을 줄이고 쇼핑을 다니는 척하며 볼일을 보러 다녔다.

시간이 얼마 남지 않았다.

미유는 가방에 든 돈의 무게를 느끼며 앞으로의 변화를 상상했다.

말해야 한다.

언젠가는 모두 말할 것이다.

하지만 지금은 아니다.

오늘처럼 힘들었던 날은 아니다.

록산느의 탱고

이번 파티는 무척이나 중요한 모양이다. 박기영의 누나가 직접 미용실 예약을 하고 드레스도 꼼꼼히 챙겼다.

— 저번처럼 천박한 옷을 입고 나타났다간 집안 망신이란 말이야. 최대한 우아하고 점잖은 옷으로 입도록 해. 미용실에 내가 말해 뒀으니까 해 주는 대로 가만히 있어.

얼음 여왕의 분부시니 그저 네 하고 대답하는 수밖에. 미유는 압구정동에 있는 미용실에서 머리와 화장을 하고 연한 녹색 드레스를 입었다.

준비를 마치니 박기영이 데리러 왔다. 차에 타자 그가 만족스럽게 웃으며 말했다.

"괜찮군."

그는 괜찮은지 모르겠지만 미유는 얼굴에 한 화장이 무겁고 머리에 잔뜩 꽂은 핀이 거슬려 불편했다. 그래도 내색 않고 얌전히 앉아 가는데 두통에 속이 메슥거렸다. 태준과 황 기사의 차를 타고 다닐 땐 괜찮아서 불안증을 잠시 잊고 있었다. 싫은 사람과 타면 이러는 거였나. 미유의 인상이 변하는 걸 보고 박기영이 걱정스러운 얼굴로 물었다.

"속이 안 좋아? 또 토할 거 같아? 그러면 큰일인데."

미유는 등과 이마에 식은땀이 나고 속이 울렁거리는 걸 참으며 버텼다. 그 모습을 불안하게 보던 기영이 말했다.

"조금만 참아 봐. 거의 다 왔어."

창문을 내리고 밤바람을 쐬는 동안 고급 세단은 성북동 주택가에 접어들고 있었다. 높은 담장과 커다란 대문이 즐비한 골목을 들어가다가 차가 멈춰 섰다. 기영의 손을 잡고 차에서 내리자 그제야 숨통이 트였다.

미유는 숨을 돌리며 주위를 둘러보았다. 주변 집들과 다를 것 없는 평범한 대문을 넘어서니 눈이 휘둥그레질 만큼 넓고 우아한 저택이 나왔다. 공들여 손질한 넓은 정원과 곳곳에 놓인 조각품, 미술관이 아닐까 싶을 정도로 모던하고 세련된 본채.

미유가 사는 집을 졸부가 뻐기기 위해 지은 거라면, 이 집은 날 때부터 귀족으로 태어난 사람이 사는 곳으로 보였다. 신기해하며 안으로 들어서니 나이 지긋한 사람들이 눈에 많이 띄었다.

"어서 와요, 박 사장. 오랜만이군요."

머리는 반백이지만 지적이고 잘생긴 이목구비 때문에 젊어 보이는 한 남자가 웃으며 악수를 청해 왔다.

"오랜만에 뵙습니다. 건강하셨죠? 당 대표에 선출되신 걸 축하드립니다."

"고마워요. 곧 결혼한다는 얘기는 들었어요."

"네. 곧 합니다. 여기는 제 약혼녀예요."

남자가 미유를 보며 인자한 미소를 지었다.

"결혼 축하해요. 박 사장이 왜 결혼을 안 하나 했더니 이렇게 예쁜 신부를 얻으려고 그랬군요."

뉴스를 통해 보는 정치인들은 기름기 낀 얼굴에 하나같이 인간미가 없어 보였는데 눈앞의 남자는 담백하고 점잖은 분위기였다. 형식적인 안부가 오간 후 박기영은 미유를 사람들 무리로 데려가 인사시켰다. 자세히 몰라도 정, 재계 거물들이라는 느낌이 들었다. 그들 사이에 미유는 인형 같은 미소를 지으며 서 있었다. 흥미 있는 표정으로 대화를 듣지만 사실은 지루해 죽을 것만 같았다.

화제가 경제에서 정치 쪽으로 옮겨 가고 얘기를 알아듣지 못하는 그녀는 있으나 마나 한 존재가 되었다. 그들은 미유가 슬그머니 뒤로 빠져도 눈치채지 못했다.

혼자가 된 미유는 그제야 숨통이 트였다. 그녀는 응접실을 벗어나 복도에 걸린 그림을 보며 걸었다. 그러다 복도 끝에 서 있는 남자를 보았다. 큰 키, 단정한 슈트, 낯익은 얼굴. 그는 미유를 아는 것처럼 빤히 보았다. 다른 사람처럼 호기심 어린 시선이 아니라 터무니없이 맹렬한 분노를 품고 노려보았다.

그의 얼굴을 멍하니 보다가 누군지 알아차린 순간 미유는 너무 놀라서 손에 든 샴페인 잔을 놓칠 뻔했다.

그 사람이었다. 태준의 오피스텔에서 마주친 장선우. 그가 느리게 걸어오는 동안 미유는 얼어붙어서 눈도 깜빡일 수 없었다.

"이제야 알아보는구나. 이렇게 차려 입으니까 못 알아보겠는데?"

냉정한 목소리에 말이 나오지 않는다. 뭐라고 얘길 해야 하지? 박 사장과 있는 걸 봤을까?

"너무 놀란 표정 짓지 마. 뒤에서 네 애인이 우릴 지켜보고 있거든."

입이 바싹 마른다. 손에 샴페인을 들고 있지만 온몸이 뻣뻣하게 굳어서 마실 엄두가 안 난다.

"그 나이에 어디서 저런 부자를 낚았어? 재주가 좋은데?"

장선우는 근사한 미소를 지으며 재밌는 얘길 한 것처럼 웃었다. 미유는 뒤에서 보고 있을 눈을 의식해 허리를 꼿꼿이 세운 채 서 있었다.

"사람들이 수군대는 소릴 들었어. 약혼한다면서? 그 집 누나가 떼어 놓으려고 별짓을 다 했는데 남자가 버텨서 어쩔 수 없이 시키는 거라더군."

섬뜩한 미소에 자신도 모르게 뒷걸음칠 뻔한 걸 가까스로 버텼다. 그가 고개를 살짝 숙이고 속삭였다.

"쓰레기 같은 년."

웃음기가 사라진 냉정한 목소리에서 살기가 느껴졌다. 미유는 맹렬한 분노를 고스란히 뒤집어쓴 채 서 있었다. 머릿속에는 오직 한 가지 생각뿐이었다.

'태준이 알아선 안 돼. 절대로 안 돼!'

미유는 고개를 들고 장선우의 얼굴을 보았다. 그의 눈에 분노와 고통이 이글거렸다.

무슨 말이라도 해야 하는데 입이 떨어지질 않았다.

"안녕하세요. 장선우 씨죠? 반갑습니다."

등 뒤에서 박기영의 목소리와 향수 냄새가 났다. 미유는 쓰러지지 않기 위해 몸에 힘을 주고 뒤돌아보았다.

"처음 뵙는데, 구면인가요?"

"아니요, 대표님과 닮아서 짐작했을 뿐입니다. 저는 B&P 투자 회사를 운영하는 박기영이라고 합니다."

"안녕하세요. 공식적으로는 장성백 씨 아들이고요, 비공식적으론 서른세 살 백수입니다. 아쉽게도 저는 명함이 없네요.

두 사람 사이에 악수가 오가고, 박기영이 내민 명함을 받아든 장선우가 그녀의 얼굴을 힐끔 보며 웃었다.

"여기 예쁜 여자분께 작업 중이었는데, 동생분이신가요?"

"제 약혼녀입니다만."

박기영이 약혼녀라는 단어에 은근히 힘을 실어 말했다. 장선우가 실없이 웃으며 머리를 긁적였다.

"아, 뭐야. 임자 있는 몸이었어요? 괜히 설레었네. 연락처 물어볼 참이었는데."

웃을 때와 화낼 때 장선우의 표정은 지킬과 하이드처럼 달랐다. 처음엔 가볍고 껄렁껄렁한 사람으로 봤는데 지금은 발톱을 숨긴 야수였다.

"큰 실수 하기 전에 나타나 주셔서 감사합니다. 이런 고루한 파티에 오는 미인이 드물어서 잠시 껄떡거려 봤네요. 그럼 전이만."

그는 미유에게 눈길을 한 차례 더 주고 자리를 떠났다. 그의 뒷모습을 보고 박기영이 언짢은 얼굴로 말했다.

"소문대로군. 대표님께서 골치 아프시겠어."

박기영이 사람들을 찾아다니며 인사를 하고 미유를 소개하는 동안 그녀는 눈으로 장선우를 찾았다.

'왜 안 보이는 거지? 설마 태준에게 전화로 다 말해 버리는 건 아니겠지?'

보이지 않는 시간이 길어질수록 초초해진다.

미유는 화장실 가는 척 빠져나와 1층을 돌아다니며 장선우를 찾았다. 정원에 있나 싶어 현관 쪽으로 가는데 어디에선가 장선우가 나타나 2층으로 끌고 올라갔다. 반항 못 하고 묵묵히 끌려가는데 잡힌 손목이 끊어질 듯 아팠.

그는 미유를 어두운 방에 처넣고 안에서 문을 잠갔다. 짧은 어둠 뒤에 불이 켜지고 살기를 담은 눈이 그녀를 쏘아보았다. 두 사람 입에서 동시에 말이 나갔다.

"제발 아저씨에겐 말하지 마요."

"긴말 안 한다. 태준이에겐 비밀이야."

태준의 이름을 입에 담을 때 그의 눈이 분노로 흔들렸다.

"네 변명 같은 건 듣고 싶지 않아. 다른 말 하지 말고 조용히 떠나. 곧 영국에 간다고 들었어. 유학 간다고 해. 다신 돌아오지 않는다고 해."

"박 사장과 헤어질 거예요."

미유의 말에 그의 얼굴이 험악하게 일그러졌다.

"추잡한 변명 늘어놓을 필요 없어. 그냥 조용히 떠나라고."

"말 못 할 사정이 있어요. 내가 다 정리할게요. 시간을 줘요."

"왜? 태준이도 괜찮은 물주 같아? 내가 이렇게 친절한 놈이 아닌데 정보 좀 줄까? 그 자식 상속받은 유산을 전부 재단에 넣어서 가진 게 얼마 없어. 설마 전부 넣었을까 싶겠지만 진짜로 자기 몫은 쥐꼬리만큼 남기고 다 넣었어. 미술관을 몇 개 더 짓는다니까 몇 년이면 그 돈도 다 들어먹고 말거야. 아마 네 호구 재산이 훨씬 많을걸. 실망했지?"

그는 때리고 싶을 정도로 비열하게 웃으며 속삭였다.

"영악해 보이니까 계산 끝냈을 거야. 이제 슬픈 연기 그만하고 약혼자한테 돌아가. 태준이한테는 내가 말한 대로 해."

미유는 문 쪽으로 가려는 그를 막고 팔을 붙들었다. 그녀는 오늘 밤 처음으로 장선우의 눈을 똑바로 보며 말했다.

"사랑해요. 아저씨를…… 사랑해요."

순간 우악스러운 손이 그녀의 목을 움켜쥐고 벽으로 밀쳤다. 미유는 등에 와 닿는 둔탁한 충격과 목을 조르는 고통에 신음하며 몸을 버둥거렸다.

"지금 당장 널 죽일 수도 있어. 나는 그럴 수 있는 사람이야."

그의 말이 허투루 들리지 않는다. 정말로 이 자리에서 죽을 수도 있겠구나 하는 생각이 스친다. 미유는 그의 몸에서 쏟아

지는 분노와 목을 조이는 손아귀 힘 때문에 머리가 어지러
웠다. 그녀는 저항하기를 멈추고 힘없이 몸을 늘어뜨렸다. 눈
가에 눈물이 흘러내렸다.

"화내는 거…… 이해해요. 미안……해요."

"불쌍한 척 연기하지 마. 내게 사정한다고 봐줄 거 같아?"

분노로 활활 타는 눈동자가 한편으로는 슬퍼 보였다. 태준
이 상처받을까 봐 걱정하는 그의 마음이 고마웠다. 그리고 이
런 자신이 한없이 부끄럽고 마음 아팠다.

"태준…… 사랑……해요. 진심이야."

"입 다물어. 너 같은 년은 사랑이라는 단어를 입에 담을 자
격이 없어."

"나도 아저씨에게 상처 주고 싶지 않아요. 믿어 줘요."

"이런 썅! 늙은 호구 옆에 끼고 있으면서 사랑해? 진심이야?
속였잖아! 네 욕심 실컷 채우면서 양쪽 다 갖고 놀았잖아. 그건
사랑도 뭣도 아니야."

"나도…… 내가 얼마나 형편없는지 알아요. 사랑하지 않으려
고 했는데…… 어쩔 수가 없었어요. 나도…… 어쩔 수가……."

"닥치라고 했지! 신세 한탄 따윈 듣고 싶지 않아. 그냥 내가
하라는 대로 해!"

"아저씨가 상처받을까 봐 말 못 했어요. 헤어지고 나서……
얘기하려고 했어요."

"마지막으로 경고한다. 군말 말고 조용히 떠나. 안 그랬다간
꽃뱀 짓 못 하게 얼굴을 그어 버릴 테니까."

"잘못한 거 알아요. 나중에 다 말하겠다고……. 태준 씨랑…… 약속했어요. 그때…… 용서 못 하겠다고 하면…… 떠날게요."

목을 쥔 손에서 힘이 점점 빠져나갔다. 그는 미유를 내팽개치고 차갑게 돌아섰다.

"그래. 네가 진심이라고 쳐. 태준이가 널 받아 줄 거 같아. 자기를 갖고 놀며 거짓말만 늘어놓은 애를 용서할 거 같아? 그 녀석은 거짓말을 병적으로 싫어해. 넌 끝이야!"

장선우가 고함을 지르며 문을 박차고 나갔다. 미유는 쾅 하고 문 닫히는 소리에 놀라 몸을 움츠리며 울음을 삼켰다.

'저 사람 말이 사실일까? 태준이 용서해 주지 않으면 어쩌지?'

미유는 눈물범벅인 얼굴을 닦고 방을 나왔다. 화장실에 들어가 운 흔적을 지우는 동안 장선우의 말을 되새겼다.

'정말로 태준이 날 용서하지 않으면…… 그땐…….'

지금껏 자신의 입장에서만 생각했다. 이 상황을 벗어나는 것이 제일 중요했고, 그렇게 되기만 한다면 행복해질 수 있다고 믿었다.

마음 깊은 곳엔 태준이 용서해 줄 거라는 확신이 있었나 보다. 자신을 받아 주지 않을 거란 생각까진 하지 못했다.

'아니야. 용서해 줄 거야. 이해해 보려고 노력한다고 했어. 이해할 거라고 했어. 나는 태준을 믿어.'

그건 어디까지나 바람일 뿐. 장선우의 말대로 용납하지 않는다면…….

'태준은 날 용서하지 않을 거야.'

눈앞이 캄캄해지면서 다리가 풀린다. 태준이 없는 삶 같은 건 상상도 할 수 없었다. 처음으로 행복했는데, 살고 싶어졌는데, 꿈을 가졌는데, 그 모든 걸 잃을 순 없다.

'믿어야 해. 태준을 믿어 봐.'

미유는 속으로 계속 중얼거리며 덜덜 떨리는 손으로 눈물 자국을 지우고 옷매무새를 가다듬었다.

사람들을 보는 게, 특히 박 사장을 보는 게 겁이 난다. 지금 상태에서 감정을 숨기기란 불가능하다. 미유는 정원에 나가 심호흡을 하며 걸었다. 바람이 차기 때문인지, 두려움 때문인지 몸이 자꾸만 떨렸다. 밖에서 서성인지 얼마 지나지 않아 박기영이 그녀를 찾아냈다. 그의 얼굴을 보자마자 미유는 정원등 그늘 아래로 필사적으로 숨었다.

"추운데 왜 여기 있어?"

"머리가 아파서……. 먼저 집에 가면 안 될까요?"

"아직 안 돼."

"먼저 갈게요. 제발요. 어지러워서 못 서 있겠어요."

그는 난감해하다가 고개를 끄덕였다.

"그래, 그럼. 근처에 있는 병원에 가 봐."

"집에 두통약 있어요. 그거 먹으면 돼요."

"도착하면 전화하고. 약 먹고 푹 자도록 해."

"네. 미안해요."

미유는 차에 타자마자 옆으로 길게 누워 눈을 감았다. 장선우의 눈빛이 자꾸만 아른거렸다. 태준도 그런 눈으로 볼까 봐 두려웠다.

집에 도착한 미유가 제일 먼저 꺼내 든 건 핸드폰이었다. 태준에게 전화를 걸었지만 한참이 되도록 받지 않았다. 장선우가 전화하지 않았을 걸 알면서도 심장이 두근거린다. 끊고 다시 거니 이번에는 금방 받았다.

— 미안. 샤워하느라 늦게 받았어. 오늘 잘 지냈니?

가쁜 숨소리와 웃음기 섞인 목소리를 듣자 미유는 그리움에 숨이 막혔다.

"아저씨. 보고 싶어."

태준이 안아 줬으면 좋겠다. 머리를 쓰다듬으며 다 잘될 거라고 말해 줬으면 좋겠다. 고통은 금방 지나가고 행복한 날들만 있을 거라고, 꼭 그렇게 될 거라고 말해 줬으면.

— 무슨 일 있어?

"그냥…… 아저씨가 보고 싶어."

— 집으로 갈까?

"응."

위험하다는 걸 알면서도 미유는 자신 모르게 불쑥 말해 버렸다.

— 알았어. 최대한 빨리 갈게.

"전화 끊지 마. 응? 도착할 때까지 끊지 마."

— 그래, 그럴게.

아기를 어르듯 다정하고 부드러운 목소리에 슬픔의 무게가 좀 더 묵직해진다.

이렇게 좋은 사람에게 무슨 짓을 하는 거지? 미유는 자신이 너무 미워 죽고 싶었다.

— 속상한 일 있었니?

"응."

— 말하고 싶어?

"아니."

— 오늘 있었던 일 얘기해 줄까?

"응. 듣고 싶어."

— 우리 요미 보러 갔어. 사돈 어르신이 이름을 지어 오셨대. 예쁘고 바르게 자라라고 아정.

"아정. 예쁜 이름이네. 아정이는 잘 지내요?

— 성격이 제 아빠를 닮았어. 낯도 안 가리고 사람만 보면 방실방실 웃어. 신기하다니까. 아참, 태오가 너 데려오라고 했어. 저번에는 손님이 많아서 얼굴만 잠깐 봤잖아. 같이 저녁 먹자고 초대했어. 언제 시간 내서 가자. 녀석이 궁금한 게 많은가 봐. 자꾸 너에 대해 이것저것 물어봐.

미유는 그의 숨소리, 움직이는 소리, 문을 닫는 소리, 복도를 걷는 소리, 자동차 시동을 켜는 소리에 귀를 기울였다. 그와의 거리가 점점 가까워진다고 생각하니 더욱 보고 싶었다.

— 미유야, 듣고 있니?

한참 동안 그의 말을 듣고만 있으니 태준이 물었다. 미유는 숨을 삼켰다가 천천히 뱉으며 말했다.

"아저씨 말을 듣고 있으면 마음이 편해져. 다 잘될 거 같아."

— 그래, 다 잘될 거야.

"와서 머리 쓰다듬어 줘."

— 그래.

"키스해 줘. 아주 오랫동안. 그리고 안아 줘. 내가 그만하자고 할 때까지."

'아저씨가 날 이해해 줄까? 더럽다고 버리면 어떻게 하지? 그러면 살아갈 자신이 없어. 사는 의미가 없어.'

미유는 이대로 핸드폰을 붙들고 있다간 소리 내어 흐느낄 것 같아서 말했다.

"운전 중에 통화하면 안 되니까 잠깐 끊을게. 운전 조심하고, 빨리 와."

— 그래, 곧 갈게.

그녀는 전화를 끊고 욕실에 가서 샤워를 했다. 가장 예쁜 속옷을 입고, 향수를 뿌리고, 입술에 립 밤을 발랐다. 태준을 본다는 기쁨에 들떠 있는 자신이 어이없어서 화가 났다.

'하지만 지금 태준을 보지 않으면 미칠 것 같은걸. 확인하고 싶어. 태준이 날 얼마나 사랑하는지. 그래야 마음을 추스를 수 있을 것 같아.'

옷을 갈아입고 소파에 앉아 시계를 본다. 지금쯤 어디까지 왔을까. 길이 막히는지 생각보다 오래 걸린다. 미유는 기다리다 못해 카디건을 걸치고 집을 나섰다. 캄캄한 길을 내려가 마을 입구에 있는 버스 정류장에 서니 찬바람이 몸을 휘감았다.

태준이 못 견디게 보고 싶어서 1분 1초가 더디게 느껴진다. 낯선 자동차 몇 대를 보내고, 멀리 눈에 익은 차가 들어오는 게 보였다. 미유는 한 손을 저으며 제자리에서 뛰었다. 그 모습을 발견한 차가 그녀 앞에 섰다.

"추운데 집에서 기다리지."

"아저씨 빨리 보고 싶어서."

미유는 차에 타자마자 그를 꼭 끌어안았다. 그리고 저녁 내내 마음에 꾹꾹 담아 온 말을 속삭였다.

"사랑해."

태준은 말없이 아득해질 만큼 꼭 안아 주었다.

"진심으로…… 사랑해."

가식과 거짓말을 내뱉던 입술이 진실을 속삭인다. 진실을 말할 땐 이토록 가슴이 아프고, 행복하고, 슬프구나. 태준에게 모든 걸 털어놓을 때도 이런 기분일까.

미유의 양심이 속삭였다. 지금이 모든 걸 말할 때라고.

'아니야. 오늘은 아니야. 제발…… 오늘은 안 돼.'

말해야 한다. 언젠가는 모두 말할 것이다. 하지만 지금은 아니다. 오늘처럼 힘들었던 날은 아니다. 이 순간만큼은 사랑하는 사람 품에 안겨 위로받고 싶다.

'미안해, 아저씨. 정말…… 미안해.'

미유는 그의 가슴에 얼굴을 묻으며 속으로 중얼거렸다.

♥

주위는 고요하다. 그를 스치는 불빛은 어떤 눈부심도 주지 못했다. 태준은 앞만 보며 달려갔다. 머릿속이 텅 비었다.

— 네가 알아봐 달라고 한 거 말이야. 여자랑 얽힌 문제는 아니지?

그는 20분 전에 전화 한 통을 받았다. 천국이 지옥으로 바뀌는 건 무척이나 쉬웠다.

— 부탁해서 알아보긴 했는데, 왜 이런 걸 궁금해하는지 의아해서 말이야. 혹시 여자 일로 물어본 거면 말해 주기가…….

그 순간 예감했다. 그가 꺼내 놓는 말이 자신을 산산조각 낼 것을.

— 나화진 말이야. 골 때리는 여자더라고. 원래 요정에 나갔는데 제작자 눈에 들어서 배우가 됐대. 출신이 그래선지 데뷔하고도 예전에 알았던 사내들이랑 곧잘 어울렸나 봐. 질 안 좋은 부류랑 얽혀서 마약하고 그게 들켜서 은퇴했는데, 그때부터 아예 포주로 나섰대. 배우 한답시고 바람 든 애들 데리고 장사한 거지. 그 방면에선 알게 모르게 유명했나 봐. 전에 선배가 기사를 써 보려고 했는데 데스크에서 막혔대. 이름만 들어도 다 아는 정치인이 뒷배로 있어서 괜히 건드렸다가 모가지 날아갈 뻔했다나. 박기영도 그때 고객인 모양이야. 젊은게 일찍부터 못된 짓만 배워 처먹어서. 아무튼 사업도 같이하고 꽤 가까웠나 봐. 그 집에 어린 조카가 하나 있는데…… 죽기 전에 박기영이랑 약혼시켰대.

마지막 대목에서 그는 몇 초 뜸을 들었다. 짧은 정적 뒤에 묵직한 충격이 태준의 머리에 떨어졌다.

— 처음엔 본가에서 안 된다고 반대하다가 박기영이 주가 조작 사건 무마해 주면서 허락을 받은 모양이야. 곧 영국 지사로 옮겨 가고 그곳에서 식을 올린다는데? 네가 부탁해서 알아보긴 했는데 도대체 이게 왜 알

고 싶은 건가 궁금했어. 혹시 그 조카라는 여자랑 얽힌 거야? 내가 남의 일에 참견하지 않는데 너라서 한마디 한다. 미련 가지지 말고 정리해. 딱 봐도 그림 나오잖아. 괜히 말려들면 피곤해져.

고막을 통해 흘러들어 온 독이 몸의 신경을 마비시켰다. 아니라고, 잘못 안 거라고 소리치고 싶은데 혀가 움직이지 않았다.

— 기태준. 듣고 있냐?

"형. 제가 다음에 연락할게요."

태준은 전화를 끊고 나서 한동안 멍하니 달리기만 했다.

약혼. 결혼.

단어의 사전적 의미를 이해하려고 애썼다.

그러니까 미유에게 남자가 있다는 말인가? 곧 결혼한다고?

정보를 받아들이지 못한 뇌가 같은 질문만 계속 반복했다. 화이트 아웃. 주변이 온통 하얗게 변하고 원근감이 사라졌다.

'미유가 내게 거짓말을 했어. 사랑하는 사람이 나를…… 속였어.'

하얀 어둠을 뚫고 강렬한 빛이 눈을 후벼 판다. 맞은편에서 오던 트럭이 급히 핸들을 꺾고 옆을 스쳐 간다. 요란한 클랙슨 소리.

정신을 차리니 그는 중앙선 한가운데를 달리고 있었다. 태준은 갓길에 차를 세우고 뛰어내렸다. 이마에 흐르는 식은땀을 훔치며 숨을 크게 쉬어 보지만 두통이 사라지지 않았다.

박기영. 나화진의 사업 파트너. 나미유의 약혼자.

한 번도 보지 못한 남자를 죽이고 싶다. 미유의 인생에서 자신보다 큰 비중을 차지하는 남자가 있는 걸 용납할 수 없다.

형이 잘못 안 건 아닐까? 그저 미유를 도와주는 지인인지도 모른다. 결혼은 주위에서 만들어 낸 헛소문일지도.

순간 머리에 투자 회사와 부동산 중계인이 스쳤다. 급하게 그림과 저택을 처분해야 했던 이유가 영국에 가야 했기 때문인가.

한쪽 머리가 깨질 듯이 아프다. 다리에 힘이 풀려 휘청거리는데 날카로운 빛이 송곳처럼 망막을 찔렀다. 도로가에 서 있는 태준을 뒤늦게 발견한 차가 거칠게 경적을 울리고 지나갔다. 태준은 순간 여기가 어딘지, 무엇을 하려고 했던 건지 기억이 나지 않았다.

'왜 거짓말을 했을까. 언제까지 속이려고 했을까. 내게 했던 말들은 진심이었을까.'

어떤 손이 가슴을 뚫고 들어와 심장을 뜯어 가는 것만 같았다. 분노에 몸이 으스러질 것 같은데도 마음이 미유를 찾는다. 화가 나서 소릴 지르고 싶은데, 손에 잡히는 건 뭐든 때려 부수고 싶은데 미유가 보고 싶다.

'사실이 아닐 거야. 확인해야 해. 미유의 입으로 직접 듣겠어.'

태준은 지체하지 않고 용인으로 달렸다. 어떻게, 어떤 정신으로 왔는지 기억이 나지 않는다. 정신을 차려 보니 버스 정류장에 서 있는 미유가 보였다.

아름다운 연인.

처음엔 그리움이고, 떨림이고, 환희였는데, 이제 고통으로 바뀌고 있다.

미유가 손을 흔들며 차로 달려오는 모습을 보고 그는 미소를 지었다. 그녀는 피를 흘리는 도중에도 태준을 웃게 했다.

차 문을 열고 미유가 미끄러지듯이 들어왔다. 그리고 태준의 목을 끌어안고 차갑게 언 볼을 비볐다. 미유에게서 진한 장미향이 났다.

"사랑해."

오랫동안 참아 온 고백을 하듯 미유가 속삭였다. 날카로운 칼이 그의 가슴을 슥 베고 지나갔다.

'정말 나를 사랑하니? 그런데 왜 속인 거야? 네가 한 말 중에 무엇이 거짓이고, 무엇이 진심인 거니?'

얼굴을 보면 따져 묻고 싶었다. 화내고 다그치고 소리치고 싶었다. 그런데 미유의 얼굴을 본 순간 겁이 왈칵 났다. 떠날까 봐, 다신 얼굴을 보여 주지 않을까 봐 물을 수 없었다.

"진심으로…… 사랑해."

이토록 가슴 뛰는 거짓말이라니.

태준은 자신도 모르게 헛웃음이 나오려는 걸 가까스로 삼켰다.

'넌 나를 사랑하지 않아. 사랑한다면 말했어야 해. 약혼자가 있다고, 곧 결혼한다고. 그리고 그 사람이 아니라 나를 선택했어야 해.'

그는 품에 안긴 미유를 밀어내고 핸들을 잡았다. 미유의 얼굴은 보지 않았다. 눈을 보면 감정을 들킬 것만 같았다.

"아저씨, 무슨 일…… 있어?"

무언가를 감지한 미유가 조심스럽게 물었다. 태준은 대답 없이 차를 몰았다. 목적지는 정하지 않았다.

"잠깐, 드라이브하자."

그들은 약속이나 한 듯 입을 다물었다. 도로, 중앙선, 가로등. 태준은 눈에 보이는 걸 무심히 지나치며 액셀을 깊숙이 밟았다. 빠른 속도로 달리고 있다고 머릿속으로 생각할 뿐, 속도를 느끼진 못한다. 옆에 앉은 미유는 숨소리도 내지 않고 조용히 있었다.

지금 무슨 생각을 할까. 들켰다고 생각할까? 조용히 사라지려고 했는데 일이 피곤해졌다고, 잠깐씩 즐기는 것도 이제 끝내야겠다고 생각할까?

왜 나였을까. 약혼자가 있으면서 호텔엔 왜 가자고 했을까. 그 밤의 눈물이 생각난다. 내 살에 닿았던 따뜻한 온기와 침대 시트에 남은 붉은 흔적. 문 앞에서 서서 다음을 기약하던 혼란스러운 눈빛. 낯선 이와의 일탈이 목적이라기엔 너무나도 절실했고 외로워 보였다.

하지만 그 모든 게 나의 착각이었다면? 그저 잠시 즐긴 것뿐인데 생각보다 만남이 길어진 것이라면? 싫증이 나 정리한 것인데 내가 찾아낸 거라면?

태준은 자신이 본 것, 느낀 것들이 모두 신기루 같았다. 자신이 바랐을 뿐 처음부터 그 자리엔 아무것도 없었던 거다.

가슴속에서 불길이 화르륵 타올랐다. 태준은 손가락 사이로 빠져나가는 기억을, 변색되기 시작한 기쁨을 놓치고 싶지 않앗다. 신기루가 신기루라는 걸 알아채기 전에 끝내 버리면 된다. 모든 게 거짓이고 사랑한다는 고백이 달콤한 연기임을 알기 전에 끝낸다면, 그럴 수만 있다면.

태준은 두 손으로 핸들을 움켜쥐고 도로를 노려보았다. 지금 속도로 이 고가도로를 벗어나면 어떻게 될까.

순간 미유에게로 고개가 돌아갔다. 겁에 질려 있을 줄 알았던 미유는 조용한 얼굴로 정면을 응시했다. 마치 침대에 누워 있는 것처럼 편안해 보였다. 태준의 시선을 느낀 그녀가 돌아보았다. 무얼 망설이냐는 눈빛이었다.

'아저씨…… 이대로 끝내는 것도 괜찮은 거 같아.'

그녀의 쓸쓸한 눈빛에 태준은 정신을 차렸다. 그는 그제야 자신이 하려는 짓을 깨닫고 혐오감에 몸을 떨었다.

인적 없는 공터에 차를 대고 두 사람은 한참을 말없이 앉아 있었다. 음악 소리도, 숨소리도 들리지 않았다. 전구가 깨진 가로등이 을씨년스럽게 서 있고 그 아래 쓰레기가 수북이 쌓였다. 마른 낙엽이 바람에 뒹굴고 주인에게 버려진 고양이가 어슬렁거리며 먹을 걸 찾아다녔다.

태준이 진실을 알아 버린 걸 알면서도 그녀는 말이 없었다. 그도 아무것도 묻지 않았다. 한 번 말을 꺼내면 돌이킬 수 없을 것만 같았다.

그들을 뒤에 남겨 둔 채 시간이 무심히 흘러갔다. 멀리 교회 십자가가 조용히 어둠을 밝힐 뿐, 둘은 고요 속에 잠겨 있었다.

"한 번은 학교에 가는데 새끼 고양이가 혼자 있는 걸 봤어."

12시를 막 넘겼을 무렵에 미유가 입을 열었다. 집중해야 들릴 만큼 작고 힘없는 목소리였다.

"태어난 지 얼마 안 된 거 같았는데 나를 보더니 잔뜩 겁먹어서 차 밑으로 숨었어. 다쳤는지 뒷다리를 움직이지 못하고 앞다리로 몸을 질질 끌고 가는데 마음이 아팠어."

미유는 금방이라도 스러질 것 같은 촛불 같았다. 손을 뻗어 바람을 막아 주고, 꺼지지 않게 지켜 줘야 하지만 태준은 아무것도 하지 않았다.

"집에 데려가서 치료해 주고 싶었는데 이모가 고양이를 싫어했어. 대신 맡아 줄 사람도 없고 학교도 가야 하고……. 그래서 그냥 지나쳤어. 그땐 다른 사람이 도와준 거라고 생각했어. 너무나도 불쌍해 보이는 아이였거든. 그렇게 학교에 가는데 정원에서 몰래 기르면 된다는 생각이 드는 거야. 박스랑 이불을 가져오고, 아줌마한테 먹을 걸 부탁하면 이모 몰래 기를 수 있다고. 그 생각이 나자마자 고양이를 본 곳으로 뛰어갔어. 차 밑에도, 길에도 새끼 고양이는 없었어. 금방 돌아갔는데, 오래 걸리지 않았는데, 아기 고양이는 어디로 갔을까? 누가 데려가 치료해 줬을까? 어미에게 버림받은 아이였는데, 태어나서 한 번은 따뜻한 사랑을 받아 봐야 하는데, 내가 망설이는 바람에 도와주지 못했어."

미유는 두 손으로 얼굴을 가리고 울었다.

"그 후로 몇 번이나 그 자리에 갔어. 미안해서 계속 찾으러 다녔어. 되돌릴 수 있을 줄 알았어. 정말로 금방 돌아갔는데,

잠깐 망설인 것뿐인데 그렇게 될 줄 몰랐어."

태준은 그녀가 하려는 말을 짐작할 수 있었다. 어쩌다가 때를 놓쳤고 그러다가 지금까지 왔다고, 되돌릴 수 있을 줄 알았다고, 모든 게 잘될 줄 알았다고 말하고 싶은 것이다. 살다 보면 중요한 순간을 놓칠 수도 있고, 다시 붙들 수도 있다. 다시 붙든 순간은 기억에서 지워지지만, 붙들지 못한 순간은 오랫동안 가슴에 남아 흉터가 된다.

'우리는 서로에게 흉터가 될까?'

하고 싶은 말이 많았는데 아무 소용이 없다는 생각이 든다. 속인 게 아니라 말을 못 한 것뿐이라도 지금 시점에선 말했어야 했다. 기태준을 선택하지 않고 박기영을 따라 영국으로 간다고 솔직하게 말해 줬어야 했다. 결혼 얘기를 다른 사람에게서 듣게 내버려 둬선 안 되는 거였다.

태준은 그녀의 침묵, 눈물, 흐느낌이 증오스러웠다. 너무나도 사랑하지만, 잃는다는 생각만 해도 숨 쉬는 게 고통스럽지만 거짓을 사랑할 수 없었다. 진심을 기만한 사람에게 매달릴 만큼 기태준은 못난 사람이 아니다.

놓겠다. 지금껏 혼자 붙들고 있던 마음을 내려놓겠다.

미유의 집에 도착할 때까지 그는 한마디도 하지 않았다. 미유는 시선조차 주지 않는 그를 보다가 조용히 차에서 내렸다. 집으로 들어가던 그녀의 뒷모습이 마음에 아프게 밟혔다. 그렇게 두 사람은 작별 인사조차 하지 않은 채 헤어졌다.

미유는 말없이 차를 모는 그의 얼굴을 보고 알았다.

'아, 이 사람 알고 있구나.'

태준의 절망이 고스란히 느껴졌다. 누구를 통해 어떻게 알았는지는 궁금하지 않았다. 그저 태준이 모든 걸 안다는 사실이 충격이었다.

'아저씨, 내게 화내 봐. 소리치고 때리고 울어 봐.'

그의 손을 잡고 싶었지만 차마 그럴 수 없었다. 나미유는 그럴 자격이 없는 사람이다.

'차라리 이대로 끝났으면 좋겠어.'

무서울 만큼 빠르게 달리는 차 속에서 이대로 죽는 것도 괜찮다고 생각했다. 한없이 부끄러워서 죽음 속으로 숨고 싶었다. 그가 침묵할수록 미유는 깊은 구덩이로 굴러떨어지는 것만 같았다. 모든 걸 설명하고, 이해를 바라고, 이해받고 행복하길 바란 건 어처구니없을 만큼 미련했다.

이태원 바에 놀러 갔을 때가 생각난다. 좋아하는 게 뭔지 물으며 맥주를 마시다 문득 그동안 연애를 안 한 이유가 궁금했다. 태준이 자꾸 말을 돌리는 걸 그녀가 집요하게 캐물었다.

"왜 연애 안 했어? 아저씨가 마음만 먹으면 얼마든지 할 수 있는데."

그는 말없이 맥주잔을 들여다보다가 입을 열었다.

"어머니에겐 모든 사랑이 진심이었어. 결국 짧게 스친 것 밖에 안 되는데 그 많은 남자들과 한결같이 모든 걸 버릴 각오로 사랑했어. 그걸 보고 생각했어. 사랑이란 건 결국 순간의 욕망일 뿐이구나. 자기는 진심이라고 하지만 시간이 지나면 싫증이 나고, 헤어지고, 그 사람에 대해선 까맣게 잊어버리고, 새로운 사람을 찾지. 그 가벼움이 싫었어. 진심 타령하면서 다른 사람에게 고통을 주는 뻔뻔함이 싫었어. 사랑이 모든 것의 위에 있다는 대책 없는 태도가 싫었어."

"두려웠구나. 어머니처럼 될까 봐."

내 말에 그가 웃음을 터트리며 볼을 꼬집었다.

"넌 가끔 사람을 놀라게 한다니까. 어떻게 그걸 알아?"

"아저씨는 좋은 사람이니까. 상처 주는 걸 두려워할 거 같아서."

"엄마 피가 흐르니까…… 상처 줄까 봐 두려운 때도 있었지. 반대로 내가 당할까 봐 두렵기도 했어. 난 사람이 진심을 속이는 게 싫어. 그걸 이용하는 건 세상에서 가장 잔인한 짓이야. 내가 플로라에게 빠진 것도 어찌 보면 방패막이였을지도 몰라. 날 보호하기 위한."

"지금도 사랑하는 게 두려워?"

"아니. 널 믿으니까."

그토록 믿었던 사람이 배신을 했다. 처음으로 마음을 연 사람이 온갖 거짓말로 속였다. 그의 마음을 이해하니까 어떤 변명도 할 수 없었다.

'용서하지 않을 거야. 어떤 말을 해도 이해해 주지 않을 거야.'

화내고 다그쳤다면 희망을 가졌을지도 모르지만 지금 그는 입을 다문 채 앞만 보고 있다. 어떤 것도 묻지 않고 속으로 분노를 삭인다.

외할머니 집 대문에 형제가 버려졌을 때도 그랬다고 했다. 감정을 드러내지 않은 채 분노와 오기로 버텼다고 했다.

'아저씨, 그래도 우린 다르잖아. 우리가 함께 보낸 시간은 특별했잖아. 뭐라고 말 좀 해 봐. 아저씨가 말을 걸어 주지 않으면 난 한마디도 못 해.'

잠깐 길을 벗어나도 되돌릴 수 있을 줄 알았다. 사랑하니까 이해받을 수 있을 줄 알았다. 살아오면서 인생이 생각처럼 되지 않는 걸 뼛속 깊이 깨달았으면서도 미유는 희망을 품었다.

"헤어지자고 하지 않았어. 그러니까 헤어진 게 아니야. 화가 난 거야. 너무 화가 나서 얼굴도 보고 싶지 않은 거야. 진정되면 내 말을 들어 줄 거야. 사랑하니까 이해해 보려 노력할 거라고 했잖아. 그러니까 다시 올 거야. 다시 돌아올 거야."

골목을 빠져나가는 그의 차를 보며 미유는 떨리는 몸을 두 팔로 감쌌다. 그녀의 간절한 기대는 시간이 흐를수록 부정적인 결말로 향해 갔다.

"아직 화가 풀리지 않았을 거야. 오래 걸리는 게 당연하지. 조급하게 굴지 말고 기다려야 하는데 그게 잘 안 돼. 내일이

크리스마스인데, 선물을 주고 싶은데. 아저씨는 왜 내 전화를 받지 않지?"

아무도 없는 고요한 집에 쓸쓸한 목소리가 홀로 떠다녔다. 보고 싶다. 미치도록 보고 싶은데 차마 찾아가질 못하겠다. 그의 입으로 끝이라는 단어를 들으면 무너질 것만 같다.

"입장을 바꿔 생각해 봐. 너라면 금방 풀리겠어? 오래 걸리는 게 당연하잖아. 기다려 주자."

미유는 일부러 밝게 떠들며 집 안을 서성였지만 안심이 되지 않았다. 하루의 대부분을 침실 창 앞에서 그를 기다리며 보냈다. 집으로 올라오는 좁은 길은 텅 비어 있었다. 밤에도, 낮에도 태준은 오지 않았다.

'그 사람은 안 와. 다 끝난 거야. 나라도 이해 못 해. 용서하지 않을 거야.'

바람에 창문이 덜컹거렸다. 눈은 오지 않을 모양이다. 미유는 창문을 열고 손가락으로 바람을 느꼈다. 그리고 눈을 감고 태준의 차에서 바람을 느끼던 그때를 생각했다. 산에서 안개가 내려오고 솔가지 타는 냄새가 났다.

행복한 순간이 먼 옛날처럼 느껴졌다. 미유는 그를 기다리며 행복했던 기억을 하나하나 꺼내 보다 깨달았다.

모든 행복은 진실 속에 있어야 진짜가 된다는 걸.

거짓말이 모든 걸 망쳐 버렸다. 나미유가 망가뜨렸다.

저녁에 박 사장이 차를 보냈다. 그들은 고급 레스토랑에서 가장 좋은 자리에 앉아 저녁을 먹었다. 주위엔 크리스마스이브를 축하하려는 부부와 연인들이 행복한 얼굴로 앉아 있었다. 멍하고 우울한 얼굴로 앉아 있는 건 미유뿐이었다.

"누나가 그러는데 아직도 웨딩드레스 못 골랐다면서? 다음 달이면 출국하는데 얼른 준비 끝내야지."

미유는 고개를 들어 박 사장을 보았다. 대꾸 없이 바라보기만 하는 그녀를 보고 박기영이 인상을 찡그렸다.

언젠가 이모의 우울증 약을 훔쳐서 술과 먹은 적이 있었다. 지금 상태가 꼭 그때 같다. 깨진 거울처럼 세상이 어그러져 보이고 파도에 휩쓸린 것처럼 몸의 중심을 잡을 수 없다. 실내에 흐르는 부드러운 재즈곡 선율, 유리잔이 부딪히는 소리, 사람들의 말소리가 아주 멀리서 울린다. 누군가가 농담을 했는지 여럿이서 웃음을 터트렸다.

"너 어디 아픈 거야?"

박기영이 눈이 휘둥그레져서 그녀를 보았다. 미유가 흘린 눈물이 볼을 타고 흘러 무릎 위에 펴 둔 빨간 냅킨 위로 뚝뚝 떨어졌다. 기영만큼이나 그녀도 놀랐지만 손을 뻗어 닦을 기운이 없었다. 몸과 마음이 무기력해서 땅속으로 꺼지고 싶었다.

"미유야?"

그가 굳은 얼굴로 물었다. 미유는 자신이 점점 망가지는 걸 느꼈다. 마음에 금이 간 것만 같았다. 태준이 말없이 떠난 그 순간부터 금이 가기 시작해 이별을 확신하는 지금까지 그녀의 마음은 갈라지고 있었다. 이젠 고통을 숨기고 싶지 않았다. 태준이 없는 지금 그녀는 지키고 싶은 것이 없었다.

"……하지…… 않아요."

목에 메어 말이 잘 나오지 않았다. 미유는 무표정한 얼굴로 눈물만 뚝뚝 흘렸다.

"뭐?"

"사랑하지…… 않아요."

고통으로 벌어진 틈새에서 처음으로 제대로 된 진심이 흘러나온다. 조금 더 일찍 고백했어야 했다. 영악한 척 머리 굴리지 말고 진심으로 살았어야 했다. 그랬다면…… 그랬다면…… 한 사람에게 그토록 아픈 상처는 주지 않았을 것이다.

미유가 고개를 들자 무섭도록 차가운 눈길이 그녀를 쏘아보았다.

"눈물 닦아. 집에 가서 얘기하자."

"사랑하지 않는다고요."

미유의 말에 옆 테이블 사람들이 쳐다보았다.

"조용히 해."

"이 결혼 못 해요! 박 사장님. 못 하겠어요."

그녀는 어린아이처럼 큰 소리로 울음을 터트렸다.

'아저씨에게 전화가 안 와요. 지금쯤이면 와야 하는데, 왜 거짓말을 했는지, 무엇 때문에 그랬는지 물어야 하는데 전화가 오질 않아요. 아직 화가 안 풀린 걸까요? 아니면…… 용서할 수가 없어서 그럴까요? 그때 모두 얘기했어야 했는데, 무서워서 못 했어요. 아저씨가 내 눈을 보지 않아서, 너무 차가워서 말할 수가 없었어요. 헤어지자고는 안 했으니까, 그냥 말없이

가 버렸으니까, 아직 끝난 게 아니라고 생각했는데. 이렇게 작별 인사도 없이 끝내진 않을 테니까 아직 헤어진 게 아니라고 생각했는데…… 아저씨에게 전화가 오지 않아요. 이게 끝이면 어쩌죠? 영영 아저씨를 못 보게 될까 봐 겁나요.'

"당장 울음 그쳐!"

그가 자리에서 일어나 미유의 팔을 붙들고 의자에서 거칠게 일으켜 세웠다.

"집에 가자."

미유는 울면서 끌려 나갔다. 테이블에 있는 사람과 웨이터들이 놀란 얼굴로 그들을 보았다.

용인으로 가는 동안 박기영은 한마디도 하지 않았다. 분노를 억누르는 숨소리와 신경질적으로 넥타이를 푸는 소리, 긴 한숨 소리가 들렸다.

미유는 차창에 머리를 기댄 채 소리 없이 울었다.

지금은 박기영과 그에게 진 빚이 두렵지 않다. 태준이 돌아오지 않는다면, 영원히 용서하지 않는다면 자신이 어떻게 되든 상관없었다.

박기영이 집에 들어와 제일 먼저 한 일은 재킷을 벗고 목을 조이는 드레스 셔츠 단추를 푸는 것이었다. 그리고 양쪽 소매를 걷고 다가와 따귀를 때렸다.

미유는 힘없이 카펫 위로 쓰러졌다. 얼굴이 떨어져 나갈 것처럼 아팠지만 속은 시원했다. 진즉 이랬어야 했다고 속으로 생각했다.

"결국 나를 이 꼴로 만드는구나."

화났다기보다는 서글픈 목소리였다.

"이젠 내가 두렵지 않은가 보구나. 진짜 속마음을 털어놓는 걸 보면."

모두 포기해 버렸다. 어떤 결말이든 상관없다. 어차피 지옥인 건 같으니까.

"내게 붙들려 있는 건 순전히 빚 때문이었지. 다 알고 있었어."

'사랑해, 미유야.'

박기영의 목소리가 멀리 들리고 태준의 속삭임이 가까이 들린다.

'아저씨, 사랑한다고 했잖아. 그러니까 내 말을 들어 줘. 내가 다 얘기할게. 제발…… 내 얘기 좀 들어 줘.'

"얼음이라고 생각했다. 그 차가움이 좋았어. 나뿐만 아니라 어느 누구도 마음에 들이지 않을 거라고 생각했다. 안심하는 게 아니었는데. 기태준이지? 네가 빠진 사람 이름이."

그의 입에서 기태준이라는 이름이 나온 순간 심장이 멎어 버렸다. 얼어붙어 꼼짝도 못 하는 미유를 보며 그가 쓰디쓰게 웃었다.

"출장에서 돌아왔을 때부터 느낌이 이상했어. 겉은 그대로인데 모두 다시 조립해 놓은 느낌이랄까. 감추려고 노력했지만 달라진 게 보였어. 곰곰이 생각했지. 뭐가 달라졌을까. 갖고 싶은 것도, 하고 싶은 것도 없어 보이던 아이에게 왜 갑자기 생기가 돌까. 사람이 변할 땐 이유가 있거든. 보통은 사랑 때문이지. 내가 어디까지 알고 있을 거 같아? 어디까지 속아 줄까?"

박기영이 하얀 이를 드러내며 웃었다. 목숨 줄을 붙잡고 있다는 듯 의기양양한 표정에 미유는 속이 뒤틀렸다.

"아무리 영악하게 굴어도 너는 아직 어려. 사람이 얼마나 무서운지, 어떤 방법까지 할 수 있는지 몰라. 핸드폰을 복제하고, 집에 도청기를 설치하고, 사람을 붙였다. 남자가 있더군. 커피숍에서 무엇을 마시고 어떤 영화를 봤는지 다 알고 있었어. 그런데 말이야, 기태준과 어떻게 만난 거지? 두 사람이 접점이라고는 없는데 어디서 얽힌 건지 그게 가장 궁금했어."

"다 알고 있었다고요?"

"그래."

"왜 모른 척한 거예요?"

"마지막 준비를 끝냈을 때, 희망에 부풀어 있을 때 끌어내리고 싶었거든."

그가 허리를 숙이고 미유의 얼굴을 들여다보았다.

"너는 나를 사랑하지 않아서 우는 게 아니야. 기태준이 떠났기 때문에 우는 거지. 내게서 벗어나려는 준비를 착착 하고 있었는데, 보람이 없겠군."

태준의 이름을 입에 담는 그의 입술이 한없이 역겨웠다.

"박 사장님이 말했어요?"

박기영이 피식 웃음을 흘렸다.

"아니. 나는 아무 짓도 안 했어. 몰래 뒷조사를 한 모양이야. 요즘 사내들은 여자 얼굴만 밝히지 않아. 배경, 재산, 학력 같은 것도 따져 가며 고르지. 내막을 알고 나서 꽤나 놀랐을걸. 그런 더러운 환경에서 자란 계집애였다는 걸 알고 정이 떨어졌을 거야."

미유는 그 정도까진 아닐 거라고 생각하며 버텼다.

"기태준에 대해 알아봤는데 과거에 부모에게 버려졌더군. 어머니란 여자는 엄마라고 부르기도 민망할 지경인 데다 아버지도 매한가지고. 그런 남자는 너 같은 부류를 용서 못 해. 아무리 대단한 사랑이라고 해도 상대를 속이는 건 버리는 것과 마찬가지라고 받아들이지."

'그럴까? 아저씨는 날 용서하지 않을까? 내가 속이고 버렸다고 생각할까? 그게 아닌데. 정말로 그게 아닌데.'

"이제 어떻게 할 거지? 사랑하는 남자는 널 떠났고 물주는 옆에 남아 있어. 머리를 굴려 봐. 네 이모가 가르쳐 준 대로 계산기를 두들겨 보라고."

박기영이 얼굴로 손을 뻗었다. 자신도 모르게 몸을 움츠리는데 그가 뺨에 흐르는 눈물을 닦아 주며 말했다.

"정신 차려. 넌 사랑에 빠진 게 아니야. 내게서 벗어나고 싶은데 마침 그가 나타났던 것뿐이야."

"그게 아니에요."

"아니. 사랑이라고 착각한 거야. 너는 내가 아닌 아무나가 필요했던 것뿐이야. 나를 미워하고 원망하니까 괴롭히고 싶었던 거라고."

"처음엔 그랬어요. 내 상황에서 벗어나고 싶었어요. 그렇게 하지 않으면 숨이 막혀 죽을 것만 같았으니까. 하지만 아저씨는 장난감이 아니에요. 도피처도 아니야. 진심으로 마음이 움직였어요. 살아 있는 것 같았고, 살고 싶어졌어요. 그런 게 사랑이잖아요. 박 사장님도 그런 사랑을 해 봤잖아요. 그러니까 내가 필요한 거잖아요."

"그만! 그만해!"

박기영이 그녀의 몸 위로 올라와 두 손으로 어깨를 아프게 눌렀다.

"결국 떠나 버렸잖아. 그 대단한 사랑이 네게 등을 돌렸잖아. 네가 울고불고하는 진짜 이유가 뭐야? 고해 성사야? 날 떠나겠다는 건가? 무슨 수로 벗어날 건데?"

숨이 막히고 어깨가 부서질 듯이 아팠다. 하지만 미유는 모든 걸 체념한 사람처럼 축 늘어져서 그를 보았다.

"나 그 사람이랑 잤어요."

어깨를 짓누르던 고통이 순식간에 사라졌다.

"처음 만난 날 호텔에 갔어요. 내가 자고 싶다고 울면서 매달렸어요. 좋았어요. 행복했어요. 그런 느낌, 처음이었어요. 이 집에서도 잤어요. 내 침대, 여기 소파에서도 잤어요. 처음으로 태어나기를 잘했다고 생각했어요."

"그 입 다물어."

"아저씨는 날 특별하게 대해 줘요. 살아 있는 장식품이 아니라 소중한 사람으로 여겨 줘요. 그래서 사랑해요. 사랑할 수밖에 없었어요."

박기영이 뺨을 후려쳤다. 미유는 고통스러운 내색 없이 웃으며 말했다.

"아저씨가 떠나서 너무 마음 아파요. 살고 싶지 않아요."

"제기랄! 아저씨 소리 좀 그만해!"

"나 좀 놓아줘요. 돈은 평생 벌어서 어떻게든 갚을게요. 그러니까 놓아주세요. 제발……."

"순진한 게 아니고 남자에 미쳐서 머리가 돌았나? 내가 그리 쉽게 놓아줄 거 같아? 그동안에 들어간 돈과 시간이 얼마인데 울면서 애원한다고 들어줄 거 같으냐고. 내가 우스워? 손 안 대고 내버려 두니까 만만한 허수아비 호구 같아?"

그가 멱살을 잡고 흔들었다. 미유는 천으로 만든 인형처럼 힘없이 이리저리 휘둘렸다.

"차라리 죽여 달라고 해. 그래, 그편이 간단하겠다. 그냥은 못 놓아줘."

"마음대로…… 하세요."

아무런 저항 의지가 없는 그녀를 팽개치고 기영이 일어섰다.

"정신병자 네 어미처럼 죽고 싶은 거야? 사내에게 버림받고 회복 불능으로 망가져 버린 거냐고. 그래, 그런 눈빛으로 날 봐. 날 증오하면서 살라고. 너는 평생 고통을 받으면서 살아야 해."

차가운 조소가 미유의 몸을 적셨다. 그의 말대로 몸과 마음이 회복 불능으로 망가진 것만 같았다.

"그래도 네가…… 날 떠나겠다고 우기면 말이야. 너는 감옥에 가게 될 거야. 그것도 사기죄로. 네가 이모가 벌여 놓은 사업과 대출, 네 이름으로 했다는 건 알고 있지? 억울하겠지. 너는 보지도 못한 돈이니까. 파산 면책을 신청하면 덜 부끄러울 것 같았나? 그런데 어떻게 하지? 남자는 떠났고 나는 모든 걸 알아 버렸는데. 이쯤 되면 계산 나오지? 넌 꼼짝없이 내게 묶여 살아야 해. 벗어날 수 없어."

더는 숨기지 않아도 된다. 차라리 후련하다.

미유는 한껏 웃으며 말했다.

"나 감옥 갈게요. 사기죄면 몇 년이나 있어요? 갔다 오면 박 사장님에게서 풀려날 수 있는 거예요? 전과자 되는 거 겁나지 않아요. 내가 제일 겁나는 건…… 박 사장님이랑 사는 거예요."

"닥쳐!"

"하고 싶은 대로 하세요. 다 당할 테니까…… 그러니까…… 놓아주세요."

"닥치라고 했잖아!"

"난 죽은 그 여자가 아니에요. 아무리 옆에 끼고 있어도 그 여자가 아니란 말이에요. 그러니까 놓아줘요."

그가 머리채를 잡아 뒤로 잡아당겼다. 그 바람에 미유의 고개가 젖혀지며 등이 휘었다.

"지금 널 죽일 수도 있어."

"상관없어요."

"겁나는 게 없구나. 하긴 잃을 게 있어야 겁이 나지. 그럼 이

건 어때? 너 대신 놈을 죽이는 건?"

그녀의 눈빛을 살피던 박기영이 얼굴을 일그러뜨렸다.

"그래, 이게 먹히는군. 놈을 잡아다가 네 앞에서 천천히 죽이면 기분이 어떨 거 같아? 그토록 사랑한다니 고통이 몇 배로 크겠군. 쉽게 죽이지 않을 거야. 제발 죽여 달라고 애원할 때까지 천천히…… 고통스럽게 죽일 거야."

"안 돼!"

"하루에도 몇 번씩 놈을 죽이는 상상을 했어. 목을 조르고, 팔다리를 자르고, 몸의 피를 모조리 빼 버리고. 흐흐흐, 날 벼랑 끝까지 내몬 건 너야. 널 갖기 위해서 뭐든 하는 미친놈이 됐다고. 내가 뭘 잘못했지? 지금껏 지켜 줬잖아. 네가 원하는 대로 해 줬잖아. 그런데 네가 준 건 모욕밖에 없어. 난 이런 대우를 받을 정도로 잘못하지 않았어!"

"거짓말 마. 이모 끌어들여서 사업한 것도, 일부러 부도를 낸 것도 당신이잖아!"

"네 이모, 널 돈 많은 늙은이에게 팔아넘기려고 혈안이 되어 있었어. 그렇게라도 하지 않았으면 넌 벌써 팔려 갔을 거야."

"그래서 사들인 거예요? 자기 뜻대로 안 되니까 이젠 살해 협박까지 해요?"

내내 차갑게 번뜩이던 박기영의 눈동자가 축축해졌다.

"은수는 나만이 지켜 줄 수 있었어. 모두가 그 애를 없는 사람 취급했지. 이 세상에서 없어져 주기를 바랐어. 그런 점에선 너희 둘 다 같아. 기댈 곳 없는 불쌍한 처지, 예쁜 생김새, 날

보는 눈빛. 흐흐흐…… 우리 은수는 말이야. 참 예뻤어. 눈 코 입이 너랑 똑같아. 처음 봤을 때 정말 깜짝 놀랐다니까? 은수가 살아 돌아온 줄 알았어. 아니 돌아온 거야. 날 위해서 온 거야. 표현 안 했지만 그 애도 날 원했어. 내가 가까이 갈 때마다 간절한 눈빛으로 보았다고. 구해 달라고, 이곳에서 꺼내 달라고 그 예쁜 눈이 말했어. 너도 그랬잖아. 이곳에서 도망치고 싶었잖아. 그래서 날 유혹한 거 아니야? 은수처럼 말이야."

"당신 미쳤군요."

그녀의 말에 기영이 하얀 이를 드러내며 웃었다.

"그 밤에 은수의 방으로 갔어. 문이 열려 있었어. 침대로 가서 하얀 얼굴에 손을 댔어. 따뜻하고 부드러웠지. 정말이지 한 순간도 그 애를 잊어 본 적이 없어. 그 살 냄새와 목소리, 머리카락 감촉. 다시 그때로 돌아갈 수 있다면……. 아직도 이해가 안 가. 그 애는 왜 자살했을까. 내가 지켜 줄 수 있는데. 내 옆에 있으면 안전한데."

공허한 그의 눈동자에 순간 불꽃이 튀었다.

"너는 왜 내게서 도망치려는 거야? 내가 가진 힘과 돈은 모두 네 거야. 대체 뭐가 부족한 거야? 응? 말해 봐!"

박기영이 갑자기 턱을 아프게 붙잡고 흔들었다.

"내가 말로만 협박하는 거 같지? 아니란 걸 보여 줄게. 당장 가자."

미유는 그의 손에 끌려 나와 차에 탔다. 그는 어딘가로 전화를 걸었고 짧게 통화를 마쳤다. 차는 서울 강북 쪽으로 달렸다. 공구 상가를 발견했을 때에야 미유는 그가 가려는 곳이 어딘지 깨달았다.

"안 돼요!"

미유가 겁에 질려 소리쳤지만 그는 웃기만 할 뿐 말이 없었다. 차는 좁은 골목 안으로 깊숙이 들어갔다.

곧 눈에 익은 곳이 보였다. 넓은 마당을 가진 창고. 태준의 작업실. 작업실에 불이 켜진 게 멀리서도 보였다.

"나와!"

그가 차에서 끌어내리려고 하자 미유는 몸부림을 치며 버텼다.

"제발요……. 안 돼요."

지금 이 상태로 태준을 보는 게 겁났다. 그땐 정말로 돌이킬 수 없을 것만 같았다. 기영은 부들부들 떨며 몸부림치는 그녀를 제압해 창고 마당까지 갔다. 주위가 어두워서 작업실 안에서는 밖에서 무슨 일이 벌어지는지 볼 수 없었다.

"저기…… 놈이 보이지?"

열린 작업실 문으로 우두커니 서 있는 태준이 보였다. 그를 보자마자 눈물이 후드득 떨어졌다. 미유는 울음을 삼키며 고개를 끄덕였다.

"저기 마당 구석을 봐. 서 있는 사람 한 명이 보일 거야."

기영의 말대로 검은 옷을 입은 남자가 벽에 숨어서 작업실 안을 들여다보고 있었다.

"저 사람 손에 칼이 들려 있어. 내가 손짓만 하면 안으로 들어가 놈의 목을 따 버릴 거야."

미유는 놀라서 숨을 들이마셨다.

"자, 이제 어떻게 할래? 아직도 내가 살인 같은 걸 못할 사람 같아?"

우두커니 서 있던 태준이 힘없이 의자에 주저앉았다. 고개를 떨어뜨린 채 바닥만 보는 그에게서 슬픔이 느껴졌다.

"선택해. 네가 무엇을 할지. 네가 원하면 놓아줄게. 대신 저 놈은 죽어."

고민할 것도 없었다. 미유가 할 수 있는 선택은 하나뿐이었다. 그녀는 고개를 떨어뜨린 채 힘없이 중얼거렸다.

"한남동에 들어갈게요. 지금…… 가요."

미유는 모든 걸 내려놓고 눈물을 흘렸다.

희망은 다시 심연 아래로 가라앉고 꿈을 꿀 수 없게 되었다. 고통스럽지만 후회는 없었다. 어두웠던 삶에 잠깐 햇살이 비쳤을 뿐, 있던 자리로 돌아가는 거다.

그렇게 생각하려 했는데 마음이 너무나도 아팠다. 차를 타고 가면서 미유는 소리 없이 흐느꼈다.

"그 눈물은 널 위한 애도인가?"

박기영이 역겹다는 투로 말했다.

"아니군. 안도하는 거야. 그 사람이 다치지 않게 돼서. 그렇지?"

그가 미유의 어깨에 한 손을 짚었다. 무겁게 눌러 오는 압박에 온몸이 으스러질 것만 같았다.

"놀랍군. 그 남자가 그리 가치 있는 사람인가? 자기 인생을 희생할 정도로? 이기적인 아이인 줄 알았는데. 차라리 그편이 나았는데."

그는 회한과 한숨이 섞인 말을 뱉고 입을 다물었다. 차는 그대로 한남동으로 향했다.

이제부터 미유가 살 곳이다.

'후회하지 않아. 태준을 사랑하니까 후회 따윈 안 할 거야.'

미유의 시간이 거꾸로 흘러갔다.

그녀의 정원에 꽃이 지고 낙엽이 쌓이고 눈이 내렸다. 이제 봄에서 겨울이다.

운명이 가져다 준 상처를 눈물 가득 고인 눈으로 애도하네.
운명은 갑자기 되돌아와서
나에게 주었던 선물을 거두어 갔네.

운명의 타격

처음엔 아무렇지도 않았다. 그저 꿈을 꾼 듯 멍하고 피곤할 뿐이었다. 2일을 잠만 잤다. 자는 게 지겨울 땐 DVD를 봤다. 〈멋진 인생〉, 〈아라비아의 로렌스〉, 〈굿 윌 헌팅〉, 〈500일의 썸머〉, 〈저수지의 개들〉.

태준의 눈은 줄곧 TV에 고정되어 있었지만 무엇을 봤는지 기억이 나지 않았다. 그럼에도 〈러브 스토리〉는 끝내 보지 못했다.

그가 오피스텔에서 도망치듯 나와 처음 간 곳은 경복궁이었다. 창경궁, 창덕궁, 덕수궁, 경희궁을 돌고 서울 시립 미술관부터 파주의 미술관까지 구석구석 다 돌았다. 미친 사람처럼 걷다 보니 극심한 허기가 밀려왔다. 삼청동 만둣집에 가니 아저씨가 반겨 주었다. 목적은 만두를 먹기 위해서였는데 차마 먹지 못하고 그냥 나와 버렸다.

일주일이 지났을 때 태준은 자지도, 먹지도, 걷지도, 말할 수도 없는 상태가 되었다. 그의 시간은 미유와 함께 차에 있던 순간에 묶여 버렸다. 미유의 숨소리와 표정, 말 들을 곱씹다가 의미 없는 짓이라고 생각하며 관두기를 반복했다.

그녀의 말은 진심이었을까. 그 눈물 역시 거짓이 아닐까. 운명이라 믿으며 달려가던 자신이 우스꽝스럽게 느껴졌다. 전부 착각이고, 환상이고, 감정에 취한 오만이었다.

그녀만을 탓하지 않는다. 자신이 허황된 믿음을 밀어붙였고 그녀는 끌려다녔을 뿐이다. 그녀만 잘못한 것이 아닌데 왜 침묵으로 비난했을까. 차라리 소리 지르며 화를 냈어야 했다. 자신의 옹졸함과 비열함을 그대로 드러내며 바닥을 보였어야 했다.

마지막 남은 자존심이었나. 이미 지킬 게 없는데, 모든 게 무너져 버렸는데.

태준은 술을 마시지 않았다. 미유를 찾아가 화내고, 욕하고, 돌아와 달라고 매달리고, 꿈에서 한 짓을 그대로 할까 봐 취하지 못했다.

"이대로 끝인가."

그는 침대에 누워 수백 번씩 되뇌었다.

"정말로 마지막인가."

미치겠는 건 끝이 아니라고 마음이 말하기 때문이다. 아직 헤어지자는 말은 안 했으니까, 그러니까 끝이 아닐지도.

"병신, 그렇게 당하고도."

베개에 얼굴을 묻고 욕을 퍼붓지만 여전히 머릿속은 미유에게 돌아가라고 말한다. 그녀가 속였고 함께한 시간이 의미 없었다 해도 제대로 된 이별이 필요하다고. 그녀를 위해서가 아니라 자신을 위해서, 앞으로 제대로 살아가기 위해서.

태준은 주저하다가 용인으로 차를 몰았다. 가는 동안 세 번인가 차를 세웠고, 길을 알면서도 멀리 돌아갔다. 필사적으로 돌아갈 변명거리를 찾았고, 미유가 할 말을 상상하면서 자신을 상처 입혔다. 무척이나 길게 느껴지는 시간이 흐른 뒤 마침내 그녀의 집 앞에 도착했다. 입구 문이 열려 있었다. 포장 이사 전문이라는 문구가 쓰인 화물 트럭이 서 있고, 인부들이 가구를 나르는 중이었다.

태준은 차를 세우고 걸어서 올라갔다. 황폐한 정원은 여전했고 풍화되어 가는 조각상도 그대로였다.

그는 열려진 현관문으로 향했다.

구두를 신은 채 안으로 들어가니 응접실이 텅 비어 있었다. 나화진의 사진과 영화 포스터, 바에 줄지어 있던 술병, 말라비틀어진 화분이 모두 치워져 있었다. 미유와 음식을 먹었던 주방도 텅 비어 있었다.

태준은 위층으로 이어진 계단을 올라가 그녀의 방으로 곧장 향했다. 열린 문으로 나이 많은 인부가 묵직한 책 묶음을 들고 나왔다. 그가 아래층으로 내려가고 난 뒤 방으로 들어갔다.

처음 미유의 방을 보았을 땐 꿈이 많은 소녀의 것 같았다. 수십 권의 소설책과 크리스털 인형, 오르골과 아기자기한 장식품, 과일 향이 나는 향초, 화장을 위함이 아니라 화장대를 꾸미려고 사들인 것 같은 화장품과 향수병, 지극히 여성스러운 취향의 침대 시트, 길게 늘어뜨린 캐노피, 아모르 파티라는 글귀가 쓰인 〈플로라〉. 그 모든 것들이 신기루처럼 사라지고 벽과 나무 바닥만이 보였다. 아마도 인부가 들고 나간 것이 마지막 짐이었나 보다.

텅 빈 방 한가운데에 멍하니 서 있는데 욕실 쪽에서 인기척이 났다. 고개를 돌리니 그녀가 태준을 보고 있었다.

생각해 보면 미유와의 만남은 언제나 드라마틱했다. 놀랍고 설레고 격앙되고……. 늘 감정이 세차게 흔들리는 걸 느끼며 그녀를 대했다. 하지만 오늘은 어떤 감정도 느껴지지 않았다. 둘 다 차분하고 조금은 서글픈 시선으로 상대방을 응시했다.

"올 줄 몰랐어요."

미유가 먼저 입을 열었다. 태준은 하얗게 부르튼 그녀의 입술을 한동안 보다가 말했다.

"떠나는구나."

"네."

태준은 그녀의 손에 마른 꽃다발이 놓여 있는 걸 뒤늦게 깨달았다.

"버릴 거야?"

"아니요."

"왜?"

"내겐 소중한 거예요."

"소중……했니?"

이 말을 이토록 무덤덤하게 내뱉을 줄 몰랐다. 고통이 너무 커서 아무것도 느껴지지 않는 게 아닐까.

태준은 답을 듣기 전에 이 방을 뛰쳐나가고 싶었다.

"믿지 않겠지만…… 소중했어요."

미유는 전에도 그랬다. 지금처럼 침착하고 솔직한 눈빛으로 사랑한다고 말했다. 입을 맞추고 영원히 함께하자고 속삭였다. 거짓말이라기엔 믿기지 않을 만큼 따뜻했다. 조금도 의심해 보지 않은 것이 이제 와 후회된다.

"내가 망설일 때 아저씨가 그랬잖아요. 언젠가는 답이 나오겠지만 그건 중요하지 않다고. 우리에게 중요한 건 2 더하기 2라고. 난 그 말에 충실했어요. 아저씨는요?"

"나도 그랬어."

"우리 연애 나쁘지 않았네요. 그렇죠?"

미유가 웃었다. 슬픔과 안도가 뒤섞인, 마음 한쪽이 뭉클해지는 그런 미소였다.

"결국 우리가 만들어 낸 답은 이거였네요."

태준은 울고 싶었다. 배신감과 분노를 못 이겨서가 아니라 그녀와 보낸 행복한 시간을 행복하게 떠올릴 수 없는 것이 슬퍼서였다. 미유가 그에게로 한 걸음 다가서며 말했다.

"미안해요. 내가 나빴어. 이 말 하고 가서 정말 다행이야."

갈색 눈동자가 태준을 올려다보았다.

그는 두 손으로 미유의 볼을 감쌌다. 눈에 눈물이 차올랐다. 태준은 떨리는 목소리로 간신히 내뱉었다.

"잘 가."

"안녕."

그는 미유처럼 웃을 수가 없었다. 어떤 표정을 지었는지 모르지만 괴로움에 일그러졌을 것이다. 태준은 그녀의 볼에 감싼 손을 거두고 뒤돌아서서 방을 나왔다. 그리고 자신이 걸어온 동선을 그대로 밟아 현관으로 향했다.

이제 정말 끝이다. 끝이어야 한다.

집을 나오니 정원 한쪽에서 담배를 피던 인부가 차를 빼 달라고 말했다. 대답 없이 차 쪽으로 가서 시동을 켜는데 미유가 달려오는 게 보였다. 망설이다가 창을 내리자마자 그녀가 태준 쪽으로 상체를 내밀며 말했다.

"지금은 이렇게 끝나지만 다른 사랑이 올 거야. 더 나은 사람이 아저씨를 사랑해 줄 거야. 그러니까…… 사랑하는 거 포기하지 마. 예전처럼 마음의 문을 닫지 마."

빨갛게 달아오른 얼굴로 그녀가 말을 이어 갔다.

"내가 미울수록, 용서가 안 될수록 그래야 해요. 알았죠?"

말없이 차창을 올리고 차를 몰았다. 그가 골목을 완전히 빠져나오는 동안 미유가 멀리서 지켜보았다. 보진 않았지만 느껴졌다. 태준은 서울에 와서야 자신이 소리 내어 흐느끼고 있는 걸 깨달았다.

♥

태준은 겨울인 것과 해가 바뀐 걸 자주 잊었다. 문서에 년도를 잘못 적어 놓고 폭설이 내린 걸 모르고 차를 갖고 나오거나 셔츠 차림으로 작업실을 나설 때도 있다.

시간이 그를 남겨 두고 제멋대로 달려갔다. 그는 아직 준비가 안 됐는데, 받아들이려면 시간이 필요한데 시간은 무자비했다.

"사람이 부르면 대꾸를 해야 할 거 아니야? 무슨 생각을 그 렇게 해?"

고개를 드니 윤이지가 앞에 서 있었다. 태준은 갑자기 나타 난 이지 때문에 당황하다가 자신이 미술관 사무실에 있는 걸 깨달았다.

"웬일이야? 여기엘 다 오고?"

이지의 얼굴에 미소가 가시고 당황하는 빛이 스쳤다. 태준 의 창백한 얼굴 때문이었다.

"괜찮니? 안색이 안 좋아."

그를 아는 사람들은 늘 같은 질문을 반복했다. 그래서 성가 셨는데 이지는 안부를 묻는 대신 쾌활한 미소를 지었다.

"현대 갤러리 왔다가 너 있나 해서 와 봤지. 평일인데 관람 객이 꽤 있더라. 전시된 작품들도 좋고. 신경 많이 쓰더니 보 람 있겠는걸."

이지는 그의 맞은편 소파에 앉아 메고 있던 스카프를 풀 었다. 사내들에게 온갖 미사여구로 프러포즈를 받는 파티 퀸답 지 않게 화장과 옷차림이 수수했다. 태준은 화려하게 꾸민 윤 이지보다 대학생 때 모습을 보는 듯한 지금이 더 친근했다.

"막상 열고 나니 힘들지? 소감이 어때?"

"죽을 맛이야."

"거봐, 내가 신중하게 생각하고 뛰어들랬잖아. 비영리 갤러리가 쉬운 게 아니라니까. 수익 없이 이 큰 곳을 운영하려면 재단만 가지고는 안 돼. 기업이나 개인 후원을 받아야 운영된다고."

"잔소리하려고 온 거야?"

"이 몸이 그런 가벼운 걸로 움직이는 거 봤어? 좋은 소식 주려고 온 거야. 곡두 후원해 주겠다는 사람이 나타났거든. 뭐야, 표정이 왜 그래? 이번은 저번이랑 달라. 돈 많은 사모님의 취미 생활이 아니라, 진짜배기 후원자라고. 미술 작품 고르는 눈도 수준급이고 작가 레지던스 프로그램도 후원하고……. 그림에 관심이 많아. 한번 만나 봐."

"글쎄. 아직은 다른 곳에 손 벌릴 정도로 어렵지 않아."

"미리미리 준비해야지. 일 닥쳤을 때 뛰어다니면 늦어. 이번에 코리안 아이 전시회 열리잖아. 오픈 파티에서 널 만나고 싶대."

"글쎄."

"거참, 남이 돈을 퍼 준다는데도 싫다고 하면 어떻게 하니? 기껏 이곳까지 행차한 보람이 없잖아."

"미안해. 내가 요즘 마음이 복잡해서 그래."

입을 삐죽거리던 이지가 그제야 표정을 풀고 마음이 약해지는 미소를 지었다.

"그러니까 파티에 와서 기분 전환을 해야지. 올 거지? 응? 내가 주최하는 거란 말이야. 네 팬들이 얼마나 많은데."

"심심한 사모님들?"

태준은 벌써부터 싫증이 나 얼굴을 찌푸렸다.

"사모님들 무시하지 마. 이 바닥이 그분들 덕에 굴러가는 거라고. 이번에도 안 오면 정말 섭섭해할 거야. 내가 얼마나 힘 있는지 알지? 적으로 돌리면 위험한 여자야. 팬으로 있을 때 관리 잘해."

이지는 소리 내어 웃은 후 그가 마시던 커피를 한 모금 마시고 자리에서 일어났다.

"그럼 너 오는 걸로 알고 초대장 보낸다. 아참, 요즘 선우는 뭐 하고 지낸다니? 나한테 삐친 거 있는지 전화를 안 받아."

"내 전화도 안 받아."

"보면 전화하라고 해. 이달 지날 때까지 얼굴 안 보여 주면 다신 안 놀아 줄 거야."

이지가 사무실을 나가고 그는 멍하니 있는 자신의 모습이 싫어 일을 찾았다. 묵혀 둔 서류를 정리하고 작가 목록을 정리하는데 미유의 흐느낌이 들렸다.

'다 끝난 일이야. 이제 잊어.'

미련이라는 게 질겨서 아무리 칼로 베어 내고 돌로 으깨도 끊어지지가 않는다. 방심한 사이에 문득 떠오르는 해쓱한 얼굴, 상처받은 눈빛. 연민과 그리움이 넝쿨처럼 몸을 휘감는다.

영국으로 떠났을까. 미유가 이 땅에 없다고 생각하면 못 견딜 만큼 가슴이 시리다.

시호 갤러리로 들어가는 도로가 고급 자동차로 꽉 막혀 있었다. 주차 공간이 없어서 들어갔던 차들이 도로 나오는 중이었다.

"기사님, 여기에서 내릴게요."

태준은 택시 요금을 내고 갤러리 쪽으로 걸었다. 이지가 신신당부한 대로 깔끔한 슈트를 입고 시계와 구두에 신경을 썼다. 갤러리 로비는 사람들로 한창 북적이고 있었다. 코리안 아이는 한국에서 가장 주목받는 작가 5인의 전시회로 영국과 파리를 거쳐 한국에서 열리는 그룹전이었다. 5인에는 기태오도 포함됐다.

이런 행사에 와야 할 사람은 기태오인데 그는 딸에게 푹 빠져서 도무지 밖에 나오지 않았다.

파티에는 미술계에 종사하는 이들이 다 온 것 같았다. 유명한 컬렉터, 큐레이터, 작가, 기자들. 일부가 반갑게 알은척을 하며 태준에게 다가왔다.

얘기를 하며 눈으로 이지를 찾는데 2층에서 내려오는 여자가 보였다. 옷차림만으로도 누군지 단번에 알 수 있었다. 몸매를 강조하는 붉은 드레스와 화려한 디자인의 목걸이. 윤이지는 화려한 외모만큼이나 옷 취향도 화려했다. 사내들의 시선이 모조리 이지에게 모아졌다. 이지는 그들의 시선을 즐기며 여왕처럼 거닐다가 태준에게 다가왔다.

"어서 와. 오늘 멋진데?"

그녀가 태준의 넥타이를 매만져 주며 말했다.

"마음에 든다니 다행이네. 오늘도 예쁘다."

"뻔한 소릴 뭐하러 해. 사람들이 본다. 허리에 팔 두르고 웃어. 좋은 구경거리 제공해 줘야지."

태준은 그녀가 시키는 대로 허리에 팔을 두르고 웃었다.

자기중심적인 데다 속물적인 구석이 있긴 하지만 그녀는 좋은 친구였다. 회화과 동기 중 몇 명은 화가의 피를 빨아먹는 장사꾼이라고 욕하지만 진짜 모습이 어떤지 아는 그들은 뒤에서 이지를 옹호해 주었다.

"네 망할 동생은 뭐 하고 있어? 아직도 딸내미 쪽쪽 빨면서 정신 못 차려?"

"포기해. 당분간은 집에서 안 나올 거야."

"나쁜 자식! 자기 전시회가 열리는데 작가라는 게 꿈쩍도 안 해? 다른 작가들은 관장한테 잘 보이려고 난리인데, 이건 밀어주겠다는데도 귀찮다고 도망 다니니. 확 매장시켜 버릴까?"

"예쁜 얼굴에 주름진다. 인상 펴."

"근데 이 사람들은 어딜 간 거야? 아까만 해도 보였는데."

"누구?"

"누구긴, 네 후원자지. 잠깐만 기다려. 직원에게 찾아보라고 할게."

이지가 핸드폰을 들고 돌아서 있는 동안 태준은 갤러리 로비를 거닐었다. 요즘은 사람들로 북적거리는 곳에 있는 게 마음 편했다. 사람들과 의미 없는 얘기를 지껄이다 보면 시간이 잘 가고 못난 자신을 마주하지 않아도 되니까. 그림 앞에서 포즈를 취한 태오 사진을 물끄러미 보는데 이지가 다가와 팔을 잡았다.

"지금 2층에 있대. 가자."

태준은 그녀를 에스코트해 2층으로 올라갔다. 사람의 숲을 지나 전시장 안으로 깊숙이 들어갔을 때였다. 그는 자신을 빤히 보는 한 사내를 발견했다. 차분하지만 날카로움이 느껴지는 눈빛이었다. 자신을 아는 사람 같았지만 기억이 나질 않는다.

태준의 시선이 자연스레 사내 옆에 선 여자에게로 흘러갔다. 크림색 투피스, 진주 목걸이, 검은 하이힐. 상류층 아가씨처럼 명품으로 치장한 여자는 태준이 아는 사람이었다.

그는 잠시 걸음을 멈추고 서서 미유를 보았다. 시선을 느낀 그녀가 고개를 들었다. 예상 못한 일인지 미유의 얼굴이 눈에 띄게 변했다.

"여기에 계셨네요. 마음에 드는 그림은 있으세요?"

이지가 사내에게 다가가서 물었다. 태준은 다시 사내를 보았다. 이 사람이 박기영이구나. 미유와 결혼을 약속한 남자. 얼음물을 뒤집어쓴 것처럼 정신이 들면서 몸의 신경이 팽팽하게 당겨졌다.

"눈에 들어오는 작품이 몇 점 있었어요. 작년보다 작가진이 좋네요."

예민하고 날카로운 눈매, 사업가에게 느껴지는 세련되고 여유 있는 분위기. 박기영은 상상했던 것보다 훨씬 젊었다. 평범해 보이는 외모지만 강한 내공을 가진 사람이라는 게 느껴진다.

태준은 그의 눈을 똑바로 보며 왜 이런 상황을 연출한 건지 추측했다. 준비한 깜짝쇼를 담담하게 받아들이자 박기영이 김 빠진 표정을 지었다.

자신이 생각해도 이상할 만큼 담담했다. 어쩌면 감정을 느끼는 부분이 마비된 건지도 모르겠다.

"이쪽이 곡두 미술관을 운영하는 기태준 씨예요. 이쪽은 투자 회사 운영하시는 박기영 사장님. 옆에는 약혼녀 나미유 씨."

이지의 소개에 태준은 정중하게 인사를 건넸다.

"처음 뵙겠습니다. 기태준입니다."

박기영이 여유 만만한 표정으로 웃으며 악수를 청했다. 잡은 손에서 묵직한 힘이 느껴진다. 자신을 떳떳이 드러낼 수 있는 자와 그럴 수 없는 자의 위치를 확인시켜 주는 듯이. 태준은 악수를 나누고 약혼녀에게 가볍게 묵례를 했다.

"약혼녀분은 구면입니다. 〈플로라〉 그림을 구입하려고 용인 집에 찾아간 적이 있었습니다. 아쉽게도 마음을 바꾸셔서 사진 못했지만요."

우선 태준 쪽에서 선수를 쳤다.

"아! 〈플로라〉 그림 소장자가 미유 씨였군요."

이지의 감탄에 미유는 말을 잇지 못하다가 간신히 고개를 끄덕였다. 차분하게 서로를 관찰하는 두 남자에 비해 미유는 보기 안쓰러울 만큼 동요하고 있었다.

"그렇군요. 헛걸음하게 해서 미안하군요."

흥미롭다는 표정으로 박기영이 말했다. 태준은 등을 곧게 펴고 그의 시선을 맞받아쳤다.

'밀리지 않겠다. 당신이 꾸민 일이 무엇이든 동요하지 않겠다.'
그는 속으로 이를 갈 듯 중얼거렸다.

어색한 침묵이 짧게 지나고 이지가 멀리 갤러리 직원의 손짓을 보고 고개를 끄덕였다.

"아래층에서 절 찾네요. 그럼 세 분이서 잠깐 얘기 나누고 계세요. 곧 다시 올게요."

이지가 자리를 떠나자 어색한 침묵이 남았다.

'이 사내는 무엇 때문에 날 부른 걸까. 어디까지 아는 걸까. 후원은 허울뿐인 게 분명하고 이제 무엇을 할까. 우리를 관찰하고 싶은가? 미유를 괴롭히고 싶은 건가?'

박기영이 가볍게 얘기를 시작했다.

"보다 보니 기태오라는 작가가 있던데, 혹시 아는 분인가요? 흔치 않은 성씨라서."

"제 동생입니다."

"오, 예술적인 재능도 유전인가 봅니다. 할머님이 허순정 화가시라고 들었는데 형제분도 아티스트시니. 재단에서 곡두를 운영한다고 들었는데, 갤러리는 어떻습니까?"

두 사내는 쓰러지기 직전인 미유를 가운데 세워 두고 아무렇지도 않게 대화를 나누었다. 박기영은 포커페이스를 유지한 채 사업가 흉내를 냈고 태준 또한 똑같이 응대했다. 재미가 없었는지 박기영이 목표를 바꾸고 그녀에게 말을 걸었다.

"태준 씨는 남자가 봐도 잘생기셨군요. 멀리서 봤을 땐 배우인 줄 알았어요. 네가 볼 땐 어때?"

마지막 말에 미유는 흠칫 놀라다 시선을 떨어뜨렸다. 태준은 보다 못해 가볍게 웃으며 말했다.

"과찬이십니다."

"따르는 여자가 많겠어요. 잘생긴 아티스트에 부유한 상속자. 아까 윤이지 씨랑도 잘 어울리던데, 연인처럼 다정해 보이기도 하고. 사귀는 사이인가요?"

"대학 때부터 친구입니다."

"아, 이런. 내 멋대로 추측했군요."

언제까지 이 답답하고 지루한 얘기를 해야 할까. 미유는 박기영의 팔짱을 끼고 나머지 손엔 작은 클러치 백을 들고 있었다. 두 사람 사이가 가까운 것이 태준은 무척이나 불쾌했다.

"평소 그림에 관심이 많았어요. 어머니가 돌아가시기 전까지 갤러리를 운영하셨거든요."

박기영은 자신이 아무렇지도 않다는 걸 증명하고 싶은 모양인지 끝없이 이야기를 늘어놓았다.

"직접 운영하는 것은 부담스럽고 취지가 좋은 갤러리를 후원하고 싶었어요. 마침 태준 씨가 운영하는 곡두를 듣고 내가 도울 수 있겠다 싶어 반가웠죠."

태준은 그녀의 경직된 팔, 굳게 다문 입술을 보다가 눈까진 이르지 못하고 시선을 떨어뜨렸다. 눈을 보면 자신도 모르게 말을 걸 것 같았다.

'너 지금 괜찮은 거야?'

이별이라고 생각한 게 실제로 이별이 아니었음을, 태준은 지금에서야 깨달았다. 그는 아직 미유를 보낼 수 없다.

'사실은…… 날 속인 것보다 널 잃는 게 아팠어.'

인정하고 싶지 않았다. 자신을 지키는 마지막 벽이었으니까. 이것까지 무너지면 영영 일어설 수 없을 것만 같아 버렸다. 하지만 미유를 보고 있으니 허무하리만큼 쉽게 인정이 됐다. 그리고 똑바로 마주할 수 없었던 감정이 터져 나왔다.

'혹시 네가 돌아올지도 모른다고 생각했어. 오늘 아침까지도 그럴지도 모른다고…… 생각했어. 원망하고 용서 못 한다고 화내면서 한쪽으로는 네 자리를 만들어 놓고 있었어. 언제든 돌아오면 받아 줘야지. 나는 널 거부할 수 없으니까. 처음부터 그럴 수밖에 없게 만들어진 인간이니까.'

그녀가 다른 남자의 여자라는 증거가 눈앞에 똑똑히 있는데 태준은 사랑을 말하고 고통스러운 희망을 품었다.

'미유는 돌아오지 않아. 끝이야. 인정해야 해.'

태준의 담담함이 차츰 무너지기 시작했다. 태어나서 처음으로 누군가를 죽일 수 있겠다는 생각이 들었다.

박기영은 침묵이 싫어 틀어 놓은 교통 방송처럼 의미 없는 얘기만 늘어놓았다. 그는 무슨 뜻인지도 모르고 호응을 하며 이 상황을 견뎠다.

시간이 지날수록 태준은 지쳐 갔다. 모래 구덩이 속으로 빨려 들어가는 기분이었다. 발버둥을 치며 빠져나오려고 하지만 도저히 발을 뺄 수가 없었다. 질식할 것 같은 기분에서 그를 빼내 준 건 이지였다.

"태준아, 아래에 너 찾는 분이 있는데, 이쪽으로 잠깐 와 줘."

이지의 말에 그는 비로소 숨통이 트이는 것만 같았다. 박기영에게 가볍게 묵례를 하고 미유의 얼굴을 보지 않은 채 이지가 이끄는 대로 따라갔다. 아래층에 내려오자 자신도 모르게 억눌린 신음이 터져 나왔다.

"무슨 일이야?"

이지가 여전히 웃는 낯으로 사람들에게 인사하며 물었다.

"뭘?"

"멀리서 다 봤어. 세 사람 분위기가 묘하던데? 암만 봐도 처음 만난 사람들이 아니야. 눈이랑, 표정이랑, 행동이 따로 놀잖아. 특히 너! 무표정한 얼굴로 서 있으면 굉장히 차가워 보여. 왜 그러는데?"

"다음에 얘기해."

"여자랑 얽힌 적 있지? 이상하게 낯이 익단 말이야. 너 좋다고 쫓아다니던 애야? 아니면……."

이지가 갑자기 멈춰 서서 그를 쳐다보았다. 얼굴에 놀라움이 번지고 있었다.

"그 애구나! 선우가 게거품 물고 난리치던, 비린내 나는 꼬맹이가 미유 씨야?

그녀는 침묵을 긍정으로 읽고 이마에 손을 짚었다.

"가만, 가만, 정리가 안 돼. 박 사장 약혼한 지 꽤 오래됐어. 이 바닥에선 있을 수 없는 결혼이라며 뒷소문이 많았거든. 언제 만난 거야? 알고 만난 거야? 박 사장이 곡두를 딱 집어 지

목할 때부터 이상하다고 했어. 둘 사이를 눈치챈 거지?"

그는 잔뜩 흥분해 어쩔 줄 몰라 하는 이지를 데리고 사람이 없는 한적한 곳으로 갔다.

"박 사장이 다른 얘긴 안 해?"

"너에 대해 꼬치꼬치 물어봤어. 내 느낌엔 배경 조사는 이미 한 것 같고 내가 너랑 친하다는 것도 아는 눈치였어. 나는 갤러리 후원을 목적으로 알아봤나 보다 생각했지. 태준아, 저 사람 조심해야 돼. 점잖고 무던해 보이는데, 알고 보면 무섭고 깐깐한 사람이야. 허투루 자기 돈 안 쓰고 한 번 찍은 건 무슨 일이 있어도 가져야 해. 수집품에게도 그런데 자기 여자에게는 어떻겠어? 둘 사이를 알게 됐다면 그냥 넘어가진 않을 거야. 우선 만나지 말고 선을 그어. 속셈이 뭔지 모르겠지만 안 만나면 쉽사리 손을 못 대지 않겠어? 만약에 내색하고 접근하면 약혼한지 몰랐다고 해. 여자애에게 덮어씌워."

태준은 벽에 기대 뻑뻑한 눈을 감았다.

"이미 끝났어."

"정말이야? 정말 끝난 거 맞아? 그런데 네 표정이 왜 그래? 너무 차가워서 낯설어. 내가 아는 기태준이 아닌 것 같아."

"그러면 지금 상황에 웃을까?"

"내가 알던 기태준이라면 웃을 거야. 싫은 사람일수록 더 잘 웃고 정중한 사람이야, 너는. 자기감정을 함부로 드러내지 않잖아."

"지금은…… 그럴 수가 없어. 그렇게 되지 않아."

이지가 그의 팔을 붙잡으며 말했다.

"너 사리 분별 명확한 사람이잖아. 흔들리지 마. 평소 하던 대로 해. 여자라는 것들은 다 그래. 내가 태오에게 한 짓을 봐. 여자는 잔인하고 이기적인 족속이라고."

"다 끝났어. 끝났다고."

'내가 끝나지 않았다고 해도 미유는 끝났어. 눈빛을 보면 알아. 내게 오지 않을 거야. 그 아이가 선택한 사람은 박기영이야.'

미유가 없으면 죽을 것 같던 때가 있었다. 거짓말에 속았다는 걸 알았을 땐 배신감에 치를 떨었다. 그리고 이젠 끝을 받아들이려고 안간힘을 쓰고 있다. 이다음엔 무엇이 기다리고 있을까. 더 이상 떨어질 곳이 없다고 생각했는데 바닥이 보이지 않는다.

태준이 눈을 감으며 벽에 기댔을 때였다.

"어머, 미유 씨?"

그는 이지의 말에 눈을 떴다. 복도 끝에 미유가 서 있었다.

끝이…… 아니었다.

절망 끝에서 태준을 기다리는 건 뜨거움이었다.

♡

한남동으로 이사를 왔다.

용인 집은 곧 팔릴 거라고 했다. 이모와 엄마의 물건, 방에 있던 것들도 거의 처분했다. 미유가 가지고 온 건 침실에 걸려 있던 그림과 말린 꽃다발, 곰 인형이 전부였다.

침실 창문으로 보이는 서울 야경은 꽤 근사했다. 눈 내리는 한강, 한강 너머로 보이는 압구정의 휘황한 불빛, 도로를 따라 움직이는 빛무리를 보고 있으면 시간이 잘 갔지만 전처럼 사람의 온기는 느낄 수 없었다. 미유가 갇힌 탑은 너무 높고 화려했다.

박기영은 그녀의 얼굴을 똑바로 보지 않았다.

분노라고 하기에는 차갑고, 집착이라고 하기엔 건조하고, 복수라고 하기엔 침착했다. 그들이 얼굴을 마주하는 건 테이블 앞뿐이었다. 대화 없이 밥을 먹고, 차를 마시고. 박기영은 신문을 보고, 그녀는 그런 그를 보았다.

어느 날은 '이 사람 인생은 어쩌다 이렇게 틀어졌을까' 연민을 담아 보다가 어느 날은 격렬한 증오에 휩싸이기도 했다.

'아저씨를 건들면 죽여 버릴 거야. 당신을 죽이고 나도 죽어 버릴 거야.'

미유는 그의 목을 조르는 상상을 하며 밥과 국을 먹고 침실로 올라와 모조리 토했다. 하루하루가 지옥이었다.

불길한 예감 같은 건 없었다. 기영이 하라는 대로 치장을 하고 사람들에게 소개해 줄 때마다 고개를 끄덕이며 인사했을 뿐이다. 박기영의 약혼녀 역할에 익숙한 나머지 어느 때는 미소를 지으며 정말로 행복한 척 굴기도 했다. 그럴 때면 박기영이 그녀를 보았다. 눈 속에 복잡함과 희미한 증오가 떠다녔다.

그의 약혼녀 연기를 충실히 하고 있을 때 태준이 다가왔다.

처음엔 잘못 본 줄 알았다.

태준인 걸 확신했을 땐 그녀는 제자리에 주저앉고 싶었다. 겁에 질려 몇 발자국 물러서는데 박기영이 손등을 지그시 눌렀다. 몸 위에 올라타 목을 조르는 것처럼 무거운 압박감과 함께 몸이 굳었다.

배신에 대한 벌인 건가. 미유는 가혹하다고 항의할 수도 울 수도, 도망칠 수도 없었다.

아름다운 여자가 태준 옆에 있었다. 온몸에서 광채가 뿜어 나오고, 모든 남자의 시선을 사로잡는 미인이었다. 그녀가 하는 행동과 태준의 담담한 표정, 박 사장의 즐거운 듯한 목소리에 미유는 혼란에 빠졌다.

"대학 때부터 친구입니다."

그 말에 깊이 안도하는 자신이 미웠다. 태준이 다시 사랑을 할 수 있기를 바랐으면서, 자신 때문에 상처받아 평생을 외롭게 살까 봐 걱정했으면서 질투하다니.

태준이 앞에 있으니 울고 싶기도 하고, 웃고 싶기도 했다. 박기영은 그녀가 지독한 고통 속에서 비틀거리기를 바라겠지만 미유는 지독한 갈증 끝에 물을 만난 것 같았다. 그녀는 어쩌면 마지막일지도 모른다는 생각에 허겁지겁 태준의 얼굴을 마음에 담았다.

"표정 관리 좀 하지그래?"

태준이 잠시 자리를 비웠을 때 박기영이 말했다.

"눈을 못 떼더군. 그리 반가운 거야?"

미유는 팔짱을 풀고 한 걸음 떨어졌다. 박기영이 그녀의 팔을 끌어당겨 원위치 시켰다.

"날 만났는데 꿈쩍도 안 하는 걸 보면 보통내기가 아닌데? 적당히 즐기다 끝내려는 걸 네가 미쳐서 매달린 거 아니야?"

이토록 말투가 천박한 사람이었나. 미유는 그의 저속함에 속이 느글거렸다.

"네가 놀라고 괴로워하는 걸 보고 싶었는데, 통쾌할 줄 알았는데, 뒷맛이 더럽다. 어떻게 내 앞에서 그놈 얼굴만 보는 거지? 나 따윈 옆에 없는 것처럼? 그 당당함과 뻔뻔함은 도대체 어디에서 나오는 거야? 눈치를 봐. 두려워하라고. 지금 넌 그래야 하는 상황이야. 내가 네 목숨을 쥐고 있다고."

침착하지만 금방이라도 폭발할 것 같은 감정이 느껴졌다. 미유는 담담한 얼굴로 허공을 응시하며 말했다.

"차라리 죽이지그래요."

"뭐?"

"날 죽이라고요. 그걸로 마음이 풀리면 그렇게 해요."

박기영의 얼굴에서 웃음기가 가셨다. 주위 사람이 있어서 억누르고 있지만 당장이라도 목을 조르고 싶은 표정이었다.

"박 사장님 말이 맞아요. 적당히 즐기다 끝내려는 걸 내가 미쳐서 매달렸어요. 젊고 잘생겼잖아요. 모든 여자들이 저 남자만 보잖아요. 안기고 보니 근사하더라고요."

"주둥아리 다물어."

부득부득 이 가는 소리가 났다.

정말로 미치기라도 했는지 입에서 말이 술술 나왔다.

"결혼해서 당신 옆에 가만히 있을 거라고 생각했다면 실수한 거예요. 파티에 온 모든 남자에게 꼬리치고 눈을 피해서 자고 다닐 거예요. 나와 자는 모든 남자를 죽일 건 아니죠?"

"네가 하고 싶은 말이 뭐야."

"이런 쓸데없는 일 벌이지 마세요."

"내가 매일 밤 누워서 하는 생각이 뭔지 알아? 너희 둘을 죽이는 상상을 해. 어느 날은 자동차에 가둬 태워 죽이고, 어느 날은 사막에 버려두고 말라 죽게 해. 너만 가지면 끝날 줄 알았어. 평생 내 옆에 두는 걸로 복수한다고 생각했어. 그런데 아니야. 가슴팍에 불길이 일어. 못 견디겠어."

"미쳤군요."

"네 말이 맞아. 이건 내가 아니야. 네가 이렇게 만들었어."

"정말 내가 만든 거 맞아요?"

그가 미유의 팔을 우악스럽게 잡아당기며 으르렁거렸다.

"차라리 내가 죽여 줬으면 좋겠지? 매일 그런 눈으로 날 보잖아. 네 바람대로는 안 될 거야. 절대로 그렇게는 안 돼. 나에게서 도망치고……. 편하게 보내 줄 순 없어. 그동안 착각했어. 널 가지는 사람이 승자라고 생각했어. 오늘 보니 바보 같은 생각이야. 우리 모두 진흙탕을 구르고 있어. 여기서 먼저 빠져나오는 게 이기는 거야. 그게 나여야 해."

박기영의 눈에서 광기가 뿜어져 나왔다.

미유는 마음이 부서진 사람의 눈이 어떤지 알고 있었다. 엄마와 이모, 용인 집에 드나들던 사람들도 이런 눈을 했다. 더는 잃을 것이 없는, 구석까지 몰리고 몰려 영혼이 텅 비어 버린 눈.

미유는 정신을 차리고 고개를 들었다.

'결혼으로 끝나지 않을지도 몰라. 태준이 위험해.'

태준에게 경고해 줘야 한다.

지금 당장 도망치라고 해야 한다. 그는 어디에 있지?

"거기 서! 서라고!"

등 뒤에서 박기영의 외침이 들렸지만 미유는 무시하고 미술관 계단을 뛰어 내려왔다.

사람들을 헤치며 태준을 찾았지만 도무지 보이지 않았다. 그녀는 미술관 직원으로 보이는 사람을 잡아 태준의 행방을 물었다.

"관장님과 사무실 쪽으로 가셨는데요."

미유는 그가 가리키는 쪽으로 뛰었다. 한적한 복도를 들어서자 태준의 목소리가 멀리서 들렸다.

"다 끝났어. 끝났다고."

미유가 멈춰 서자 두 사람이 고개를 돌렸다.

"저기 안으로 들어가면 미팅 룸이야. 열려 있으니까 들어가서 얘기 나눠."

여자가 옆을 지나며 미유의 얼굴을 빤히 보았다. 태준이 앞서 걷고 그녀가 뒤를 따랐다. 넓은 어깨가 화난 듯 경직되어 있었다. 반투명 유리문을 열고 안으로 들어가니 그가 뒤에서 문을 잠갔다.

미유가 혼란스러운 머리를 정리하는 동안 소리 없이 다가온 그가 어깨를 끌어당기고 키스했다. 뜨거운 입술이 닿은 순간 미유는 굳어 꼼짝도 못 했다. 태준의 입술이 거칠게 들어와 혀를 감쌌다. 놀라 뒤로 물러서는데 그의 두 팔이 몸을 단단히 옭아맸다.

이 뜨거움이 그리웠다. 처음이자 마지막이 될 것처럼 절절하게 부딪혀 오는 감정과 무슨 일이 있어도 놓아주지 않을 것처럼 휘감는 팔의 힘이 사무치게 그리웠다.

미유는 그를 밀어내지 않았다. 두 사람이 헤어졌고 위험을 경고하기 위해 이 자리에 왔다는 걸 무시해 버렸다. 뜨거운 키스에 휘말려 다른 건 잊고 싶었다.

"울고 화내고 싸웠어야 했어."

그의 가라앉은 목소리에 미유는 눈을 떴다. 태준의 얼굴이 가까이에 있어 말할 때마다 뜨거운 입김이 뺨에 닿았다.

"그날 밤에 아무 말도 못 하고 헤어지는 게 아니었어."

그가 미유의 손을 꼭 쥐었다. 아파하는 태준의 마음이 고스란히 느껴졌다.

"어떻게 내게 거짓말을 할 수가 있어? 널 믿었는데, 널 사랑했는데…… 어떻게…….."

마지막에 태준은 목이 메는지 말을 잇지 못했다.

"미안해."

"너는 나쁜 년이야."

"맞아."

"용서하지 않아."

"그렇게 해."

그의 숨소리가 점점 격앙되다가 어느 순간 조용해졌다. 미유는 고개를 들고 그를 보았다. 축축한 눈빛이 아프게 미유를 보고 있었다.

"돌아와."

예상 못한 말에 눈에 눈물이 핑 돌았다.

"대답해. 돌아와."

"그렇게…… 못 해."

"날 선택해. 그 사람이 아니라 날 선택해."

"안 돼."

"널…… 사랑해. 아직도…… 아직도…… 널 원해."

"미안해. 아저씨. 그렇게 못 해."

"왜! 왜 못 하는데? 날 사랑하잖아."

"사랑보다 더 중요한 게 있어."

"그런 건 세상에 없어."

"있어. 나는…… 그 사람 돈이 필요해. 가진 배경이 필요해. 엄마나 이모처럼 구질구질하게 살지 않을 거야."

"넌 그런 거 없이도 살 수 있는 아이야."

"아저씨가 잘못 봤어. 난 속물이야. 아저씨를 버리고 상처 입혀도 잘 살 수 있어. 이런 나니까 이제 포기해."

"그럼 여기엔 왜 온 건데?"

"우리 그이 후원을 받지 말라고. 그 사람 다 알고 있어. 순수한 마음에서 도와주려는 게 아니야."

미유는 겁먹은 것처럼 보이지 않으려고 애썼다.

"다 알고도 결혼하는 거야?"

"우린 사랑 없이도 살 수 있는 사람들이야."

"이해가 안 간다."

"이해하려 하지 마. 그냥 잊어버려. 못 견디겠으면 당분간 한국을 떠나 있어. 여행을 가든 해. 시간이 지나면 잊을 거야."

"떠나 있으라고? 왜?"

정곡을 찔려 미유는 자신 모르게 시선을 피했다.

"여기에 있으면 마음 정리가 안 되잖아."

"오늘 우리를 만나게 한 것도 그렇고……. 이상해. 너 무슨 일 있지?"

"아무 일도 없어."

"거짓말 마! 그 사람이 나 가만두지 않겠대? 그걸로 너 협박하는 거야?"

"아니야! 그런 게 아니야!"

"그래서 경고하러 온 거구나. 걱정돼서."

미유는 황급히 돌아섰다. 사무실을 나가려고 문 쪽으로 가는데 태준이 뒤에서 끌어안았다.

"그 사람이 무슨 짓을 하든 겁나지 않아. 그게 두려운 거라면…… 내가……."

그녀는 황급히 포옹을 풀고 태준에게서 떨어졌다.

"그게 아니야! 우리 그이는 질투가 많아. 그래서 허튼짓 말라고 얘기해 주러 온 거야. 조용히 지내. 화나면 무서운 사람이야."

미유는 사무실을 나와 정신없이 복도를 뛰었다.

'나는 왜 이렇게 바보 같을까. 태준에게 마음을 들켜 버렸어. 차라리 오지 않는 편이 나았어. 아니야, 그래도 경고는 해 줬어야 해.'

복도 끝에 붉은 드레스를 입은 여자가 서 있었다. 그녀는 미유의 얼굴을 살피더니 손을 잡아끌고 어딘가로 향했다.

"그 얼굴로 박 사장님에게 갔다간 큰일 나요. 여기예요, 화장실."

그녀가 가리키는 곳에 직원 화장실이 있었다.

안에 들어가 거울을 보니 립스틱은 번져 있고 마스카라가 흘러내려 꼴이 엉망이었다. 얼굴을 대충 수습하고 나오니 여자가 빤히 보며 말했다.

"이제 좀 낫네요. 자세한 사정은 모르지만 미유 씨가 이러면 이럴수록 박 사장님만 도발하는 꼴이 돼요. 헤어질 게 아니라면 더는 태준이 흔들지 마세요."

그녀는 그 말만 하고 차갑게 뒤돌아섰다. 그녀의 말이 맞다. 앞으로 무슨 일이 벌어지더라도 모른 척해야 한다.

이제 정말 끝이다.

2층 전시장에 돌아가니 아까 그 자리에 박기영이 그대로 있었다. 그의 얼굴은 검다 못해 흙빛이었고 금방이라도 때리고 싶은 표정이었다.

"그놈에게 갔나? 감히 날 여기에 세워 두고?"

박기영이 손을 잡았다. 손가락뼈가 으스러질 것처럼 아팠지만 미유는 내색하지 않고 그를 보았다.

"도망가라고 경고했어? 내가 죽일지도 모른다고? 곧 녀석이 꽁지가 빠지게 도망가겠군. 어떻게 미치면 너처럼 되는 거지? 네가 다치는 건 겁나지 않아? 내가 두렵지 않아?"

"두렵지 않아요."

"아니, 두려울 거야. 무섭다고 울면서 용서해 달라고 할걸. 내가 그렇게 만들 거야."

미유의 단단한 눈빛을 보고 그가 비웃었다.

"난 물러 터진 호구가 아니야. 진짜 나는 네가 상상도 못할 정도로 잔인해. 넌 아직 고통의 맛을 제대로 못 봤어. 내가 널 짓밟고 말라비틀어지게 할 거야. 이제부터 시작이라고."

박기영이 그녀의 팔뚝을 움켜쥐고 성큼성큼 걸었다. 타인의 시선 따윈 상관하지 않고 난폭하게 끌고 나가는 모습에 사람들이 놀란 얼굴로 돌아보았다.

그는 기사도 없이 한 레지던스 호텔로 미유를 끌고 갔다.

곧 그날이 올 거라고 생각하고 있었지만 막상 닥치니 두려웠다.

호텔 방은 한남동 서재와 비슷하게 꾸며졌고 사적인 물건들로 보이는 게 몇 개 있었다.

그는 방에 들어오자마자 위스키 병을 꺼내 얼음 없이 스트레이트로 두 잔을 연거푸 마셨다.

그리고 리모컨을 들어 오디오를 켰다. 고요한 호텔 방에 난데없이 장엄하고 격정적인 합창곡이 흘렀다.

"〈카르미나 부라나〉. 내가 좋아하는 곡이지."

박기영은 위스키를 마시며 눈을 감고 노래를 들었다. 미유는 현관 앞에 구두를 신은 채 서서 그런 그를 응시했다.

"가장 유명한 파트는 첫 번째 서주지만 나는 두 번째 〈운명의 타격〉을 좋아해. 지금 이 곡이야. 격렬해서 가슴이 뛰거든. 운명이 가져다 준 상처를 눈물 가득 고인 눈으로 애도하네. 운명은 갑자기 되돌아와서 나에게 주었던 선물을 거두어 갔네."

그는 괴물이 자신의 허물을 뜯어내듯 옷가지를 하나하나 벗기 시작했다.

미유는 겁을 집어먹고 애원하거나, 아파하거나, 울고 싶지 않았다.

그가 기뻐하는 일은 조금도 하고 싶지 않았다.

"감추려고 애쓰지 마. 무섭겠지. 끔찍하겠지. 하지만 어쩔 수 없어. 네 몸뚱이는 내 거니까!"

그의 눈자위가 붉었다. 분노와 광기가 몸을 친친 감고 있었다.

'나미유, 상상하는 거야. 나는 지금 태준과 있다. 행복하고 편안하다.'

그녀는 마음속으로 지난날의 기억을 떠올렸다.

'아저씨를 원해요. 진심이에요.'

태준의 손이 그녀의 등에 닿았다가 떨어진다. 손끝이 미세하게 떨린다. 그의 손이 닿은 자리가 뜨거워서 신음이 나온다.

'안아 줘요. 제발요.'

그의 단단한 두 팔이 허리를 감싼다. 깃털처럼 가볍게 몸이 들리고 미유의 마음도 허공에 붕 떠 버린다.

그녀는 속으로 태준의 이름을 속삭였다.

'태준. 사랑해.'

박기영이 윗옷을 모두 벗고 바지만 입은 채로 다가왔다. 그가 허리춤에서 벨트를 풀었다.

"은수도, 너도 이상해. 왜 날 미친놈으로 만드는 거지? 왜 내 마음을 이해하지 못하는 거야."

미유는 두려움을 가까스로 숨기며 말했다.

"당신의 마음은 사랑이 아니니까. 당신은 그녀를 사랑하지 않았어. 그건 강간이었어."

"아니야. 사랑이야. 그 아이도 원했어. 도와 달라는 눈으로 날 봤어."

"당신은 미쳤어."

커다란 손이 미유의 얼굴로 날아왔다. 차디찬 대리석 바닥에 쓰러지면서 어깨가 부딪치자 신음이 터져 나왔다.

"우리에 대해 뭘 안다고 지껄여. 그 아이가 죽지만 않았어도 우린 행복했을 거야. 내가 행복하게 만들어 줬을 거라고."

"당신 같은 정신병자는 누구도 행복하게 해 줄 수 없어!"

"은수나 너나 은혜를 몰라. 천박한 피가 흐르는 것들. 그 어미가 어떤 여자인 줄 알아? 술집 마담이었어. 우리 아버지를 꼬드겨 한몫 챙기고 뒤로 빠졌지. 꼴에 아들이라고 아버진 그 애를 집으로 데려왔어. 인간 취급도 하지 않으면서 자기 핏줄이니까 거둬 줬어. 그 애를 사람으로 대해 준 건 나 하나뿐이야. 나는 녀석에게 그따위 대우를 받을 이유가 없다고."

미유는 그의 시선을 따라 벽에 걸린 액자를 보았다.

앳된 소년이 카메라를 향해 해맑게 웃고 있었다.

미유는 그가 왜 자신에게서 죽은 사람을 봤는지 두 눈으로 확인했다.

소년의 눈과 웃는 모습이 자신과 무척이나 닮았다.

"남자애였구나. 그래서 내게 손을 대지 않은 거였어."

미유가 중얼거리자 그가 헛웃음을 터트렸다.

"널 안는 것에는 관심 없어. 그저 은수와 비슷한 인간을 옆에 두고 싶었을 뿐이야. 사랑에 빠진 것보다 더 최악이지? 안 그래?"

기영은 악마처럼 낄낄 웃으며 그녀의 주위를 어슬렁거렸다.

"난 너를 아껴 주고 싶은 생각이 전혀 없어. 네 얼굴 말고는 관심이 없으니까. 자, 오늘 내게 준 모욕을 어떻게 갚아 줄까."

"당신은 내가 아는 사람 중에 가장 더러운 인간이야."

그가 이를 드러내며 웃었다.

"나도 알아."

온갖 상스러운 욕과 함께 가죽 벨트가 미유의 등을 후려쳤다.

"울어! 아프다고 해! 괴롭다고 해! 너는 아파야 해! 아무도 내게서 도망칠 수 없어!"

미유는 이를 악물고 고통을 참아 냈다.

'나는 아프지 않아. 어떤 짓을 해도 당신은 나를 짓밟을 수 없어.'

고통을 밀어내고 기억을 불러온다. 떨리고 행복했던 순간을 어루만지며 현재를 잊는다.

'네가 원하면 언제라도 멈출게.'

그때 태준이 말했다. 손만 갖다 대도 깨질 것 같은 크리스털을 만지듯 조심스럽게 안았다.

미유의 고통은 그리움이 되고, 모멸감은 슬픔이 되었다.

'다시 아저씨 품에 안기고 싶어. 사랑받고 싶어. 그리워.'

미유는 눈을 감고 몸의 감각의 버리려고 애썼다.

머릿속으로 오직 태준만을 생각했다.

그가 자신을 어떻게 바라보았고, 어떤 식으로 만졌는지, 두 사람이 얼마나 행복했는지 떠올렸다.

뺨이 찢어지는 고통이 상상 속에 숨은 미유를 끌어내렸다. 시선을 드니 씩씩거리며 박기영이 노려보고 있었다.

"그놈 생각을 하는 거지? 눈을 보면 알 수 있어. 감히 내 앞에서! 감히 그놈을!"

거친 매질에 말없이 입술을 깨무는 그녀를 보며 박기영이 고함을 질렀다.

"그런 눈으로 보지 마! 감정을 드러내란 말이야. 내가 우스우면 우습다고 해. 역겨우면 역겹다고 소리치란 말이야! 그놈을 위해 참는 건가? 내가 어떻게 할 것 같아서 참는 거야?"

'시간이 빨리 흘렀으면 좋겠다. 눈을 감았다 뜨면 모든 걸 내려놓은 나이였음 좋겠다. 그땐 아프지 않겠지. 외롭고 슬프지 않겠지. 그땐…… 편안하겠지.'

미유는 눈을 감고 고통을 삼켰다.

보고 싶다. 태준이 보고 싶다.

하지만 그 사람은 날 보고 싶어 하지 않았으면.

태준은 자꾸만 말을 거는 이지를 밀어내고 창 쪽으로 걸어갔다. 멀긴 했지만 실루엣만으로도 누군지 알 수 있는 여자가 주차장 쪽으로 끌려가고 있었다.

미유를 붙든 사내의 몸짓에서 분노가 역력히 읽혔다. 태준은 속이 뒤집어지는 것을 느끼며 돌아섰다. 이지가 앞을 가로막으며 팔을 붙들었다.

"상관하지 마. 가게 둬."

"저 자식, 죽여 버릴 거야."

"태준아, 잊어. 네가 다친단 말이야."

태준은 그녀의 손을 거칠게 뿌리치며 밖으로 뛰쳐나왔다. 주차장으로 달려가는데 안면만 있는 대학교 동창이 앞을 가로막았다.

"태준아. 오랜만이다. 안 그래도 너한테 부탁이 있는데……."

멀리 박기영이 검은 세단 앞에 선 것이 보였다.

그는 동창을 밀어내고 세단이 있는 쪽으로 달렸다. 다른 생각은 하나도 나지 않았다.

그저 무기력한 미유의 뒷모습이 눈에 아른거릴 뿐이다.

주차장으로 들어오던 차가 갑자기 튀어나온 그를 보고 급정거를 하며 경적을 울렸다. 차에 가로막혀 옴짝달싹 못하는 사이 검은 세단이 점점 멀어졌다. 운전하는 검은 뒤통수를 노려보며 악착같이 뛰었지만 미술관 정문을 지나친 차는 태준의 시야 밖으로 빠르게 사라졌다.

"미유야…… 미유야……."

태준은 거친 숨을 헐떡이며 그녀의 이름을 불렀다. 돌아 버리겠는 건 미유가 아무런 반항도 하지 않다는 사실이다.

그녀는 어린애 손에 들린 헝겊 인형처럼 마구 다뤄지며 끌려갔다. 함께 있을 땐 그렇게 표정이 많고 밝았던 사람인데 박기영 옆에서는 시체 같았다.

'돈? 권력? 그런 건 다 핑계야. 내가 알아. 네게 그런 것들은 중요하지 않아. 넌 인생을 사랑해. 꿈꾸고 싶어 해. 사랑받고, 사랑하고 싶어 해. 너는 원해서 그 자식을 선택한 게 아니야. 네가 바라는 인생은 그런 게 아니야.'

그들은 결혼을 앞둔 연인이 아니라 주종 관계에 가까웠다. 박기영은 그녀를 자기에게 딸린 부속물 취급을 했다.

　미유는 그런 취급을 당하면서 살 여자가 아니다. 박기영이 옆에 있음에도 경고하러 온 걸 보면 위험한 상황에 놓여 있는 게 분명했다.

　'네가 왜 인생을 포기하는지, 뭐가 두려운 건지 알아야겠어. 네가 불행한 건 절대로 못 봐.'

　기영 따윈 하나도 두렵지 않았다. 오히려 그 경고가 그의 감정을 일깨웠다.

　태준은 흥분을 잠재우고 머리를 식히며 생각에 몰두했다.

　'지금 당장 내가 뛰어들면 사태만 악화시킬 뿐이야. 근본 원인을 찾아서 해결해야 해.'

　우선 박기영과 나화진에 대해 깊이 파 봐야겠다. 시간이 없으니 최대한 서둘러서 조용히 알아내야 한다. 어떤 걸로 미유를 협박하고 있는지 몰라도 그만 짓을 한 것을 두고두고 후회하게 만들어 주겠다.

　"조금만 기다려. 내가 데리러 갈게."

　흐린 머릿속이 맑아지고 잃어버린 삶의 의지가 돌아왔다. 자신이 원하는 사람이 누구고 해야 할 것인지 무엇인지 깨닫고 나니 막막하던 삶이 또렷하게 보였다.

　태준은 자기가 할 수 있는 뭐든 하기로 마음먹었다.

　그의 삶의 목표는 나미유가 되었다.

전에 공장장으로 있었다는 사내가 데려간 곳은 공단 가장 안쪽에 있는 공장이었다.

"불경기라 땅이 팔리지 않아 방치 중이에요. 주위를 보면 알겠지만 빈 공장이 수두룩합니다."

태준은 사내의 말에 고개를 끄덕이며 공장 입구를 카메라로 찍었다.

"기계만 사들이고 한 번도 돌리진 않았어요. 부도나고 정리하는 데 쉬웠죠. 어차피 식재료는 산 적도 없고, 새 기계만 도로 내다 팔았어요."

훔쳐 갈 게 없어선지 공장 문은 잠겨 있지 않았다. 세월에 낡기는 했지만 공장 안은 쾌적하고 깔끔했다. 깨끗한 바닥과 벽면을 돌아보는데 사내가 다가와 말했다.

"저기 증언하는 건 어렵지 않은데……. 얼마나……. 제 아내가 암으로 병원에 있어 가지고……."

사내의 얼굴에 초조하고 비굴한 기색이 비쳤다.

"걱정하지 않으셔도 됩니다. 이따가 녹취 끝나고 나서 전에 말씀드린 사례비 드릴게요. 만약 재판에서 증언해 주신다면 세 배로 드리겠습니다."

"아……. 네. 감사합니다."

사내는 그제야 안심한 표정을 지었다.

태준은 공장 주위를 돌면서 사진을 찍었다. 찍은 사진이 쌓일수록 그의 분노도 쌓여 갔다. 이런 식으로 한 사람의 인생을 짓밟다니, 도무지 믿기지 않았다.

그는 사진 찍는 것을 마무리하고 전 공장장의 녹취를 땄다. 공장이 문을 연 1년 동안 한 번도 기계를 돌리지 않았고 식자재도 사들이지 않았다. 직원 채용도 서류상으로 조작한 것일 뿐, 관리자는 둘이 전부였다. 처음부터 부도를 목적으로 한 사기로 보인다가 주 내용이었다.

사내와 악수하고 서울로 올라오면서 그는 녹취 내용을 다시 들었다. 아무리 생각해도 이런 사기에 순진하게 넘어간 나화진이 이해되지 않는다. 다 알고 속아 준 게 아닐까 싶을 정도로 온통 허술한 것투성이었다.

그래 놓고 다 미유에게 떠넘기다니. 세상에 제대로 나오기도 전에 그런 무거운 짐을 혼자 감당하게 하다니. 태준은 착잡하고 마음이 무거웠다.

그는 오피스텔에 돌아와서 녹취 내용과 지금껏 찾아 낸 자료를 다시 정리했다. 짧은 시간에 증거를 모으려고 동분서주한 덕에 몸과 마음이 피곤했다.

미술관에서 미유를 만난 그날 바로 사람을 고용해 박기영과 나화진을 조사했다.

나화진의 전 남편들을 만나고 가정부였던 여자들과 정원사, 전 사업 파트너들을 만났다. 그중 프렌치 레스토랑을 같이 운영한 여인이 귀띔을 해 줬다.

박기영이 빈털터리 나화진에게 파트너를 제의한 것은 일부러 빚을 만들기 위해서라고. 일부러 접근해 파산시키다. 암에 걸린 나화진을 보살피고 조카와 약혼하다.

태준이 몰랐던 과거가 하나둘 드러날수록 그녀가 덫에 걸린 것이 확실해졌다.

　'왜 말하지 못했을까. 손을 내밀었다면 도와줄 수 있었는데. 내가 실망하고 떠날까 봐 두려웠을까?'

　밤이 오면 걱정에 잠들 수 없었다. 자신이 보여 준 사랑이 나약했을까. 어쩌면 사랑이 현실에 망가지는 모습을 보는 게 두려웠을지도 모른다. 벗어날 수 없다고 체념하고 모든 걸 포기했을 수도 있다.

　침대에 누워 뒤척이다가 문득 자신이 했던 말이 떠올랐다.

　'만약 실망하면? 나 미워할 거야?'

　'왜 그랬는지 이해해 보려고 하겠지. 그리고 이해할 거야.'

　태준은 두 손으로 머리를 감싸고 신음을 흘렸다.

　"젠장, 미유는 얘기하려고 했어. 그런데 내가 듣지 않은 거야."

　그날 밤 차 안에서 울며 고양이 얘기를 꺼내는 미유에게 왜 그랬냐고 물었어야 했다. 원망하기보다 먼저 얘기를 듣고 이해하려고 노력했어야 했다. 사랑한다면 그랬어야 했다.

　기억이 태준을 채찍질하고 비난했다. 왜 묻지 않았을까. 왜 이해하려고 하지 않았을까.

　믿은 사람에게 속은 게 분했다. 미유에게서 어머니의 그림자를 보았기 때문에 분노가 컸던 것도 이유 중에 하나였다.

'아저씨…… 사실은…… 나 거짓말쟁이야. 아르바이트한다는 말도 거짓말이야. 다른 이유가 있었는데 설명할 자신이 없어서 거짓말한 거야. 미안해.'

미유는 말하고 싶어 했는데, 아직 준비가 안 됐을 뿐이었는데.

'앞으로도 많이 거짓말할 거야. 정말 그러고 싶지 않은데, 어쩔 수가 없어.'

그때 물었어야 했다. 어쩔 수 없이 거짓말을 해야 하는 이유. 내 사랑을 믿고 털어놓으라고 했어야 했다.

'거짓말해도 나중에는 지금처럼 말해 줄 거지? 거짓말이었다고, 미안하다고. 무슨 이유 때문인지도 설명해 줄 거지?'

미유는 눈물을 흘리며 웃었어. 희망을 가졌겠지. 나를 믿었겠지. 그런데 내가 한 건 차가운 외면뿐이었어.
태준은 용인 집에 찾아갔을 때 물었던 질문을 생각해 냈다.

'내겐 소중한 거예요.'
'소중……했니?'
'믿지 않겠지만…… 소중했어요.'

첫 선물을 간직하고 있는 아이에게 소중했냐고 묻다니. 미유는 그 말에 상처 입지 않은 것처럼 담담하게 말했다. 태준은 자신이 한 짓이 부끄러워 견딜 수가 없다. 그녀의 거짓말을 비난하고 자신이 피해자인 것처럼 굴었다.

가장 불행한 건 그녀였는데.

도저히 잠이 오지 않았다.

태준은 죄책감을 견디지 못하고 집을 나와 밤거리를 헤맸다. 무작정 걷다가 작은 포장마차에 들어가 소주 반병을 마셨다.

시간이 너무 빠르게 간다. 재판에 제출할 증거들을 모아야 하는데 쉽지 않다. 변호사와 상담해 보니 사기를 입증하는 게 쉽지 않았다. 기업의 사장인 자가 그리 호락호락하게 일을 처리할 리 없고, 동업 관계의 업무상 배임죄를 주장해도 증명하기 힘들다는 게 변호사의 조언이었다.

차라리 미유를 데리고 국외로 도망치고 싶었다. 하지만 미유의 전화는 끊겼고 박기영의 집 앞은 경호원이 24시간 동안 지키고 있었다.

태준은 술값을 계산하고 거리로 나왔다.

찬바람이 얼굴을 할퀴고 코트 사이로 파고들었다. 택시에 타니 취기가 돌면서 몸이 한없이 처졌다. 불면증 때문에 잠을 자지 못해 몸 상태가 엉망이었다.

그는 잠깐 졸다가 운전기사의 목소리에 정신을 차렸다.

"저 오토바이는 뭐야?"

사이드 미러를 살피며 택시 기사가 투덜거렸다.

"손님 태운 다음부터 계속 따라오네요. 혹시 아는 사람입니까?"

뒤돌아보니 검은 오토바이가 바짝 붙어서 따라오고 있었다.

"아니요. 모르겠는데요."

"피곤하게 됐네. 사고 내서 덤터기 씌우려는 거 아냐?"

기사는 속도를 줄이며 오토바이를 앞으로 보내려고 했다. 그러나 오토바이도 속도를 줄이며 간격을 유지했다.

"미치겠네. 뭐야, 저거!"

사거리에서 신호를 받고 멈춘 택시 기사가 씩씩거리며 운전석 문을 열고 나갔다. 욕설과 고함이 쏟아지는 동안 검은 헬멧을 쓴 오토바이 운전자가 태준이 앉은 쪽으로 바짝 붙었다.

똑똑똑.

오토바이 운전자가 차창을 두드렸다. 태준은 유리창을 내리려다 남자가 오른손에 뭔가를 쥐고 있는 걸 발견하고 멈칫했다. 뭔가 불길했다.

그가 몇 초 동안 망설일 때였다.

누군가 뒤에서 달려온다고 느낀 순간 쇠파이프가 오토바이 운전자의 머리를 내리쳤다. 오토바이 운전자가 쓰러지고 위험을 눈치챈 택시 기사가 황급히 옆으로 피했다. 공격한 남자의 뒷모습과 가죽 재킷이 눈에 익었다.

남자가 돌아서는 동시에 사람을 압도하는 강렬한 눈빛이 먼저 보였다. 그가 누군지 알아본 건 그다음이었다.

"야! 기태준! 나와!"

멍하니 쳐다보는 그에게 선우가 악을 썼다.

"인마, 뭐 해! 빨리 차에 타!"

태준은 그제야 허겁지겁 차에서 내렸다. 도로에 죽은 듯이 쓰러진 오토바이 운전사를 보는데 선우가 숨이 넘어갈 듯 급하게 말했다.

"죽지는 않았으니까 얼른 타라고! 자식, 왜 이리 굼떠?"

얼떨떨한 기분으로 택시 바로 뒤에 선 선우의 로드스터에 올라탔다.

선우는 그가 차에 타기가 무섭게 도로를 박차고 앞으로 튀어 나갔다. 모든 것이 순식간에 벌어진 일이었다. 태준은 차에 타고 한참이 지나서야 정신을 차렸다.

"어떻게 된 일이야?"

"둔한 자식. 내가 따라다니는데 눈치도 못 채고. 그런 놈이 누구 뒤를 캔다는 거야?"

"날 따라다녔다고?"

"거물을 건드려 놓고 무사할 줄 알았어? 자기 여자 건드린 놈을 누가 그냥 둬? 몸 사려도 모자란 마당에 뒤까지 캐고 다니니, 죽고 싶어서 환장한 거지. 잘못했으면 얼굴이 나가거나 목이 떨어졌을 거다. 정말 큰일 날 뻔했어."

"넌 어떻게 안 거야?"

"내가 기태준에 대해 모르는 게 어디 있냐? 사실…… 우리 집 파티에서 그 계집애와 박기영이 같이 있는 걸 봤어. 그 뒤로 뒷조사 좀 했지. 보통 놈이 아니더라고. 네가 걱정돼서 계속 따라다녔어."

미유를 빼내는 것에 급급해서 자신이 다칠 걸 생각하지 못했다. 좀 더 조심했어야 하는데.

"당분간 숨어 있어. 조용한 곳에 집 구해 놨으니까 몇 개월 휴가 보낸다고 생각해."

"안 돼. 미유를 데려와야 해."

"미친 자식! 지금 그 계집애 걱정할 때야? 네 앞가림 하기도 바쁘다고."

선우가 소릴 빽 질렀지만 그의 귀엔 들어오지 않았다.

"뒷조사했다며. 그럼 미유가 덫에 걸린 사실도 알 거 아니야. 박기영은 위험한 사람이야. 그 사람 곁에 있으면 무슨 짓을 당할지 몰라."

"그래서 왕자님이 되어 구해 오시겠다? 미친놈. 정신 차려. 박기영이 네, 여기 있습니다 하고 내줄 거 같아? 너희 둘 다 죽일걸."

"그런 인간이니까 더욱 구해야지. 무슨 짓을 해서든 빼내야지."

"아, 몰라. 나는 네 안전만 신경 쓸 거야. 그 계집애가 어떻게 되든 상관 안 해."

"장선우!"

"넌 암말 말고 내가 하자는 대로 해. 몇 개월 조용히 숨어 있어. 그동안 내가 박기영과 담판 지어 놓을 테니까. 아버지를 봐서라도 나는 건드리지 못할 거야."

"우릴 도와줘. 부탁이야."

"정신 차려 이 자식아! 덫에 걸린 여자 구해 주려다 네가 위험해진다고. 그 애에게 집착하니까 크게 해치지는 않을 거야. 영국으로 가게 돼. 잠깐 불장난에 인생을 망칠 참이야?"

"불장난이 아니라 사랑이야. 미유가 불행하면 나도 불행해."

"사랑한다면서 속여? 너 혼자 그리 생각한 거 아니야?"

"언젠가 미유가 그랬어. 자신은 거짓말쟁이라고. 이유가 있는데 설명할 자신이 없어서 거짓말을 한다고. 나중에 거짓말이었다고, 미안하다고 얘기해 준댔어. 그땐 그 거짓말이 사소한 거라고 생각했어. 내가 감당할 수 있고, 이해할 수 있는 건지 알았어. 나도 미유에게 거짓말을 했어. 이해하려고 노력한다고 했는데, 사랑한다고 했는데."

눈시울이 뜨거워진다. 도시의 불빛이 뿌옇게 번지고 흔들린다. 태준은 자신이 부끄러워 고개를 숙였다.

"사랑한다는 건 내가 감당할 수 있는 만큼만 받아들이겠다는 말이 아닌데. 그 사람의 모든 걸 이해하고 아낀다는 말인데 나는 미유보다 내가 중요했어. 내가 아픈 게 싫어서 미유에게 화내고 얘기를 듣지 않았어. 그 밤에 말하려고 했는데, 그 고양이가 미유였는데, 내가 마음을 닫아 버렸어."

뜨거운 눈물이 볼을 타고 흐른다. 태준은 눈물을 닦지 않고 울었다.

선우는 안개를 뚫고 말없이 고속도로를 달렸다. 푸른 여명이 밝아 올 때 즈음 그들은 바다가 한눈에 보이는 해변 주차장에 서 있었다. 창문을 열고 말없이 담배만 피우던 선우가 잠긴 목소리로 말했다.

"사랑이란 건 참 병신 같구나. 어쩐지 내키지 않더라니, 이유가 있었어."

빈 담뱃갑을 구기며 욕을 뱉던 선우가 그를 보았다.

"도와주기 전에 조건이 있어. 첫째, 내가 하자는 대로 할 것. 제일 중요한 건 네 안전이야. 함부로 나대면 죽도 밥도 안 돼. 둘째, 그 계집애가 영국으로 간다고 하면 미련 없이 돌아서는 거야. 셋째, 질질 짜지 마. 여자나 남자나 우는 건 질색이야."

그 말이 떨어지기가 무섭게 태준은 힘차게 고개를 끄덕였다. 눈을 가늘게 뜨고 그를 노려보던 선우가 한마디 던졌다.

"잘 해결되면 평생 나 떠받들어라. 내가 악착같이 누리며 살 거야. 젠장."

태준은 든든한 친구가 옆에 있다고 생각하니 모든 게 잘 풀릴 것만 같았다. 벼랑 끝까지 몰린 기분이었는데 처음으로 숨이 트인다. 바닷바람이 찼지만 가슴은 뜨거웠다.

포기하지 마.
아직 늦지 않았어.
원하기만 하면 돼.

내 손을 잡아

"음식의 완성은 식재료 반, 불 조절 반이에요. 불 조절에 따라 음식의 색깔과 식감, 모양과 맛이 달라지거든요. 음식을 조리하다 눌어붙으면 일단 불을 끄고 뚜껑을 덮어 주세요. 잠시 기다리면 조리 기구 안의 열기로 수분이 생기고 눌어붙은 것이 쉽게 떨어져요. 그런 다음 다시 조리를 시작하세요. 미유 씨? 내 말 듣고 있어요?"

미유는 요리 선생의 말에 고개를 들었다. 그녀는 미유를 보고 짧게 한숨을 쉬고는 프라이팬 뚜껑을 열어 음식을 살폈다.

"요리라는 게 취미가 없는 사람에게는 곤혹스러운 일이에요. 그래도 기본기를 배워 놓으면 요긴하니까 지루해도 참고 들어 봐요. 내가 집까지 와서 강습은 안 하는데 박 사장님이 부탁해서 해 주는 거예요. 생색내려는 건 아니고 박 사장님을 봐서라도 적극적으로 해 줬으면 좋겠어요."

그녀가 말하는 박 사장은 박기영의 누나인 박소영이다. 한남동에 들어온 후 미유의 모든 스케줄은 박소영이 관리했다. 오전엔 요리와 베이킹, 요가, 영어를 공부하고 오후엔 와인과 시사 상식, 그림, 클래식 음악을 공부했다.

　이 모든 걸 집에 갇혀서 하고 있자니 미유는 미칠 것만 같다. 늘 자신을 못마땅하게 여기는 박소영이 말려 죽이려고 꾸민 일인지도 모른다는 생각이 들 정도였다. 하루 동안 모든 수업을 소화하고 나서 잠깐 쉬다가 퇴근한 박기영을 맞는 게 그녀의 주된 일과였다. 오전 수업을 끝내고 침대에 기운 없이 누워 있는데 일하는 아주머니가 문을 두드렸다.

　"삼성동 사모님이 차를 보냈어요. 웨딩드레스 고르러 가야 한대요."

　주문한 암살라 드레스가 도착한 모양이다. 망할 웨딩드레스. 미유는 속으로 이를 갈며 침대에서 일어났다. 그녀가 아무거나 입으려고 해도 박소영이 깐깐하게 트집을 잡아 아직도 고르지 못했다. 박소영은 지겹지도 않은지 늘 같은 소리만 반복했다.

　'박 사장에게 누가 되지 않으려면 항상 몸가짐 단정히 해. 지켜보는 눈이 많아. 못 배우고 못산 티 내지 말고. 화류계에서 먹고 자라서 그런지 뭘 입어도 야하게 보이네. 네가 봐도 그렇지? 웨딩드레스는 고급스럽고 우아해야 하는데, 네게 어울리는 게 있을지 모르겠다.'

박소영은 동생이 없는 자리에선 대놓고 그녀를 비웃었다. 그래 놓고 박기영 앞에선 쩔쩔매며 챙겨 주는 척했다. 지긋지긋한 헛소리를 들을 생각을 하니 벌써부터 진절머리가 난다.

미유는 옷장 앞에서 얼굴을 찌푸리며 뭘 입고 가야 할지 고민했다. 아무 옷이나 입고 싶지만 지난번에 그랬다가 2시간이나 잔소리를 들어서 오늘은 공들여 화장을 하고 비싸고 점잖은 옷으로 갈아입었다. 차를 타고 청담동에 있는 숍에 가자 박소영이 커피를 마시며 기다리고 있었다.

"바쁘니까 얼른 입어 봐."

그녀는 미유 쪽으론 시선도 두지 않고 씹어 뱉듯이 말했다. 미유는 분위기에 맞게 머리를 올리고 피팅룸으로 들어가 직원의 도움을 받으며 웨딩드레스를 입었다. 거울에 비친 건 화사한 웨딩드레스를 입은 아름다운 신부가 아니라 지치고 슬픈 여자였다.

'모든 게 무감각해지는 날이 올까. 태준이 그립지 않고 내 인생이 싫지 않은 순간이 올까.'

그런 날이 영영 오지 않을지도 모르겠다. 요즘 들어 부쩍 박기영의 손에 죽게 될지도 모른다는 생각이 들기 때문이다. 박기영은 레지던스 호텔에서 밑바닥을 모조리 드러낸 후 변하기 시작했다. 그는 더러운 벌레를 보듯 노려보며 가까이 오지 않았고 눈빛도 예전과는 달랐다. 전엔 속을 알 수 없는 무심한 눈빛이었지만 지금은 먹잇감을 어떤 방법으로 죽일지 궁리하는 짐승의 눈이었다.

미유는 매일 밤 침대에서 어떤 식으로 죽게 될지 상상했다. 영국에서 끝낼까? 다른 사람을 시킬까? 아니면 직접? 두려움도 만성이 되는지 이젠 무감각했다. 부디 세상에 알려지지 않고 조용히 끝나기를 바랄뿐이다.

"어머, 신부님! 정말 아름다우세요."

미유는 직원의 입에 발린 칭찬을 들으며 시선을 들었다. 심플하고 우아한 드레스. 이 드레스라면 박소영도 마음에 들어 할 것 같다. 그녀의 예상대로 박소영은 상당히 흡족해하며 직원에게 손짓을 했다.

"이게 그나마 낫구나. 김 실장, 이걸로 하자."

그녀는 핸드백을 챙겨 일어나며 쌀쌀맞게 말했다.

"나는 약속이 있어서 먼저 가 봐야 해. 그럼 들어가."

"저기……."

미유의 말에 그녀가 눈썹을 치켜세우며 노려보았다.

"밖에 나온 게 오랜만이라서…… 차 한 잔 마시고 들어가도 될까요?"

구걸하는 것 같아 자존심이 상하지만 곧바로 감옥에 들어가고 싶지 않았다. 낯선 사람들이 있는 곳에서 잠시 숨을 돌리고 싶었다.

"그럼 그러는지. 1시간 줄게."

박소영은 그대로 숍을 나갔다. 1시간의 자유. 시간이 가는 게 아깝다. 미유는 서둘러 숍을 나와 기사가 기다리는 차에 탔다. 기사에게 천천히 가 달라고 부탁하며 거리 양옆에 늘어선 카페를 보았다. 스타벅스, 커피빈 같은 곳 말고 따뜻하고 아늑한 곳에 들어가고 싶었다.

꽤 오래 찾은 끝에 카페 캐서린이라는 간판이 눈에 들어왔다. 창가에 걸린 눈사람 인형이 귀여웠다. 소박하면서도 따뜻한 느낌이 풍기는 곳. 미유는 차를 세워 달라고 하고 핸드백을 챙겨 내렸다.

걸어가는 동안 운전기사와 멀리서 감시하는 남자들의 시선이 느껴졌다. 지켜보는 눈이 있어도 테이블에 혼자 앉아 차를 마실 수 있다는 생각에 미유는 마냥 기뻤다. 카페 문을 열고 들어가자 근사한 커피 향이 밀려왔다. 안에는 친구와 연인으로 보이는 사람들이 행복한 얼굴로 차를 마시며 얘기하고 있었다. 그 모습이 낯설기도 하고 부럽기도 했다. 미유는 카페 가장 안쪽에 빈 테이블로 걸어갔다.

"카페라테 주세요."

그녀는 주문을 하고 목에 두른 머플러와 재킷을 벗었다. 카페 출입문이 열릴 때마다 자신을 감시하려는 남자들인지 확인했다. 다행히도 들어온 사람들은 다정하게 팔짱을 낀 연인이었다. 곧 큼직한 머그잔에 커피와 곁들어 먹는 쿠키가 나왔다. 두 손으로 머그잔을 감싸고 커피 한 모금을 마신다. 속에 따뜻한 것이 들어가니 몸의 긴장이 스르륵 풀린다.

다시 출입구 문이 열렸다. 갈색 점퍼에 야구 모자를 눌러쓴 남자가 들어와 입구 쪽에 앉아 커피를 주문했다. 일행 없이 혼자 들어온 남자.

'날 감시하기 위해서 온 건가. 정말 한순간도 혼자 있게 두지 않는구나.'

또다시 문이 열리고 머플러를 둘러서 얼굴이 반만 보이는 연인이 들어와 그녀의 테이블 뒤편에 앉았다. 여자가 명랑한 목소리로 에스프레소와 홍차를 시켰다. 아껴 마셨지만 어느덧 커피 한 잔을 다 마셔 버렸다.

미유는 한 잔 더 주문하고 실내에 흐르는 노래 선율에 귀를 기울였다. 입구 쪽에 앉은 남자가 신경 쓰였지만 일부러 보지 않았다. 그는 아직도 일행 없이 혼자였다.

"잘 지냈니?"

뒤편에서 태준의 목소리가 나직이 들렸다. 미유는 잘못 들은 줄 알고 잔 속을 멍하니 들여다보았다. 다시 그녀의 이름이 들렸다.

"미유야, 돌아보지 말고 그대로 있어."

'태준이야! 내가 잘못 들은 게 아니었어!'

미유는 뻣뻣하게 굳은 채로 얼굴을 붉혔다. 입구에 앉은 감시자는 잡지를 보고 있었다.

"어떻게…….."

목에 메어 말이 제대로 나오지 않았다.

"그동안 지켜보고 있었어. 만나고 싶어서."

미유는 자신도 모르게 돌아볼 뻔한 걸 가까스로 참았다. 태준이 보고 싶었다. 매일 밤 기억 속에서 꺼낸 얼굴이 아니라, 두 눈으로 직접 보고 싶었다.

"나를 왜……."

그가 미워할 줄 알았다. 원망할 줄 알았다.

여기엔 왜 온 걸까. 감시당하는 걸 알고 있나? 온갖 생각이 뒤섞여 정신이 하나도 없었다.

"미안해. 네 말을 들어 주지 않아서 미안해."

눈물이 핑 돈다. 미유는 고개를 깊이 숙인 채 머그잔만 들여다보았다.

"네가 어떤 심정이었을지 생각해 봤어. 왜 그토록 쓸쓸하고 슬퍼 보였는지, 왜 도망쳤고 왜 날 받아 줬는지. 네 표정과 마음엔 거짓말이 없었어. 그러니까…… 미유야. 널 원망하지 않아. 여전히 사랑하고 있어."

테이블 위로 눈물이 뚝뚝 떨어졌다. 목이 메고 잔을 움켜쥔 두 손이 떨렸다.

"네가 무얼 두려워하는지 알아. 네가 걱정하는 일은 일어나지 않을 거야. 내가 도와줄게. 내가 지켜 줄게. 그러니까…… 내게 와 줄래? 너는 그저 손만 뻗으면 돼. 내가 언제든 곁에 있다가 잡아 줄 테니까. 그러니까…… 넌 내 손만 잡으면 돼. 다른 건 걱정하지 말고, 내게 와."

미유는 흐느껴 울고 싶은 걸 가까스로 참으며 입술을 깨물었다. 이 남자가 날 사랑한다. 거짓말로 속이고 차갑게 외면했어도 날 사랑한다고 한다. 기쁘면서도 두렵고, 한편으론 행복했다.

'가고 싶어. 아저씨에게 가고 싶어.'

잡지를 보던 남자가 고개를 들었다가 미유와 시선을 마주치고 얼른 숙였다.

'더는 못 견디겠어. 이대로 가다간 죽을 것 같아. 아저씨랑 갈래. 아저씨랑 살고 싶어.'

미유는 감시자 눈에 뜨이지 않게 조심하며 왼손을 테이블 아래로 내렸다. 손가락 끝에 따뜻한 손이 만져졌다. 태준이 그녀의 손을 꼭 잡았다. 너무나도 따뜻하고 부드러운 손. 얼어 버린 몸과 마음을 녹인 봄과 같은 손.

'아저씨를 사랑해. 이 세상에서 이 사람처럼 날 사랑해 준 사람은 없었어. 엄마는 날 버렸고 이모는 날 팔았어. 영원히 사랑이 뭔지 모를 줄 알았어. 그런데 말이야. 이젠 알아. 나는 사랑 받고 있어. 도저히 의심할 수 없도록 사랑받고 있어. 이거면 충분하잖아. 나미유, 그렇지?'

짧은 순간 꿈꾼 행복이 차츰 멀어져 갔다. 미유는 자신을 기다리고 있는 현실을 똑바로 보았다. 지옥 속에 태준을 끌어들일 순 없었다. 그녀가 손을 놓으려고 하자 태준이 꼭 잡고 놓지 않았다.

"놓지 마, 미유야. 제발…… 놓지 마."

소리 내어 울고 싶었다. 제발 살려 달라고 매달리고 싶었다. 만약 그렇게 한다면 앞으로 벌어질 일은 뻔했다. 태준의 인생까지 망가지고 자신은 미쳐 버릴 게 분명했다. 이 손을 잡고 싶지만, 이 따뜻한 손을 잡고 이곳을 나가고 싶지만 여기서 단념해야 한다. 미유는 흔들리는 마음을 다잡으며 눈물을 삼켰다.

"고마워. 그리고 미안해. 내가 할 수 있는 말은 이거뿐이야."

미유는 잡힌 손을 빼고 자리에서 일어났다. 머플러와 핸드백을 챙겨 카운터로 가자 잡지를 보던 감시자가 고개를 들었다. 계산을 하고 밖에 나오니 자신이 타고 온 자동차가 보였다. 그녀는 뒤돌아보지 않고 차에 탔다. 다행히도 태준은 따라 나오지 않았다.

한남동 집에 돌아온 미유는 말없이 침실로 올라왔다. 옷을 벗고 욕실로 들어가니 울음이 쏟아졌다. 미유는 욕조에 물을 받으며 벽에 기대앉아 흐느꼈다.

♥

"태준 씨, 괜찮아요?"

태준의 맞은편에 앉은 여자가 한동안 멍하니 앉아 있는 그를 보다 못해 말을 걸었다. 그녀는 태준이 고용한 경호원이었다.

"잠시, 혼자 있고 싶은데요."

"그럼, 저쪽 테이블에 가 있을게요."

혼자가 되고 나서야 긴 한숨이 나왔다. 태준은 다 식은 홍차를 마시다 말고 자신의 손을 보았다. 아직도 미유의 체온이 느껴졌다.

'느꼈어. 내 손을 놓고 싶지 않아 했어. 나랑 같이 가려고 했어. 미유야, 왜 내게 오지 않는 거야. 그렇게 아파하면서⋯⋯.'

미유가 집 밖으로 나오는 대로 구해 낼 계획을 세웠다. 웨딩드레스 숍에 예약이 잡힐 걸 알고 경호원 몇 명과 함께 기다렸다. 그녀가 혼자 커피숍에 들어가는 기회가 왔고 이제 빼내기만 하면 된다고 생각했다. 그런데…… 테이블을 지나치며 본 미유는 생각보다 더 참혹했다. 그녀는 볼품없이 말라 가고 있었다. 품이 넓은 코트를 입었지만 옷깃 사이로 드러난 하얀 목과 손목이 마른 나뭇가지처럼 앙상했다. 삶의 생기가 모두 빠져나가고 거죽만 남아 있는 그녀를 보니 속에서 부아가 치밀었다. 그 지경이 되도록 버티는 미유를 도저히 이해할 수 없었다. 안 간다고 하면 억지로라도 끌고 가려고 했다. 하지만 마음 한쪽에서 작은 목소리가 들렸다.

'나는 또 멋대로 판단하고 결론 내리는구나. 미유가 왜 이러는지 이해하지 않고 내 생각만 하고 있어.'

하지만 이런 것까지 이해할 순 없었다. 그토록 눈부시고 반짝거리던 여자가 딴사람이 되어 있었다. 그의 손에 잡히는 따뜻한 감촉과 그 안에 느껴지는 힘은 미유에게 마지막 남은 불빛 같았다. 작은 한숨에도 꺼질 것처럼 그녀는 위태로워 보였다.

'미유는 물건이 아니야. 억지로 빼앗아 가고, 억지로 데려올 수 없어. 그녀가 스스로 결정하고 행동으로 옮겨야 해. 사랑하고 존중한다면 스스로 선택하게 기다려 줘야 해.'

머릿속으로는 이해되지만 도저히 그럴 수가 없었다. 태준은 그녀의 손을 놓고 싶지 않았다. 당장 이곳을 벗어나 둘이 있을 만한 곳으로 도망치고 싶었다. 하지만 사랑하기에, 무슨 일이 있어도 이해하고 존중하기로 다짐했기에 그는 생각을 행동으로 옮기지 못했다. 미유가 원할 때, 그녀의 의지로 오게 하고 싶었다. 한 번도 자신이 원하는 대로 살아 보지 못한 사람이다. 이 결정만큼은 혼자 힘으로 해야 한다.

'미유야, 용기를 내. 네가 정말 원하는 것이 있다면 두려움을 극복하고 손을 뻗어야 해. 내가 항상 곁에 있을 테니까, 너는 한 걸음 내딛기만 하면 돼.'

만지면 낙엽처럼 부스러질 것 같은 그녀를 안고 싶었다. 야윈 얼굴을 두 손으로 감싸고 입 맞추고 싶었다. 다 괜찮을 거라고 위로하고 싶었다.

태준은 손을 잡아 준 것 말고는 한 게 없어서 괴로웠다.

'네가 허락만 한다면 지옥 같은 곳에서 빼내 줄 수 있어. 제발, 나와 가자. 미유야, 제발.'

야윈 손을 잡고 마음으로 빌었다. 하지만 미유는 그의 손을 놓고 자리에서 일어났다. 카페를 나가는 그녀의 뒷모습을 차마 볼 수가 없었다. 태준은 남은 홍차를 마시고 의자에서 일어났다. 멀리 앉아 있던 여자 경호원이 그를 보고 일어났다.

"가시죠."

그는 미유가 앉았던 자리를 잠시 응시했다. 그녀가 짓고 있었을 표정을 상상하자 마음이 시렸다.

"이제 어디로 갈까요?"

태준은 경호원의 질문에 돌아서며 말했다.

"한남동으로 가야죠."

미유가 언제든 달려와 손을 뻗으면 잡아 줄 수 있는 곳에 있

어야 한다. 그 순간이 오면 절대로 놓지 않겠다. 다시는 혼자
말라 가게 두지 않겠다.

　일하는 아주머니가 방문을 두드렸다.
　"작은사모님, 사장님 오셨어요."
　미유는 화장대 앞에 서서 얼굴이 붓지 않았는지 확인하고
아래층에 내려갔다. 시계를 보니 11시를 막 넘어서고 있었다.
응접실 소파에서 차를 마시던 박기영은 그녀의 기척을 느끼고
도 돌아보지 않고 말했다.
　"웨딩드레스 골랐다면서."
　"네."
　미유는 우두커니 서서 그의 옆모습을 보았다.
　"늦었네요."
　"요즘 일이 바빠."
　기영의 시선은 여전히 찻잔 속에 머물러 있었다. 미유는 그
에게 무슨 생각을 하냐고 묻고 싶었다.
　"하루 종일 집에만 있는 게 답답하지 않니?"
　"아니요. 괜찮아요."
　"누나에게 말해 놓을 테니까 내일은 수업 쉬고 바람 쐬고 오
지그래? 네가 좋아하는 고궁을 돌든지 산책을 하든지."
　반갑기보다 소름이 오싹 끼쳤다. 감옥에 가두고 옴짝달싹

못하게 하더니 갑자기 왜 이러는 거지?

"왜요?"

미유의 질문에 그가 그제야 고개를 돌렸다. 건조한 눈동자와 감정 없는 얼굴이 과학실에 있는 인체 모형 같았다.

"왜라니? 너무 공부만 시킨 것 같아서 개인 시간을 주려는 거야."

"괜찮아요. 할 만해요."

"곧 출국이잖아. 고양에 있는 어머님을 보고 오든지."

미유는 순간 마음이 흔들렸다. 안 그래도 납골당에 한 번 다녀오면 안 되냐고 부탁해 볼 참이었는데.

"그럼, 내일 다녀올게요."

"그래."

박기영은 그녀에게 시선을 거두고 느린 동작으로 차를 마셨다. 정말 생각해서 시간을 준 걸까. 저렇게 차가운 얼굴로 보면서? 무언가 속셈이 있는데 그게 뭔지 모르겠다.

차를 마신 뒤 그는 서재로 들어갔고 미유는 2층 침실로 돌아왔다. 박 사장과 태준 때문에 머릿속이 어지러웠다. 그녀는 곧장 베란다로 나가 집밖을 내다보았다.

'늘 내 곁에 있겠다고 했어. 한 걸음만 내딛으면 손을 잡아 준다고 했어. 저 아래 어딘가에서 태준이 날 기다리고 있을까?'

저택의 정원은 어둡고 거리엔 아무도 없었다. 집집마다 켜진 불빛을 보고 있으니 쓸쓸해져서 다시 방으로 돌아왔다.

'나는 예전이나 지금이나 똑같구나. 창 너머로 내가 갖지 못

하는 것을 바라만 보고 있어.'

자려고 침대에 누웠지만 잠이 오지 않았다. 새벽녘에야 잠
이 든 미유는 꿈을 꾸었다.

창을 열고 날아가 골목에서 기다리고 있는 태준의 손을 잡
았다. 그리고 다시 하늘을 날아 뜨거운 태양이 내리쬐고 푸른
바다가 있는 곳으로 도망쳤다. 마을의 개들이 나무 그늘에서
낮잠을 자고 해변에 아이들이 만들어 놓은 모래성이 있었다.
태준과 미유는 손을 잡고 해변을 걸었다. 행복한 꿈이었다.

머리 위로 쏟아지는 햇볕이 따스했다. 미유는 곧바로 납골
당 건물로 들어가지 않고 공원처럼 꾸며 놓은 정원을 거닐
었다. 그늘에 녹지 않은 눈이 언뜻 보였지만 봄이 오는 게 아
닐까 싶을 정도로 날이 훈훈했다.

"엄마 보러 올 때마다 날씨가 참 좋네."

납골당 정원엔 사람이 많지 않았다. 아이를 앞세운 가족이
활기차게 거닐다가 건물로 들어가 버렸고, 할머니와 할아버지
가 짧게 산책을 하고 주차장으로 향했다.

이제 정원에 있는 건 그녀뿐이다. 건물 그늘에 무심코 시선
을 던졌을 때였다. 그림자 하나가 쏜살같이 나타났다 사라
졌다. 얼핏 얼굴을 보니 카페에서 잡지를 보던 그 남자 같았다.

'어차피 쫓아다니는 거 다 아는데 대놓고 감시하지, 왜 숨어
다니는 거야?'

문득 무서운 생각이 스치고 지나갔다.

'설마, 아닐 거야. 그 정도까지는…… 아닐 거야.'

두려움을 떨쳐 내 보지만 한 번 든 생각은 계속 머릿속에 떠다녔다. 미유는 제자리에서 서서 주위를 휘휘 둘러보았다. 건물과 나무, 정자, 조각 작품. 저 뒤에 사람들이 숨어 자신을 감시하고 있다고 생각하니 소름이 끼쳤다.

'박 사장이 갑자기 날 밖에 내보낸 이유가 태준 때문이라면? 그들이 찾는 게 내가 아니라 태준이라면? 내가 미끼고 이곳이 덫이라면?'

미유는 겁에 질려 다시 한 번 주위를 보았다. 태준의 모습은 어디에도 없었다.

'태준은 건드리지 않겠다고 했어. 그 사람은 아무것도 몰랐으니까, 유혹한 건 나니까, 얌전히 영국으로 간다면 그냥 둔다고 했어.'

문득 자신이 바보스러울 만큼 순진하다는 생각이 스쳤다. 박기영 같은 인간이 태준을 그냥 둘 리가 없다.

'태준을 죽이려는 거야. 잡을 수가 없으니까 나를 미끼로 끌어내려는 거야.'

가까운 곳에 태준이 있다면 위험하다. 미유는 서둘러 납골당 건물 안으로 들어갔다. 엄마가 안치된 곳으로 걸어가는데 조용한 건물 안에 울리는 발소리가 스산하게 들렸다. 엄마의 유골함 앞에 서니 금세 눈시울이 뜨거워졌다.

"엄마, 내가 너무 오랜만에 왔지? 미안해. 자주 오고 싶었는데."

    사진 속 스무 살 여자는 인생에 나쁜 일을 겪어 보지 않은 양 해사하게 웃고 있었다.

    "나 곧 영국으로 떠나. 돌아오지 못할지도 몰라. 엄마…… 나 사실 원망 많이 했어. 낳지 말지, 왜 낳았냐고 마음속으로 많이 미워했어. 그런데 이제는 엄마가 참 고마워. 엄마가 없었다면 행복이란 걸 몰랐을 테니까. 고마워, 엄마."

    미유는 소리 내어 울고 싶은 것을 참으며 일부러 밝고 명랑하게 말했다.

    "오래 있고 싶지만 가 봐야 해. 사랑해, 엄마."

    납골당을 나와 주차장으로 가는 동안 자신을 지켜보는 시선을 느껴졌다. 그녀는 일부러 고개를 숙인 채 걸어갔다. 차 앞에 도착하자 기사가 나와 문을 열어 줬다. 미유는 차에 타자마자 주위를 보았다. 보이지 않지만 사람들의 바쁜 움직임이 느껴졌다.

    '태준에게 나쁜 일이 일어난다면 절대로 가만히 있지 않을 거야.'

    구석에 몰린 쥐는 사람을 문다. 그녀는 이제 잃을 게 없었다. 자신을 미끼로 쓰려고 내몬 것이라면 절대로 용서할 수 없다.

    집에 도착하니 기영이 일찍 돌아와 있었다. 그는 전처럼 부드러운 얼굴로 미유를 맞으며 미소 지었다. 그 모습을 보고 미유는 토할 것만 같았다.

    "생각보다 빨리 왔구나. 좀 더 있다가 와도 되는데."

    "몸이 안 좋아서요."

"오랜만에 일찍 퇴근했는데 나가서 맛있는 저녁 사 줄까?"

"생각 없어요. 누워 있고 싶어요."

미유는 싸늘하게 뒤돌아서서 2층으로 향했다. 속에서 독하고 잔인한, 영혼을 밑바닥으로 떨어뜨리는 위험한 생각이 꿈틀거렸다.

'박 사장은 약속을 깼어. 내가 영국에 가도 사람을 시켜 태준을 위협할 거야. 그는 영원히 용서하지 않을 거야. 우리 둘 다 죽이려는 속셈인 거야. 태준을 해치기 전에 내 손으로…… 죽여야 해.'

뜨거운 물에 샤워를 하면서도 몸에 한기가 가시지 않았다.

'그래, 둘 다 죽는 게 쉽고 편해.'

미유는 엄마처럼 외롭게 죽고 싶지 않았다. 하지만 누군가를 위해 죽는 건 얘기가 다르다. 이제 할 수 있는 게 없다고 생각했는데 마지막 하나가 남았다. 그게 그녀의 마음을 흔들었다.

'할 수 있겠어?'

미유는 자신에게 물었다.

'모르겠어. 하지만 아저씨를 위해서라면 해야 해. 아저씨는 나를 몰래 감시하는 사람이 있는 걸 알았어. 분명 내가 모르는 어떤 일이 있었던 거야. 내가 시작한 일이니까 내가 나서야 해. 무슨 일이 생기기 전에 끝내야 해.'

갈등하는 동안 시간이 흘러 새벽 3시가 되었다. 일하는 아주머니 둘은 각자의 방에서 자고, 기영은 2층 서재 아니면 자기 방에서 자고 있을 것이다. 미유는 잠옷 차림으로 방을 나와

1층에 내려갔다. 맨발에 닿는 대리석 감촉이 얼음처럼 찼다.

'내가 사람을 죽이는 거야.'

온몸에 소름이 오스스 돋았다. 몸의 근육이 경직되고 목이
탔다.

'내 손으로 끝내는 거야. 더는 고통스럽지 않을 거야.'

심장이 거칠게 뛰고 손이 떨렸다. 미유는 발소리를 내지 않
고 주방으로 갔다. 나무 블록에서 칼을 뽑아 드니 차갑고 날카
로운 빛이 번쩍였다.

'망설이지 마. 태준을 위해서 꼭 해야 해.'

미유는 칼을 손을 한동안 내려다보았다.

'이 칼로 박기영의 목을 긋고 나도 죽는 거야. 이 칼로 힘들
었던 인생을 끝내는 거야. 모든 게 끝이야. 나는 할 수 있어.'

발을 뗐지만 두 걸음도 못 가 다리가 풀려 버렸다. 갑작스럽
게 시작된 떨림이 좀처럼 멈춰지지 않았다.

'엄마, 사실…… 죽는 게 너무 무섭고 외로워. 엄마는 어떻게
끝낸 거야? 이렇게 외로운데, 영원히 끝이라는 생각만 해도 숨
이 막히는데 어떻게 죽었어?'

태준의 웃음소리가 들렸다. 유리창을 두드리는 빗소리, 피
부에 닿던 침대 시트의 서늘함, 종아리에 닿던 태준의 손길,
밤하늘에 하얗게 흩어지던 그의 입김이 떠올랐다. 그 모든 게
사라진다고 생각하니 미유는 못 견디게 마음이 아팠다.

'미유야, 사랑해.'

아픈 마음을 어루만지던 다정한 목소리. 그녀를 세상에서 가장 특별한 사람으로 만들어 준 따뜻한 눈빛.

'보고 싶어. 아저씨가 너무 보고 싶어. 나 사실 죽고 싶지 않아. 살고 싶어. 고통스럽더라도 이 기억을 안고 살고 싶어.'

미유는 바닥에 주저앉아 울었다. 한 손엔 칼을 쥐고 한 손으로 아픈 가슴을 툭툭 치며 울었다.

'엄마…… 나 이제 어쩌면 좋아. 박 사장을 막지도, 죽이지도 못해. 이제 뭘 해야 할지 모르겠어.'

마지막 불씨를 품고 있던 가슴에 어둠이 덮인다. 미유의 안은 텅 비어 메마른 껍데기만 남았다. 그녀는 칼을 제자리에 놓고 자신의 방으로 올라왔다. 차디차게 느껴지는 침대 시트로 들어가 몸을 웅크리고 누웠다. 몸에서 열이 나고 으슬으슬 추웠다. 그녀는 더는 태준의 따뜻한 손길을 상상하지 않았다. 나 미유는 그럴 자격이 없는 사람이었다.

다음 날 식은땀에 흠뻑 젖은 채로 앓고 있는 미유를 일하는 아주머니가 발견해 병원에 데려갔다. 40도를 오르내리는 고열 속에서 미유는 죽은 사람처럼 잠만 잤다.

병원에서 퇴원한 미유는 걸어 다니는 미라가 되었다. 심한 고열과 탈수에 물만 먹어도 토하는 바람에 살이 급격하게 빠졌다. 출국 날짜가 코앞까지 다가왔다. 용인 집이 팔렸고 가구와 그림은 반쯤 정리됐다.

미유가 갖고 있는 건 화가 할머니와 태준이 준 선물뿐이었다. 그녀는 오가면서 벽에 걸린 자신의 그림을 보지 않으려고 노력했다. 할머니의 모델이 됐을 땐 세상을 향해 밝은 꿈만 있었는데, 지금은 간신히 숨만 쉬고 있을 뿐이다. 그렇게 피해 다니다 병원에서 돌아와 침실에 들어서면서 얼결에 그림을 마주했다. 순간 천둥처럼 태준의 목소리가 울렸다.

'아모르 파티. 운명을 사랑하라.'

태준과 있을 땐 그 말이 달콤하게 느껴졌다. 하지만 지금은 칼에 베인 것처럼 선뜩했다.
"너는 네 삶을 쓰레기로 만들고 있어."
그림 속 나미유가 현재의 나미유를 비웃었다.
'아니야. 나도 어쩔 수가 없었어.'
아무리 하소연해도 비웃음이 그치지 않고 들렸다.
"넌 살아 있는 게 아니야. 죽어 있는 거야."
'그래, 난 죽어 있어. 네 말이 맞아.'
미유는 부끄러움에 고개를 숙이고 침대 속으로 들어갔다. 온몸이 아파서 꿈쩍도 할 수가 없는데 드레스 숍으로 웨딩드레스 가봉을 하러 가야 한다는 전화가 왔다. 미유는 장례식의 수의를 맞추러 가는 기분이었다.
오후 늦게 차가 왔다. 미유는 화장할 기운이 없어 민낯에 코트만 걸치고 집을 나섰다. 오늘도 박소영은 드레스 숍에 먼저 도착해 핸드폰으로 누군가와 시끄럽게 통화하고 있었다.
"내가 몇 년 전부터 눈독들이던 물건이란 말이야. 저쪽에서 얼마 불렀는데? 뭐? 이것들 내 돈을 날로 먹자고 사기 치는 거 아니야? 사람 사서 뒤에서 가격 올리는 거 아니냔 말이야. 그래, 알아봐. 장난치는 거면 발 빼고 기다릴 테니까. 요즘 같은 불경기에 그런 큰 물건 산다고 나설 사람이 있겠어? 안 팔리면 자기네 손해지."

그녀는 미유를 보더니 빨리 해치우라는 듯 눈짓을 했다. 미유는 꾸뻑 인사를 하고 피팅룸 안으로 들어갔다. 안에서 드레스를 꺼내 오던 직원이 그녀의 얼굴을 보고 자지러질 듯 놀라 말했다.

"어머, 어디 아프셨어요? 너무 마르셨다. 드레스가 크겠는데요? 어쩌지?"

미유는 코트와 원피스를 벗고 슬립 차림으로 섰다.

"신부님, 지금은 너무 마르셨어요. 평생에 한 번 가장 예쁘게 보여야 할 땐데 이렇게 마르면 아파 보이잖아요. 좀 찌셔야겠어요."

미유는 거울에 비친 자신을 보았다. 볼품없이 마른 몸에서 죽음의 냄새가 났다.

"드레스 주세요."

기운 없이 말하자 직원이 커버를 벗기고 웨딩드레스를 꺼냈다. 순백색 실크 드레스는 장례식의 수의라기엔 정말이지 아름다웠다. 행복한 신부가 아니라 자신에게 온 드레스에게 미안한 마음마저 들었다. 드레스 쪽으로 걸어가는데 갑자기 어지럼증이 일면서 몸이 휘청했다.

그걸 보고 직원이 황급히 부축했다.

"괜찮으세요? 우선 쉬시는 게 어때요?"

미유는 두통이 이는 머리를 한 손을 짚은 채 고개를 저었다. 시간을 오래 끌면 박소영이 짜증 내며 재촉할 게 뻔했다. 빨리 해치우고 집에 가서 쉬는 편이 낫다.

그녀는 거울에 비친 자신의 모습을 다시 한 번 보았다.

창백한 얼굴, 부러질 듯이 가는 목, 도드라진 쇄골, 왜소해진 몸. 고개를 돌리고 싶었지만 참고 보았다. 지치고 슬픈 표정, 눈물이 흐를 것 같은 눈, 하얗게 부르튼 입술.

'아니야. 이건 내 진짜 모습이 아니야.'

미유는 자신과 눈을 맞추고 깊이 들여다보았다. 그러자 빈껍데기 너머 진짜 모습이 어렴풋이 보였다. 호기심 많은 눈동자, 웃을 때마다 예쁘게 변하는 눈매. 차츰 다른 것들도 생각났다. 기분 좋을 때 흥얼거리는 콧노래, 더불어 장단을 맞추는 손가락, 햇빛 아래 드러난 하얀 다리와 발, 작고 앙증맞은 발톱.

나미유는 본래 밝고 예쁜 사람이었다. 그녀의 영혼은 비참하지도, 비겁하지도 않았다.

'난 죽어 가고 있어. 지금의 난 진짜 내가 아니야. 엄마의 장례식에서 행복하게 살겠다고 다짐하고 멋진 꿈을 꾸던 내가 진짜 나야. 그에게 사랑한다고 고백하며 키스한 게 진짜 나야.'

박 사장이 불행 속으로 밀어 넣었다고 믿었다. 하지만 진짜 불행해진 건 자신 때문이었다. 일어서기를 포기하고 싸우기를 포기해 버린 나. 운명에 굴복한 채 시간이 가기만을 기다리는 무기력한 나 때문에 불행해진 것이다.

아모르 파티. 운명을 사랑하라.

이제야 화가 할머니가 전하려던 말이 무엇인지 알겠다. 운명이란 나 자신이다. 날 사랑해야 운명을 내 것으로 만들 수 있고 불행에 저항할 수 있다.

'싸워야 해. 행복을 위해, 사랑을 위해, 날 위해 싸워야 해.'

미유의 지치고 슬픈 눈빛이 차츰 변하기 시작했다. 창백하고 수척한 얼굴에 돌연 생기가 흘렀다.

'사랑하는 사람이 저 밖에 있어. 내가 손을 내밀어 주길 바라며 기다리고 있어. 여기에서 포기하지 마. 달려가서 태준의 손을 잡아. 포기하지 마. 아직 늦지 않았어. 원하기만 하면 돼.'

"신부님? 괜찮으세요?"

미유는 직원이 묻는 소리에 고개를 들었다. 그리고 돌아서서 짧게 심호흡을 했다. 그녀는 두 주먹을 쥐고 힘겹게 첫 발을 내딛었다. 맨발에 닿는 바닥이 생각보다 차갑지 않았다. 납처럼 무겁던 몸이 무게감 없이 가벼웠다.

미유는 그대로 달렸다. 그녀가 커튼을 젖히고 뛰어나오자 박소영이 눈을 동그랗게 뜨고 보았다.

"얘! 얘! 너 어디 가니?"

미유가 슬립 차림으로 계단을 뛰어 내려가자 사람들이 웅성거리며 보았다.

"신부님! 신부님!"

사람들이 불렀지만 그녀는 멈추지 않았다. 드레스 숍을 벗어나다 거리로 나오니 차가운 공기가 훅 끼쳤다. 미유는 고개를 젖히고 숨을 힘껏 들이마셨다. 자유의 공기가 시원하고 달았다.

"이제 자유롭게 살 거야. 내가 원하는 대로 살 거야."

다시 꿈을 꾸고, 사랑을 하고, 시련을 이기는 법을 배우며 살 것이다. 자유의 소중함과 자기 의지로 사는 행운을 매순간 고마워하고 실감하며 살 것이다.

미유는 주위를 보며 그를 찾았다. 태준이 어디에 있는지 모르지만 봤다면 지금쯤 달려오고 있을 게 분명했다.

거리를 훑는데 멀찍이 서 있는 검은 차에서 사내들이 내리는 게 보였다. 낮이 익은 얼굴들이었다. 그녀를 보고 그들이 놀란 얼굴로 달려왔다. 미유는 그들에게 잡히지 않기 위해 반대편으로 달렸다.

'아저씨, 내 손을 잡아 줘. 이젠 겁쟁이처럼 숨어 있지 않을 거야. 내 인생을 살 거야. 죽어 가는 시체가 아니라, 살아 있는 나미유로 살 거야.'

미유는 살고 싶은 만큼, 그를 사랑하는 만큼 힘껏 달렸다. 잿빛으로 보이던 세상이 그 어느 때보다 찬란하게 빛났다. 마음만 먹으면 하늘을 날 수 있을 것만 같았다. 원하면 무엇이라고 할 수 있을 것만 같았다. 달리는 그녀를 사내들이 바짝 쫓았다. 한 사내의 손이 미유의 어깨에 거의 닿는 순간 그녀가 반대편 차선으로 뛰어들었다.

차가 급정거를 하고, 경적이 울리고, 운전자의 고함이 터져 나왔다. 길을 가던 사람들이 일제히 멈춰 서서 속옷 차림의 여자와 그녀를 쫓는 사람들을 쳐다보았다.

그때였다. 한 남자가 사람들의 시선이 쏠려 있는 곳으로 빠르게 달려갔다. 여자는 멈춘 차들 사이로 상처 입은 사슴처럼 뛰었고 남자는 목숨이 걸린 것처럼 필사적으로 뛰었다. 두 사람 사이의 격차가 점점 좁아졌다.

남자가 여자를 향해 힘껏 손을 뻗었다. 손가락 끝에 여자의 머리카락이 스쳤다. 남자는 거친 숨을 몰아쉬며 한 걸음 더 내디뎠다. 손에 여자의 어깨가 잡혔다. 남자는 여자를 붙잡아 뒤에서 힘껏 끌어안았다.

"미유야! 미유야!"

그는 가쁜 숨을 몰아쉬며 미유를 꼭 안았다. 놀라서 버둥거리던 그녀는 눈물이 그렁그렁한 채로 태준의 목소리와 체취를 느꼈다. 몸을 감싼 그의 팔과 등에 닿는 그의 가슴이 아늑하고 뜨거웠다.

"사랑해. 사랑해."

태준은 가쁜 숨을 몰아쉬며 같은 말만 반복했다. 다른 단어는 생각나지 않았다.

인도 한복판에 선 그들 뒤로 박기영이 고용한 경호원들이 다가왔다. 그중 녹색 점퍼에 야구 모자를 쓴 남자가 숨을 헐떡거리며 말했다.

"사모님…… 돌아가시죠."

경호원이 그들에게로 호기심을 갖고 모여드는 인파를 향해 소리쳤다.

"죄송합니다. 경호원입니다. 별일 아닙니다."

하지만 사람들은 꿈쩍도 하지 않고 무슨 일이 벌어지는 건지 구경하기에 바빴다. 야구 모자를 쓴 남자가 태준의 어깨에 손을 얹으며 말했다.

"너 이 새끼…… 오늘…… 죽……."

그가 말을 끝맺기도 전에 세 명의 남자와 한 명의 여자가 들이닥쳤다. 번화한 거리 한복판에서 싸움이 일어났다. 마구잡이로 하는 싸움이 아니라 제대로 훈련받은 사람들의 싸움이었다. 그들 중 가장 난폭하게 날뛰는 건 장선우였다. 그는 야구 모자를 쓴 남자의 팔을 꺾어 버리고 쓰러진 그 사람의 옆구리를 걷어찼다. 인파는 아까보다 더 많이 모여들고 멀리 들리던 경찰차 사이렌이 소리가 가까워지기 시작했다.

태준은 코트로 감싼 그녀를 안고 선우의 차 쪽으로 걸어갔다.

"우리 이젠 헤어지지 말자."

그의 말에 미유가 하얗게 부르튼 입술로 말했다.

"응."

그의 입술이 미유의 이마에 닿았다. 미유는 열 때문에 뜨겁던 이마가 시원하게 느껴져서 미소를 지었다. 그리고 태준을 꼭 끌어안고 말했다.

"사랑해."

"사랑한다, 나미유."

곧 선우가 뛰어와 자동차 운전석에 앉았다. 그는 태준과 시선을 교환하고 곧바로 시동을 켰다.

♥

　아궁이에 불을 지핀 지 한참 만에 아랫목에서 온기가 올라
왔다. 문을 열고 들어온 태준에게서 솔가지를 태운 연기 냄새
가 났다. 미유는 뒤집어쓰고 있던 담요를 걷고 그를 안으로 불
러들였다. 태준이 방바닥에 손바닥을 대 보며 말했다.

　"이제야 좀 따뜻하다."

　"응."

　"배고프지 않아?"

　"아직까진 괜찮아."

　"선우가 장을 잔뜩 봤더라고. 한 달은 먹고 살 수 있을 거
같아."

　"전기밥솥 없던데 밥은 어떻게 해?"

　"부엌에 석유풍로가 있던데? 그걸로 해 보지, 뭐."

　"밥솥 좀 사다 주지. 못됐다."

　툴툴거리는 미유를 보며 그가 웃었다.

　"배 아픈 거야. 편한 꼴을 못 보는 거지. 괜찮아. 캠핑 다니
면서 냄비 밥 많이 해 봤어. 잘할 수 있어."

　"내가 도와줄게."

　"병원에서 의사가 무조건 쉬라고 했잖아. 내가 다 할게."

　미유는 따뜻함과 편안함이 좀처럼 믿기지 않았다. 세상에서
자신이 가장 행복한 사람 같았다.

　"아저씨랑 있으니까 꿈같아."

그녀는 태준의 품속으로 파고들어 가슴에 얼굴을 묻었다. 그동안 받은 상처가 서서히 아무는 것이 느껴졌다.

"여기 참 좋아. 이런 시골집에서 한번 살아 보고 싶었어. 아저씨가 오고 싶다고 했어?"

"응. 서울에서 가장 멀리 떨어진 곳에 오고 싶었어. 눈이 오면 옴짝달싹 못하고 고립되는 곳, 그래서 우리 둘만 있는 곳."

"눈이 올 것 같아. 하늘이 흐렸어."

"방문 열어 놓고 눈 오는 거 보자. 화로 가져다 고구마랑 감자 구워 먹으면서."

"상상만 해도 행복해."

미유의 눈에서 눈물이 뚝뚝하고 떨어졌다. 더는 바랄 게 없을 만큼 행복한데 왜 이렇게 눈물이 날까. 박기영에게서 도망치고, 태준을 만나고, 강원도에 온 게 아직도 꿈같았다. 까무룩 잠이 들었다가 화들짝 놀라며 깨기를 여러 번 했다. 그럴 때마다 그가 눈물을 닦아 주며 속삭였다.

"그만 울어. 이러다가 또 탈진하겠어."

"좋아서 그래. 아직도 믿기지 않아."

태준은 그녀의 해쓱한 얼굴을 보는 게 못 견디게 괴로웠다. 옷을 갈아입는 걸 도와줄 때도 바싹 마른 등을 보고 소리 없이 한숨을 쉬었다. 원주 병원에서 링거를 맞으며 잠든 그녀를 보는데 눈물이 났다. 미유를 기다리는 동안 마음이 까맣게 타 버려서 그도 탈진 직전이었다.

그들은 꼭 끌어안고 저녁도 거른 채 깊은 잠을 잤다. 새벽에 눈을 뜨니 집 마당에 눈이 무릎까지 쌓여 있었다. 두 사람은 방문을 열어 놓고 이불을 뒤집어쓴 채 군고구마에 마을 어르신이 주신 김치를 먹었다. 멀리 보이는 마을 풍경과 눈 덮인 산이 그림처럼 아름다웠다.

먹고 자고를 반복하니 미유의 기력이 조금씩 돌아왔다. 그녀는 한참을 망설이다가 그동안 무슨 일이 있었던 건지 물었다. 태준은 그녀가 물어보는 걸 담담히 얘기해 주었다. 박기영이 한 짓을 알아내기 위해 동분서주하고, 증거를 모으고, 한남동에서 빈집을 빌려 기다린 일과 병원에서 퇴원하는 그녀를 보고 납치할 뻔한 일을 담담히 얘기했다.

"차를 너무 멀리 주차해서 네가 나오는 걸 못 봤어. 빨리 가지 못해서 미안해."

"괜찮아."

"널 보는데 심장이 터질 것만 같았어. 태어나서 그렇게 열심히 달린 건 처음이야."

미유가 웃으며 그의 품으로 파고들었다. 그들은 쿰쿰한 냄새가 나는 아랫목에 누워 하루 종일 얘기만 했다. 얘기하다 지치면 밥을 해 먹고, 마당과 지붕에 쌓인 눈을 치우고, 마을로 산책을 갔다. 오지가 아니라 세상의 중심에 있는 것만 같았다. 평생을 이렇게 살라고 해도 살 수 있을 것만 같았다.

이불 속에 누워 책을 보다가 태준이 말했다.

"그거 기억 나? 〈러브 스토리〉의 올리버와 제니퍼처럼 눈싸움 하고 싶다고 했던 거. 우리 그거 해 볼래?"

미유가 벌떡 일어나 소리쳤다.

"신 난다! 좋아!"

"장갑이랑 모자 챙겨. 양말 꼭 신고."

"알았어."

"목도리! 목도리 어디 있어?"

"여기 있잖아. 서두르지 말고 가만히 좀 있어. 내가 알아서 한다니까."

"시장에서 산 장화 좋은데. 고무라 안 젖겠다. 이 안에 털도 있어."

"짠! 난 준비 끝!"

미유가 완전 무장한 차림으로 두 팔을 벌렸다. 태준은 흐뭇하게 웃으며 고개를 끄덕였다.

"오케이! 그럼 출격!"

미유는 그 말이 끝나기가 방문을 열어젖히고 뛰어나갔다. 태준이 마당으로 나가자마자 묵직한 눈덩이가 날아와 이마에 꽂혔다.

"너! 말도 없이 시작하는 게 어디 있어?"

"여기 있다. 아저씨도 해 보시지!"

미유는 방금 전 만들어 놓은 커다란 눈덩이를 그에게 던졌다. 잽싸게 몸을 돌려 등으로 막은 그가 무섭게 노려보며 달려왔다. 비명을 지르며 도망치는데 태준이 몸을 낚아채고 눈뭉치를 얼굴에 비볐다.

"복수다! 차갑지!"

"앗! 차가워. 그만해!"

"먼저 시작한 건 너야."

그들이 깔깔거리며 논밭을 뛰어다니는 동안 길을 지나던 할아버지가 혀를 끌끌 차며 지나갔다. 행복한 웃음소리가 조용한 마을에 울려 퍼지고 산과 들이 온통 환한 빛으로 반짝거렸다.

강원도 인제의 시골 마을에 온 지 어느덧 1개월이 지났다. 그들은 이곳에 살러 온 신혼부부처럼 자연스럽게 스며들었다. 마을 어르신들 일을 도와 드리고, 장날엔 장에 가고, 얼음낚시를 한다고 강에 갔다가 한 마리도 잡지 못한 채 돌아오고, 뒷산에서 비료 부대를 타고 놀았다.

어르신들에게 철없는 부부 딱지가 붙긴 했어도 마냥 행복한 나날이었다. 신 나게 놀수록 밤은 빨리 찾아왔다. 외풍이 센 탓에 두 사람은 스웨터와 양말을 신고 꼭 붙어서 잠을 잤다. 바람이 많이 불어서 미유가 쉽게 잠이 들지 못하면 태준이 노랠 불렀다. 윤도현의 〈사랑 Two〉, 김동률의 〈기억의 습작〉, 이적의 〈같이 걸을까〉. 그는 부르다가 가사가 생각이 나지 않으면 허밍으로 흥얼거렸다.

미유는 모든 노래가 가사가 둘의 얘기 같았다. 서로의 아픔을 안아 주고, 곁을 지켜 주고, 앞으로도 함께 걸어갈……. 처음이자 마지막 사랑. 미유는 차츰 악몽을 꾸지 않게 되었고, 그 모습을 보고 태준도 안도했다.

아침햇살이 유난히 좋아서 긴 산책을 하고 돌아왔을 때였다.

마루에 무료하게 앉아 있던 장선우가 미유를 보자마자 무뚝뚝하게 말을 던졌다.

"피골이 상접해 있더니, 이젠 제법 사람 꼴이 나네."

싫어하는 것처럼 굴어도 걱정하며 많이 도와줬다는 얘기를 들어선지 미유는 그가 전처럼 밉살맞지 않았다.

"일은 어떻게 됐어?"

긴장하는 태준 때문에 그녀도 덩달아 긴장해 선우를 보았다.

"어떻게 됐겠어? 엉망진창이지. 너희 잡는다고 난리 치고 나 찾아와서 안 내놓으면 죽인다고 협박하고. 내 목 여러 번 떨어질 뻔했어. 우리 아버지가 나서니까 그제야 얌전해지더라. 뭐 그래도 여전히 찾으러 다니긴 해. 이제 슬슬 정리해야지?"

"그래야지. 미유도 거의 회복했으니까."

"재판까진 안 가도 될 것 같아. 워낙 구린 게 많은 자식이라 이목을 끌면 끌수록 자기만 손해야. 네가 모은 자료 내미니까 반박을 못 하더라고. 다신 안 건드린다는 각서 쓰고 마무리하자. 다들 너희 둘 걱정하고 있어. 이지도 몇 번이나 전화해서 안부 묻고. 태오 자식이 여기에 오겠다는 걸 간신히 뜯어말렸다. 놀러 온 것도 아닌데 처자식을 끌고 여길 왜 와."

"네 생각대로 쉽게 해결되진 않을 거야."

"그런 자식들이 제일 겁내는 게 뭔지 알아? 다른 사람 말거리 되는 거. 강남 한복판에서 그 난리를 친 덕분에 소문은 벌써 돌았고 우리 쪽에서도 선수를 쳤어."

장선우가 재킷 안쪽에서 네 번 접은 신문 한 면을 내밀었다.

〈플로라〉의 비밀이 밝혀지다. 운명처럼 이어진 사랑이야기.

미유와 태준이 신문을 받아 읽어 내려갔다.

가상의 인물이라고 알려진 〈플로라〉의 실제 모델이 밝혀졌다. 플로라의 정체는 한국의 브리지트 바르도로 불리던 나화진의 조카 나미유 씨. 그녀는 어릴 적에 우연히 허순정 화가의 눈에 뜨여 모델이 되었다. 허순정 화가가 그녀의 존재에 대해 비밀을 붙인 것은 나이 어린 소녀에게 세상의 이목이 집중되는 것을 우려했기 때문. 그녀가 〈플로라〉의 실제 모델이라는 것을 알아낸 건 다름 아닌 허순정 화가의 손자면서 허순정 재단 이사인 기태준 씨였다. 기태준 씨는 현역 설치 미술가로 활동하면서 재단 미술관 관장이기도 하다. 운명적이게도 비밀에 묻힐 뻔한 〈플로라〉를 세상 밖으로 이끈 기태준 씨는 나미유 씨와 결혼을 앞두고 있다.

결혼이라는 단어를 읽고 미유와 태준의 얼굴이 붉어졌다. 그 모습을 번갈아 가며 보던 선우가 말했다.
"왜? 결혼 안 할 거야? 그 난리를 쳐 놓고 연애만 하다 끝낼 생각이었어? 운명이라매. 그럼 끝을 봐야지. 이렇게 거창하게 해 놔야 저쪽에서 함부로 못 한다고."
"그래도 당사자들 빼고 결혼 운운하는 건 심하잖아. 제대로 프러포즈해야 하는데…… 김새게 이게 뭐야?"
그의 말에 선우가 삿대질을 하며 말했다.
"기껏 열심히 연구해서 판 깔아 놨더니 뭐가 어쩌고 어째?

배은망덕한 인간 같으니! 다시 전으로 돌려놔? 내가 깽판 한 번 쳐?"

미유는 얼른 선우의 팔에 매달려 소리 내어 웃었다.

"아니에요. 오빠. 고마워요."

그녀의 말에 두 남자가 어리둥절한 표정을 지었다.

"고마워요. 진심으로 고마워요."

"쭌, 얘가 나보고 오빠래."

"나도 못 들어 본 소리다."

"다시 해 봐."

"오빠."

두 남자의 입이 헤벌쭉 벌어졌다.

"안 그럴 것 같은데 은근 애교가 있네. 흥, 그러니까 우리 쭌이 넘어갔겠지. 하지만 나는 아니야. 코맹맹이 소리 한다고 넘어갈 장선우가 아니란 말이야."

"점심 드셔야죠? 제가 할게요. 오빠."

"흠흠, 점심 거르고 오긴 했는데. 그럼 그러든지."

삐친 척하지만 장선우의 얼굴이 한결 풀려 있었다. 미유가 부엌으로 가자 두 남자가 얘기를 나누었다.

"어째, 애 분위기가 많이 바뀐 거 같다?"

"그래 보여?"

"너는 여전히 맛이 가 있고. 흥, 그리 좋으냐?"

"행복해."

"쳇. 그럼 됐어. 쳇. 좋겠다."

미유는 마을 이장님 댁에서 얻어 온 된장으로 끓인 찌개, 두부조림, 김장 김치로 소박한 점심을 차려 냈다. 점심을 먹고 상을 물린 후 미유가 진지한 얼굴로 두 남자에게 말을 꺼냈다.

"박기영을 만나고 싶어요."

그녀의 말에 남자들이 놀라 보았다.

"그러면 그 자식이 더 흥분해 날뛸 텐데."

선우의 말에 태준도 동의했다.

"맞아. 괜히 자극할 필요 없어. 내가 해결할게."

"그 사람을 잘 알아요. 쉽게 포기할 사람이 아니야. 내가 얘기해야 해요. 나는 이제 무섭지 않아."

"안 돼. 무슨 짓을 할지 모르잖아."

그녀는 단호하게 버티는 태준을 설득했다.

"회사로 가면 돼. 거기에선 함부로 행동하지 않을 거야. 꼭 할 말이 있어."

"위험해. 그렇게는 안 돼. 나 혼자 가서 담판 지을 거야."

"지금껏 도움만 받았어. 나도 뭔가를 해야 해. 내 인생이잖아."

심각하게 보던 태준이 마지못해 고개를 끄덕였다. 미유는 기뻐서 목을 끌어안고 고맙다고 속삭였다.

짐은 올 때처럼 단출해서 꾸리는 데 오래 걸리지 않았다. 남자들이 가방을 차에 싣는 동안 미유는 집 주위를 천천히 돌아보았다.

생애 가장 마음 편안한 한때를 보낸 곳. 외풍이 세고, 씻기 불편하고, 밤엔 짐승 소리가 들려서 무서웠지만 그마저도 재미

있고 즐거웠던 곳. 처마를 올려다보는 동안 태준이 다가와 그녀의 볼에 입을 맞추고 속삭였다.

"봄 되면 또 오자."

미유는 그의 허리를 끌어안고 미소를 지었다.

"그래. 또 오자."

"이제 가 볼까? 세상으로 나갈 준비 됐어?"

"응."

미유는 가볍게 심호흡을 하며 차로 걸어갔다.

'세상이, 삶이 나를 기다리고 있어. 무엇이 기다릴지 몰라 조금은 두려워. 하지만 이젠 겁먹고 숨지 않을 거야. 드디어 세상으로 나갈 준비가 끝났어.'

차를 타고 마을을 빠져나가는 동안 미유는 자신이 머물던 집에서 눈을 떼지 못했다. 태준이 그녀의 손을 잡았다. 미유는 그의 얼굴을 보며 맑게 웃었다.

비서가 사색이 되어서 미유와 태준을 맞았다.

"안에서 기다리고 계십니다."

태준이 먼저 들어가고 그녀가 따라갔다. 박기영은 자리에서 일어서지 않은 채로 미유를 쳐다보았다. 서 있는 세 사람 사이에 무거운 침묵이 감돌았다.

"사장님, 차 준비할까요?"

비서가 마지못해 말을 꺼냈다가 반응이 없는 걸 보고 조용히 문을 닫았다.

"미유야, 앉자."

그가 미유의 손을 잡고 소파에 앉았다. 그 모습을 보고 기영이 자리에서 일어나 소파로 걸어왔다. 폭발할 것 같은 감정을 무표정으로 가리고 있었지만 주먹을 꼭 쥔 손이 부들부들 떨리고 있었다.

"변호사를 통해 보낸 자료를 보셨을 겁니다. 답변을 거부하셨더군요. 사실 우린 이 일이 세상에 알려지고 언론을 타도 상관없습니다. 오히려 한 여자의 인생을 망가뜨리려고 했던 당신이 대가를 치르기를 원합니다. 그쪽에서 변호인단을 준비한다고 들었는데 저희 쪽도 준비하고 있습니다. 쉽지 않은 싸움이 될 겁니다."

태준은 차분한 표정으로 옆에 앉은 그녀를 보며 말했다.

"미유가 당신을 만나기를 원했습니다. 꼭 할 말이 있다고 해서 부득이하게 여기까지 온 겁니다."

"날 만나고 싶었다고?"

박기영이 코웃음을 치며 미유를 노려보았다. 그 모습에 미유는 주눅 들거나 주저하는 기색 없이 말했다.

"고맙다고 말하고 싶었어요. 그동안 당신 도움으로 지냈으니까, 그것에 대한 고마움은 전하고 싶었어요."

기영이 어이없는 얼굴로 보았다. 차츰 그의 분노가 수면 위로 올라왔다.

"이 말도 하고 싶었어요. 당신은 불쌍한 사람이에요. 정신적으로 문제가 있어요. 도움을 받아야 해요."

"헛소리 집어치워!"

기영이 상체를 앞으로 내밀며 고함을 질렀다. 미유는 눈도 깜짝하지 않고 그를 노려보았다.

"당신 같은 사람에게 왜 연민이 생기는지 모르겠어요. 나는 당신이 불쌍해요. 은수 씨도 너무나 불쌍해요."

"은수 얘긴 꺼내지도 마!"

기영이 달려들려고 하자 태준이 거칠게 밀어내며 막아섰다.

"미유에게 손을 댔다간 가만히 두지 않겠습니다. 경고합니다."

두 남자가 서로 밀치며 몸싸움을 하는 동안 미유가 소파에서 일어났다.

"당신의 눈에서 죄책감을 봤어요. 내게 잘해 준 건 은수 씨에게 미안했기 때문이죠? 자기 때문에 죽은 사람에게 미안해서 날 지키려고 한 거죠? 당신은 처음부터 나쁜 사람은 아니었어요. 끔찍한 짓을 저질렀지만 그래도 난 당신을 용서하고 싶어요."

미유는 숨을 고르며 두 남자의 얼굴을 차분히 응시했다. 처음 사무실에 들어설 때만 해도 떨렸다. 박기영에게 말을 잘할 수 있을지 자신이 없었다. 하지만 태준의 손을 잡으니 안도가 되면서 힘이 났다.

박기영을 설득할 수 있을 거란 기대는 하지 않았다. 그저 생각을 전하고 그가 어떤 선택하는지 지켜볼 생각이다.

"은수 씨에게 한 짓에 비하면 내가 당한 건 크지 않아요. 당신은 은수 씨에게 정말로 용서받을 수 없는 짓을 저질렀어요.

공소 시효가 이미 지났다는 걸 알아요. 은수 씨가 죽어서 범죄를 입증할 사람도 없지만, 그래도 죄의 대가는 치러야 해요."

은수라는 이름을 얘기할 때마다 기영의 몸이 조금씩 무너졌다. 그는 바닥에 손을 짚은 채 고통스러운 표정을 지었다.

"그의 무덤에 가서 용서를 구하세요. 전 재산을 은수 씨 같은 사람들을 돕는 일에 쓰세요. 그리고 나와 태준 씨를 내버려 둬요. 만약 이것을 지키지 않는다면 세상 사람들이 당신을 심판할 거예요."

박기영이 고개를 들고 그녀를 보았다. 그의 눈에 시퍼런 광기가 이글거렸다.

"내가 그따위 협박에 굴복할 거 같아? 죽여 버리겠어! 내 앞에서 그따위 말을 지껄인 걸 후회하게 만들어 주겠어!"

"소용없는 일이에요. 나는 이제 당신 말에 겁을 집어먹지 않아요. 만약 우리가 잘못되면 그동안 있었던 사실이 언론과 지인들에게 전달되도록 손을 써 놨어요. 당신이 할 수 있는 건 기회를 갖거나 파멸하는 거예요."

"웃기지 마. 나는 박기영이야. 너희 따위에 무너지지 않아."

그때 태준이 문 쪽으로 걸어갔다. 박기영의 시선이 태준을 따라 움직였다. 태준이 문을 열자 한 여자가 들어왔다. 기영은 그녀를 보고 진심으로 놀란 표정을 지었다.

"네가 내 약점을 틀어쥐고 협박할 때만 해도 이런 날이 올 줄 몰랐겠지?"

박소영은 동생을 향해 웃으며 다가갔다.

"나도 이제 약점이라는 걸 잡았네. 이걸 어떻게 활용할까?"

기영이 무서운 표정으로 누나와 미유를 번갈아 가며 노려보았다.

"너희들이…… 나를……."

미유는 기영이 분노에 몸을 떠는 것을 보고 사무실을 나섰다. 그사이 박소영이 그녀를 향해 의미심장한 미소를 지어 주었다. 엘리베이터를 타고 내려오면서 태준이 그녀의 손을 꼭 잡아 주었다. 미유는 그제야 긴 숨을 내뱉으며 그의 어깨에 기댔다.

일주일 뒤 태준의 변호사에게로 연락이 왔다. 구석까지 몰릴 대로 몰린 박기영이 결국 손을 들었다. 그는 세 가지 제안을 수용한다고 말하는 영상과 자필 각서를 남겼고 미유 쪽에서도 모든 일을 비밀에 붙인다는 각서를 써 주었다.

일을 마무리 지은 날, 미유와 태준은 지하철을 타고 경복궁에 갔다. 눈이 하얗게 내린 고궁을 산책하고 걸어서 세종 문화회관까지 걸어갔다.

"여기야. 널 처음 본 곳이."

그들은 웃으며 횡단보도를 건너 광화문역으로 갔다.

"그때 아저씨가 날 찾아냈다면 좀 더 빨리 만났을 텐데. 아무리 엇갈렸어도 결국은 만났네."

역을 한 바퀴 돌고 멀지 않은 곡두로 향했다.

"이곳에서 아저씨를 처음 봤어. 뒷모습을 보는데 괜히 심장이 쿵쾅거렸어."

미술관 2층 난간에 기대서 얘기를 나누는데 미유의 핸드폰으로 전화가 왔다. 발신인 이름은 '조중 장 씨'. 통화 버튼을 누르자마자 선우의 커다란 음성이 새어 나왔다.

— 승냥아! 네 남자 친구 또 핸드폰 전원이 꺼져 있더라. 같이 있지?

"응. 왜?"

— 부스러기 모두 부암동에 모여 있어. 저녁 먹으러 오라고.

"싫어. 단둘이 데이트할 거야. 오늘은 특별한 날이라고."

— 이런 날일수록 다 같이 모여 축하해야지. 우리 주방 요정이 만두 쪄 놨어. 곰탱이 자식이 다 먹게 생겼으니까 빨리 와.

"생각해 보고."

— 작작 좀 튕겨. 아참, 올 때 아이스크림 큰 통으로 사와. 엄마는 미개인으로. 난 왜 겨울에 차가운 게 당기냐.

이쪽 대답을 듣지도 않고 전화가 툭 끊겼다. 옆에서 듣고 있던 태준이 툴툴거리는 그녀의 어깨를 감싸 안았다.

"제수씨가 만든 만두 먹고 싶다."

"우리 데이트는?"

"내일 마저 하지 뭐."

"칫, 레스토랑 어디 갈 건지 고민하고 있었는데. 세연이 언니는 어떤 아이스크림 좋아했지? 언니가 좋아하는 거로 사야지."

미유는 그의 팔짱을 끼고 명랑하게 재잘거리며 걸었다. 미술관 밖에 나오니 다시 눈이 내리기 시작했다. 어느 카페에선가 〈러브 스토리〉의 〈snow frolic〉이 흘러나왔다.

에필로그

　오늘은 부스러기 모임 역사상 가장 많은 인원이 참가하는 날이다. 드디어 미키에게 약혼녀가 생겼기 때문이다.
　'세월이 이렇게 흘렀구나. 기특한 녀석들.'
　감격에 젖어 아침을 맞이하는데 미키 녀석이 전화해 잔소리를 했다.
　— 형. 오늘 얌전히 굴어. 우리 은미 착한 애야. 짓궂게 장난치면 울지도 몰라.
　"내가 뭘 어쩐다고."
　— 지금껏 형들 여자 친구 생길 때마다 형이 다 괴롭혔잖아.
　"야! 내가 정신병자야? 가만히 있는 사람을 왜 괴롭혀?"
　— 인서 누나는 화내고 가기까지 했잖아. 주영이 형이 난리 친 거 기억 안 나?
　"걔는 뭐가 그렇다니? 다리 굵어서 치마가 안 어울린다는데. 솔직히 그 덩치에 미니스커트가 가당키나 하느냐고."

— 아 쯤! 은미한테도 이상한 말 하면 나 삐친다. 당분간 형 안 볼 거야.

"여자 앞에서는 우정도 소용이 없구나. 그래, 가라 가. 어차피 인생은 혼자인 것을. 제길, 여자 없는 놈 서러워서 살겠나."

— 암튼, 노총각 히스테리 부리지 말고 얌전히 있어. 형만 믿을게.

노총각 히스테리. 내 직언이 히스테리가 될 줄이야. 이제 나만 빼고 죄다 부부, 아니면 연애 중인 커플이다. 요즘 내가 술과 담배가 늘었다. 살맛이 안 난다. 그나마 사는 낙은 우리 귀염둥이를 볼 때밖에 없다.

신이 나서 부암동 집에 들어서는데 현관 앞에 눈부신 D 라인을 뽐내며 뻥튀기 과자를 손에 든 그녀가 서 있었다.

"아정아! 삼촌 왔다아!"

귀염둥이를 향해 두 팔을 벌렸지만 그녀는 시큰둥한 표정으로 과자를 우물거리며 말했다.

"몬 땡낀 땀쫀이다."

못생긴 삼촌이라니. 그렇게 잔인한 말을 하다니! 하지만 넓은 아량으로 이해하기로 했다. 어린것이 아직 남자 보는 눈이 없는 걸 어쩌겠는가. 어른이 이해해야지.

"삼촌이 아정이 보고 싶어서 일찍 왔잖아. 선물도 사 왔엉."

나는 뒤에 숨기고 있던 버스 장난감을 흔들었다. 태오를 무한 어부바에서 해방시켜 주고, 부부가 제대로 식탁에 앉아 밥을 먹게 해 줬다는 기적의 아이템이다.

귀염둥이는 내 버스를 보더니 인생의 쓴맛을 제법 본 사람만이 지을 수 있는 '썩소'를 날렸다.

"씨러. 빵꾸빵꾸가 쪼아."

이번 말은 해석이 불가능하다.

어린게 애비 닮아서 변덕이 죽 끓듯 한다.

"에이, 아정아. 이리 와 봐. 삼촌이 보고 싶었단 말이야. 삼촌이랑 뽀뽀!"

"거, 숙녀에게 보자마자 입술부터 내미는 건 어느 나라 매너야?"

태오가 뒤에서 팔짱을 끼고 한심하다는 눈으로 쳐다보았다. 아정이는 제 아빠가 오자마자 품으로 쏙 안기며 혀를 날름거렸다.

"땀쫀 씨러. 몬 땡겨쩌. 압빠 쪼아. 그치……? 압빠도 아정이 쪼치?"

쳇. 조그만 게 밀고 당기기는. 울컥해서 아정이를 향해 삿대질을 했다.

"야! 기아정! 너도 못생겼거든. 요정 엄마 닮았으면 예뻤을 텐데. 딱 지 아빠 붕어빵이면서 어디서 미모를 운운해?"

삐쳐서 집 안에 들어서는데 아정이 볼에 뽀뽀하던 태오가 말했다.

"왜 이렇게 일찍 왔어? 아직 시간이 많이 남았는데."

"아정이랑 놀려고 일찍 왔지. 태준이는 좀 늦는대. 승냥이 학원 끝날 때까지 기다려서 데려온다나 뭐라나. 세연이는?"

"주방에."

"세연아! 오빠 왔다!"

주방에 가니 세연이가 웃으며 반겨 줬다. 우리 주방 요정님은 갈수록 예뻐지는 중이다. 아정아, 외모는 어쩔 수 없어도 성격만큼은 엄마를 닮아야 한다!

　"아주버님 오셨어요?"

　"역시 이 집에서 날 반겨 주는 사람은 우리 주방 요정뿐이라니까."

　테이블에는 입이 떡 벌어질 만큼 푸짐한 음식이 차려져 있었다.

　"음식을 왜 이렇게 많이 했어? 시켜 먹자니까. 자꾸 이러면 밖에서 밥 먹는다?"

　"내가 먹고 싶어서 한 거예요. 힘들지 않았어요."

　우리 세연이는 둘째를 임신 중이다. 아정이 가졌을 땐 과일만 먹더니 이번엔 고기를 입에 달고 산다. 아정이가 태오를 닮았으니까 튼튼이는 세연이를 닮았을까? 어떤 녀석이 세상에 나올지 기대된다.

　주방엔 세연이가 마술처럼 만들어 낸 것들이 하나 가득 있었다. 내가 좋아하는 탕수육에 고추 잡채, 떡갈비까지! 역시 날 생각해 주는 건 주방 요정님뿐이다.

　떡갈비를 하나 집어 허겁지겁 먹는데 한쪽에 고이 모셔 둔 것이 눈에 들어왔다.

　"와! 이것까지 직접 만들었어? 그래서 사 오지 말라고 했구나?"

　"예뻐요? 마음에 들까요?"

　"그럼. 파는 것보다 예쁘다. 먹어 봐도 돼? 티 안 나게 할게."

"안 돼요! 촛불 켤 때까지 접근 금지."

세연이에게 쫓겨나 거실로 오니 태오가 청소기를 안겼다.

"선우 형! 온 김에 거실 청소 좀 해."

"야, 손님한테 청소를."

"언제부터 형이 손님이었어? 나는 아정이 봐야 해. 이거 봐. 품에 딱 붙어서 안 떨어지잖아."

"아주 부녀가 약아빠졌어. 쳇."

청소기로 바닥을 밀고 테이블과 소파를 정리하는데 사람들이 하나둘 도착했다. 주영이와 인서가 제일 먼저 왔다.

"인서, 너는 오늘도 미니스커트냐? 너도 참 뚝심이 있는 애로구나."

"흥. 남이 거적때기를 입든 똥꼬 치마를 입든 뭔 상관?"

"여자가 말하는 본새 봐라. 똥꼬 치마가 뭐니?"

곰탱이 짝꿍 곰순이 인서는 생긴 게 순해 보여도 성격이 괄괄하다.

술도 잘 마시고, 목소리도 크고, 손도 매워서 등짝을 한 번 맞으면 손자국이 벌겋게 날 정도다. 아직 이혼을 안 하는 걸 보면 주영이가 치명적인 약점을 잡혔거나 진짜로 많이 사랑하는 게 분명하다.

인서와 티격태격하며 놀고 있는데 미키가 왔다. 드디어 부스러기 멤버에 뉴 페이스 등장! 작고 동글동글한 얼굴에 커다란 눈. 귀엽게 생기긴 했는데 키가 작아도 너무 작다.

곰탱이가 곰순이를 만나더니 호빗이 땅꼬마를 만났다.

"안녕하세요. 한은미라고 합니다."

낯가림을 하는지 땅꼬마가 얼굴을 붉히며 다소곳하게 인사를 했다. 그녀를 위아래로 요모조모 뜯어보다가 물었다.

"넌 키가 뭐니? 150?"

"선우 형!"

미키가 비명을 질러 대는 동안 땅꼬마 아가씨가 씩 웃으며 말했다.

"149요. 살짝 모자라요."

"어쭈. 제법 솔직하네."

은미는 아무리 짓궂게 골려도 배시시 웃기만 했다. 성격이 좋아 보여 일단 마음에 든다. 우리 주방 요정 세연이만큼은 아니지만.

집에 사람들이 들어차니 마음이 훈훈해진다. 이런 게 진짜 사람 사는 거지. 돈 많고 옷만 번지르르하게 입는 사람들 모아 놓고 되도 않는 얘기를 하는 것보다 이게 훨씬 재미있다.

시커먼 사내자식들만 우글대던 이 집에 주방 요정이 강림하고, 꼬마 요정이 태어나고, 주영이의 짝 곰순이와 미키의 짝 땅꼬마가 왔다.

처음 본 남자의 팔을 물어뜯는 승냥이만 빠지면 내가 꿈꾸던 완벽한 패밀리인데.

그나저나 이 발칙한 승냥이는 언제 오는 거야? 어린게 제일 늦게 오다니. 출출해서 아정이의 뻥튀기 과자를 먹고 있는데 현관 벨이 울렸다. 거실에 있는 사람들이 기대감에 차서 현관

쪽을 보았다.

"오! 우리 형수가 왔나 보네."

주영이가 일어나자 다들 우르르 일어났다. 쳇. 형수는 무슨. 소파에 누워 과자를 우적우적 먹는데 현관문이 열리고 태준이와 승냥이가 들어왔다.

"크덤마다!"

큰엄마라 외친 아정이가 쪼르르 달려갔다.

"아정아!"

태준이가 아정이를 번쩍 들어 올리고 통통한 볼에 뽀뽀했다.

"크덤마!"

아정이는 작은 두 손을 휘저으며 뒤따라 들어온 승냥이를 찾았다. 우리 꼬마 요정은 나랑 본 세월이 더 긴데 승냥이를 더 좋아한다. 어린애도 예쁜 건 안다더니……. 완전히 얼굴발로 사로잡은 게 분명하다.

"우리 아정이 안녕."

짧은 팬츠에 노란 티셔츠, 커다란 배낭을 멘 미유가 아정이의 손을 잡아 주었다. 더 짧아진 단발머리 때문에 앳되게 보인다.

흥. 딱 재수생 패션이군. 무슨 대단한 손님이라고 다들 일어나서 반겨 주는 거야? 툴툴대는데 태준이가 눈을 맞추며 다가왔다.

"오늘 못 올 줄 알았는데 왔네?"

"내가 모임 빠지는 거 봤냐?"

"언제 입국한 거야?"

"5시간 전에. 배고파 죽겠어. 태오야! 밥 먹자!"

소리치니 태오가 고개를 끄덕이며 주방으로 달려갔다. 거실에 떠들썩한 소리가 가득하다가 갑자기 불이 꺼지자 돌연 침묵이 흘렀다. 그리고 주방 쪽에서 환한 불빛이 다가왔다. 다들 한목소리로 노래를 부르기 시작했다.

"생일 축하합니다. 생일 축하합니다. 사랑하는…… 나미유…… 생일 축하합니다."

태준이와 미유 둘 다 놀란 눈치였다. 케이크를 든 세연이가 미유에게 말했다.

"소원 빌고 촛불 끄세요."

미유의 눈에 눈물이 그렁그렁해졌다. 그녀는 거실에 선 사람들을 한 사람 한 사람 바라보다가 두 손을 모은 채 미소를 짓고는 촛불을 껐다. 폭죽과 박수가 터져 나오자 소리에 놀란 아정이가 울음을 터트렸다.

"곰탱아, 너 때문에 우리 꼬마 요정이 놀랐잖아. 너 이 자식!"

주영이의 엉덩이에 발길질을 하자 녀석이 꿍얼거리며 제 마누라 뒤로 숨었다.

다들 웃음을 터트리며 주방으로 몰려갔다. 열 명의 사람이 들어가니 주방이 시끌벅적했다.

사내들은 몇 끼를 굶은 사람처럼 밥을 먹고, 그들의 색시들은 참새처럼 모여 앉아서 수다를 떨고 까르르 웃어 댔다. 짝 없이 먹기만 하는 사람은 나뿐이다. 젠장.

"고마워."

거실에 앉아 부른 배를 두드리며 와인을 마시는데 태준이 녀석이 왔다.

"뭐가?"

"네가 생일 파티 하자고 했다며."

"어차피 내일모레가 생일이잖아. 모인 김에 때우는 거지."

"생일 선물은 언제 샀어? 바쁘잖아."

"공항 면세점에서. 그냥 괜찮아 보여서 집어 온 거야."

한창 신이 난 얼굴로 선물들을 풀어 보던 미유가 다가와 말했다.

"오빠. 선물 고마워. 이 만년필 정말 마음에 들어. 잘 쓸게."

"나중에 기자 되면 써라. 그 전에 대학 먼저 붙고."

"올해는 꼭 붙을 거야."

"붙어야지. 너 뒷바라지 하느라 우리 준이 고생하잖아. 내 말대로 결혼식 먼저 올리고, 애기 낳고 학교 가라니까. 무슨 공부가 급하다고."

옆에서 보던 태준이 끼어들었다.

"난 우리 미유가 하고 싶은 거 실컷 하고 나한테 왔으면 좋겠어."

"그러다가 늙었다고 도망가면 어쩌려고."

"도망 안 가. 아저씨 옆에 꼭 붙어 있을 거야."

미유가 태준의 목을 끌어안고 예쁘게 웃었다. 이렇게 웃는 걸 보면 예전 그 아이가 아닌 거 같다.

미라처럼 말라서 병원에서 나오던 그 모습이 가끔 생각난다. 그렇게 불행해 보이는 사람은 처음이었다. 그때에 비해 많이 변한 지금의 모습이 보기 좋다.

커플들이 가득한 집에서 유일한 내 짝꿍은 우리 꼬마 요정 아정이다. 아정이와 인형 놀이를 하며 노는데, 창가 소파에 앉아 다정하게 얘기 나누는 태준이와 미유가 눈에 들어왔다. 태준이의 무릎에 앉은 미유가 녀석을 끌어안고 무언가 재밌는 얘기를 하고 있었다.

태준이의 얼굴이 편안하고 행복해 보인다. 녀석의 표정이 화석이 된 내 연애 세포를 자극한다. 나 같은 놈에게도 사랑이 와 줄까. 누군가를 사랑한다는 건 어떤 느낌일까. 냉소주의자마저도 사랑을 꿈꾸는 행복한 밤이다.

_Amor est vitae essentia사랑은 인생의 정수다

작가 후기

이 글을 끝내는 데 무척이나 오래 걸렸다. 그사이 여행을 다녀오고, 새로운 운동을 배우고, 좋은 친구들을 만났다. 가슴 떨리는 일도 겪어 보고 나의 부족함을 탓하며 방황도 했다.

그리고 깨달았다. 내가 정체된 이유는 변화를 두려워했기 때문이었다. 상처받고 싶지 않다고 해서 웅크리고 있으면 안전하지만 하루하루가 공허해진다. 다치고 아파도 세상 밖으로 나와야 한다. 미유가 용기를 내서 태준의 손을 잡았듯이.

나도 세상을 향해 손을 뻗어 본다.